MÉMOIRES
POUR SERVIR
A L'HISTOIRE
DE L'ASSEMBLÉE CONSTITUANTE
ET DE LA RÉVOLUTION
DE MIL SEPT CENT QUATRE-VINT-NEUF.

PAR LE CITOYEN C. E. F***,
Membre de l'Assemblée constituante.

TOME SECOND.

MÉMOIRES

POUR SERVIR

A L'HISTOIRE

DE L'ASSEMBLÉE CONSTITUANTE

ET DE LA RÉVOLUTION

DE MIL SEPT CENT QUATRE-VINGT-NEUF.

*PAR LE CITOYEN C. E. F***.*

Membre de l'Assemblée constituante.

Hoc illud est præcipuè in cognitione rerum salubre
ac frugiferum, omnis te exempli documenta in
illustri posita monumento intueri : indè tibi, tuæ-
que reipublicæ quod imitere, capias ; indè fœdum
incæptu, fœdum excitu quod vites.

Titus Livius. lib. I. initio.

TOME SECOND.

A PARIS,

CHEZ LES MARCHANDS DE NOUVEAUTÉS.

An VII de la République.

MÉMOIRES
POUR SERVIR
A L'HISTOIRE
De L'Assemblée Constituante
et de la Révolution de mil
sept cent quatre-vingt-neuf.

LIVRE CINQUIEME.

L'Assemblée Nationale à Paris. — Meurtre du Boulanger François. — Loi Martiale. — Décret qui met les biens du Clergé à la disposition de la Nation. — Division du Royaume en quatre-vingt-trois Départemens. — Formation des Municipalités. — Procès de Favras. — Le Roi vient à l'Assemblée. — Création de quatre cents millions d'Assignats monnoie.

L ES bruits les plus sinistres se répandoient sur les suites de la translation de l'assemblée à Paris. — Les députés de la noblesse & du clergé y courroient, difoit-on, les plus grands dangers; plufieurs eccléfiaftiques & plufieurs nobles avoient été infultés, maltraités par le peuple; tous fembloient être devenus l'objet de fa fureur ou de fon mépris. Les députés des communes attachés aux principes de la monar. chie, partageoient la même défaveur. Il n'exifteroit aucune liberté d'opinion au milieu d'une multitude ignorante, groffiere, menée artificieufement par des intrigans à un but qu'elle ignoroit elle-même.

Le ton audacieux des révolutionnaires, qui déja paroiffoient jouir hautement des craintes de leurs collegues, ne laiffoit aucun doute fur les moyens que l'on fe propofoit d'employer. Une fombre inquiétude s'empara de la plupart des députés. Un refus formel de fe rendre à Paris circuloit fourdement de bouche en bouche, & n'attendoit qu'un motif plaufible de fe prononcer. Malouet demanda que l'on prît des mefures propres à affurer l'inviolabilité des députés. Le comte de Mirabeau répondit que cette précaution étoit inutile, qu'il exiftoit un décret; que toute démarche marqueroit des craintes indignes d'hommes courageux, qui avoient depuis long-temps facrifié leurs vies à la patrie & à leurs concitoyens. Plufieurs députés appuyerent la demande de Malouet. On convint d'envoyer des commiffaires à la commune, de la faire expliquer fur la fituation de Paris, & fur fes moyens de garantir la perfonne des députés & la liberté des opinions. La commune donna une réponfe évafive. La plupart des députés protefterent qu'ils ne fe livreroient point à la merci d'une populace, fur laquelle la feule autorité l'égale qui exiftât, n'avoit pas, de fon propre aveu, affez d'empire pour en régler les mouvemens. Ainfi l'affemblée, malgré les efforts des factieux, alloit prendre un parti ferme qui eût fauvé le royaume, lorfque le comte de Mirabeau, Lafayette & Bailli, annoncerent une députation de la commune de Paris. Briffot donna lecture d'un arrêté que l'on tenoit prêt : ne pouvant avoir l'affemblée à fa difcrétion, on préféroit de l'avoir aux conditions qu'elle prefcriroit elle - même. La commune promettoit d'affurer la liberté des fuffrages, de maintenir l'inviolabilité des députés ; tous les citoyens de Paris s'obligeoient individuellement à les défendre au prix de leur fang. Cet arrêté fans détruire entiérement les défiances, ne laiffoit aucun prétexte à un refus. Ceux qui craignoient moins les fuites de la tranflation de l'affemblée pour la chofe publique, qu'ils ne les appréhendoient pour eux - mêmes, raffurés à cet égard, ne s'oppoferent plus à ce que l'affemblée fe rendît à Paris. Mirabeau, Lafayette & Bailli, obtinrent un décret.

L'affemblée ouvrit fes féances à l'Archevêché. La commune avoit pris des mefures extraordinaires ; mais ces mefures par leur multiplicité, & par leurs formes impofantes, étoient plus propres à intimider qu'elles n'étoient propres à raffurer les députés. Toutes

les avenues aboutiffantes à l'Archevêché, fermées de
barrieres, garnies de canons & de nombreux détachemens de la milice-nationale, offroient l'image d'un
fiege que l'on fe prépare à foutenir. Cinq cents hommes de cavalerie, poftés fur la place de l'Archevêché,
fembloient deftinés à repouffer une attaque inattendue.
Une foule de peuple, répandu çà & là, regardoit
cet appareil menaçant avec inquiétude, & les députés
avec un œil fombre ou indifférent. L'événement jufti-
fic ceux qui ne croyoient point à la tranquillité de
Paris. Le peuple imbu de prétendus projets de famine,
conçus & exécutés, lui difoit-on, par les nobles &
par les prêtres, fe faifit d'un boulanger, nommé
François, qu'une vieille femme accufa de tenir caché
une grande quantité de pain. Les voifins de François
s'efforcérent vainement de détromper le peuple. Ils
attefterent que François étoit un honnête homme;
qu'il cuifoit jufqu'à fept fournées par jour; qu'il ne
refufoit du pain à perfonne. Le peuple ne voulut
rien écouter. La garde-nationale parvint cependant
à fauver François de la premiere furie du peuple:
on le conduifit à l'hôtel de Ville : le peuple remplit
en un inftant la place de Greve. Les membres de la
commune intérogerent François & fe convainquirent
de fon innocence, mais ils n'oferent la proclamer;
car l'homme qui tient immédiatement du peuple
l'autorité qu'il exerce, eft moins réellement fon ma-
giftrat, qu'il n'eft l'agent forcé de toutes fes paffions,

Les membres de la commune déclarent au peuple qu'on va mener François à l'abbaye de Saint-Germain; que s'il existe un complot, il est important d'en connoître les véritables auteurs. Une troupe de furieux jurent qu'ils ne souffriront pas que des magistrats perfides, dérobent les ennemis du peuple à son juste ressentiment. Ils se précipitent dans la chambre du conseil, arrachent François à la garde-nationale, le traînent sur la place de Greve, le pendent au premier réverbere, &, encore tout vivant, lui coupent la tête avec un couteau de cuisine, la mettent au bout d'une pique, & la promenent dans les rues de Paris! Le peuple s'apprête à pendre deux autres boulangers. On alloit voir se renouveller les horreurs du mois de juillet sous les yeux du roi, sous ceux de l'assemblée nationale; Lafayette & Bailli envoyerent deux bataillons de garde-nationale, qui dissiperent la populace.

On prétendit que Lafayette & Bailli, de concert avec le comte de Mirabeau, avoient eux-mêmes provoqué ce mouvement à l'aide d'émissaires secrets, afin d'obtenir, comme le disoit Camile-des-Moulins, une loi qui muselât le peuple : car dans tout gouvernement populaire, le peuple est l'instrument aveugle des factions; chaque intrigant s'en empare à son tour, & le tourne contre ceux qu'il veut supplanter. Quoi qu'il en soit, Bailli vint en hate requérir une loi qui autorisât la commune à réprimer par la force des excès qui, difoit-il, tendoient vifiblement à la plus funefte anarchie. Barnave appuya la demande de Bailli. Lafayette déclara que fans une loi martiale il ne répondoit pas de la tranquillité de Paris. Roberfpierre s'oppofa feul à cette mefure.

Cet homme qui dans la fuite a joué un fi grand rôle, n'étoit alors connu que par l'exagération de fes opinions, par fon affectation à outrer également les alarmes, les défiances & les mefures. Sombre, trifte, foupçonneux, irrafcible, vindicatif, rapportant à lui feul tous les événemens; fobre, laborieux, auftere dans fes mœurs; cependant vêtu, coëffé avec élégance & propreté. Sa figure tenoit du chat & du tigre; fa démarche étoit inégale, précipitée; fes regards fe portoient avec fureur fur ceux qu'il n'aimoit pas; fe détournoient avec inquiétude lorfque quelqu'un le fixoit. Le moindre danger l'effrayoit; il couroit fe cacher. Le danger pafsé, il reparoiffoit avec une infolente audace; d'autant plus emporté dans fes difcours, qu'il s'étoit montré plus lâche dans fes actions. Jaloux de toute richeffe, de toute élévation, de tout mérite, il donnoit fa haine contre les nobles, contre les riches, contre les gens en place, pour la haine de la tyrannie & pour l'amour de l'égalité. Quelques perfonnes croyoient Roberfpierre de bonne foi. Ceux même qui combattoient le plus fortement fes opinions incendiaires, affuroient que c'étoit un honnête homme, mais emporté par des

idées vagues; n'ayant aucune connoissance des choses, aucun principe de gouvernement; appellant
toute loi un despotisme, toute anarchie la liberté.
D'autres, mieux instruits, répondoient que Roberspierre étoit un fourbe dévoré d'une sourde ambition,
qu'il cachoit avec art sous un faux semblant de
popularité; que lors des élections aux états-généraux,
il s'étoit rendu avec un nom emprunté dans les
communes du bailliage d'Arras; que là, feignant
un grand zele pour les intérêts du peuple, il venoit,
disoit-il aux électeurs, les prémunir contre les intrigues que des hommes vendus à la cour employeroient
pour obtenir leurs suffrages; que s'ils vouloient un
député sûr, incorruptible, capable de soutenir leurs
droits, il falloit nommer Roberspierre; que leur remettant des billets, sur lesquels étoit écrit son propre
nom, il les conjuroit de nouveau, par l'amour qu'ils
devoient à la patrie, de donner leurs voix à Roberspierre. C'étoit à l'aide de pareilles manœuvres, qu'il
étoit parvenu à se faire élire député d'Artois aux
états-généraux : sa mauvaise tête, son caractere
inquiet & haineux généralement connu, & le peu
de considération dont il jouissoit, l'auroient infailliblement exclus.

Roberspierre sans précisément calculer les suites
de la révolution du quatorze juillet, vit qu'elle ouvroit
un vaste champ à l'intrigue & à l'ambition : il se
jeta dans le parti révolutionnaire. Le comte de Mi-

rabeau & les Lameth l'employerent comme un homme sans conséquence, prêt à hasarder & à soutenir les opinions les plus exagérées. La faction d'Orleans chercha à l'attirer à son parti. Roberspierre se lia avec les chefs, moins dans le dessein de les servir, que pour connoître leurs forces, leurs ressources & se les approprier : il commença dès-lors à flatter le peuple. Son défaut de naissance, son peu de fortune, le rendoient propre à obtenir la confiance du peuple. Porté à se défier de ceux qui, placés dans un rang élevé, en descendent pour venir jusuqu'à lui, il leur suppose, par un instinct qui ne le trompe jamais, des vues qui ne sont pas les siennes, des intérêts qui ne sont pas les siens : ce qui fait qu'il ne s'appuie avec une entiere sécurité, que sur les hommes nés dans sa classe & qu'il éleve lui-même. Aussi tandis que les députés nobles, ecclésiastiques & riches des communes, se vendoient à la cour ou se rallioient au peuple, gagnoient & perdoient la faveur populaire, Roberspierre se maintint sur cette mer orageuse, & demeura inviolablement attaché aux principes qu'il avoit adoptés. Soit que la cour qui ne voyoit en lui qu'un petit avocat de province, que les pamphlets du bon ton couvroient de ridicules, ne connût pas tout son prix; soit que Roberspierre, naturellement défiant, ne prît aucune foi dans les promesses de la cour, ou qu'il devinât mieux que les autres la marche de la révolution;

« Les députés de la commune, s'écria Roberfpierre, demandent du pain & des foldats; &
pourquoi des foldats, pour repouffer le peuple:
& , dans un moment où les paffions, les menées
de tout genre, cherchent à faire avorter la révolution, ceux qui ont excité ce mouvement, ont
prévu qu'ils en feroient ufage contre vous; ils ont
calculé qu'une émotion populaire feroit un moyen
propre à obtenir une loi qui opprimeroit la liberté.
Quand le peuple meurt de faim, il s'attroupe;
il faut donc remonter à la caufe des émeutes,
prendre des mefures pour en découvrir les auteurs,
& pour étouffer les conjurations qui nous mena-
cent; conjurations qui ne nous laiffent plus que la
reffource d'un dévouement inutile. Demandez,
meffieurs, que la municipalité vous remette les
pieces qu'elle a fur cette foule de confpirations
contre le peuple, qui fe fuccedent fans ceffe; éta-
bliffez pour juger les crimes de lèfe-nation, un
tribunal définitif & non pas provifoire; ne laiffez
pas le procureur du roi, du châtelet, remplir les
fonctions de procureur général de la nation; la
nation n'a que fes repréfentans ou elle-même
pour juger de cette efpece de crime; lorfque vous
aurez organifé un tribunal, pris dans votre fein,
vous vous occuperez de tous les complots, de
toutes les trames contre la chofe publique & la
liberté nationale. Ici, ce font des évêques qui

» donnent des mandemens incendiaires; là, des
» commandans de provinces-frontieres, qui font
» paſſer des grains dans l'étranger. Excitez le comité
» des rapports & celui des recherches à vous donner
» connoiſſance de tous ces faits. Que l'on ne nous
» parle plus tant de conſtitution, ce mot ne nous à
» que trop endormis : ſouvenez-vous que pendant
» que l'on ſe préparoit à faire avorter la liberté dans
» ſon berceau, on ne ceſſoit de nous parler de con-
» ſtitution; qui ne ſeroit qu'une chimere, ſi nous
» n'apportions remede à nos maux actuels ».

Caſalès pria Roberſpierre de mettre ſous les yeux
de l'aſſemblée les preuves de la conſpiration dont il
parloit : — Si elle exiſte, nous devons en punir les
auteurs; ſi elle n'exiſte pas, il eſt inutile d'en effrayer
le peuple & l'aſſemblée. Roberſpierre qui ſavoit que
dans un temps de révolution il ſuffit d'accuſer pour
être cru, que le peuple ſaiſit avidement tout ce qui
ſert à entretenir ſes eſpérances & ſes craintes, ſe
remit tranquillement à ſa place & ne répondit point.

Les députés de la commune revinrent une troi-
ſieme fois, & ſolliciterent, avec encore plus d'empreſ-
ſement, la publication d'une loi martiale. L'aſſemblée
feignit de céder à l'urgence des circonſtances & au
vœu de la commune de Paris. On lut le projet
adopté par les comités. Il conféroit à la commune
un droit de vie & de mort, bien capable d'alarmer
les bons citoyens, ſi la révolte toujours croiſſante de

la populace qui ne connoiſſoit plus de frein, & la crainte d'un pillage général, ne les eût encore alarmés davantage.

Roberſpierre parla de nouveau contre le décret; moins dans l'eſpoir d'empêcher la loi de paſſer, que pour montrer au peuple, qu'au milieu de tant de députés qui cherchoient à capter ſa bienveillance, il étoit le ſeul qui ſoutînt ſes droits & ſa ſouveraineté.

Les révolutionnaires reprirent le grand projet de la ſpoliation du clergé. L'évêque d'Autun reproduiſit la motion oubliée du marquis de la Coſte. Il propoſa de déclarer que tous les biens eccléſiaſtiques appartenoient à la nation, ſous la charge d'aſſigner les revenus néceſſaires à l'entretien des autels & des miniſtres : nul curé ne pourroit avoir moins de douze cents livres, ſans y comprendre le logement : la nation prendroit ſur elle le traitement des eccléſiaſtiques; ſe chargeroit des hôpitaux, des colleges, & rempliroit ainſi les intentions des fondateurs. L'évêque d'Autun, entrant en ſuite dans le développement de ſon plan, dit que quatre - vingt millions ſeroient affectés aux miniſtres du culte catholique; que la nation payeroit les dettes du clergé; que les biens fonds, mis en vente, produiroient un capital de deux milliarts & cent millions; que la dette publique étant de deux cent vingt - quatre millions, on en rembourſeroit cent trente & un, & que l'état ſe trouveroit liquidé.

Novembre 1789.

Je ne saurois rendre l'effet que produisit sur le clergé la lecture du projet de l'évêque d'Autun, & plus encore les applaudissemens avec lesquels les révolutionnaires & les capitalistes l'accueillirent. Le clergé ne s'abandonna cependant point lui-même dans cette fâcheuse conjoncture; & se ralliant à la noblesse, aussi intéressée que lui à cette spoliation, l'un & l'autre résolurent de faire la défense la plus vigoureuse.

Les abbés de Rastignac & d'Aymar combattirent le projet de l'évêque d'Autun; présenterent son injustice, son danger pour la religion. — On livroit ses ministres à toutes les incertitudes de la volonté d'une nation déja peu attachée à son culte, à toutes les combinaisons même forcées d'un gouvernement nécessairement prodigue; on ne leur assuroit réellement aucun fond; on les faisoit dépendre des arrangemens les plus précaires. — Il ne nous reste plus, s'écria douloureusement l'abbé de Montesquiou, qu'à pleurer sur le sort de la religion! — Vous voulez donc plonger dans l'indigence deux cent mille de vos concitoyens, reprit l'abbé Maury? Il est une classe d'ecclésiastiques, peut-être maintenant la plus nombreuse (celle des sujets non pourvus), qui, liés par des engagemens irrévocables, ont lieu d'espérer un entretien honnête: les laisserez-vous sans ressource? Vous parlez de la volonté générale, de l'intérêt général : La volonté générale, dit *Jean-Jacques Rousseau*, que vous citez

fi fouvent & avec tant de complaifance, doit partir
de tous & pour tous : elle perd fa rectitude lorfqu'elle s'étend à un fait, à un droit particulier.
C'eft alors une affaire contentieufe, un procès où le
particulier eft une des parties, & la nation l'autre.
Il n'y a ni loi ni juge : car fi la majorité qui
doit prononcer la volonté générale, eft d'avance
déclarée contre nous par fon intérêt perfonnel, elle
eft réellement notre partie ; par conféquent elle ne
fauroit être notre juge. Exigez le quart, la moitié
de notre revenu, nous l'accorderons avec joie : mais
n'aliénez pas nos capitaux ; ne détruifez pas à jamais
une reffource, qui peut dans la fuite vous être utile,
& que vous vous repentirez d'avoir épuifée.

Ces repréfentations ne changerent point les difpofitions des révolutionnaires : tout ce qu'ils purent
prendre fur eux, dans l'ardeur impatiente de s'emparer des biens du clergé, ce fut de les écouter avec
une tranquillité froide & infultante. Auffi un bon
curé, ne pouvant plus contenir fa vive indignation,
s'adreffe aux députés des communes, & leur dit
avec une éloquente naïveté : — Quand vous vîntes
dans notre chambre nous conjurer au nom d'un dieu
de paix de nous réunir à vous, c'étoit donc pour nous
égorger ? Des cris de fureur furent la feule réponfe. Les
calculs étoient faits ; on vouloit à tout prix les biens du
clergé ; mais les révolutionnaires, fentant qu'ils ne parviendroient point à obtenir un décret tant que l'affem-

blée feroit à Verfailles (il exiftoit encore quelque
liberté dans les opinions), éloignerent fous différens
prétexte la difcuffion, jufqu'à ce que l'affemblée fe fût
tranfportée à Paris, En attendant, ils travaillerent à
rendre les prêtres odieux & méprifables : on fubftitua
le nom de calottin à celui d'eccléfiaftique : des
hommes gagés exagérerent dans les groupes les richeffes du clergé, les repréfenterent comme l'unique
moyen d'éviter la banqueroute. Ils n'oublierent pas
les mœurs des prêtres, le fafte & l'orgueil des évêques, l'incontinence & l'ivrognerie des moines, la
vie molle & voluptueufe des abbés. Une foule d'écrits
& de pamphlets fe fuccéderent. Les uns, fous une
apparence de profondeur & de raifonnement, dé-
montroient le prétendu droit de la nation fur les
biens du clergé ; les autres verfoient, avec une féroce
ironie, le mépris & la haine fur les eccléfiaftiques.
On joua Charles IX au théatre François : tout dans
cette tragédie fe fait au nom de la religion, quoique
l'hiftoire nous apprenne que tout fut le fruit de la
politique. Un cardinal qui étoit à Rome, fe trouve
l'inftrument principal de l'action qui fe paffe à Paris.
Les faits font dénaturés, les caracteres étrangers aux
perfonnages. Un roi athée, impudique, violent, dont
le poifon & l'affaffinat étoient les armes ordinaires,
eft transformé par l'auteur en un prince foible, religieux, que l'intérêt de dieu feul conduit ; & cela,
pour rejeter fur la religion chrétienne, & fur fes

miniftres, la haine des crimes de Catherine de Mé-
dicis, des Guifes, & d'une foule de courtifans vendus
aux paffions ambitieufes & jaloufes de leurs maîtres.
Les repréfentations de cette tragédie, opérerent un
changement funefte dans le caractere du peuple de
Paris : il fortoit ivre de vengeance & tourmenté
d'une foif de fang. On le voyoit, lorfqu'à la fin
du quatrieme acte une cloche lugubre annonce le
moment du maffacre, on le voyoit fe recueillir avec
un fombre rugiffement, crier d'un ton de fureur:
Silence, filence! comme s'il eût craint que les fons
de cette cloche de mort n'euffent pas retenti affez
fortement dans fon cœur, & de perdre ainfi quelques - unes des fenfations de haine qu'elle étoit
deftinée à y alimenter !

Il eft aifé de calculer l'effet de ces moyens fur un
peuple corrompu, envieux de richeffes, avide d'argent, dont les principes religieux, fapés depuis
long - temps par une philofophie deftructive, ne
fervoient plus de bafe à la morale ni au culte reçu.
La proclamation de la loi martiale, dirigée en apparence contre le peuple révolutionnaire, mais réellement dirigée contre les efforts qu'auroit pu tenter
le clergé, à l'aide de la portion du peuple qui lui
demeuroit attaché, l'affaffinat du boulanger François,
qui montroit que l'on favoit conduire les mouvemens
populaires felon qu'ils fe portoient fur l'un ou fur
l'autre parti, tout concourut à répandre un fentiment

d'effroi parmi les membres de l'affemblée les mieux intentionnés. Les révolutionnaires jugerent qu'il étoit temps de porter les derniers coups. On reprit la difcuffion du projet de l'évêque d'Autun : une foule d'orateurs parlerent pour & contre. Enfin Thouret parut à la tribune.

Ce député attaché d'abord à la cour, accusé même de s'être vendu aux Polignacs, promu à la préfidence par le parti ariftocratique de l'affemblée, rejeté avec infamie par le parti révolutionnaire, forcé d'abandonner cette place, & alors devenu plus cauteleux, s'étoit jufques-là renfermé dans une nullité, qui ne convenoit ni à fon ambition ni à fon caractere tranchant. Thouret vouloit s'affurer quel feroit le parti le plus fort : les journées du cinq & du fix octobre lui révélerent le fecret de la révolution. Thouret ne balança plus ; réfolu de fe réunir aux révolutionnaires, il attendit l'occafion de s'y réunir avec éclat. La grande queftion de la fpoliation du clergé lui offroit une entrée brillante ; Thouret fe préfenta, & prononça un difcours écrit avec beaucoup d'adreffe. Pofant des principes abftraits, vrais en eux-mêmes, qu'il revêtit de formes fillogiftiques, il en tira des conféquences générales ; lefquelles, quoique très-juftes, n'etoient point applicables à la queftion. — Tout corps, dit Thouret, qui ne forme pas lui-même un corps politique, c'eft-à-dire une nation, ne fauroit avoir en propre ni exiftence ni propriété :

propriété : car n'exiftant pas par fa propre force, il tient néceffairement fon exiftence & fa propriété de la force de la nation au milieu de laquelle il l'exerce; puifque ce n'eft que par le confentement & la protection de cette nation qu'il eft corps & propriétaire.

Cette nation conferve donc toujours, lorfqu'elle le juge convenable à fes intérêts, le droit de retirer aux individus, qui vivent dans fon fein, la faculté qu'elle leur a accordée d'exifter en corps; elle peut donc légitimement difpofer de la propriété qu'elle avoit attachée à cette exiftence : or, fi, comme on n'en fauroit douter, c'eft la nation Françoife qui a fait en France le clergé corps & propriétaire, elle eft certainement bien la maîtreffe de dire aux individus qui le compofent : Je ne veux plus que vous formiez un corps féparé des autres citoyens; & je difpofe des biens que j'avois attachés à votre exiftence de corps du clergé. . . . . Et qu'on ne dife pas que par l'abandon que la nation Françoife lui a fait des biens qu'il poffede, le clergé confidéré comme corps en eft devenu réellement propriétaire. Quelle eft la marque diftinctive de la propriété? C'eft de l'aliéner & de la tranfmettre. Or, le clergé n'a point la faculté d'aliéner ni de tranfmettre la propriété des biens dont il jouit : il ne peut même la grever d'un hypotheque légal, fans y être autorifé par le chef de la nation. L'abandon que lui a fait la nation ne l'a donc point rendu propriétaire; il n'eft donc, ainfi que l'individu, que simple ufurfruitier. Mais fi le clergé confidéré comme corps n'eft pas réellement propriétaire, que eft le véritable propriétaire? C'eft la nation; puifqu'elle s'eft réfervé feule le droit d'aliéner, & qu'en en accordant au clergé la jouiffance des biens qu'il poffede, elle a fixé l'emploi qu'elle vouloit qu'il en fit.

Les députés peu inftruits, & le nombre en étoit grand, furent ébahis de la fine dialeĉtique de Thouret & lui prodiguerent les applaudiffemens les plus vifs Cependant les opinions flottoient incertaines. Le comte de Mirabeau s'apperçut de cette ofcillation; & calculant l'influance qu'a fur des efprits indécis un mot mis à la place d'un autre mot: —— Monfieur le préfident je vois que cette phrafe du décret : les biens du clergé appartiennent à la nation, en fourniffant divers fens aux différens efprits, retarde la délibération. Je demande qu'il foit dit : les biens du clergé font à la difpofition de la nation. Les révolutionnaires & les capitaliftes faifirent avec tranfport cet heureux amendement, & crierent qu'on mît là propofition aux voix. Les évêques & les nobles, démêlant l'adreffe perfide du comte de Mirabeau, réclamereut l'ancienne rédaĉtion. Ce fut vainement; les révo lutionnaires foutinrent la rédaĉtion de Mirabeau Une foule de députés qui répugnoient à exproprier ouvertement le clergé, ne prévoyant point, ou feignant de ne pas prévoir les conféquences que l'on tireroit dans la fuite du principe qu'ils alloient con facrer, fe joignirent aux révolutionnaires. Le décret paffa à une grande majorité.

Deux autres affaires occuperent enfuite l'affemblée; toutes les deux d'une égale importance pour les révolutionnaires. Mounier, après les journées du cinq & du fix octobre, avoit quitté Verfailles & s'étoit retiré à Grenoble. Ce député, qui, le premier fous le miniftere du cardinal de Brienne, avoit réclamé les privileges du Dauphiné, jouiffoit d'une confidération méritée; fes travaux à l'affemblée nationale, fon amour connu pour la vraie liberté, avoient encore augmenté l'eftime & l'attachement des Dauphinois. Mounier leur peignit l'afferviffement de l'affemblée à quelques intrigans & à quelques factieux du Palais-Royal, la connivence marquée de plufieurs députés aux ambitieux projets du duc d'Orleans, la violence faite au roi & à l'affemblée pour les forcer de fe rendre à Paris, leur efclavage mutuel au milieu d'une ville livrée à toutes les factions, boulverfée par tous les partis, dominée par une populace prête à exécuter les ordres de meurtre & de pillage de ceux qui la conduifoient. Le feul moyen de remédier aux maux qui défolent la France, ajouta Mounier, c'eft d'affembler les états de la province, & de délibérer fur la fituation critique où fe trouvent le roi, l'affemblée & le royaume.

La commiffion intermédiaire donna les ordres pour la convocation des états avec doublement. Les révolutionnaires fentirent les fuites qu'entraînoit cette démarche. Les, pays d'états alloient fuivre l'exemple du Dauphiné, & lever une puiffance rivale de celle de l'affemblée. La plupart n'avoient point approuvé l'abandon de leurs privileges ; ils favoient que le plan du comité de conftitution étoit de les morceler, afin de n'avoir plus à craindre, dans l'exécution de leurs projets, la réfiftance des grandes provinces.

Adrien Duport repréfenta que l'arrêté de la com-miffion intermédiaire du Dauphiné, étoit une violation manifefte des droits de l'affemblée, une machination des ennemis de la liberté. Cafalès répondit qu'il paroiffoit fingulier que l'on voulût empêcher une province de s'affembler, & d'avifer aux moyens de répartir l'impôt & aux mefures qu'indiquoient les circonftances, tandis que l'on fouffroit tranquillement dans Paris que foixante diftriés s'affemblaffent jour-nellement, délibéraffent & priffent des arrêtés con-traires aux décrets de l'affemblée ; que le diftriét de Saint - Martin - des - Champs s'élevoit avec une audace qui méritoit d'être réprimée contre la promulgation de la loi martiale ; que d'ailleurs on venoit d'accorder le droit de pétition à tous les citoyens, & de recon-noître hautement la faculté qu'ils ont de s'affembler. Mais les révolutionnaires loin de craindre les diftriés & leurs raffemblemens, les regardoient comme le plus ferme appui de la conftitution. Les diftriés conduits par des hommes dévoués aux révolutionnaires, n'a-

giſſoient que d'après les vues des chefs de ce parti.
Auſſi le comte de Mirabeau, ſans relever ce que
Caſalès venoit de dire des diſtricts, diſtingua les
aſſemblées libres des citoyens, des aſſemblées politiques
qui exercent un pouvoir : aux premieres ſeules appartient
le droit de pétition. Les débats furent violens, tu—
multueux ; l'un & l'autre parti jugeoient que la dé-
ciſion de cette queſtion délicate auroit une grande
influance ſur la marche de la révolution. Les révolutionnaires l'emporterent ; l'aſſemblée décréta qu'il
ſeroit ſurſis à tout raſſemblement d'états de provinces,
juſqu'à ce qu'elle eût déterminé avec l'acceptation
du roi un mode de convocation. Louis XVI, par
foibleſſe, ſanctionna dès le ſoir même ce décret, &
s'ôta tout moyen d'appeller au peuple des uſurpations
de l'aſſemblée.

Cependant la préſence de Mounier en Dauphiné
embarraſſoit les révolutionnaires. Des lettres de Paris,
des émiſſaires envoyés à Grenoble, ſignalerent Mou—
nier comme un ennemi de la révolution, comme
un homme vendu à la cour, chargé d'exciter des
troubles & d'allumer la guerre civile. Mounier in—
ſulté, menacé, pourſuivi de ville en ville, de maiſon
en maiſon, ſe vit bientôt contraint de quitter le
Dauphiné & de ſe réfugier à Geneve.

Un danger plus immédiat menaçoit les révolu—
tionnaires ; c'étoit la rentrée des parlemens. Ces corps,
preſque auſſi anciens que la monarchie, conſervoient

une grande confidération, malgré les intrigues & les calomnies employées pour la leur faire perdre. Le peuple étoit habitué à refpecter en eux la puiffance de la loi. Ils pouvoient devenir un point de réunion auquel fe rallieroient le roi, les princes, les ducs, la nobleffe, le clergé, les françois attachés au monarque & à la monarchie. Les parlemens rentrés, il eût peut-être été trop tard de fonger à les attaquer. Eh! que n'avoit-on pas à appréhender, avec un peuple facile & changeant, de la conduite uniforme, fage, modérée de ces magiftrats, comparée aux fcenes fcandaleufes & turbulentes que donnoient chaque jour les députés de l'affemblée?

Les révolutionnaires, felon leur ufage de fe fervir d'un membre du corps qu'ils vouloient détruire pour lui porter les coups les plus fenfibles, chargerent Adrien Duport, confeiller au parlement, de demander la diffolution de tous les parlemens du royaume. Duport obferva que la Saint-Martin approchoit; que le travail du comité de conftitution n'étoit point terminé; qu'il étoit effentiel de proroger les vacances des parlemens, & d'empêcher qu'ils ne fe raffemblaffent : mais pour que le peuple ne fouffrît pas de ce retard, l'affemblée continueroit les différentes chambres des vacations actuellement en exercice. La motion de Duport appuyée par les révolutionnaires, combattue avec une égale chaleur par le parti qui leur étoit oppofé, fut décrétée. Le peuple

de Paris vit avec indifférence la deftruction de fon
parlement. Il ne fe rappella point fa confternation
lorfque, l'année d'auparavant, le chancelier, Lamoignon, avoit diffou ce même parlement, créé la cour
pléniere, établi les grands bailliages; ni fon extra-
vagante joie quand, après la chûte de ce même
Lamoignon, le roi & Necker avoient réinftallé cette
idole favorite des Parifiens & de tous les François.

La cour reconnut enfin la néceffité de fe faire un
parti dans l'affemblée nationale. Lafayette plus jaloux
du premier pouvoir que capable de le conquérir par
le développement d'un grand caractere, incertain de
la marche de la révolution, mais affuré des vues
ennemies de la faction d'Orleans, fe réunit à la
cour, & travailla à détacher de ce prince ceux qui,
dans la commune de Paris, dans les diftricts & parmi
la garde-nationale, donnoient quelque force à ce
parti : les circonftances étoient favorables. La fuite
précipitée du duc d'Orleans avoit inquiété fes amis,
& fortifié les foupçons que ce prince étoit l'auteur des
forfaits du fix octobre. Sillery, l'un de fes principaux
agens, alarmé des inculpations qui commençoient
à fe répandre, voulut entrer dans quelques détails,
& fur la prétendue miffion du duc en Angleterre
& fur les événemens du fix octobre : il efpéroit
arracher un décret propre à détruire l'impreffion défavorable que faifoit fur les efprits cette retraite inopinée.
L'affemblée refufa d'entendre Sillery. Menou s'y

prit d'une maniere plus adroite, il repréfenta que
le duc d'Orleans, député de Crefpi en Valois, ne
pouvoit accepter une miffion particuliere ; que depuis
fon départ on parloit de complots ; de confpirations ;
qu'on alloit même jufqu'à avancer que c'étoit pour
échapper à des recherches fondées que le duc d'Orleans s'étoit retiré en Angleterre ; que fi ces bruits
femés par fes ennemis avoient la plus légere apparence, certes le roi n'auroit pas donné une miffion,
& que le duc d'Orleans jaloux de fa réputation, loin
de quitter l'affemblée, fe feroit préfenté pour fe juftifier ; que la malveillance alloit encore plus loin, qu'on
inculpoit, dans des accufations vagues, plufieurs députés de l'affemblée comme les agens de l'ambition du
duc d'Orleans ; que les membres inculpés répondroient
certainement à ceux qui les accufoient, fi ces accufations étoient publiques ; mais qu'ils méprifoient des
calomniateurs qui agiffoient dans l'obfcurité. Menou,
feignant enfuite de croire que le duc d'Orleans étoit
détenu à Boulogne, ajouta : —— Je demande que la
municipalité de Boulogne, remette fur - le - champ
monfieur le duc d'Orleans en liberté ; qu'en qualité
de député de Crefpi, il vienne rendre compte de
fa conduite : mais en fuppofant que monfieur le
duc d'Orleans foit pafsé en Angleterre, je demande
qu'on lui envoi le décret de l'affemblée ; qu'on lui
enjoigne de reprendre fon pofte, & de répondre
aux inculpations que fes ennemis dirigent contre lui.

Tout le monde faifit le but de Menou : l'affemblée
refufa de délibérer fur fa propofition. Le duc d'Orleans étoit trop généralement méprisé, fon caractere
étoit trop connu, pour que l'affemblée ni le peuple
dans aucun cas, même avec le mécontentement le plus
légitime contre Louis XVI, puffent fonger à élever le
duc d'Orleans fur le trône. Le duc n'avoit pour lui que
la plus vile populace, & quelques hommes perdus
de dettes, fans mœurs, adonnés à tous les vices,
exercés à tous les genres d'efcroqueries. La cour
& Lafayette parvinrent aifément à détacher de ce
prince ceux qui, fans calculer fa nullité, s'étoient
appuyés fur lui pour la réuffite de leurs ambitieux
projets. Tous fe vendirent plus ou moins cher.
Volnay eut l'intendance de Corfe, avec douze mille
livres d'appointemens & fix mille francs pour fon
voyage. On donna un gouvernement au duc de
Biron. Les autres reçurent de l'argent, obtinrent des
emplois pour leurs parens & pour leurs amis. Le
comte de Mirabeau étoit, de tous les hommes attachés au duc d'Orleans, celui que la cour avoit le
plus d'intérêts de gagner. Ce n'étoit pas affez d'affouvir fon avarice, il falloit affouvir fon ambition:
on lui promit une place de miniftre. Mirabeau fentit
que dans ce pofte gliffant, entouré de la haine de
ceux même qui l'appelloient au miniftere, il auroit
befoin au confeil de fon influance de député dans
l'affemblée. Il voulut avant que d'accepter s'affurer

cette influance, en confervant le droit d'affifter aux séances, d'y difcuter les objets mis en délibération; décidé à ne pas facrifier le caractere indélébile & inviolable de député, à la gloriole & aux avantages précaires d'une place plus brillante que folide, qu'on ne lui offroit peut-être que dans le deffein de le perdre ou de lui ravir fa popularité.

Le garde-des-fceaux, Champion, inftruifit les Lameth de cette intrigue. Bientôt un bruit fourd fe répandit que Mirabeau alloit être miniftre. Cette nouvelle alarma également les ariftocrates & les ré-volutionnaires. Les Lameth, les Crillon, les Noailles, agirent auprès des députés des communes; leur re-préfenterent que fi Mirabeau joignoit à la place de miniftre l'afcendant que lui donnoient fur les délibé-rations fon grand talent & fa popularité, il domineroit l'affemblée; que les députés les plus marquans n'au-roient plus aucun crédit. —— Et qui fait, ajouterent les Lameth, fi Mirabeau, toujours mené par fon intérêt perfonnel, ne fe réunira point à la nobleffe & au clergé, & ne travaillera point à renverfer une conftitution qui gêneroit fes vues nouvelles? Non-feulement il ne faut pas que Mirabeau foit miniftre, il ne faut pas qu'aucun des ambitieux, que la cour s'efforce de corrompre, reçoive un échange de fa trahifon : c'eft le feul moyen de vous conferver purs, & de déjouer les complots que vos ennemis ne ceffent de tramer contre vous.

L'affemblée avoit demandé aux miniftres des ren-
feignemens fur l'état des fubfiftances de la ville de
Paris, & fur les moyens les plus propres à faire
ceffer une difette factice qui tourmentoit le peuple.
Les miniftres répondirent par des plaintes vagues:
— Ils éprouvoient des difficultés fans ceffe renaiffantes,
les peuples refufoient d'obéir, le défordre & l'anarchie étoient au comble, l'autorité royale étoit fans
force, il n'y avoit qu'une entiere confiance de l'affemblée, dans les mefures que prendroient les miniftres,
qui pût arrêter le mal; mais il faudroit être à portée
de difcuter avec l'affemblée ces mefures dans leur
enfemble. Mirabeau faifit une occafion fi favorable
d'obtenir le décret qu'il defiroit : il propofa d'admettre les miniftres dans le fein de l'affemblée
avec voix confultative, de les autorifer à difcuter les
objets de l'adminiftration. Un cri général s'éleva
contre cette propofition. Alexandre Lameth & Barnave la combattirent. Mirabeau employa vainement
toutes les reffources de fon éloquence pour en démontrer les avantages : ce n'étoit pas la chofe publique
que la plupart des députés envifageoient dans cette
importante queftion; ils ne voyoient que Mirabeau.
Les nobles attachés à l'ancien régime & les nobles
attachés à la révolution vouloient également l'éloigner
du miniftere. Adrien Duport lui reprocha fes vues
ambitieufes, parla de la néceffité d'oppofer une loi
aux calculs de l'intérêt perfonnel, demanda qu'aucun

des membres de l'assemblée actuelle ne pût, pendant
la durée de la session, accepter aucune place du
gouvernement. Cette demande fut accueillie, & le
décret passa à l'unanimité.

Janvier
1790.

Au milieu de ces affaires particulieres, les révolutionnaires marchoient à grands pas à la nouvelle
constitution. Il falloit achever de renverser l'ancien
gouvernement, & pour cela anéantir les états pro-
vinciaux, les corporations, les tribunaux; enlever
au monarque la nomination des places, la transmettre
au peuple; en exclure les nobles, les prêtres, les
hommes contraires à la révolution; dissoudre tous
les pouvoirs, en créer de nouveaux, qui n'eussent
avec le monarque que des relations fictives & honorifiques; armer ces pouvoirs les uns contre les autres,
de sorte que, dans un état de guerre & d'anarchie,
ils fussent forcés de recourir à l'assemblée; les armer
contre le monarque, afin que comprimé de toutes
parts, fatigué d'une lutte continuelle, il ne pût ni
les diriger ni les contenir, & que l'assemblée, placée
entre le gouvernement & le monarque, se servît
alternativement de l'un & de l'autre pour les dominer
tous les deux. L'abbé Siyès conçut un plan qui parut
propre à concilier les vues des révolutionnaires:
Thouret se chargea de le présenter. C'étoit une nouvelle division de la France, qui détruisant les limites
des provinces, changeant même leurs dénominations
& les confondant dans un tout homogene, amenoit,

fans effort, le gouvernement populaire que les révolutionnaires vouloient fubftituer au gouvernement monarchique. D'après ce plan, la France fut partagée en quatre-vingt-trois départemens à-peu-près égaux en grandeur & en population, formant chacun une adminiftration indépendante, composée d'un confeil adminiftratif de trente-fix membres, d'un directoire, toujours en activité, chargé de l'adminiftration générale du département. Chaque département fut partagé en diftricts, composés d'un confeil adminiftratif de douze membres, d'un directoire de cinq, chargé de l'adminiftration générale du diftrict, obligé pour rendre fes jugemens exécutoires de les faire vifer au département. Chaque diftrict fut partagé en cantons, formant un arrondiffement de fix ou fept paroiffes. Les cantons n'eurent aucune jurifdiction ; ils devoient fervir, lors des élections, à raffembler au chef-lieu les citoyens des paroiffes de leur arrondiffement. Chaque département eut un tribunal criminel, chaque diftrict un tribunal civil, chaque canton un tribunal de paix.

La cour vit, avec une fecrete joie, que l'affemblée renverfoit les barrieres qui, jufques-là, s'étoient oppofées au defpotifme du monarque ; qu'elle le tiroit de la dépendance des parlemens, des pays d'états, & réalifoit les plans de Calonne, de l'archevêque de Sens-Brienne & du chancelier, Lamoignon : plans contre lefquels la France, quelques mois auparavant, s'étoit soulevée avec tant d'opiniâtreté! En effet, personne à la cour ne doutoit que le roi ne recouvrât bientôt la plénitude de son autorité. Les ministres comptoient profiter, pour eux - mêmes, de ce que l'assemblée croyoit si propre à assurer la liberté du peuple & à cimenter la nouvelle constitution. Les révolutionnaires virent mieux. D'ailleurs en détruisant les corps qui leur portoient ombrage, ils les remplacerent par une force toujours prête à agir; mais entiérement dans leur dépendance, & hors des pouvoirs qu'ils seroient obligés de déléguer au monarque. Les révolutionnaires établirent dans chaque paroisse, qu'ils nommerent commune (afin, en changeant les noms, de changer plus sûrement les choses), un corps municipal qu'ils investirent de grands pouvoirs. Ce qui distingue les municipalités des autres autorités constituées, c'est que le peuple nomme immédiatement les officiers municipaux, tandis que les administrateurs de département, de district, les juges des tribunaux, sont nommés par un certain nombre d'électeurs choisis à cet effet dans les assemblées primaires. La raison de cette différence est simple; les révolutionnaires voulant remettre entre les mains des municipalités l'exercice de la force publique, le choix des officiers municipaux devenoit pour eux plus important. On fixa le nombre des officiers municipaux en raison de la population. Les bourgs & villages au dessous de cinq cents personnes n'eurent que trois officiers municipaux ; les villes dont la population excede cent mille ames en eurent vingt & un ; & afin de rendre ces corps plus populaires, d'y maintenir plus sûrement leur influance, les révolutionnaires ajouterent à chaque municipalité des notables, deſtinés à former, conjointement avec les officiers municipaux, ce qu'ils appellerent le conſeil général de la commune; ſoumettant ainſi les affaires majeures à une délibération plus nombreuſe, par conféquent plus difficile à corrompre.

Les moindres municipalités furent donc compoſées de neuf membres, & celles des villes au deſſus de cent mille ames, de ſoixante & cinq ; ce qui cumulant les quarante - quatre mille municipalités du royaume, & prenant pour terme moyen vingt - cinq membres par municipalité, donnoit un réſultat de onze cent ſoixante & quinze mille tant officiers municipaux que notables. Joignez – y deux mille neuf cent quatre-vingt-huit adminiſtrateurs de département, ſix mille neuf cent cinquante adminiſtrateurs de diſtrict, quatre cents juges de tribunaux criminels de département, trois mille ſept cents juges de tribunaux de diſtrict, cinq mille juges de paix de canton, quatre - vingt mille aſſeſſeurs près les tribunaux de ces juges de paix, vous aurez une adminiſtration générale, pour l'intérieur ſeulement, de treize cent mille individus; tous tenant leurs pouvoirs du peuple, tous agens immédiats de l'aſſemblée. C'étoit certes

beaucoup trop compliquer les refforts du gouvernement; mais les révolutionnaires, par une antique
habitude, frappés d'une fecrete terreur au feul nom
de roi, ne pouvoient fecouer une crainte fervile, fruit
d'un long efclavage; ils croyoient à chaque inftant
voir le géant coloffal fe relever plus fort & plus terrible que jamais; & fecouant d'un bras vigoureux
les colonnes mal affermies de leur frêle édifice, le
renverfer en un inftant, & les écrafer fous fes ruines.
La facilité même avec laquelle ils avoient terraffé ce
redoutable adverfaire, loin de les raffurer, ne fervoit
qu'à augmenter leurs défiances : ils attribuoient leurs
fuccès moins à fa foibleffe réelle qu'à une politique
adroite. — Le pouvoir exécutif fait le mort, s'écrioit
Charles Lameth dans un de ces mouvemens d'inquiétude qui tourmentoient fouvent les révolutionnaires!

Ce fut fur-tout dans les fonctions attribuées aux
municipalités, que les révolutionniares montrerent
leur prédilection pour ces corps, & le but qu'ils s'é-
toient proposé en les créant. On leur confia la régie
des biens & revenus communs des villes, bourgs,
paroiffes & communautés; on les chargea de régler
& de payer les dépenfes locales, de diriger & de
faire exécuter les travaux publics, d'adminiftrer les
établiffemens appartenant à la commune, de veiller
à la falubrité, à la propreté, à la tranquillité des rues,
des places & des édifices publics; de répartir la
contribution directe entre les citoyens, d'en faire la

perception

perception & le verfement dans les caiffes. On leur confia la direction immédiate des travaux, des établif-femens des propriétés publiques ; la police générale & particuliere des fpectales, l'infpection directe des répa-rations & reconftructions des églifes, presbyteres & autres objets du culte religieux. Mais le droit le plus important, & qui en fit une véritable puiffance, ce fut celui de requérir feuls la force publique, & d'em-pêcher ainfi d'agir, ou de faire agir à leur gré, les gardes-nationales & les troupes de ligne ; par con-féquent d'activer les forces que l'affemblée retenoit entre fes mains, en paralyfant, lorfqu'elle le jugeroit convenable, celle qu'elle feroit contrainte de laiffer à la difpofition du monarque. Les révolutionnaires clafferent tous les François en citoyens actifs & en citoyens non actifs : les feuls citoyens actifs furent admis à con-courir aux élections. Quelque bas qu'on eût porté le taux de revenu pour l'exercice des droits de citoyen actif, puifqu'il fuffifoit de payer une contribution directe équivalente aux prix de trois journées de travail eftimées quarante-cinq fous, plufieurs députés s'éleverent contre cette démarcation contraire à l'é-galité reconnue & proclamée dans la déclaration des droits de l'homme.

Tandis que les révolutionnaires pofoient les bafes de la nouvelle conftitution fur les ruines de la monarchie, les partifans de l'ancien régime travailloient à arrêter des entreprifes qu'ils nommoient une révolte coupable,

Les évêques dans leurs mandemens déploroient la ruine de la religion, tonnoient contre les usurpations impies de l'assemblée, appelloient le peuple à la révolte. Les états du Languedoc & de Bretagne s'assemblerent, protesterent contre l'abolition de leurs privileges, contre la division de leurs provinces en départemens. Les parlemens de Rouen, de Bourdeaux, de Metz, de Toulouse, prirent des arrêtés dans lesquels, déposant, disoient-ils, entre les mains du roi leurs craintes sur des innovations si contraires aux droits du monarque & des sujets, ils assuroient qu'ils ne pouvoient obéir au décret qui supprimoit d'antiques tribunaux essentiellement liés à l'existence de la monarchie. En même temps une foule de journaux, de pamphlets, payés par le ministere, exagéroient les inconvéniens de la nouvelle constitution, l'impossibilité qu'elle marchât. Quelques hommes, ne soupçonnant pas même le changement qui s'étoit fait dans l'opinion, essayerent l'arme du ridicule, si puissante dans les temps que la cour, & ce qu'on nommoit à Paris la bonne compagnie, prononçoient arbitrairement des talens, du mérite & de l'esprit. Les sarcasmes tomberent de toutes parts sur les députés révolutionnaires; cette arme, jadis si formidable, mollit entre les mains de ceux qui voulurent l'employer. Le François s'étoit élancé dans les grandes discussions politiques. Un bon mot, un mauvais quolibet, une froide plaisanterie, venoient s'émousser

contre des hommes mus par des intérêts plus puiſſans,
& n'obtenoient que le léger ſourire de quelques
femmes, & de quelques hommes du bon ton, qui
trouvoient les députés révolutionnaires ridicules, parce
qu'ils n'avoient pas leurs formes. Le peuple, inſenſible
aux reproches injuſtes ou minutieux qu'on leur faiſoit,
s'obſtina à voir en eux des hommes probes, inſtruits,
courageux, ennemis ardens du deſpotiſme, zélateurs
courageux de la liberté, animés du deſir du bien,
& s'efforçant de rendre à la nation ſes droits uſurpés.

Les révolutionnaires renverſerent aiſément ces foibles
obſtacles; les chambres des vacations rebelles, furent
ſupprimées & remplacées par d'autres tribunaux; les
commiſſions des états, déclarées ne point repréſenter
le peuple. La plupart des villes de province abandonnerent leurs parlemens & ſe préſenterent pour les
dénoncer; tant les révolutionnaires avoient eu l'art de
perſuader au peuple que tout ce qu'ils faiſoient n'étoit
que pour ſon bonheur, & tant ils furent intéreſſer
au nouvel ordre de choſes la majorité de la nation.
Les miniſtres contribuerent par leur foibleſſe & par
leur déſunion aux progrès des révolutionnaires. Au
lieu de contenir un torrent qui menaçoit de tout
renverſer, ils attendirent qu'il s'arrêtât de lui - même;
& lorſqu'ils s'apperçurent qu'il alloit les entraîner,
ainſi que le monarque, loin de rallier autour d'eux
tous les intérêts, & d'oppoſer aux révolutionnaires
de la franchiſe, du courage & un grande activité,

ils ne leur oppoferent que de petits moyens, de
petites intrigues. Ils ne chercherent point à rafermir fur
fes bafes un gouvernement qui crouloit de toutes parts;
au contraire ils fomenterent les défordres, propagerent
l'anarchie, croyant que le peuple fatigué reprendroit
de lui-même fes fers. Les révolutionnaires ne refuferent point ce nouveau genre de combat. En effet,
cette guerre inteſtine tourna toute à leur avantage:
car lorfqu'ils avoient le deſſous, ce qui arrivoit rarement, des décrets foudroyans terraſſoient leurs
adverfaires & leur enlevoient le fruit de la victoire.
Il les deſtituoient de leurs places, les emprifonnoient;
contraignoient le roi & fes miniſtres à fanctionner
& à exécuter leurs décrets, & à concourir eux-
mêmes à la ruine d'hommes qui n'agiſſoient que
d'après des ordres ; ayant toujours pour eux les formes de la loi, ils les accabloient de fon poids fans
que perfonne ofât les défendre. Les révolutionnaires
fe fentoient-ils les plus forts, ils n'attendoient pas
qu'on les attaquât, ils attaquoient les premiers;
enfuite ils crioient contre ceux qu'ils avoient dépouillés,
emprifonnés, maltraités, aſſaſſinés, les accufoient de
projets de contre-révolution. Un décret armoit les
oppreſſeurs, & n'arrachoit momentanément les opprimés à leur rage, que pour les foumettre à l'oppreſſion encore plus infupportable de la loi, en les
jetant, fans les entendre, dans des cachots où on les
laiſſoit languir des mois & des années.

C'eſt ainſi qu'à Marſeille & à Niſmes, monſieur Albert de Rrioms & les officiers municipaux furent rendus reſponſables & punis des violences auxquelles on s'étoit porté contre eux. En vain Malouet, Caſalès, Virieu, demanderent-ils qu'on autoriſât le pouvoir exécutif à réprimer ces excès. Les révolutionnaires répondirent que donner une autorité illimitée au roi, ſous la fauſſe ſpéculation d'arrêter quelques déſordres partiels très-exagérés, c'étoit tuer la liberté. Roberſpierre aſſura que le peuple étoit très-pacifique ; que ces prétendus déſordres ſe réduiſoient à des châteaux brûlés : encore ces accidens n'étoient-ils tombés que ſur des magiſtrats rebelles. —— Ceſſez, ajouta Roberſpierre en s'adreſſant aux évêques & aux nobles, ceſſez de calomnier le peuple. Que les ennemis de la révolution ne viennent plus dans cette enceinte lui reprocher des barbaries, des atrocités ; moi j'atteſte que jamais révolution n'a coûté ſi peu de ſang, n'a occaſionné ſi peu de meurtres, de cruautés. Quel ſpectacle que celui d'un peuple qui, maître de ſa deſtinée, & voyant abattre devant lui les pouvoirs qui l'ont ſi long-temps opprimé, rentre de lui-même dans l'ordre & demande une conſtitution ! ſa douceur & ſa modération admirable déconcertent les manœuvres de ſes ennemis. N'oublions pas, meſſieurs, que l'établiſſement de notre conſtitution dépend de l'eſprit public ; ne voyez-vous pas que l'on s'efforce d'énerver les ſen-

timens du peuple; que l'on voudroit rétablir la tranquillité aux dépens de la liberté. Le comte de Mirabeau, enchériffant fur cette fanglante ironie, s'écria:
— On ofe nous propofer de donner un pouvoir
dictatorial à un feul homme, dans un moment où
la nation a fes repréfentans légaux, où elle travaille
à fa conftitution! Lifez, lifez ces lignes de fang dans
les lettres de l'empéreur Jofeph au général Alton:
*J'aime mieux voir des villages incendiés que des
villages révoltés.* Voilà le code des dictateurs; voilà
ce qu'on ne craint pas de demander à une affemblée
qui a eu le courage de fauver deux fois la France
des proclamations dictatoriales des mois de juin &
de juillet!

Un événement vint encore augmenter les défiances.
On parloit depuis quelque temps de complots contre
l'affemblée, de confpirations contre la liberté du
peuple; c'étoient plutôt des foupçons vagues, fruits
de l'inquiétude générale qui agitoit les efprits, que
ce n'étoit une connoiffance acquife par des faits:
l'arreftation du marquis de Favras fixa l'incertitude
du peuple. Thomas de Mahi, connu fous le nom
de marquis de Favras, étoit un de ces hommes fi
communs dans les cours, qui n'ont d'autre patrimoine
que l'intrigue, qui s'immifcent dans toutes les affaires,
qui entrent dans tous les projets où ils croient appercevoir un lucre. Favras avoit été fucceffivement officier
d'infanterie, capitaine de dragons, lieutenant des

gardes-fuiffes de monfieur, frere du roi; forti de
ce dernier corps en mil fept cent foixante-quinze,
il parcourut l'Allemagne, fe maria avec une princeffe
d'Anhalt-Schaumbourg, que le prince d'Anhalt,
chef de la maifon, refufoit de reconnoître. Il paffa
delà en Ruffie, où il obtint du fervice; bientôt
dégoûté de cette cour, il revint en France, dans
l'efpoir que la grande naiffance de fon époufe lui
procureroit les moyens de réalifer fes vues ambitieufes.
La convocation des états-généraux offroit un vafte
champ à tous ces hommes qui fpéculent indifféremment
& fur le bonheur & fur le malheur de leur patrie,
& qui fuivent les grands mouvemens des états,
comme les requins fuivent les vaiffeaux qui font des
voyages de long cours. Favras fe tint conftamment
à Verfailles tant que l'affemblée nationale y demeura.
Il donna des plans de finance, s'introduifit auprès
des comités, prit part à tous les événemens, fe
trouva le cinq octobre au château; & là, voulant
montrer fon zele pour le roi & pour la famille royale,
il demanda au miniftre Saint-Prieft la permiffion de
fe mettre à la tête de quelques hommes de bonne
volonté, qui protégeroient la retraite du roi à Metz,
& enlévroient les canons que les femmes venues de
Paris avoient placés dans l'avenue de Verfailles. Favras
fuivit l'affemblée nationale à Paris : il continua d'intriguer.... Quelques dénociations très-indéterminées
le rendirent fufpect : on épia fes démarches. Le comité

des recherches ayant enfin acquis les renſeignemehs néceſſaires à la preuve des complots qu'il ſoupçonnoit, on arrêta monſieur & madame de Favras; on mit le ſcellé ſur leurs papiers, & on les conduiſit à l'abbaye Saint - Germain. La maniere dont on annonça l'arreſtation de Favras, cauſa une alarme générale. On devoit, aſſuroit un bulletin, introduire la nuit dans Paris des hommes armés; aſſaſſiner Lafayette, Necker, Bailli; attaquer la garde du roi; enlever Louis XVI, le metre à la tête d'une puiſſante armée; affamer Paris. Monſieur, frere du roi, étoit le chef de cette entrepriſe; Favras négocioit au nom de ce prince un emprunt de ſommes conſidérables.

Monſieur, alarmé de voir ſou nom mêlé dans cette affaire, ſe rendit à la municipalité : —— Le deſir de repouſſer une calomnie atroce l'amenoit, dit-il, au milieu des repréſentans de la commune; on répandoit, avec affectation, qu'il avoit de grandes liaiſons avec monſieur de Favras; il croyoit, en ſa qualité de citoyen de Paris, devoir inſtruire la commune des ſeuls rapports ſous leſquels il connoiſſoit monſieur de Favras. Monſieur de Favras étoit entré en mil ſept cent ſoixante - douze dans ſes gardes - ſuiſſes, il en étoit ſorti en mil ſept cent ſoixante - quinze; monſieur ne lui avoit pas parlé depuis ce jour. Mais privé de la jouiſſance de ſes revenus, inquiet ſur les paiemens conſidérables qu'il avoit à faire en janvier,

il avoit defiré satisfaire à ses engagemens sans être
à charge au tréfor public ; &, pour y parvenir, il
avoit formé le projet d'aliéner en contrats la somme
qui lui étoit néceffaire. On lui avoit repréfenté qu'il
feroit moins coûteux à ses finances de faire un emprunt ; monfieur de la Châtre lui avoit indiqué
monfieur de Favras, comme pouvant effectuer cet
emprunt par meffieurs Chomel & Sartorius. En
conféquence monfieur avoit foufcrit une obligation
de deux millions, fomme néceffaire pour acquitter
fes engagemens & pour payer fa maison. Cette
affaire étoit purement de finance ; il avoit chargé
fon tréforier de la fuivre ; il n'avoit point vu monfieur
de Favras, il ne lui avoit point écrit, il n'avoit eu
aucune communication avec lui : ce que monfieur
de Favras pouvoit avoir fait d'ailleurs lui étoit parfaitement inconnu. Cependant on diftribuoit avec
profufion dans la capitale un écrit où on l'accufoit
d'être à la tête d'un complot tendant à affaffiner le
maire & le commandant de la garde - nationale, à
introduire trente mille hommes dans Paris. — « Vous
» n'attendez pas de moi, meffieurs, que je m'abaiffe
» jufqu'à me juftifier d'un crime auffi bas; mais,
» dans un temps où les calomnies les plus abfurdes
» peuvent faire aisément confondre les meilleurs ci-
» toyens avec les ennemis de la révolution, j'ai cru
» devoir au roi, à vous & à moi - même, d'entrer
» dans le détail que vous venez d'entendre, afin que

» l'opinion publique ne puiſſe reſter un ſeul inſtant
» incertaine ; quant à mes opinions perſonnelles, j'en
» parlerai avec confiance à mes concitoyens. Depuis
» le jour où, dans la ſeconde aſſemblée des notables,
» je me déclarai ſur la queſtion fondamentale qui
» diviſoit encore les eſprits, je n'ai pas ceſſé de
» croire qu'une grande révolution étoit prête ; que
» le roi, par ſes intentions, ſes vertus, ſon rang ſu-
» prême, devoit en être le chef, puiſque cette ré-
» volution ne pouvoit être avantageuſe à la nation,
» ſans l'être également au monarque ; enfin que
» l'autorité royale devoit être le rempart de la liberté
» nationale, & la liberté nationale la baſe de l'auto-
» rité royale. Que l'on cite une ſeule de mes actions,
» un ſeul de mes diſcours qui ait démenti ces prin-
» cipes, & qui ait montré que, dans quelque cir-
» conſtance où j'aie été, le bonheur du roi, celui
» du peuple, ont ceſſé d'être l'unique objet de mes
» vœux ; juſques-là j'ai le droit d'être cru ſur ma
» parole, je n'ai jamais changé de ſentimens ni de
» principes ».

Cette démarche de monſieur chatouilla agréablement l'orgueil de la commune & du peuple de
Paris. Ce fut un ſpectacle étrange & bien nouveau
de voir le premier prince du ſang, le frere ainé du
roi, accourir en perſonne ſe juſtifier devant quelques
petits bourgeois, qui, n'a guere, n'euſſent ſeulement
oſé le regarder en face, & s'empreſſer de repouſſer,

par des aveux & des détails humilians, une imputa-
tation hasardée dans un bulletin inconnu. Cette re-
connoissance solemnelle des droits & de la juridiction
suprême du peuple souverain, auroit dû démontrer
à tous les hommes sages que la révolution étoit faite ;
qu'elle soumettoit déja à son pouvoir les têtes les
plus augustes. Aussi le maire Bailli ne put-il cacher
sa joie : —— Vous venez, dit-il à monsieur, de
donner un nouvel exemple de l'égalité civile, en
vous confondant avec les représentans de la commune,
& semblant ne vouloir être apprécié que par vos
sentimens patriotiques.

Chacun vit clairement que Favras étoit sacrifié :
fin ordinaire de toutes les entreprises mal dirigées,
auxquels se prêtent des subalternes lorsqu'ils embras-
sent follement les intérêts & les passions des grands.
On poursuivit le procès de Favras avec beaucoup
d'activité : Turcati & Morel, à-la-fois espions, dénonciateurs & témoins, déposerent que Favras les
avoit chargés de trouver des gens de bonne volonté,
pour établir à Versailles un corps de douze cents
hommes de cavalerie capable de protéger la retraite
du roi à Metz ; qu'il leur avoit avoué qu'il entretenoit
des correspondances en Picardie, en Artois, dans
le Hainaut & dans le Cambresis ; que le projet étoit
d'enlever le roi, le garde-des-sceaux ; d'assassiner
Necker, Lafayette, Bailli ; qu'aussi-tôt que le roi
seroit sorti de Paris, il appelleroit auprès de lui les

États - généraux & les parlemens ; qu'il leur feroit favoir fes volontés, déja expliquées d'une maniere précife dans la déclaration du vingt - trois juin ; que dans le cas où l'on oppoferoit quelque réfistance, le roi convoqueroit fur - le - champ de nouveaux états - généraux ; qu'il feroit facile de contenir Paris, en fe faifant des créatures parmi le peuple & en gagnant une partie de la garde foldée. Favras nia qu'il eût jamais formé un pareil projet. En effet, étoit - il poffible de croire qu'avec un foible corps de douze cents hommes, Favras eût conçu la folle pensée d'enlever le roi, le garde - des - fceaux ; d'affaffiner Lafayette, Necker, Bailli ; & cela, au milieu de trente - fix mille hommes de gardes - nationales, de trois cent mille citoyens armés, qu'un coup de cloche ou de canon pouvoient raffembler en un inftant. Où étoit le dépôt des douze cents hommes? On ne nommoit aucun des hommes. Et quels étoient les dénonciateurs? Deux recruteurs fans fortune, alléchés par l'appât d'une fomme de vingt - quatre mille livres, promife à toute perfonne qui dénonceroit un complot contre la nation.

Mais les circonftances n'étoient pas favorables à Favras. Le Châtelet venoit de décharger Befinval d'accufation, d'élargir Augeard, fermier général & fecrétaire des commandemens de la reine, chez lequel on avoit faifi un mémoire, écrit de fa propre main, qui contenoit un plan raifonné d'opérer la retraite du roi à Metz & la diffolution de l'affemblée. Le peuple n'avoit vu qu'avec une efpece de fureur qu'on eût fouftrait ces deux hommes à fa vengeance; furtout Befinval, qu'il regardoit comme le principal auteur de la confpiration du quatorze juillet. Il lui falloit une autre victime. Favras intrigant fubalterne ne tenoit à perfonne; Befinval tenoit au corps Helvétique; la reine pouvoit fe trouver impliquée dans la procédure dirigée contre Augeard & contre lui.

Les révolutionnaires ne prirent point le change; ils s'éleverent contre le Châtelet, le taxerent de partialité; lui reprocherent de refufer à Favras le nom de fon dénonciateur, de s'oppofer à l'audition des témoins qu'il produifoit à fa décharge. Le peuple ne partagea point ces fentimens favorables : il ne vit dans Favras qu'un marquis qu'on alloit pendre; fupplice jufques-là réfervé au peuple, & qui, appliqué à un noble, fanctionnoit à fes yeux l'égalité civile. Le jour que les juges allerent aux opinions, une foule immenfe répandue autour du Châtelet demanda à grands cris la mort de Favras. Ce mouvement intimida, dit-on, les juges. Talon, lieutenant civil, vendu à la cour, préfidoit le Châtelet. On avoit réfolu d'enterrer avec Favras tous les indices qui auroient pu dévoiler les refforts fecrets qu'on avoit fait jouer dans cette affaire. Favras fut condamné à être pendu : il reçut avec fermeté ce jugement au moins trop févere. — Votre vie, lui dit bêtement

Quatremere, rapporteur de cet étrange procès, est un sacrifice que vous devez à la tranquillité publique, Favras ne lui répondit que par un regard de mépris.

Dès que le peuple apperçut Favras sur la fatale charrette, en chemise, la corde au cou, ayant le bourreau derriere lui, ce fut une ivresse, des battemens de mains : on eût dit que l'on venoit de remporter une grande victoire. Des hommes du peuple couroient les rues, arrêtoient les passans, leur demandoient pour boire, en disant avec un air de satisfaction qu'on alloit pendre Favras. Favras calme, majestueux, ne parut ni irrité ni même affecté de cet atroce délire du peuple. Il monta à l'hôtel de Ville ; dicta avec un sang - froid héroïque son testament de mort. Favras avoue, dans cet écrit, qu'un grand seigneur d'une maison qui marche après celle de nos rois, & attaché à la cour, ayant desiré lui parler, il se rendit chez ce seigneur ; que ce seigneur l'assura que la maniere dont il avoit voulu le cinq octobre garantir les jours du roi, lui avoit donné une grande opinion de son attachement à Louis XVI ; que s'il avoit quelque moyen de prévenir le coup terrible dont ce prince étoit menacé, il le prioit de l'employer ; qu'il seroit utile de connoître l'esprit du fauxbourg Saint - Antoine ; que cette connoissance pouvant l'engager dans des dépenses, il lui offroit cent louis pour recueillir les instructions dont on avoit besoin ; que sa délicatesse ne devoit pas souffrir d'accepter ces cent louis.; qu'il les lui donneroit dans un lieu propre à lever tous fes fcrupules. Ce grand feigneur l'invita à fe trouver le foir chez le roi : Favras s'y rendit. Le grand feigneur, en fortant·du cabinet du roi, lui remit cent louis. Ils defcendirent enfemble du château ; le grand feigneur le reconduifit jufque dans la rue Vivienne, l'entretenant des dangers que couroit le roi. Favras ajouta que dans un autre entretien, ce grand feigneur lui parla d'un projet de nommer un connétable & un nouveau commandant de la garde-nationale de Paris; l'affurant que par ce moyen tous les troubles cefferoient, & que le roi recouvriroit fon autorité. Favras hafarda quelques obfervations fur la jeuneffe de ceux auxquels on deftinoit ces deux places : ces obfervations parurent déplaire. Depuis ce dernier entretien, il vit peu ce grand feigneur; & même quelques jours avant fon arreftation, ayant été chez lui, le grand feigneur le pria de ne plus le voir, parce qu'il commençoit à devenir fufpect. Le rapporteur Quatremere démanda quel étoit le nom de ce grand feigneur, & celui des deux perfonnes qui devoient être nommées connétable & commandant de la garde-nationale de Paris. Favras répondit que ce qu'on lui demandoit étant d'une inutilité parfaite, & ne pouvant lui fauver la vie, il préféroit de la perdre glorieufement par fon filence, à la perdre ignominieufement par un aveu; & s'adreffant au rapporteur : ― Croyez-vous, monsieur, que l'aveu des noms de ces trois personnes puisse changer quelque chose à la sentence sous laquelle je me vois opprimé? Le rapporteur ayant gardé le silence : —— En ce cas, reprit Favras, je mourrai avec mon secret.

Le peuple, impatient de ce long retard, ne cessoit de crier qu'on lui livrât Favras. La nuit étant survenue, on distribua des lampions sur la place de Greve; on en plaça jusque sur la potence. Favras parut enfin marchant d'un pas assuré. Il se tourna vers le peuple & dit d'un ton de voix ferme : Citoyens! je meurs innocent, priez dieu pour moi; il répéta deux fois en montant les échelons, la même protestation & la même demande; & s'adressant ensuite au bourreau: —— Allons mon ami fais ton devoir. Ni ce noble courage ni cette douce & constante modération ne purent toucher un peuple féroce; des battemens de mains, des ris insultans, des cris répétés de saute marquis, précéderent & accompagnerent l'exécution! Plusieurs voix crierent : *bis*, *bis*. Le peuple s'apprêtoit à se jeter sur le cadavre de Favras, à le mettre en pieces, & à porter sa tête sanglante au bout d'une pique; on se hâta de l'inhumer à Saint-Jean en Greve : ce ne fut qu'avec beaucoup de peines, que la garde-nationale, la baïonnette au bout du fusil, parvint à contenir la multitude.

Février 1790. Necker insinua au roi qu'il étoit nécessaire dans la circonstance de montrer au peuple, par une démarche fortement

fortement prononcée, que le roi n'avoit ni connu ni favorisé Favras. On décida dans le conseil que Louis XVI viendroit à l'assemblée ; qu'il y manifesteroit l'intention la plus formelle de s'unir à la révolution. Louis XVI, toujours cédant aux impulsions des événemens, se rendit à l'assemblée accompagné de ses ministres ; il déclara que la gravité des circonstances l'attiroit au milieu des représentans de la nation ; qu'il importoit à l'intérêt de l'état, que le monarque s'associât, d'une maniere encore plus expresse, à l'exécution & à la réussite de tout ce que l'assemblée avoit concerté pour l'avantage de la France ; que toute entreprise qui tendroit à ébranler les principes de la constitution, même tout concert qui auroit pour but de les renverser où d'en affoiblir l'heureuse influance, ne serviroient qu'à introduire les maux effrayans de la discorde ; &, en supposant le succès d'une semblable tentative, le résultat priveroit le peuple & le monarque sans remplacement des divers biens dont un nouvel ordre de choses leur offroit l'agréable perspective.

— » Livrons - nous donc de bonne-foi, ajouta
» Louis XVI, aux espérances que nous pouvons
» concevoir ; ne songeons qu'à les réaliser par un
» accord unanime ; que par - tout l'on sache que le
» monarque & les représentans de la nation sont
» unis d'un même intérêt & d'un même vœu, afin
» que cette opinion & cette ferme croyance répan-

» dent dans les provinces un esprit de paix & de
» bonne volonté. Un jour, j'aime à le croire, tous
» les François indistinctement reconnoîtront l'avantage
» de l'entiere suppression des différens ordres de
» l'état, lorsqu'il est question de travailler en commun
» au bien & à cette prospérité de la patrie, qui
» intéresse également les citoyens. Chacun doit voir
» sans peine que pour être appellé dorénavant à
» servir la patrie, il suffira de se rendre remarquable
» par ses talens & par ses vertus.

» Sans doute ceux qui ont abandonné leurs pri-
» vileges pécuniaires, ceux qui ne formeront plus
» comme autrefois un ordre politique dans l'état,
» se trouvent soumis à des sacrifices dont je connois
» toute l'importance ; mais, j'en ai la persuasion,
» ils auront assez de générosité pour chercher un
» dédommagement dans tous les avantages publics
» dont l'établissement des assemblées présente l'espé-
» rance. J'aurois bien aussi des pertes à compter, si,
» au milieu des plus grands intérêts, je m'arrêtois
» à des calculs personnels ; mais j'ai trouvé une com-
» pensation qui me suffit, une compensation pleine
» & entiere dans l'accroissement du bonheur de la
» nation : c'est du fond de mon cœur que j'exprime
» ici ce sentiment ; je défendrai donc, je main-
» tiendrai la liberté constitutionnelle, dont le vœu
» général, d'accord avec le mien, a consacré les
» principes ; je ferai davantage, &, de concert avec

» la reine, qui partage tous mes fentimens, je prépa-
» rerai de bonne heure l'efprit & le cœur de mon fils
» au nouvel ordre de chofes que les circonftances
» ont amené ; je l'habituerai dès fes premiers ans à
» être heureux du bonheur des François, & à re-
» connoître toujours, malgré le langage des flatteurs,
» qu'une fage conftitution le préfervera des dangers
» de l'inexpérience, & qu'une jufte liberté ajoute
» un nouveau prix aux fentimens d'amour & de fi-
» délité, dont la nation Françoife, depuis tant de
» fiecles, donne à fes rois des preuves fi touchantes.
» Puiffe cette journée, où votre monarque vient
» s'unir à vous de la maniere la plus franche & la
» plus intime, être un époque mémorable dans
» l'hiftoire de cet empire ! Elle le fera, je l'efpere,
» fi mes vœux ardens, fi mes inftantes exhortations
» peuvent être un fignal de rapprochement & de
» paix entre vous. Que ceux qui s'éloigneroient en-
» core d'un efprit de concorde, devenu fi néceffaire,
» me faffent le facrifice de tous les fouvenirs qui les
» affligent, je les payerai par ma reconnoiffance &
» mon affection. Ne profeffons tous, à compter de
» ce jour, ne profeffons tous, je vous en donne
» l'exemple, qu'une feule opinion, qu'une feule vo-
» lonté ; l'attachement à la conftitution nouvelle, &
» le defir ardent de la paix, du bonheur & de la
» profpérité de la France ».

Ce difcours, fouvent interrompu par des cris de

vive le roi, excita le plus vif enthousiasme. Le peuple qui ne se conduit que d'après une impulsion sentie, & auquel le sentiment de sa force rend toute dissimulation inutile, regarda la démarche de Louis XVI comme une adhésion formelle à la nouvelle constitution. Les évêques & les nobles, sans croire à la sincérité des protestations de Louis XVI, n'en furent pas moins affectés de voir que ce prince rejetoit sur eux seuls l'odieux d'une résistance qu'ils s'étoient jusques-là efforcés de colorer de leur attachement à la personne du monarque & aux droits de la monarchie. Les révolutionnaires profiterent du délire général pour lier tous les François, sinon aux vrais sentimens de Louis XVI, du moins aux sentimens qu'il venoit de montrer. Le vieux Goupil de Préfeln remarqua que l'assemblée devoit s'empresser de seconder les vues bienfaisantes du roi; que pour opérer cette réunion des esprits, desirée par le monarque avec tant d'ardeur, il demandoit que tous les députés s'engageassent sous la foi d'un serment solemnel à maintenir la constitution. Camus ajouta que les députés qui refuseroient de prêter ce serment, ne pourroient rester membres de l'assemblée. Les révolutionnaires accueillirent ces propositions. Le président Bureau de Puzy monta le premier à la tribune; jura d'être fidele à la nation, à la loi, au roi; de maintenir de tout son pouvoir la constitution décrétée par l'assemblée nationale & acceptée par le roi. Les députés suivirent & répéterent le même serment : quelques nobles & quelques évêques montrerent une extrême répugnance; il fallut se soumettre au décret. Alors les spectateurs placés dans les tribunes, hommes, femmes, enfans, voulurent aussi eux prêter le serment civique. On entendit dans toutes les parties de la salle que ces mots : je le jure, je le jure. Ce mouvement se communiqua, avec la rapidité de l'éclair, à la commune, aux districts, à la France entière; partout on jura d'être fidele à la nation, de maintenir la constitution décrétée par l'assemblée nationale. Cette constitution se trouva solemnellement acceptée, sans que ceux qui avoient arrangé la démarche du roi, & ceux qui l'avoient soufferte, eussent le temps de revenir de la surprise que leur causoit un événement qu'ils étoient loin d'avoir prévu.

Les révolutionnaires ne laisserent point refroidir l'ivresse du peuple; il y eut le soir illumination : le maire Bailli, à la tête de soixante membres de la commune, alla féliciter Louis XVI d'un accord si propre à ramener les François à un même esprit, & à forcer les ennemis de la constitution & de la liberté à abandonner leurs manœuvres perfides. On affecta de consacrer par une fête religieuse cette réunion du monarque au nouvel ordre de choses. Le dimanche suivant les députés, les membres de la commune, les juges des tribunaux, se rendirent en pompe à l'église de Notre-Dame, précédés & suivis de la

D 3

garde-nationale de Paris & des drapeaux des foixante
diftricts. L'abbé Mulot, préfident de la commune,
célébra la meffe à un autel à l'antique dreffé au milieu
de la nef, & prononça un difcours dans lequel il
retraça les avantages de la révolution. Les députés,
les membres de la commune, les chefs de la garde
Parifienne, monfieur de Lafayette à leur tête, renouvellerent le ferment d'être fideles à la nation & de
maintenir la conftitution de tout leur pouvoir. Ce
ferment fut à l'inftant répété, au bruit de nombreufes
décharges d'artillerie, par le peuple immenfe qui
rempliffoit l'églife & le parvis. Les artiftes du théâtre
de l'opéra exécuterent le beau *tedeum* de Floquet,
& l'on oublia rien de tout ce qui pouvoit rendre cet
engagement impofant & facré.

Cependant les troupes de ligne caufoient de vives
inquiétudes aux révolutionnaires : il fembloit que tout
l'efpoir des méconrens fe fût rallié à l'armée. On
cherchoit à indifpofer les foldats contre l'affemblée ;
on interprétoit d'une maniere défavorable les projets
préfentés à la tribune tendant à l'établiffement du
nouveau code militaire ; les révolutionnaires fentirent
que jamais la conftitution ne porteroit fur une bafe
folide, tant que l'armée demeureroit entre les mains
du roi. En effet, malgré l'étalage pompeux de quatre
millions de citoyens foldats prêts à marcher & à
exécuter les ordres de l'affemblée, les troupes de
ligne plus exercées, mieux commandées, foumifes à

une difcipline plus exacte, devoient l'emporter fur cette multitude de gardes-nationales mal armés, fans chefs, fans difciplines, difperfés dans toute la France. Les gardes-nationales fuffifoient pour contenir les murmures de quelques mécontens, pour déjouer les entreprifes mal combinées de quelques contre-révolutionnaires; mais fi Louis XVI, fortant enfin de fa longue léthargie, tentoit de refaifir l'autorité dont l'avoient dépouillé des hommes fans miffion, nul doute qu'avec le fecours de l'armée il n'écrasât bientôt fes adverfaires.

Frappés de ces confidérations, les révolutionnaires, en attendant que leur grand travail fur la conftitution militaire fût achevé, voulurent montrer aux foldats que c'étoit de l'affemblée nationale qu'ils avoient tout à attendre, & que le roi feroit réduit dans l'adminiftration militaire comme il l'étoit dans l'adminiftration civile, à des fonctions & à des droits purement honorifiques. Ils décréterent qu'aucun militaire ne pourroit être deftitué de fon emploi que par un jugement légal; que chaque légiflature ftatueroit fur la dépenfe de l'armée & fur le nombre d'hommes dont elle feroit compofée; qu'elle régleroit la folde de chaque grade, le prix de l'enrôlement, les regles d'admiffion & d'avancement, le nombre des troupes étrangeres au fervice de la nation; qu'elle feroit les lois relatives aux délits militaires & arrêteroit le traitement de l'armée en cas de licenciement; que le comité de

conftitution préfenteroit le plus promptement poffible
un projet fur l'emploi des forces militaires dans l'intérieur du royaume, fur leurs rapports avec le pouvoir
civil & avec la garde - nationale, fur l'organifation
des tribunaux & des jugemens militaires, fur les
moyens de recruter l'armée & d'obtenir les forces
néceffaires en temps de guerre, même en fupprimant
le tirage de la milice; &, pour attacher d'avance
les foldats au plan dont on leur faifoit appercevoir
de loin les avantages, on ajouta qu'à commencer
du premier mai prochain la folde feroit augmentée
de trente - deux deniers par jour, en obfervant les
proportions graduelles ufitées.

Les révolutionnaires ne fe contenterent pas de ces
mefures générales; ils favoient que la plupart des
officiers tenoient perfonnellement à Louis XVI, &
préféroient, avec raifon, de dépendre du roi, plutôt
que d'une affemblée ennemie par principe de la force
militaire; qu'ils s'oppoferoient ainfi à tous les changemens que méditoit l'affemblée, & s'efforceroient
d'entraver l'établiffement de la nouvelle organifation;
ils n'apperçurent donc d'autre moyen d'arriver à leur
but, que de diffoudre par le fait l'armée, en en
laiffant néanmoins fubfifter l'ancien cadre : ils commencerent par y introduire les mêmes défordres & la
même anarchie qu'ils avoient introduite dans les autres
parties du gouvernement. On vit de toutes parts les
foldats fe foulever contre leurs chefs, ne plus obéir à

leurs ordres, secouer toute discipline, chasser leurs officiers, maltraiter, emprisonner ceux qui s'obstinerent à rester.

Mais une crainte plus directe vint agiter les révolutionnaires : car dans le choc de tant d'intérêts divers les deux partis n'étoient pas un instant sans agir. Parmi les différens moyens que la cour & les ministres employoient assez mal - adroitement à leurs projets de contre - révolution, il s'en offrit un amené par les circonstances & sorti pour ainsi dire d'un décret de l'assemblée. On avoit arrêté que les assemblées primaires se formeroient incessamment, & nommeroient les électeurs chargés d'élire les administrateurs de département, de district, & les députés à la seconde législature. L'assemblée avoit remis au roi la nomination des commissaires qui devoient présider à la formation des départemens & des districts. Le garde - des - sceaux Champion & le ministre Saint - Priest, choisirent les hommes qu'ils crurent les plus propres à seconder leurs vues. Un des articles de l'instruction qu'on leur donna, portoit que la première opération des commissaires seroit de faire procéder à la nomination des députés qui devoient remplacer les députés actuels & composer la seconde législature ; que les commissaires procéderoient ensuite à la nomination des administrateurs de département & de district. La cour & les ministres ne doutoient point que s'ils réussissoient à effectuer cette

nomination, elle n'amenât la diffolution de l'affemblée
actuelle. Ils étoient affurés d'un parti confidérable
dans l'affemblée, même prêt à fe retirer dès que
la nouvelle convocation feroit faite. Les révolutionnaires eurent connoiffance du plan du garde-des-fceaux
Champion & du miniftre Saint-Prieft. Ils entretenoient
des efpions, non - feulement dans les bureaux des miniftres, mais encore parmi les gens qui approchoient
le plus près de la reine & du roi. Remettant à un
temps plus favorable à fe venger des deux miniftres,
ils ne fongerent qu'à parer les coups que l'on s'apprêtoit à leur porter.

C'étoit à l'affemblée que les deux partis commençoient les attaques qu'ils dirigeoient l'un contre
l'autre. Necker vint faire la lecture d'un mémoire
fur les finances; il peignit, fous les couleurs les plus
propres à alarmer, le défordre & l'épuifement du
tréfor public, & avoua l'infuffifance de fes reffources.
Cafalès monta à la tribune, &, amplifiant encore
les exagérations de Necker & la trifte fituation où
fe trouvoit la France, il dit qu'il ne voyoit qu'un
feul remede à tant de maux, c'étoit de nommer
de nouveaux députés qui vinffent remplacer ceux qui
fiégeoient dans l'affemblée. — Il eft impoffible,
ajouta Cafalès, d'établir dans l'affemblée actuelle une
concorde franche & loyale; la réfiftance bruyante
de la minorité, fait fouvent dépaffer à la majorité
les mefures de fageffe qu'elle devroit fe prefcrire; les

repréfentans des trois claffes élus d'une maniere uniforme, n'ayant qu'une feule miffion, confondant
tous les intérêts particuliers dans l'intérêt commun,
feront plus propres à opérer le bien public. Les partifans de la cour appuyerent fortement la motion
de Cafales & demanderent qu'on la mît aux voix.
— Il exifte, s'écrie Charles Lameth, oui il exifte
une coalition fecrete des ennemis de l'état! Leur but
eft la diffolution de l'affemblée ; ils accaparent le
numéraire. Enrichis par les abus, ces hommes coupables poffedent l'argent du peuple, l'enfouiffent pour
faire crouler la conftitution, mais il n'y réuffiront
pas : s'ils ont de l'or, nous avons du fer.
Rabaud de Saint-Etienne entra dans le détail de
la confpiration que venoit de dénoncer Charles Lameth : — « On cherche, meffieurs, à vous décrier
» dans les provinces ; on répand avec affectation
» que vous avez outre-paffé vos pouvoirs ; on effaye
» de fuggérer au peuple qu'il doit nommer d'autres
» députés & vous remplacer inceffamment par une
» nouvelle légiflature, fans doute afin d'abandonner
» le peuple au tumulte de l'anarchie, la liberté naif-
» fante aux efforts de fes ennemis, les finances, la
» liquidation de la dette, la vérification des dons
» abufifs, à l'obfcurité de nouvelles recherches, &
» de fufpendre ainfi les deftinées de la France entre
» ce qui eft fait & ce qui refte à faire. On affecte
» de dire & d'écrire que vous aimez l'autorité ; que

» vous voulez prolonger votre pouvoir ; que les mil-
» liers d'adreſſes d'adhéſion, qui vous arrivent de
» toutes parts, ſont votre propre ouvrage ; que les
» provinces vous haïſſent ; que vous n'avez rien fait..
» Quel temps choiſit-on pour répandre ces ca-
» lomnies ? Le moment où les diſtricts vont ſe former,
» Epoque importante, il eſt vrai ; garant infaillible
» de la liberté du peuple : en un mot, meſſieurs,
» détruire votre ouvrage, voilà le but ; vous calomnier,
» voilà les moyens.

» J'ai héſité quelque temps à vous parler de ces
» horreurs. Mais il faut que vos ennemis ſachent
» que vous veillez pour la patrie. Il faut que vous,
» meſſieurs, & tous les citoyens, ſoyez prêts à re-
» pouſſer cette derniere attaque que l'on réſervoit à
» la conſtitution. . . . Eh ! que veulent-ils dire ? Quels
» ſont les bruits qu'ils répandent ? Quelle eſt cette
» coupable joie qui rit tout haut de la calamité
» qu'elle ſemble follement préparer ?. . . . La ban-
» queroute, meſſieurs, eſt impoſſible, je le répete, ſi
» l'aſſemblée nationale continue encore quelques mois
» ſes travaux : mais elle eſt inévitable ſi l'aſſemblée
» ſe ſépare. Dans ce peu de mots je vous donne tout
» à penſer, à vous & aux François ».

Les craintes des révolutionnaires furent bientôt
diſſipées : il leur ſuffit de divulguer le projet de la
cour pour le faire échouer. La plupart des villes où
ſe tenoient les aſſemblées des électeurs, & la plupart

des électeurs eux-mêmes, refuſerent de reconoître les commiſſaires qu'avoit nommés le roi; ils exigerent qu'ils fuſſent avoués par l'aſſemblée nationale. Roberſpierre dénonça directement ces commiſſaires : — Ce ſont, dit-il, de nouveaux inſtrumens du deſpotiſme miniſtériel, deſtinés à tourner à leur gré les élections. Le parti ariſtocratique a encore de grands avantages; il eſt riche, puiſſant, ſoutenu par l'autorité. On a choiſi les ennemis de la révolution, des nobles audacieux, des prélats propres à décourager le peuple; on va juſqu'à prétendre que ces commiſſaires ſont éligibles. Voilà un de ces traits qui déſigne le vœu du gouvernement; je ne ſais ce qui doit le plus étonner, ou l'audace des miniſtres à violer l'autorité nationale, ou votre patience à le ſouffrir.

Cependant l'état des finances devenoit de jour en jour plus alarmant; Necker, enveloppé dans une obſcurité myſtérieuſe, ne donnoit aucune connoiſſance de la ſituation du tréſor public. Il envoyoit dire à la fin de chaque mois: J'ai tant, il me faut tant. Mirabeau, fatigué de ce phlegme dictatorial & mépriſant du miniſtre, faiſit la premiere occaſion d'en préſenter l'inconvenance à l'aſſemblée. Necker ayant encore fait une demande d'argent avec ſa formule ordinaire : j'ai tant, il me faut tant — « Meſſieurs, reprit Mirabeau, » l'aſſemblée n'a-t-elle pas le droit, n'eſt-il pas de ſon » devoir, de demander au miniſtre : Pourquoi avez vous » tant, pourquoi vous faut-il tant? Nous ne connoiſſons

» des finances, que notre confiance dans le miniftre
» & le mal-aife que nous éprouvons; nous reftons
» dans la fécurité, parce que nous fommes aux
» pieds du Mont-Vefuve. Il eft un mot d'un profond
» politique, dont je puis faire ici l'application : Ca-
» ligula, dit-il, fit fon cheval conful à Rome, &
» ce fait ne nous étonne que parce que nous n'en
» avons pas été témoins; le relevé des pauvres de
» cette capitale fe monte à cent vingt mille, & nou
» ne nous en étonnons point. Nous ne penfons pas
» affez que nous fommes au milieu d'une ville im-
» menfe qui n'a d'autre commerce que celui des
» confommations & des fonds publics; nous oublions
» que cette énorme maffe de population, a été long-
» temps entretenue comme une ferre chaude par
» un ordre de chofes qui ne peut plus fubfifter.
» Quelle que foit la confiance que l'on ait dans un
» miniftre, par cela feul qu'il eft mortel, la nation
» ne doit pas lui laiffer la dictature des finances. C'eft
» une véritable dictature que de fe fouftraire à l'o-
» bligation de venir rendre compte à la nation de
» fa conduite, de ne pas lui foumettre fes moyens;
» fur-tout lorfque la miffion que l'on remplit, &
» par l'ordre des chofes & peut-être par la faute
» des hommes, au lieu d'offrir une fucceffion de
» miracles, ne s'eft fignalée que par de funeftes
» calamités. Il eft donc important que le miniftre
» des finances foit tenu de nous préfenter fes réflexions

» & fes reffources, pour nous tirer de la fituation
» déplorable que nous ne pouvons nous diffimuler ».

Cette attaque, fi ouvertement dirigée contre
Necker, fut vivement appuyée par les partifans de la
cour : ils témoignerent leur joie. Ce mouvement,
trop marqué, donna des défenfeurs à Necker. La
haine des nobles & des prêtres, étoit peut-être le
feul mérite qu'il eût encore aux yeux des révolutionnaires. Ils commençoient à être las de fon ton de
régent, & déméloient à travers le calme impofteur
de fon vifage, fa jaloufe fureur de n'être plus qu'une
vieille idole, reléguée dans fa niche, fans adorateurs
& fans culte.

Necker, fenfible aux reproches de Mirabeau,
adreffa un long mémoire à l'affemblée : — Ce n'é-
toit pas, difoit-il, fans beaucoup de peine, qu'il fe
voyoit obligé d'entretenir avec inquiétude l'affemblée
de la fituation des finances ; mais il ne pouvoit différer
de remplir le devoir que lui impofoient fa place &
la confiance du roi. Dès le moïs de novembre dernier, il avoit informé l'affemblée qu'un fecours extraordinaire de quatre-vingt millions fuffiroit probablement aux befoins de l'année. Cela fuppofoit néanmoins
qu'au premier janvier, mil fept cent quatre-vingt-
dix, l'équilibre entre les revenus & les dépenfes feroit
établi dans fon entier ; & que pour y parvenir, les
produits de la gabelle, des aides & des impofitions
détruites, feroient remplacés, & les anticipations fur

l'année mil sept cent quatre - vingt - dix renouvellées.
Mais les diminutions des revenus avoient un effet
malheureusement trop réel, puisque depuis le premier
janvier jusqu'au premier février il se trouvoit un vuide
de quarante millions. Les dépenses extraordinaires,
dont la majeure partie étoit relative à des approvi-
sionnemens de grains, montoient, pendant la même
intervale, à dix - sept millions. Les inquiétudes sur
le reste de l'année devenoient donc très - naturelles
& très - bien fondées. Chacun connoissoit aujourd'hui
les causes de l'embarras des finances. Il n'en existoit
aucune de relative à leur administration intérieure.
Tout étoit en dehors ; tout étoit visible.

Necker adressoit ensuite des reproches à l'assemblée
sur le peu de considération qu'elle avoit eu pour ses
plans de finance ; sur l'insouciance qu'elle avoit montrée dans un objet si important ; sur les alarmes que
quelques - uns de ses décrets avoient répandus parmi
les capitalistes, toujours chers à Necker. Il faisoit un
éloge pompeux de la caisse descompte ; entroit dans
le détail du déficit, que tant de causes étrangeres au
ministre des finances avoient produit. Il portoit ce
déficit à deux cent quatre - vingt - quatorze millions.
Il parloit du projet de créer une émission de papier
monnoie ; mais ce moyen entraîneroit de grands
inconvéniens. Passant delà à des lamentations sur la
dure nécessité de recourir à des dispositions pénibles
pour ceux qui doivent y être assujettis, plus pénibles
encore

encore pour ceux qui font dans la douloureuse & triste néceffité de les propofer, lamentations entremêlées de fon pathos ordinaire, il ouvroit quelques voies partielles de recouvrer les deux cent quatre-vingt-quatorze millions dont on avoit befoin, &, felon fa louable coutume, fembloit un intendant qui indique à un grand feigneur les moyens de fubvenir à fes folles dépenfes ; mais qui fe garde bien de lui donner une véritable connoiffance de fes affaires, & le lui tracer une marche fimple, uniforme, propre à mettre fa recette au niveau de fes befoins : enfin e modefte Necker abandonnant les finances, l'affemblée, la France entiere, & tournant complaifamment es regards fur lui-même, affuroit l'affemblée que celui qui, depuis le mois d'août mil fept cent quatre-vingt-huit, combattoit contre tous les obftacles, & cherchoit à faire entrer dans le port le vaiffeau battu par la tempête, avoit plus d'envie que perfonne d'alléger fon fardeau, de diminuer fa refponfabilité ; de la diminuer, non pas envers le roi qui voyoit d'après fes efforts, non pas envers l'affemblée, non pas envers la nation dont il ne redoutoit point le ugement févere, mais envers un cenfeur plus rigide, envers lui-même. Il falloit fans doute un grand dévouement, pour fe charger d'une tâche auffi lourde que celle dont il s'étoit chargé. C'étoit une tâche, & il le favoit bien, toute compofée de peines ; mais cette réflexion ne le décourageoit point : fes regards

étoient encore tout entiers vers la chofe publique.
Auffi dans la carriere de dévouemens & de facrifices
où il fe trouvoit entraîné, il fe fentoit le courage de
répondre feul à l'étendue de cette tâche, & d'oppofer le fentiment de fa confcience à toutes les injuftices
aveugles ou méditées, inféparables des temps de
malheurs & de défordres : il ne demanderoit donc
pas de co-affociés, fi cette mefure ne rempliffoit
en même temps un projet dont l'utilité feroit éprouvée
dans le temps. Déterminé par cet unique motif, il
avoit engagé le roi à former un bureau de tréforerie
pour l'adminiftration du tréfor public. Le roi avoit
reconnu & approuvé tous les avantages de cette mefure ; le roi avoit fenti la convenance de choifir dans
l'affemblée nationale la plupart des membres de ce
bureau ; mais, pour atteindre ce but, il falloit déro-
ger en quelque chofe au décret de l'affemblée qui
défend à fes membres d'accepter, pendant la durée
de la feffion, aucune place donnée par le gouvernement.

Necker étaloit, d'affez mauvaife foi, les avantages de
la révocation de ce décret : il reprochoit de nouveau
à l'affemblée fes bévues en finances ; & , annonçant
que l'état périlleux de fa fanté l'obligeroit d'aller
paffer la belle faifon aux eaux, il finiffoit en décla-
rant qu'il ne pouvoit répondre de reprendre des
forces fuffifantes, pour fe livrer de rechef aux travaux
& aux inquiétudes qui lui avoient fait tant de mal

Cette retraite, prévue pour raifon de fanté, étoit l'objet des vœux des deux partis. Dans l'un, haine; dans l'autre ennui, laffitude de cette manie de fe placer toujours entre l'opinion publique & l'affemblée. Moutefquiou, au nom du comité des finances, rejeta les moyens proposés par Necker. Il s'éleva contre le projet de fuppléer à la forme actuelle de l'adminiftration des finances par un bureau de tréforerie, composé en grande partie de membres pris dans le fein de l'affemblée. L'utilité en étoit très-problématique; les inconvéniens étoient réels. Ce n'étoit pas tant la crainte de la féduction des membres du corps légiflatif, qui avoit déterminé l'affemblée à leur interdire l'entrée aux places dont le gouvernement difpofe, que la crainte bien plus grande de l'influance qu'ils pourroient acquérir fur les délibérations relatives aux finances, & les jaloufies, les rivalités, entre les fujets préférés par le gouvernement & les autres députés : il étoit effentiel, pour le fuccès des travaux de l'affemblée, que la nation fût que les hommes qu'elle avoit honoré de fa confiance n'avoient point d'intérêts perfonnels. Montefquiou termina fon rapport, fuivant l'ufage, par le tableau le plus flatteur du bonheur & de la profpérité dont jouiroit la France au premier janvier mil fept cent quatre - vingt - onze. Les reffources étoient immenfes & affurées; l'état feroit enfin dégagé de l'arriéré des anticipations, & de tout ce qui, jufqu'à ce jour, avoit embarrafsé la marche des finances, & les avoit conduites par une pente précipitée à la fituation déplorable où nous les voyions : mais il falloit franchir cet intervalle, pour arriver au port & fauver la patrie.

Montefquiou propofa de ne permettre aucune anticipation, refcription ni affignation, fur les revenus de mil fept cent quatre - vingt - onze ; de former une maffe de quatre cent millions des domaines de la couronne & des biens du clergé dégagés de tout fervice public ; d'en ordonner le verfement dans la caiffe de l'extraordinaire ; d'autorifer le receveur de cette caiffe à émettre des affignats de pareille fomme portant trois pour cent d'intérêts ; de rembourfer, avec ces affignats, les cent foixante - dix millions dus à la caiffe d'efcompte, & d'en remettre au tréfor public pour cent trente - deux millions deftinés au fervice de l'année courante. Le projet de Montefquiou devint la bafe des délibérations : mais il falloit une mefure préalable ; c'étoit d'exproprier le clergé au moins de la valeur des fonds qui devoient fervir d'hypotheque au quatre cent millions d'affignats. On jeta les yeux fur les municipalités ; &, dans la vue de les engager à remplir promptement les acquifitions qu'on vouloit leur faire contracter, on décréta qu'elles pourroient foufcrire pour des valeurs indéterminées ; lefquels feroient eftimées par des experts & aliénées à charge de les revendre à des particuliers : &, pour dédommager les municipalités des frais de l'eftimation, on convint

de leur allouer un feizieme fur les bénéfices de la vente.
La municipalité de Paris parut la premiere à la barre,
ayant à fa têté le maire Bailli : elle fit une foumiffion
de deux cent millions de biens du clergé, fitués dans
le département de Paris. Les municipalités des grandes
villes fuivirent l'exemple de la municipalité de Paris.
Les révolutionnaires calculerent les pertes qu'entraînoit
cette forme de vente; mais c'étoit l'unique moyen
d'exproprier promptement le clergé, en lui oppofant
des corps puiffans, revêtus de l'exercice de la force
publique, & d'attacher ainfi à cette opération, devenue lucrative, une multitude d'individus qui la
foutiendroient. Ces préliminaires pofés, l'affemblée
s'occupa de la création des affignats monnoie. Prévoyant l'immenfité de cette reffource, & l'utilité
dont elle feroit pour l'achevement & le maintien de
la révolution, elle réfolut de lui donner la plus grande
latitude.

Chaffet propofa de décréter que l'adminiftration
des biens du clergé, déclarés le deux novembre à
la difpofition de la nation, feroit & demeureroit,
dès la préfente année, confiée aux adminiftrations
de département & de diftrict; que dans l'état des
dépenfes de chaque année, il feroit porté une fomme
fuffifante pour fournir aux frais du culte & à l'entretien des miniftres des autels; de maniere que
les biens du clergé fe trouvaffent dégagés de toute
charge, & puffent être employés, par le corps

Mars
1790.

E 3

légiflatif, aux plus grands & aux plus preffans befoins de l'état.

Jufques-là le clergé s'étoit flatté que le décret du deux novembre, n'auroit que l'effet de préfenter un hypotheque raffurant aux créanciers de l'état. Le décret qui ordonnoit la vente de quatre cent millions de biens aux municipalités, lui laiffoit du moins efpérer que l'on fe borneroit à cette vente; que le furplus feroit confervé. Attendant tout du temps & des circonftances, voyant une multitude de difficultés prêtes à s'élever, le clergé crut qu'il pourroit rentrer un jour dans ces biens, en fe chargeant de réalifer par un emprunt les quatre cent millions décrétés. Forcé par la néceffité des chofes à ce douloureux facrifice, il fe confoloit à la vue des immenfes poffeffions qui lui reftoient encore; mais la motion de Chaffet diffipa cette douce sécurité.

L'évêque de Nanci protefta, au nom du clergé de France, contre le projet préfenté par Chaffet, & demanda que fa réclamation fût confignée dans le procès-verbal. L'archevêque d'Aix, après des plaintes très-ameres de la maniere aftucieufe & per-fide avec laquelle on avoit entraîné le clergé dans l'abyme, renouvella l'offre d'un emprunt de quatre cent millions autorisé, garanti, décrété, levé par l'affemblée nationale, hypothéqué fur les biens du clergé, qui en payeroit les intérêts & qui rembour-feroit le capital par des ventes progreffives faites fuivant les formes canoniques. L'abbé de Montefquiou, que fes aimables qualités rendoient cher aux deux partis, parla en faveur du clergé. Il fut écouté avec complaifance; mais reconnoiffant bientôt l'inutilité de fes efforts, il termina fon difcours par ces paroles touchantes : — Lorfque je fuis monté à cette tribune : Qu'allez-vous faire, me répétoit-on de tous côtés? le fort en eft jeté, des comités particuliers ont tout décidé. Eh bien, meffieurs! il faut defcendre de cette tribune, & demander au dieu de nos peres qu'il vous conferve la religion de Saint-Louis & qu'il vous protege : les plus malheureux ne font pas ceux qui fouffrent l'injuftice, ce font ceux qui la font.

Dom Gerle, moine chartreux, répond qu'il eft aifé de fermer la bouche aux perfonnes qui calomnient l'affemblée en répandant qu'elle ne veut point de religion; que pour tranquillifer ceux qui craignent que l'affemblée n'admette toutes les fectes, il propofe de décréter que la religion catholique, apoftolique & romaine, eft & demeurera toujours la religion de la nation & que fon culte fera le feul autorifé.

Les évêques & les nobles fe levent en tumulte & demandent que la motion de dom Gerle foit adoptée par acclamation; les révolutionnaires, plus fages, réclamerent l'ajournement. Leur principe étoit de ne rien décider à l'affemblée, qu'ils ne l'euffent auparavant difcuté dans un comité fecret & foumis à

l'opinion publique dans le club des jacobins : ils étoient
d'ailleurs incertains du véritable objet de la motion
de dom Gerle, & du motif qui portoit leurs adverfaires à la foutenir avec tant de chaleur : ils craignoient quelque piege. L'évêque de Clermont court
à la tribune, développe la néceffité de raffurer les
ames timorées, en prononçant folemnellement que
la religion catholique eft la religion de l'état. —
A dieu ne plaife, reprend Charles Lameth, que je
vienne combattre une opinion qui eft dans le cœur
de tous les membres de l'affemblée ; je vais feulement
vous préfenter quelques réflexions fur les conjonctures
où nous fommes, & fur les conféquences que l'on
pourroit tirer de la motion de dom Gerle : Eft-ce
le moment, meffieurs, lorfque l'affemblée s'occupe
d'affurer le culte public, de produire une motion
capable de faire douter de fes fentimens religieux?
Ne les a-t-elle pas manifeftés, quand elle a pris
pour bafe de fes décrets la morale de cette même
religion? L'affemblée a fondé fa conftitution fur cette
confolante égalité fi recommandée par l'évangile.
Elle a humilié les fuperbes, & a réalifé ces paroles
de jéfus-chrift : Les derniers deviendront les premiers,
& les premiers feront mis à la place des derniers. Lameth, en prononçant cette fanglante ironie, fe tourne
du côté où fiégeoient les nobles & les évêques ; ce
qui excita les murmures de ceux-ci, & les ris des
révolutionnaires. Je voudrois, continue Charles La-

meth, que les perfonnes qui montrent tant de zelé
pour la religion, en montraffent autant pour arrêter
le débordement de cette foule de livres impies, où
l'on attaque à-la-fois cette religion fainte & la liberté facrée du peuple : car les ennemis du peuple,
dans leurs actions comme dans leurs écrits, reprennent
courage & redoublent d'efforts, Les mauvais prêtres
ont employé, cette quinzaine de pâque, les moyens
les plus coupables, pour foulever le peuple contre
une conftitution qui choque fi ouvertement leurs
plus chers intérêts. On a excité à Lifle les foldats
contre les citoyens; on a tenté dans le Languedoc
de fufciter une guerre civile de religion. Craignons,
meffieurs, de voir cette religion, invoquée par le
fanatifme & trahie par ceux qui la profeffent,
devenir un flambeau de difcorde. Alors on s'autori-
feroit d'un décret de l'affemblée nationale ; & au lieu
de porter la lumiere à nos freres égarés, nous en-
foncerions le poignard dans leur fein au nom & de
la part de dieu. J'ajoute que la demande de dom
Gerle a déja été faite dans une circonftance à-peu-près
femblable, que vous l'avez éloignée ; & que c'eft
au moment où l'opinion publique fe forme fur une
matiere qui intéreffe les eccléfiaftiques, que le clergé
la renouvelle & appelle le fanatifme à la défenfe des
abus.

Ce difcours, très-adroit, changea les difpofitions
de cette partie des députés qui n'avoient apperçu

dans la motion de dom Gerle qu'une fimple reconnoiffance de la religion catholique, fans appercevoir les
rapports éloignés qu'elle avoit avec la vente des biens
du clergé & avec l'émiffion des affignats. Cependant
l'agitation & le défordre regnoient dans la partie droite
de l'affemblée. Les eccléfiaftiques & les nobles affié-
geoient la tribune, réclamoient à grands cris la parole.
Les révolutionnaires, qui craignoient l'effet d'un fubit
enthoufiafme, inviterent le préfident à remettre la
difcuffion au lendemain. Les évêques & les nobles
vouloient que la motion de dom Gerle pafsât fur-
le-champ. Le préfident, docile à l'injonction des
révolutionnaires, leva la séance. Les évêques & les
nobles n'abandonnerent point leur fiege : ils fe mirent
à déplorer le fort de la religion catholique facrifiée
à la haine des fectes fes rivales.

La foirée & la nuit fe pafferent à intriguer. Les
révolutionnaires interrogerent dom Gerle : ils reconnurent que fa motion, fruit de fon ignorance de
leurs grands projets, & faifie avidement par les évêques
& par les nobles qui en avoient mieux entrevu les
conféquences, deviendroit, fi elle étoit décrétée, une
arme dangereufe entre les mains de leurs adverfaires.
En effet, déclarer que la religion catholique étoit la
religion de l'état, c'étoit avouer & reconnoître tous
les principes & toutes les formes du clergé ; par
conféquent, n'admettre de valables que les moyens
que ces formes fourniffent elles-mêmes d'introduire

des changemens dans fa difcipline & dans la geftion de fes revenus. Les révolutionnaires ordonnerent à dom Gerle de retirer fa motion ; le gronderent durement de l'avoir hafardée fans la leur avoir communiquée auparavant : mais les évêques & les nobles, qui voyoient l'avantage qu'ils pouvoient en tirer, réfolurent de la foutenir. Tous fe préparerent pour la féance du lendemain. Les deux partis, femblables à deux armées prêtes à fe charger, ne négligerent aucun des moyens propres à s'affurer la victoire.

Les révolutionnaires furs du peuple, des capitaliftes & des agioteurs, remplirent les tribunes & les environs de la falle de leurs nombreux partifans. Les évêques & les nobles, qui n'ignoroient pas que le peuple étoit contre eux, chercherent à s'appuyer fur la cour ; & déciderent que fi la motion de dom Gerle étoit rejetée, ils fortiroient au même inftant de la falle, traverferoient en corps les Tuileries, & iroient dépofer entre les mains du roi une proteftation folemnelle, contre un refus qui anéantiffoit la religion & montroit fi ouvertement les coupables intentions de l'affemblée ; &, pour donner encore plus d'éclat à cette démarche importante, ils convinrent de fe rendre tous à la féance en habit noir & l'épée au côté. Mais les miniftres, dont la politique timide flottoit au hafard des circonftances, n'oferent autorifer cette fciffion, quelque avantageufe qu'elle fût à leurs intérêts. Le garde-des-fceaux prévint les évêques

& les nobles que le roi ne recevroit ni eux ni leur
proteſtation.

Ce fut dans ces diſpoſitions que s'ouvrit la séance.
Menou parut le premier à la tribune : — « Je com-
» mence, meſſieurs, par faire hautement ma pro-
» feſſion de foi. Je reſpecte profondément la religion
» catholique, apoſtolique & romaine. Je la crois
» la feule véritable, & lui ſuis ſoumis de cœur &
» d'eſprit. Mais ma conviction en faveur de cette
» religion & la forme du culte que je rends à
» l'être - ſuprême, peuvent - elles être l'effet d'un
» décret ou d'une loi? Non ſans doute; ma con-
» ſcience & mon opinion n'appartiennent qu'à moi
» ſeul; je n'en dois compte qu'au dieu que j'adore.
» Eh! pourquoi voudrois - je faire de cette religion,
» que je reſpecte, & pour laquelle je donnerois ma
» vie, une religion dominante! Si tous les hommes
» ſont égaux en droits, ſi les opinions & les cir-
» conſtances né ſauroient être ſoumiſes à aucune
» loi, puis - je m'arroger le privilege de faire pré-
» valoir ou mes uſages, ou mes opinions, ou mes
» pratiques religieuſes? Tout autre homme n'auroit-
» il pas droit de me répondre : Ce ſont les mien-
» nes qui méritent la préférence; c'eſt ma religion
» qui doit dominer parce qu'elle eſt la meilleure?
» Dieu, oui dieu lui-même, n'a-t-il pas dit que
» malgré tous les efforts des hommes ſa ſainte religion
» s'étendroit, prendroit chaque jour un nouvel ac-

» croiffement, & finiroit par embraffer l'univers
» entier? N'a-t-il pas affuré que les portes d'enfer
» ne prévaudroient point contre elle? Et vous vou-
» driez par un inutile décret confirmer ces fublimes
» paroles du créateur! Oui, fi vous êtes perfuadés
» de la vérité de cette religion, vous qui êtes fes
» miniftres, pouvez-vous craindre qu'elle s'anéantiffe?
» pouvez-vous croire que les lois & les volontés
» de la providence aient befoin du fecours d'un
» décret? D'ailleurs, dans ce qui eft du reffort de
» notre pouvoir, n'avons-nous pas fait, ne faifons-
» nous pas tous les jours ce qui dépend de nous
» pour le maintien de la religion catholique? ne nous
» occupons-nous pas des moyens de fixer, d'établir
» le nombre des miniftres néceffaires au fervice des
» autels, de régler les dépenfes des églifes, la hié-
» rarchie facerdotale? Je ne crains point d'annoncer,
» qu'en ma qualité de repréfentant de la nation, je
» rends ceux qui voteront pour la motion de dom
» Gerle refponfables des malheurs que je prévois &
» du fang qui fera infailliblement verfé ».

A ces derniers mots, le clergé fe livre aux plus
grands emportemens : d'Efprémenil, Foucauld, l'abbé
Maury, s'agitent fur leurs fieges. Dom Gerle fe préfente à la tribune, demande la parole, témoigne
combien il eft fâché des fuites de la motion imprudente qu'il a propofée, déclare qu'il retire cette motion & qu'il fe réunit à l'avis de monfieur de Menou.

Les révolutionnaires crient aux voix. Cafalès & l'abbé
Maury prétendent que dom Gerle n'a pas le droit
de retirer fa motion. Il s'éleve de vifs débats & un
violent tumulte. Les révolutionnaires demandent que
la difcuffion foit fermée. D'Efprémenil réclame la
parole. Nouveaux cris. L'appel nominal refufe la parole à d'Efprémenil, & ferme la difcuffion. Un fecrétaire lit les rédactions du décret. Les altercations
recommencent pour favoir à quelle rédaction on
accordera la priorité. Celle du duc de la Rochefoucault obtint la préférence. Elle étoit conçue en
ces termes :

« L'affemblée nationale, par refpect pour l'être
» fuprême & pour la religion catholique, apofolique
» & romaine, la feule qui foit entretenue aux frais
» de l'etat, ne croit pas devoir ni pouvoir prononcer
» fur la queftion qui lui eft foumife, & ordonne
» que l'on reprenne l'ordre du jour ».

Cette maniere refpectueufe de rejeter la motion
de dom Gerle eft vivement applaudie par les révolutionnaires. d'Efprémenil ne partage point cet
enthoufiafme de commande, & s'écrie : — Lorfque
les juifs crucifierent jéfus-chrift, ils lui difoient
Nous vous faluons rois des juifs. Ces paroles deviennent
le fignal d'un nouveau tumulte. Les évêques & les
nobles fe levent, fortent, rentrent, fe répandent au
milieu de la falle, geficulent. Les révolutionnaires,
furs de leur triomphe, femblent impaffibles & fourds

à ces criailleries. D'Eſtourmel exige la mention expreſſe que le décret que l'on va rendre n'infirme point les conſtitutions du Cambreſis ſtipulées & jurées par Louis XIV ; conſtitutions qui portent que la religion catholique aura ſeule un culte dans le Cambreſis. ——
Je ne ſuis pas ſupris, reprend Mirabeau, que ſous un regne ſignalé par la révocation de l'édit de Nantes (que je me diſpenſe de qualifier), on ait conſacré toutes ſortes d'intolérances : mais puiſque l'on ſe permet des citations hiſtoriques, je dirai que d'ici, que de cette tribune, j'apperçois la fenêtre d'où la main d'un de nos rois tira l'arquebuſe qui fut le ſignal de la Saint - Barthélemi. Voyez encore ſi vous voulez délibérer !

Cette véhémente apoſtrophe ne termine pas les débats. L'abbé Maury s'efforce de rentrer dans le fond de la queſtion ; voyant qu'on l'interrompt à chaque phraſe, il deſcend ; s'écrie que les opinions ne ſont pas libres ; qu'on refuſe de l'entendre. Les évêques défendent aux curés de leur parti de prendre part à la délibération. On met le décret aux voix. Tout le côté droit refuſe d'opiner. La rédaction du duc de la Rochefoucault paſſe à une majorité nom-breuſe.

LIVRE VI.

Proteſtation du treize Avril, mil ſept cent quatre-
vingt - dix. — *Diſcuſſion ſur le droit de Paix &*
de Guerre. — *Nouvelles tentatives contre la*
Conſtitution. — *Publication du Livre rouge.* —
Organiſation du Pouvoir Judiciaire. — *Conſtitution*
Civile du Clergé. — *Décret qui abolit la Nobleſſe*
Héréditaire.

LE clergé découragé par le mauvais ſuccès de
cette derniere tentative, & encore plus par le refus du
roi d'embraſſer ſes intérêts, parut s'abandonner lui-
même pendant quelque temps. L'àrchevêque d'Aix
renouvella l'offre de donner quatre cent millions. On
rejeta cette offre avec dédain. Prieur demanda, d'un
ton ironique, ſi le clergé, qui ne poſſédoit plus rien,
pouvoit offrir quelque choſe. On reprit la diſcuſſion
ſur les aſſignats. L'énorme hypotheque qu'on venoit
de leur créer leur aſſuroit la confiance du peuple.

La difficulté conſiſtoit à ſavoir ſi les aſſignats ſeroient libres ou forcés ; c'eſt - à - dire, ſi l'on ſeroit
obligé de les prendre en paiemens. Les révolutionnaires vouloient des aſſignats forcés. Ils avoient raiſon,

La

La disette du numéraire augmentoit chaque jour ; les ennemis de la révolution l'accaparoient, l'enfouissoient ou le portoient chez l'étranger. Or des assignats, faisant l'office de monnoie, devenoient, entre les mains des révolutionnaires, une mine plus inépuisable que toutes celles du Pérou & du Potosi : ils les sauvoient de l'embarras des finances, de la dépendance de Necker, de celle des agioteurs de son parti. La discussion présenta la même marche que celles où il s'agissoit du grand intérêt de la révolution. Casalès, l'archevêque d'Aix & l'abbé Maury, combattirent l'émission des assignats, & sur-tout des assignats forcés. Les révolutionnaires employerent leurs manœuvres accoutumées. On vit arriver une foule d'adresses au nom des principales villes de commerce. Thouret assura que Rouen étoit prêt à échanger quarante millions d'assignats contre quarante millions de numéraire. Bailli vint, à la tête de la commune, lire une lettre des négocians de Paris, qui sollicitoient la création de cinq cent millions d'assignats forcés. Bailli ajouta qu'il avoit, entre ses mains, une soumission de soixante-dix millions destinés à payer une partie des biens ecclésiastiques que la ville de Paris étoit chargée d'aliéner. Personne ne fut la dupe de ces singeries : mais plus les ennemis de la révolution s'opiniâtroient à rejeter la création des assignats, plus les révolutionnaires mettoient de zele & d'activité à la faire adopter.

Tome II.   F

━━ Je n'entends rien en finance, difoit dans un café un membre du club des jacobins. J'ignore fi les affignats font une bonne ou une mauvaife opération : mais puifque les arifto'crates n'en veulent point, nous devons les vouloir & les faire paffer. Auffi, en voyant monter à la tribune les orateurrs qui difcutoient cette queftion, n'avoit-on pas befoin d'écouter leurs difcours; il fuffifoit de remarquer le côté de la falle d'où ils partoient. Enfin, plufieurs jours s'étant écoulés dans des débats très-animés, l'affemblée décréta qu'il feroit émis quatre cent millions d'affignats monnoie,

Avril
1790.

Cette opération étoit bonne; &, fi les befoins de l'état euffent permis de s'y borner, elle eût ramené l'ordre dans les finances : mais l'affemblée étoit à peine fortie d'un embarras, qu'elle retomboit dans un autre plus grand. On touchoit au mois de mai. Plufieurs bailliages avoient borné à une année les pouvoirs de leurs députés. Les contre-révolutionnaires, jugeant l'occafion favorable, reprirent le projet de diffoudre l'affemblée. Ils fe porterent aux affemblées primaires. Ils infinuerent que la compofition de l'affemblée actuelle étoit vicieufe; qu'on y voyoit des membres élus par des ordres qui ne fubfiftoient plus; qu'il falloit nommer de nouveaux députés; que le temps fixé aux pouvoirs de plufieurs étoit expiré. Ces manœuvres fouterraines parurent d'autant plus dangereufes, que les hommes qui les employoient s'appuyoient fur les droits & fur la fouveraineté du

peuple ; qu'ils flattoient également & fa cupidité &
le defir fi naturel à l'homme de rappeller fa dépendance à celui auquel on a remis, pour quelques
inftans, toute la plénitude de fon autorité.

Les révolutionnaires en convenant du principe
chercherent à en éluder les conséquences. — « C'eft
» fans doute une vérité inconteftable, dit Chapelier,
» que toute fouveraineté réfide effentiellement dans
» le peuple, & qu'il peut retirer, quand il lui plaît,
» les pouvoirs qu'il a délégués : mais ce principe
» eft fans application dans la circonftance préfente ;
» ce feroit détruire la conftitution, que de renouveller
» l'affemblée avant que cette même conftitution foit
» finie. Tel eft, en effet, l'efpoir de ceux qui vou-
» droient voir périr la conftitution & la liberté, & voir
» renaître la diftinction des ordres, la prodigalité du
» revenu public & les abus qui marchent à la fuite du
» defpotifme ». A ces mots, tous les yeux fe tournerent vers le côté de la falle où fiégeoient les évêques
& les nobles & fe fixerent fur l'abbé Maury. —
Envoyez ces gens-là au Châtelet, s'écrie l'abbé Maury
en fe levant brufquement, ou fi vous ne les connoiffez
pas n'en parlez point. Chapelier, continuant, prétendit que la caufe limitative des mandats devoit
céder à la claufe impérative d'achever la conftitution :
— « Or il eft impoffible que la conftitution ne foit
» pas faite par une feule affemblée. Que deviendroit
» la conftitution, fi une autre affemblée pouvoit

» apporter des modifications aux décrets de la pre-
» miere affemblée ou prendre des délibérations qui
» y feroient contraires? Comment d'ailleurs fe feroient
» les élections? Les anciens électeurs n'exiftent plus;
» les bailliages font confondus dans les départemens;
» les ordres ne font plus féparés. La claufe de la
» limitation des pouvoirs devient donc fans valeur:
» il eft donc contraire aux principes de la conftitution,
» que les députés, dont les mandats en font frappés,
» ne demeurent pas dans cette affemblée. Leur fer-
» ment leur commande d'y refter, & l'intérêt
» public l'exige ».

« Dans quel fens fommes-nous repréfentans de la
» nation? (reprend brufquement l'abbé Maury
placé au bas de la tribune, & qui attendoit avec
impatience le moment qu'il lui feroit permis de s'y
élancer). » Jufqu'à quel point fommes-nous liés
» par nos mandats? Quelle différence doit-il y avoir
» entre nous & les légiflatures suivantes? Jufqu'où
» s'étend l'autorité que nous pouvons exercer fur le
» corps de la nation? La premiere de ces queftions
» eft une de celles que nous ne devons pas nous
» faire; la nation convoquée par le roi dans les bail-
» liages nous a donné nos pouvoirs. Chaque député
» n'étoit que le député de fon bailliage; il a pris
» en arrivant à l'affemblée un plus grand caractere,
» & s'eft vu repréfentant de la nation : mais cette
» nouvelle qualité n'a pas anéanti celle de repréfentant

» de bailliage qui eſt le fondement de tous nos
» pouvoirs. On nous environne de ſophiſmes, on
» parle de ferment prononcé le vingt juin, ſans
» ſonger qu'il ne ſauroit infirmer celui que nous
» avons fait à nos commettans. Je le demande à tous
» ceux qui reſpeċtent la foi publique : Celui qui a
» juré à ſes commettans de revenir au terme de
» l'expiration de ſes pouvoirs, peut - il reſter ici
» malgré eux? peut - il être mandataire, quand ſon
» mandat n'exiſte plus?

» Fixons à préſent nos regards ſur la diſtinċtion,
» qu'on nous répete ſans ceſſe, d'une convention
» nationale, d'une aſſemblée conſtituante, d'une lé-
» giſlature : mots nouveaux créés pour des idées
» inconnues, mais dont l'acception ne peut être
» un équivoque. Qu'eſt - ce qu'une convention na-
» tionale? C'eſt une aſſemblée repréſentant une nation
» entiere, qui n'ayant pas de gouvernement veut
» s'en donner un. Toute l'hiſtoire ne m'en préſente
» que deux exemples. L'un, à la mort d'Elizabeth,
» lorſque Jacques I.er, roi d'Ecoſſe, fut appellé au
» trône d'Angleterre, les Ecoſſois s'aſſemblerent pour
» déterminer ſi l'Ecoſſe s'uniroit à l'Angleterre ou
» formeroit un gouvernement ſéparé. L'autre exem-
» ple eſt celui que donna le parlement d'Angleterre
» à la retraite du roi Jacques II; il ſe transforma
» en convention nationale pour diſpoſer de la cou-
» ronne & changer la forme du gouvernement. Ainſi,

» tant qu'un roi demeure affis fur le trône, point
» de convention nationale; il ne pourroit y en avoir
» une que dans le cas où la nation entiere fe feroit
» élevée contre le gouvernement pour s'y fouftraire,
» & vous auroit munis de pouvoirs exprès & indé-
» pendans. Si vous les avez ces pouvoirs, il ne tient
» qu'à vous de déclarer le trône vacant, de boulverfer
» l'empire ».

Ces dernieres paroles exciterent de violens murmures. Les révolutionnaires ne vouloient pas qu'on
éclairât le peuple fur leurs véritables deffeins; &,
quoique la plupart ne fongeaffent point à pouffer la
révolution jufqu'à cette extrêmité, ils cherchoient
néanmois à fe ménager tous les moyens que pourroient néceffiter les circonftances. Mais l'abbé Maury
fans paroître s'appercevoir de cette fenfation fâcheufe,
tirant même un parti très-adroit de l'efpece d'aveu
que fembloient annoncer les murmures qui l'avoient
interrompu, continua:

« S'il eft donc vrai, meffieurs, que fous un feul
» rapport votre pouvoir ait quelque borne, vous
» n'êtes point une convention nationale. Je reviens
» à la diftinction futile d'un corps conftituant &
» d'une légiflature : c'eft la Suede qui nous a montré
» le danger de ces corps qui prétendent à la plénitude
» du pouvoir, & qui bâtiffent leur autorité fur les
» débris de la nation; c'eft ce fénat fanguinaire qui
» méconnut l'autorité royale & qu'il fallut anéantir

» quand les Suédois voulurent être libre. Croyez-vous
» que les législatures subséquentes, ayant la même
» miffion que vous, se croiront liées par vos décrets?
» Voici, messieurs, ma profession de foi solemnelle:
» nous devons obéir religieusement à notre consti-
» tution, si nous ne voulons pas tomber dans la plus
» malheureuse anarchie; mais vous ne pouvez limiter
» les pouvoirs de vos succeffeurs. Est - ce à nous de
» dire comme dieu : Arrêtez - vous là & ne franchiffez
» jamais? On parle du ferment que nous avons fait
» le vingt juin : eh, messieurs! la constitution est ache-
» vée; il ne vous reste qu'à déclarer que le roi
» poffède la plénitude du pouvoir exécutif. Nous ne
» fommes ici que pour affurer au peuple François
» le droit d'influer sur la législation, pour établir
» que l'impôt fera confenti par le peuple, pour
» affurer notre liberté. Oui la constitution est faite,
» & je m'oppofe à tout décret qui limiteroit les
» droits du peuple fur fes repréfentans. Les fondateurs
» de la liberté doivent refpecter la liberté de la na-
» tion : elle est au deffus de nous, & nous détruifons
» notre autorité en bornant l'autorité nationale ».

Les nombreux applaudiffemens des évêques & des
nobles, firent connoître à l'abbé Maury qu'il avoit
parfaitement faifi le vrai point de la question. L'abbé
Maury leur laiffoit entrevoir un moyen infaillible de
renverfer l'édifice conftitutionnel, & leur préparoit
les matériaux des intrigues qu'ils pourroient ourdir.

Les révolutionnaires, plongés dans un morne filence,
fembloient anticiper, par leurs triftes réflexions, un
douloureux avenir. Leur attention fut agréablement
ramenée fur des idées plus confolantes. — « On
» demande, reprit Mirabeau d'un ton de dignité,
» depuis quand les députés du peuple font devenus
» convention nationale? Je réponds c'eft le jour où
» trouvant l'entrée de leurs féances environnée de
» foldats, ils allerent fe réunir dans le premier endroit
» où ils purent fe raffembler, pour jurer de plutôt
» périr que de trahir & d'abandonner les droits de la
» nation. Nos pouvoirs quels qu'ils fuffent ont changé
» ce jour de nature ; quels que foient les pouvoirs
» que nous avons exercés, nos efforts, nos travaux
» les ont légitimés : l'adhéfion de toute la nation
» les a fanctifiés. Vous vous rappellez tous le mot
» de ce grand homme de l'antiquité, qui avoit né-
» gligé les formes légales pour fauver la patrie,
» fommé par un tribun factieux de dire s'il avoit
» obfervé les lois, il répondit : Je jure que j'ai fauvé
» la patrie ! » Meffieurs (en élevant la voix & fe
tournant du côté où fiégeoient les députés des communes) : « *Je jure que vous avez fauvé la France !* »

A ce magnifique ferment, l'affemblée toute entiere, comme fi elle eût été entraînée par une infpi-
ration fubite, ferme la difcuffion, & décrete que les
affemblées électorales ne s'occuperont point de l'é-
lection des nouveaux députés ; que cette élection ne

pourra avoir lieu que lorfque la conftitution fera près d'être achevée; qu'alors l'affemblée nationale priera le roi de proclamer le jour où les affemblées électorales fe formeront & éliront la premiere légiflature.

Les évêques revenus de leur premier étourdiffement, fentant bien que le roi ne les foutiendroit qu'autant qu'ils parviendroient à fe faire un parti capable de lutter contre les révolutionnaires, fe rallierent aux députés membres des parlemens, à plufieurs députés nobles & à quelques députés des communes; prefque tous privilégiés & attachés à la magiftrature. Ils annoncerent que, déterminés à éclairer le peuple fur fes véritables intérêts, ils fe raffembleroient les jours qu'il n'y auroit pas de féance du foir & difcuteroient publiquement les décrets de l'affemblée. Ce nouveau club s'ouvrit dans l'églife des capucins de la rue Saint-Honoré. La curiofité y attira beaucoup de monde. L'archevêque d'Aix & d'Efprémenil gémirent longuement fur la ruine de la religion, fur l'anéantiffement de l'autorité royale. L'abbé de Barmon & le préfident de Frondeville affurerent que la plupart des décrets de l'affemblée étoient attentatoires aux droits des perfonnes & des propriétés... mais, comme plufieurs de ces décrets étoient favorables au peuple, les évêques & les nobles fe renfermerent dans le refus que venoit de prononcer l'affemblée de déclarer la religion catholique religion de l'état, & propoferent de rédiger, pour l'inftruction du peuple, une déclaration de leurs sentimens sur cette matiere importante. Ils savoient que cet objet, facile à lier avec l'expropriation du clergé, leur fourniroit, lorsque les circonstances le permettroient, un moyen assuré de revenir sur les lois dont ils avoient à se plaindre.

On rédigea une protestation. Deux cent quatre-vingt-dix députés la signerent. Les évêques la répandirent à Paris & dans les provinces. Elle y fut reçue différemment selon la diversité des intérêts & des partis. Les évêques & les chapitres y adhérerent. Les gens qui tenoient à l'ancien ordre des choses, affecterent de la regarder comme une charte conservatrice de la religion. Les révolutionnaires la traiterent d'incendiaire, de fanatique, ne tendant qu'à exciter une guerre civile religieuse.

Cependant les évêques & les nobles continuoient de s'assembler dans l'église des capucins, s'imaginant qu'ils parviendroient à dominer à leur tour l'opinion publique. Ils ne voyoient pas que le peuple n'avoit ni ne pouvoit avoir aucune confiance en eux ; qu'il les regardoit comme ses ennemis, & que l'opposition mal-adroite qu'ils apportoient à l'établissement de la constitution l'aigrissoit chaque jour davantage. Les évêques & les nobles eurent bientôt lieu de se convaincre de l'inutilité de leurs tentatives. Les révolutionnaires sans rien appréhender pour leur popularité qui reposoit sur des bases plus solides, mais craignant que le nouveau club ne vînt à former un point de

réunion auquel fe rallieroient les députés qui ne partageoient pas leurs fentimens & tous les ennemis du
nouvel ordre de chofes, ils peignirent au peuple le
club des capucins comme un raffemblement contre-
révolutionnaire, affurant qu'on y tramoit des complots; qu'on y cherchoit à anéantir les décrets de
l'affemblée nationale; que fi l'on toléroit une pareille
révolte, la contre-révolution étoit faite. Le peuple,
docile aux impreffions que lui donnoient des hommes
dans léfquels il avoit placé fa confiance, fe porte
aux capucins, en chaffe les évêques & les nobles,
les pourfuit jufque dans la rue en les accablant
d'injures.

Les évêques & les nobles choifirent un autre
local. Les révolutionnaires les en firent encore chaffer
par le peuple. Ils les fuivirent de retraite en retraite,
ne leur donnant pas un moment de repos, jufqu'à
ce que la municipalité, fous prétexte de maintenir
la tranquillité publique, défendît toute réunion de
citoyens qui ne feroit pas autorisée par elle. Les
révolutionnaires, pour rendre leur triomphe plus
complet, réfolurent de donner, dans le fein même
de l'affemblée, une mortification encore plus fenfible
aux députés qui avoient figné la proteftation du clergé.
Le comte de Virieu venoit d'être promu à la place
de préfident. On alloit proclamer le réfultat du fcrutin, lorfque l'avocat Bouche demanda la parole.
Bonnay répondit qu'il ne pouvoit la lui accorder;

que fa préfidence étoit finie ; que l'unique devoir qui lui reftoit à remplir étoit de rendre compte du fcrutin. Les révolutionnaires déciderent que Bouche feroit entendu. Bouche propofa de décréter que tout dé-puté, entrant en exercice de fonctions que lui auroit confiées l'affemblée, feroit tenu de renouveller le ferment du quatre février, & de jurer qu'il n'avoit jamais pris & qu'il ne prendroit jamais part à aucun acte, proteftation, déclaration, contre les décrets de l'affemblée nationale acceptés & fanctionnés par le roi, ou tendant à affoiblir le refpect & la confiance qui leur étoient dus. Les révolutionnaires, avec qui cette motion étoit concertée, l'accueillirent par de vifs applaudiffemens. Les fignataires de la proteftation reconnurent qu'elle étoit dirigée contre eux. L'évêque de Nanci rappella le réglement de l'affemblée qui portoit que le réfultat du fcrutin étoit l'unique loi pour la nomination d'un préfident. La motion de Bouche, ajouta l'évêque de Nanci, ne fauroit avoir d'effet rétroactif fur un préfident déja nommé, ou bien elle deviendroit elle - même une proteftation infidieufe contre les décrets de la majorité. Après quelques débats, la motion de Bouche ayant été adoptée, Bonnay déclara que le réfultat du fcrutin donnoit la préfidence à monfieur de Virieu. Virieu affure, d'un ton très - embarraffé, qu'il n'a point ambitionné les honorables fonctions auxquelles vient de l'élever la majorité des fuffrages ; qu'il ne fe croit

plus à lui du moment que cette majorité a prononcé
fur fon fort; qu'il va chercher dans les décrets de
l'affemblée la conduite que les circonftances lui im-
pofent; qu'un homme, livré à la chofe publique
dans un long intervalle d'événemens critiques, a pu
ne pas approuver toutes les opinions, fans qu'on en
doive conclure contre fon zele pour le bien public,
& fans qu'il en ait moins de droit à l'indulgence:
d'ailleurs fi l'on connoît quelque proteftation faite
par lui de la nature de celles annoncées dans la
motion de Bouche, il eft prêt à fe retirer du moment qu'elle lui fera préfentée. Sa mémoire ne lui
rappellant aucun acte de cette nature, il accepte
l'honneur qui lui eft offert, & renouvelle, en fa
confcience, le ferment d'être fidele à la nation, à la
loi, au roi; d'obéir aux décrets de l'affemblée nationale, de n'avoir pris & de ne prendre jamais part
à aucun acte, déclaration, proteftation, contraires
aux décrets acceptés ou fanctionnés par le roi, ou
tendant à affoiblir le refpect & la confiance qui leur
ont dus.

Tout le monde favoit que Virieu avoit figné la
proteftation du clergé. Il eft vrai qu'alors le décret,
objet de cette proteftation, n'étoit pas fanctionné:
mais cette proteftation n'en tendoit pas moins à
affoiblir le refpect & la confiance dus à ce décret.
Auffi les révolutionnaires contens d'avoir obligé Virieu à prononcer un ferment qui jetoit du louche

fur fa véracité, le laisserent quelque temps tranquille dans fa présidence; fe réservant de lui donner bientôt l'humiliation d'être forcé de l'abdiquer. Les signataires de la pétition n'avoient vu qu'avec peine Virieu défavouer en quelque forte fa signature, & fe foumettre à un ferment qui devenoit, pour eux, une exclufion des places dignitaires de l'affemblée. Monfieur de Rochebrune, d'après un petit confeil tenu entre Cafalès, Montlofier, l'abbé Maury, prie monfieur de Virieu de s'expliquer fur la nature du ferment qu'il vient de prêter; parce que le décret qui ordonne ce ferment lui paroît contraire à la liberté des opinions & à l'intérêt de fes commettans, Virieu répond que le ferment qu'il a prêté ne s'étend & qu'il ne l'a étendu qu'aux décrets acceptés & fanctionnés par le roi; que s'il exifte d'autres actes de fa fignature, contre des décrets non fanctionnés, il ne les rétracte point & ne les rétractera jamais. Je ne nie donc pas, ajoute Virieu, & plufieurs d'entre nous ne fauroient nier, que, n'ayant point eu un avis conforme à celui de la majorité, nous avons figné une déclaration de notre opinion & de quelques faits effentiels à notre juftification. Comme il ne doit demeurer aucun doute fur la conduite d'un honnête homme, fi l'on exige des éclairciffemens, je fuis prêt à les donner. Alexandre Lameth, faififfant ces dernieres paroles, interpelle Virieu de déclarer fi fa difculpation porte fur ce que les décrets, contre lesquels il a protefté, ne font pas encore acceptés par le roi, & s'il entend que les membres de l'affemblée ne doivent pas être foumis à ces décrets, même avant la fanction ; quoique non obligatoire pour le refte du royaume. Les décrets non fanctionnés font obligatoires pour les membres de l'affemblée, parce que le premier principe de tout corps délibérant eft la foumiffion paffive de la minorité aux décifions de la majorité. Si donc monfieur le préfident a figné une proteftation contre un décret non fanctionné, je fais la motion expreffe qu'il foit procédé à une nouvelle nomination, & je demande que monfieur de Bonnay reprenne le fauteuil : un membre ne pouvant préfider une affemblée devant laquelle il eft en caufe. Les révolutionnaires crient à Virieu de defcendre du fauteuil. Les fignataires lui enjoignent d'y refter. Virieu répond qu'il va confulter l'affemblée. Les révolutionnaires foutiennent que Virieu ne peut pas même confulter l'affemblée. Virieu, au milieu des cris & du tumulte, veut parler : fa voix eft étouffée fous mille motions qui fe croifent & fe contredifent. Epuifé de fatigue il prie le marquis de Bonnay de préfider à fa place. Bonnay affure qu'il n'y a pas même lieu à interpellation d'après la maniere dont Virieu s'eft juftifié. — Il eft queftion, répond Charles Lameth, d'une déclaration qui caufe de l'inquiétude au peuple & des alarmes à plufieurs membres de cette affemblée.

Si cette déclaration eft faite contre un décret non fanctionné, elle n'en eft que plus coupable; parce qu'elle peut influer fur l'efprit du monarque, retarder ou même empêcher fa fanction : mais je demande, ajoute malicieufement Charles Lameth, fi quelqu'un de nous a cru que monfieur de Virieu avoit figné aucun acte contraire aux décrets lorfqu'on l'a entendu prononcer fon ferment; je demande de quel œil le peuple regardera fa reftriction jéfuitique; je demande fi c'eft le moyen d'établir la confiance due aux décrets de l'affemblée, de voir fon préfident, lui - même, foufcrire une déclaration contre le plus important de ces décrets. La plupart des députés entrerent dans la difcuffion & parlerent felon les intérêts divers des hommes dont ils étoient les organes. Virieu, las du rôle défagréable qu'il jouoit depuis deux heures, profita d'un moment de filence occafionné par la laffitude des deux partis, & déclara qu'il réfignoit, entre les mains de l'affemblée, une place qu'il ne croyoit pas pouvoir occuper. Tous les journaux révolutionnaires crierent, le foir même: Faux - ferment de monfieur de Virieu, & fa deftitution de la place de préfident de l'affemblée nationale à laquelle il avoit été nommé par les ariftocrates.

Mai 1790.

Quelques différens furvenus dans la baie de Notoka entre des marchands Anglois & des commis Efpagnols, différens qu'il eût été très-facile d'arranger, étoient fur le point de fervir de prétexte à une déclaration

claration de guerre. Il paroît que les cours d'Espagne
& de Londres se disposoient à fournir à Louis XVI
ce nouveau moyen de renverser la constitution. Le
comte de Montmorin, ministre des affaires étrangeres,
vint communiquer à l'assemblée la situation politique
de l'Espagne & de l'Angleterre, les démarches inutiles, jusqu'à ce jour, qu'on avoit faites pour engager
ces deux puissances à se rapprocher. Elles commençoient l'une & l'autre à armer. La France ne pouvoit
se dispenser de fournir à l'Espagne les secours stipulés
par les traités. Le roi prioit donc l'assemblée de
décréter les fonds nécessaires à un armement de
quatorze vaisseaux. — Je ne crois pas, répondit
Alexandre Lameth, que l'assemblée puisse, dans ce
moment, accorder la demande du ministre des affaires étrangeres. La nation, souveraine, doit-elle
déléguer au roi le droit de faire la guerre & la paix?
Pouvons-nous dans la cause des rois contre les peuples
leur confier le pouvoir de verser à leur gré le sang
des citoyens & d'exposer leurs propriétés? Barnave
soutint, qu'avant de prononcer sur la demande du
ministre, il falloit décider la grande question du droit
de guerre & de paix. Il s'emporta contre les ruses
perfides des ministres; espece d'hommes auxquels on
fait grace, en disant que leurs desseins sont douteux.
Plusieurs orateurs se présenterent pour traiter cette
importante question. Les révolutionnaires l'avoient
déja décidée dans leurs comités secrets : ils avoient

même préparé l'opinion publique à cette décifion.
Cependant on ouvrit la tribune aux orateurs. Les
premiers qui parlerent, troupes légeres des deux
partis, n'eurent que le plaifir de combiner des phrafes , & de recevoir quelques légers applaudiffemens
deftinés à confirmer chaque député dans l'opinion
qu'il avoit embrafsée.

Les révolutionnaires virent s'élever, dans leur fein
même, un adverfaire dangereux, dont le crédit
& l'influance pouvoient faire prendre à la délibération une tournure contraire à leurs vues. Le
comte de Mirabeau, gagné, difoit-on, par la
cour, vouloit revêtir le roi du droit de paix &
de guerre. Lafayette & quelques députés du parti
patriote l'appuyoient fecrétement. Quoi qu'il en foit,
le comte de Mirabeau, préparant avec beaucoup
d'adreffe les efprits à l'opinion qu'il alloit énoncer,
dit : — « Si je prends la parole, meffieurs, fur
» une matiere foumife depuis cinq jours à de longs
» débats, c'eft feulement dans le deffein d'établir
» l'état de la queftion, qui, fi je ne me trompe, n'a
» pas été pofée telle qu'elle devoit être. Faut-il
» déléguer au roi l'exercice du droit de faire la paix
» & la guerre? doit-on attribuer ce droit au corps
» légiflatif? C'eft ainfi, meffieurs, c'eft avec cette
» alternative, qu'on a jufqu'à préfent annoncé la
» queftion qui nous occupe, & j'avoue que cette
» maniere de la pofer la rend infoluble pour moi.

» Je ne crois pas que l'on puiſſe, ſans anéantir la conſ-
» ſtitution, déléguer au roi le droit de faire la guerre ;
» je ne crois pas que l'on puiſſe attribuer excluſi-
» vement ce droit au corps légiſlatif, ſans nous
» préparer des dangers d'une autre nature & non
» moins redoutables. Mais ſommes - nous forcés de
» faire un choix excluſif ? Ne peut - on pas, pour
» une des fonctions du gouvernement qui tient à-la-
» fois de l'action & de la volonté, de l'exécution
» & de la délibération, faire concourir au même
» but, ſans les exclure, l'un par l'autre, les deux
» pouvoirs qui conſtituent la force nationale & qui
» repréſentent ſa ſageſſe ? Ne peut - on pas reſtreindre
» les droits, ou plutôt les abus de l'ancienne royauté,
» ſans paralyſer la force publique ? Ne peut - on pas
» connoître le vœu national, ſur la guerre & ſur la
» paix, par l'organe ſuprême d'une aſſemblée re-
» préſentative, ſans tranſporter parmi nous les in-
» convéniens que nous découvrons dans cette partie
» du droit public des républiques anciennes & de
» quelques états de l'europe ? Ainſi, meſſieurs,
» je me ſuis propoſé à moi - même la queſtion gé-
» nérale que j'avois à réſoudre dans ces termes : Ne
» faut - il pas attribuer concurremment le droit de
» faire la paix & la guerre aux deux pouvoirs que
» notre conſtitution a conſacrés ?

» Lorſqu'il s'agit de déclarer la guerre ou de faire
» la paix, la nature des choſes, leur marche invin-

» cible, indiquent les époques où chacun des deux
» pouvoirs peut agir séparément, les points où leur
» concours fe rencontrent, les fonctions qui leur font
» communes & celles qui leur font propres. C'eſt
» au roi à entretenir les relations extérieures, à veiller
» à la sûreté de l'empire, à faire & à ordonner les
» préparatifs néceſſaires pour le défendre : autrement
» il exiſteroit dans le même royaume deux pouvoirs
» exécutifs. Mais la force publique peut fe trouver
» dans la néceſſité de repouſſer une hoſtilité, avant
» que le corps légiſlatif ait eu le temps de manifeſter
» aucun vœu ni d'approbation ni de déſapprobation.
» Or, qu'eſt-ce que repouſſer une hoſtilité, ſi ce
» n'eſt déclarer la guerre? Alors, quels font les devoirs
» du pouvoir exécutif? quels font les devoirs du
» corps légiſlatif? Le pouvoir exécutif doit notifier,
» fans délai, l'état de guerre ou exiſtant ou prochain,
» en faire connoître les caufes, demander les fonds
» néceſſaires, requérir la réunion du corps légiſlatif
» s'il n'eſt pas aſſemblé. Le corps légiſlatif doit exa-
» miner ſi, les hoſtilités étant commencées, l'agreſſion
» n'eſt pas venue de nos miniſtres ou de quelques
» agens du pouvoir exécutif : dans un tel cas, l'auteur
» de l'agreſſion, coupable, doit être pourſuivi comme
» criminel de lefe-nation. Si la guerre eſt inutile ou
» injuſte le corps légiſlatif doit l'improuver & requérir
» le roi de négocier la paix, l'y forcer même en
» lui refufant des fonds. — Il y a, me dira-t-on,

» une foule d'inconvéniens tous plus grands les uns
» que les autres : je le fais. Mais en remettant le
» droit de paix & de guerre au corps législatif
» tomberez - vous dans de moindres inconvéniens ?
» Serez - vous plus assurés de n'avoir que des guerres
» justes, & vraiment utiles, en déléguant à une
» assemblée de sept cents personnes le terrible droit
» de faire la paix & la guerre ? Avez - vous calculé
» jusqu'où des mouvemens passionnés, jusqu'où l'exal-
» tation du courage & d'une fausse dignité, peuvent
» porter & même en quelque sorte justifier l'im-
» prudence ? Nous venons d'entendre un de nos
» orateurs vous proposer, si l'Angleterre faisoit à
» l'Espagne une guerre injuste, de franchir sur-le-
» champ les mers, de renverser une nation sur une
» autre nation, de jouer, dans Londres même, avec
» ces fiers Anglois, au dernier homme & au dernier
» écu : & nous avons tous applaudi; & je me suis surpris
» moi - même applaudissant ; & un mouvement ora-
» toire a suffi pour tromper un instant votre sagesse.
» Il est un autre danger qui n'est propre qu'au
» corps législatif : c'est qu'un tel corps ne sauroit
» être soumis à aucune responsabilité. On parle du
» frein de l'opinion publique : mais l'opinion publique
» souvent égarée, mue par des sentimens dignes
» d'éloges, ne servira qu'à séduire, qu'à entraîner
» le corps législatif; & puis l'opinion publique ne
» va pas atteindre séparément chaque membre de

G 3

» l'affemblée. Voyez les affemblées publiques; c'eft
» toujours fous le charme de la paffion qu'elles ont
» décrété la guerre. Vous connoiffez le trait de ce
» matelot, qui fit, en mil fept cent quarante, ré-
» foudre la guerre de l'Angleterre contre l'Efpagne.
» — Quand les Efpagnols qui m'avoient mutilé,
» dit-il en montrant fon corps tronqué aux mem-
» bres du parlement d'Angleterre, me préfenterent
» la mort, je recommandai mon ame à dieu &
» ma vengeance à ma patrie. C'étoit un homme
» bien éloquent que ce matelot, mais la guerre
» qu'il alluma n'étoit ni jufte ni politique; le roi
» d'Angleterre ni les miniftres ne la vouloient point;
» & cependant l'émotion d'une affemblée moins
» nombreufe, & plus affoupie que la nôtre aux
» combinaifons d'une infidieufe politique, en décida.
» Ajoutez, meffieurs, la lenteur des délibérations
» quand il eft fi inftant d'agir : la force publique
» paralyfée comme elle l'eft en Pologne, en Hollande
» & dans toutes les républiques : la grande influence
» qu'acquerront néceffairement les départemens fur
» le corps légiflatif : l'impulfion dangereufe que le
» droit de paix & de guerre, accordé en entier au
» corps légiflatif, donnera infailliblement au peuple
» vers la démocratie : les dangers de voir partir de
» toutes les parties de l'empire des pétitions qui
» émettent un vœu de paix ou de guerre : l'agitation
» qui doit réfulter de toutes ces chofes : le corps

» légilatif franchiffant alors, malgré fa fageffe, les
» limites de fes pouvoirs, influant fur la direction
» de la guerre & fur le choix des généraux, portant
» fur les démarches du monarque cette furveillance
» inquiete, qui feroit par le fait un fecond pouvoir
» exécutif : alors l'incertitude, l'héfitation qui accom-
» pagneroit toutes fes démarches, les inconvéniens,
» les dangers d'une délibération publique fur les
» motifs de faire la paix ou la guerre, le danger
» d'importer les formes républicaines dans un gou-
» vernement à-la-fois monarchique & repréfentatif.
» Je vous prie fur-tout, meffieurs, de confidérer ce
» danger par rapport à notre conftitution. Pouvons-
» nous efpérer de la maintenir, fi nous compofons
» notre gouvernement de formes oppofées entre elles?
» Rome ne fut détruite que par le mélange des
» formes royales, démocratiques & ariftocratiques.
» Eh! que diront les citoyens qui ont efpéré de
» concilier toute l'énergie de la liberté avec la pré-
» rogative royale, lorfqu'ils vous verront attribuer à
» vous feuls une branche fi importante de cette
» même prérogative? Que diront les hommes qui,
» après avoir regardé la permanence d'une affemblée
» nationale comme la feule barriere contre le defpo-
» tifme, regardent auffi la royauté comme une utile
» barriere contre la tyrannie poffible du corps
» légiflatif?... Enfin, meffieurs, quel fera, par
» rapport au roi, l'effet d'une loi qui concentre dans

» le corps législatif le droit de faire la paix & la
» guerre ? Pour les rois foibles, la privation de l'au-
» torité ne sera qu'une cause de découragement
» d'inertie. Mais la dignité royale n'est - elle donc
» plus au nombre des propriétés nationales ? Un roi
» environné de perfides conseillers se croira détrôné ;
» un roi juste pensera au moins que le trône est
» environné d'écueils, & tous les ressorts de la force
» publique se relâcheront : un roi ambitieux, mécon-
» tent du lot que la constitution lui donne, sera l'ennemi
» de cette même constitution dont il doit être le garant
» & le gardien. —— Mais notre constitution n'est pas
» encore affermie ; ne peut - on pas susciter une guerre
» pour avoir le prétexte de déployer une grande force
» & la tourner contre nous ? —— Eh bien ! ne négligeons
» pas ces craintes : mais distinguons avec soin le
» moment actuel des effets durables d'une consti-
» tution. Ne rendons pas éternelles les dispositions
» provisoires que la circonstance extraordinaire d'une
» grande convention nationale pourra nous suggérer.
» Si vous portez toujours dans l'avenir les défiances
» du moment, tremblez qu'à force d'exagérer les
» craintes vous ne rendiez les préservatifs pires que
» les maux ; & qu'au lieu d'unir les citoyens pour
» la liberté, vous ne les divisiez en deux partis
» toujours prêts à conspirer l'un contre l'autre. Oui,
» si l'on nous menace à chaque pas de voir revivre
» un despotisme que nous avons tué, si l'on nous
» oppose sans cesse les dangers d'une très - petite

» portion de la force publique remife entre les
» mains du roi, malgré plufieurs millions d'hommes
» armés pour la liberté quel autre moyen nous
» refte-t-il ? Périffons tous dans ce moment; qu'on
» ébranle les colonnes de ce temple, & mourons au-
» jourd'hui libres fi nous devons être efclaves demain.
» Il faut, dites-vous, reftreindre l'ufage de la
» force publique dans les mains du roi. Je le penfe
» comme vous : nous ne différons que par les
» moyens... Prenez garde qu'en voulant la reftrein-
» dre vous ne l'empêchiez d'agir & qu'elle ne de-
» vienne nulle. — Mais, ajoutez-vous, dans la
» rigueur des principes la guerre peut-elle jamais
» commencer fans que la nation ait décidé fi la
» guerre doit être faite? Je réponds : L'intérêt de la
» nation eft que toute hoftilité foit repoufsée par
» celui qui a la direction de la force publique;
» l'intérêt de la nation eft que les préparatifs de
» guerre, faits par des nations voifines, foient ba-
» lancés par les préparatifs que nous ferons nous-
» mêmes. Voilà la guerre commencée : nulle délibé-
» ration ne fauroit précéder ces événemens. Or, c'eft
» lorfque l'hoftilité ou la néceffité de fe défendre
» par la voie des armes (ce qui comprend tous les
» cas) fera notifiée au corps légiflatif, qu'il prendra
» les mefures que j'indique & approuvera ou ré-
» prouvera. Il requerra de négocier la paix; il
» accordera ou refufera les fonds de la guerre. —
» Les préparatifs, pourfuivez-vous, qui feront laifsés

» à la difpofition du roi, ne feront-ils pas dan-
» gereux ? — Sans doute ils le feront; mais ces
» dangers font inévitables dans tous les fyftêmes.
» — Ne pourroit-on pas faire concourir le corps
» légiflatif à ces préparatifs par un comité pris dans
» l'affemblée nationale ?

» Meffieurs, par cela feul nous confondrions tous
» les pouvoirs en confondant l'action avec la volonté,
» la direction avec la loi. Bientôt le pouvoir exécutif
» ne feroit que l'agent d'un comité. Nous ne ferions
» feulement pas les lois ; nous gouvernerions ! Car
» quelles feroient les bornes de ce concours, de cette
» furveillance ? C'eft en vain que vous tenteriez de
» les affigner : elles feroient toutes violées. Prenez
» garde encore : Ne craignez-vous pas de paralyfer
» le pouvoir exécutif par le concours de pareils
» moyens ? Meffieurs, lorfqu'il s'agit de l'exécution,
» ce qui doit être fait par plufieurs perfonnes, n'eft
» jamais bien fait par aucune. — Enfin, n'a-t-on
» rien à appréhender d'un roi qui, couvrant les
» complots du defpotifme fous l'apparence d'une
» guerre néceffaire, rentreroit dans le royaume à la
» tête d'une armée victorieufe; non pour reprendre
» fon pofte de roi citoyen, mais pour conquérir
» celui de tyran ? — Je vous demande fi, par une
» telle objection, vous ne tranfportez pas aux mo-
» narchies l'inconvénient des républiques ? C'eft parmi
» les nations qui n'avoient pas de rois que les fuccés
» ont fait des rois; c'eft pour Carthage, c'eft pour

» Rome, que des citoyens tels qu'Annibal & César
» font dangereux. Tarissez l'ambition. Qu'un roi n'ait
» rien à regretter que ce que la loi ne sauroit ac-
» corder. Faites de cette grande magistrature ce
» qu'elle doit être; & n'appréhendez plus qu'un roi
» rebelle, abdiquant sa couronne, s'expose à courir
» de la victoire à l'échafaud „,.

D'Esprémenil crie au président de rappeller le
comte de Mirabeau à l'ordre; qu'il oublie que la
personne du roi a été déclarée inviolable & sacrée.
Le comte de Mirabeau jetant sur d'Esprémenil un
regard humiliant de pitié : — Je me garderai bien
de répondre à l'inculpation qui m'est faite avec tant
de mauvaise foi. Vous avez tous entendu ma sup-
position d'un roi despote, révolté, qui vient avec
une armée de François conquérir la place de tyran.
Or, un roi dans ce cas n'est plus un roi.

Les révolutionnaires s'attendoient au discours de Mirabeau. Ils n'en furent pas moins alarmés de l'impression qu'il pouvoit faire sur le peuple' & sur les députés
patriotes. Abandonnant donc Casalès, l'abbé Maury &
les autres députés attachés à la cour, trop discrédités
parmi le peuple pour que leur opinion eût quelque
influance, trop foibles dans l'assemblée contre l'immense majorité du côté gauche pour que cette
même opinion entraînât un décret, ils s'attacherent
uniquement à combattre Mirabeau, dont les principes
leur paroissoient d'autant plus dangereux, qu'ils

étoient plus propres, par leur fageffe, à réunir les fuffrages des gens raifonnables & bien intentionnés. Les révolutionnaires chargerent Barnave de cette tâche difficile. Barnave, flatté de ce choix, ofa, fans con-fulter fes forces, fe mefurer avec Mirabeau : —
» Excepté ceux, dit-il, qui, depuis le commen-
» cement de nos travaux, ont contefté tous nos
» principes, perfonne ici ne nie les bafes d'après
» lefquelles vous devez porter votre décifion. On a
» univerfellement reconnu la néceffité de la divifion
» des pouvoirs. On a recounu que l'expreffion de
» la volonté générale ne pouvoit être donnée que
» dans des affemblées élues par le peuple, renou-
» vellées fans ceffe, & par cela même propres à en
» exprimer l'opinion ; parce que fans ceffe on en
» reconnoît l'impreffion. Vous avez fenti que l'exé-
» cution de cette volonté exigeoit promptitude &
» enfemble ; que pour combiner cet enfemble, il
,, falloit abfolument le confier à un feul homme.
,, Delà vous avez conclu que l'affemblée nationale
,, auroit le droit de faire la loi, & le roi celui de
,, la faire exécuter. Il réfulte que la détermination
,, de faire la guerre, qui n'eft autre chofe que l'acte
,, de la volonté générale, doit être dévolue aux re-
,, préfentans du peuple.

,, Je laiffe de côté les projets qui tendent d'attri-
,, buer au roi le droit de faire la guerre. Ils font
,, incompatibles avec la liberté & n'ont pas befoin

» d'être approfondis. Je m'attache donc feulement
» au projet de monfieur de Mirabeau, & je dis que
» le vice radical de ce projet, eft de donner de fait
» exclufivement au roi le droit de faire la guerre.
» C'eft par la confufion d'une chofe bien différente
» de celle de déclarer la guerre que monfieur de
» Mirabeau attribue ce droit au roi.

» Il eft univerfellement reconnu que le roi doit
» pourvoir à la défenfe des frontieres & à la con-
» fervation des poffeffions nationales. Il eft reconnu
» que, fans la volonté du roi, il peut exifter des
» différens entre les individus de la nation Françoife
» & les individus des nations étrangeres. Monfieur
» de Mirabeau a pensé que c'étoit là que commen-
» çoit l'état de guerre; qu'en conséquence, le com-
» mencement de la guerre étant fpontané, le droit
» de déclarer la guerre ne pouvoit appartenir au
» corps légiflatif. Cependant il eft généralement
» reconnu, par tous les publiciftes, que des hoftilités
» premieres ne font que des duels de particuliers à
» particuliers; mais que l'approbation & la protection
» que donne la nation à ces hoftilités conftituent
» feules la déclaration de guerre. En effet, fi le
» commencement des hoftilités conftituoit les nations
» en état de guerre, ce ne feroit plus ni le pouvoir
» exécutif ni le pouvoir légiflatif qui déclareroient
» la guerre; ce feroit le premier capitaine de vaif-
» feau, le premier marchand, le premier officier,

» qui, attaquant un individu ou réſiſtant à ſon at-
» taque, s'empareroit du droit de déclarer la guerre.
» Des hoſtilités peuvent conduire une nation à la
» guerre ; mais elles ne peuvent la priver du droit
» de déclarer qu'elle ne veut pas la guerre, & qu'elle
» préfere de ſe ſoumettre aux plus grands ſacrifices.
» Donc jamais le citoyen ne peut être conſtitué en
» guerre ſans l'approbation de ceux en qui réſide le
» droit de la faire. Le raiſonnement de monſieur de
» Mirabeau n'eſt donc qu'un moyen d'éluder la
» queſtion. Quelque réſolution que vous preniez,
» ſoit que vous déléguiez ce pouvoir au corps lé-
» giſlatif, ſoit que vous le déléguiez au roi, le décret
» proposé par monſieur de Mirabeau ſera toujours
» imparfait : car il eſt indiſpenſable de ſavoir où
» & comment la nation eſt en guerre ; il eſt in-
» diſpenſable de ſavoir à qui il appartient de la
» déclarer en ſon nom. Du moment que le roi la
» déclarera, concurremment avec la nation, il eſt
» évident que l'on confere ce droit au roi ; puiſque
» ſes fonctions précedent l'agreſſion, & que c'eſt lui
» qui prononce ſi les hoſtilités ſeront continuées. Je
» demande ſi la faculté qu'on laiſſe au corps lé-
» giſlatif de décider ſi la guerre ceſſera n'eſt pas
» illuſoire ; ſi lorſque la guerre ſera déclarée, qu'elle
» aura excité les mouvemens des puiſſances redou-
» tables, il ſera poſſible alors de déclarer qu'elle ne
» ſera pas continuée. C'eſt donc au roi que monſieur

» de Mirabeau attribue conftitutionnellement le droit
» de déclarer la guerre : c'eft fi bien là fon fyftême,
» qu'il l'appuie par tous les raifonnemens dont fe
» font fervi & fe fervent les perfonnes qui foutiennent
» cette opinion.

» Mais les exemples tirés des anciennes républi-
» ques & de quelques états de l'europe ne font pas
» applicables à notre conftitution. Ceux tirés de la
» promptitude de l'exécution & du fecret des me-
» fures n'ont pas plus de force. Une nation domi-
» nante dans l'europe ne doit employer, felon Mably,
» d'autre politique que la loyauté & une fidélité
» conftante. On dit qu'en confiant aux légiflatures
» le droit de paix & de guerre, elles fe laifferont
» entraîner par l'enthoufiafme des paffions & même
» par la corruption. Eft-il un feul de ces dangers
» qui ne foit plus grand dans la perfonne des mi-
» niftres? N'eft-il pas plus aifé de corrompre le
» confeil d'un roi que fept cents perfonnes élues
» par le peuple? On oppofe vainement la refpon-
» fabilité & le refus des impôts. La refponfabilité
» ne s'applique qu'à des crimes; la refponfabilité
» eft abfolument impoffible tant que dure la guerre
» au fuccès de laquelle eft néceffairement lié le mi-
» niftre qui l'a commencée. Cette refponfabilité
» eft-elle néceffaire quand la guerre eft terminée ?
» Lorfque la fortune publique eft diminuée, lorfque
» vos concitoyens & vos freres ont péri, à quoi

» fert alors la mort d'un miniftre? Confultez l'opinion
» publique, vous verrez d'un côté des hommes
» ambitieux, qui efperent s'avancer dans les armes,
» parvenir à gérer les affaires étrangeres, les négo-
» ciations; des hommes liés avec les miniftres &
» leurs agens. Voilà les partifans du fyftême qui veut
» donner au roi, c'eft - à - dire au miniftre, le droit
» terrible de paix & de guerre. Vous n'y verrez pas
» le peuple; vous n'y verrez pas le citoyen paifible,
» vertueux, ignoré, fans ambition, qui trouve fon
» bonheur & fon exiftence dans l'exiftence commune,
» dans le bonheur commun. Non, les vrais citoyens,
» les vrais amis de la liberté, n'ont aucune incerti-
» tude. Ils vous diront : Donnez au roi tout ce qui
» peut faire fa gloire, fa grandeur. Qu'il commande,
» qu'il difpofe de nos armées; qu'il nous défende
» quand la nation l'aura voulu : mais n'affligez pas
» fon cœur en lui confiant le droit redoutable de
» nous entraîner dans une guerre, de faire couler
» le fang avec abondance, de perpétuer le fyftême
» de rivalité, d'inimitié réciproque; fyftême faux &
» perfide qui déshonore les nations ».

Barnave fut fouvent interrompu par les acclamations bruyantes des révolutionnaires & de leurs affidés
des tribunes : ils l'applaudiffoient avec d'autant plus
d'oftentation, qu'ils fentoient mieux eux - mêmes la
foibleffe de fes moyens.

Au fortir de la féance, une foule de peuple reçut &
accueillit

accueillit Barnave avec de nouveaux battemens de mains, le porta en triomphe paffant fous les fenêtres du roi avec cet air d'infulte qui annonce une victoire, criant : vive Barnave ! lui prodiguant le titre de fauveur de la patrie ; tandis que Mirabeau, hué de tous, entendoit retentir autour de lui le cri finiftre : à la lanterne, & ne fe déroboit qu'avec peine aux traitemens dont ce même peuple fe préparoit à l'outrager.

Les deux Lameth jaloux depuis long-temps de Mirabeau, qu'ils regardoient comme un obftacle à l'établiffement de leur domination, crurent avoir trouvé l'occafion qu'ils cherchoient de le dépopularifer. Alexandre Lameth, à la séance des jacobins, lui reprocha, en termes peu ménagés, de trahir les intérêts du peuple. Le lendemain tous les colporteurs crierent : La grande trahifon du comte de Mirabeau. Libelle compofé, imprimé la nuit même qui précéda la difcuffion, & dans lequel on affuroit que Mirabeau avoit reçu une groffe fomme d'argent pour faire déléguer au roi le droit de guerre & de paix.

Mirabeau, inftruit, par cet éclatant changement, que dans les révolutions où l'opinion eft une puiffance, cette opinion roule & entraîne avec elle ceux même qui ont le plus contribué à la créer, s'attacha, lorfqu'il eut la parole, à montrer que le combat qui s'étoit élevé entre lui, Barnave & les Lameth, n'étoit qu'un combat d'amour-propre, une rivalité de

gloire; que d'accord fur les principes, ils différoien
feulement fur la maniere de les préfenter.

— L'on doit s'exprimer clairement, reprit Adrie
Duport. Il ne faut pas, dans cette lutte continuel
entre le pouvoir exécutif & le pouvoir légiflati
employer des phrafes louches; fources d'intermina
bles débats. Il eft de la dignité de l'affemblée
dire hautement ce qu'elle a droit de décider. Selo
monfieur de Mirabeau, le pouvoir exécutif auro
la propofition & le pouvoir légiflatif la déclaratio
Quel avantage retire-t-on de cette obfcurité?
monfieur de Mirabeau veut que ce foit le corps lé
giflatif qui, fur la propofition du roi, décide
guerre, pourquoi n'exprime-t-il pas fon idée au
clairement qu'il la conçoit?

— » C'eft quelque chofe fans doute, repartit M
» rabeau, pour rapprocher les opinions, que d'avou
» nettement fur quoi l'on eft d'accord & fur qu
» l'on differe : les difcuffions amicales valent mieu
» pour s'entendre, que les infinuations calomnieufe
» que les inculpations forcenées, que les haines
» rivalité, que les machinations de l'intrigue & de
» malveillance. On répand, depuis plufieurs jou
» que la fection de l'affemblée qui veut le concours
» la volonté royale, dans l'exercice du droit de p
» & de guerre, eft parricide de la liberté publiqu
» on répand les bruits de perfidie, de corruption;
» invoque les vengeances populaires pour foute

» la tyrannie des opinions. . . . (Ici Mirabeau fe
» tourne du côté de Barnave.) Et moi auffi on
» vouloit il y a quelque jours me porter en triomphe ;
» & maintenant on crie dans les rues : La grande
» confpiration du comte de Mirabeau. Je n'avois
» pas befoin de cette leçon, pour favoir qu'il eft
» peu de diftance du Capitole à la roche Tarpéïene :
» mais l'homme qui combat pour la raifon & pour
» la patrie ne fe tient pas fi aifément vaincu. (En
» prononçant ces derniers mots, Mirabeau regarde
» d'un œil fier les Lameth.) Celui qui a la confcience
» d'avoir bien mérité de fon pays & fur - tout
» de lui être utile, celui que ne raffafie pas une
» vaine célébrité, qui dédaigne les fuccès d'un jour
» pour la véritable gloire, cet homme porte avec
» lui la récompenfe de fes fervices, le charme de
» fes peines, le prix de fes dangers : il ne doit at-
» tendre fa moiffon & fa deftinée, la feule qui
» l'intéreffe, la deftinée de fon nom, que du temps ;
» juge incorruptible qui fait juftice à tous. Je rentre
» donc dans la lice armé de mes feuls principes &
» de la fermeté de ma confcience. Je vais pofer à
» mon tour le véritable point de la difficulté avec
» la netteté dont je fuis capable. Je prie ceux de
» mes adverfaires qui ne m'entendront pas de m'ar-
» rêter, afin que je m'explique plus clairement : car
» je fuis décidé à déjouer les reproches tant répétés
» de fubtilité, d'évafion, de fubterfuge ; &, s'il ne

» tient qu'à moi, cette journée dévoilera le secret
» de nos loyautés respectives.

» Monsieur Barnave m'a fait l'honneur de ne ré-
» pondre qu'à moi : j'aurai pour son talent, continue
» Mirabeau (d'un ton ironique), le même égard,
» il le mérite à plus juste titre ». Mirabeau réfute
d'une maniere victorieuse les objections de Barnave;
il établit de nouveau les principes qu'il a posés, leur
donne tous les développemens dont ils font susceptibles.
Lisant alors dans les yeux de la plupart des députés
la certitude de son triomphe, il ajoute avec ce ton
de confiance qu'inspire le sentiment de sa supériorité:

» Il me semble, messieurs, que le vrai point de
» la difficulté est parfaitement connu; que monsieur
» Barnave n'a point du tout abordé la question. Ce
» feroit un gain trop facile maintenant que de le
» pourfuivre dans les détails, où, s'il a fait voir
» quelque talent, il n'a jamais montré la moindre
» connoissance d'homme d'état ni des affaires hu-
» maines. Il a déclamé longuement contre les maux
» que peuvent faire & qu'ont fait les rois; il s'est
» bien gardé de remarquer que, dans notre consti-
» tution, le monarque ne peut plus être despote ni
» rien faire arbitrairement; il s'est bien gardé sur-
» tout de parler des mouvemens populaires ».

Mirabeau descend de la tribune au bruit d'applaudissemens redoublés; laissant le dépit & la con-
fusion sur le visage de Barnave & des Lameth, la

haine & le defir de la vengeance dans leur cœur : aucun cependant ne tenta de lui répondre. L'affemblée, fatiguée d'une difcuffion qui, tournée en perfonnalités, ne pouvoit plus l'éclairer, demanda d'aller aux voix. Le décret proposé par Mirabeau obtint la priorité : il fubit quelques amendemens. Enfin, après de nouveaux & très - longs débats, où tour - à - tour Mirabeau, les Lameth & Barnave, s'efforcerent d'infinuer au peuple des tribunes que c'étoit leur opinion qu'adoptoit l'affemblée, on décréta que le droit de paix & de guerre appartenoit à la nation ; que la guerre ne feroit décidée que par un décret de l'affemblée nationale, rendu fur la propofition formelle du roi & fanctionné par lui ; que le foin de veiller à la fûreté intérieure du royaume, de maintenir fes droits, fes poffeffions, étoit par la conftitution délégué au roi ; que lui feul pouvoit entretenir des relations politiques au dehors, conduire les négociations, en choifir les agens, faire des préparatifs de guerre provifoires proportionnés à ceux des états voifins, diftribuer les forces de terre & de mer ainfi qu'il le jugeroit convenable, & en régler la direction en temps de guerre.

La cour venoit de remporter un grand avantage ; le décret conféroit réellement au roi le droit de guerre & de paix. Les révolutionnaires, moins épouvantés qu'humiliés de cet échec, n'en furent que plus âpres à regagner ce qu'ils croyoient avoir perdu : ils favoient que leur crédit parmi le peuple tenoit à leurs succès dans l'affemblée. Feignant donc des craintes pour la liberté, ils crierent à l'influance minifterielle, & raffemblant tous leurs efforts contre l'arbre antique de la monarchie, ils commencerent à le frapper de toutes parts à coups redoublés.

Le premier fruit de ce nouveau plan fut la publication du livre rouge : regiftre honteux des déprédations, des folles dépenfes, des turpitudes, des dons abufifs d'un gouvernement à-la-fois pillard & prodigue. La fouille de ce cloaque fit faire un pas de géant à la révolution. Il exiftoit un autre regiftre nommé des décifions ; non moins déprédateur. Le comité des finances en demanda la communication, fous prétexte qu'il étoit néceffaire à fon travail. Necker, qui reconnoiffoit le tort qu'il avoit eu de remettre le livre rouge entre les mains du comité, éluda : mais plus le miniftre apportoit de difficultés, plus les révolutionnaires, qui jugeoient de l'importance de ce fecond regiftre par les efforts que l'on faifoit pour le fouftraire à tous les regards, s'obftinerent à l'exiger. Camus fe rendit chez le miniftre des finances : il y eut des propos très-aigres de part & d'autre. Necker reprocha à Camus la publication du livre rouge, contre la parole qu'il lui avoit donnée que ce livre refteroit au comité des penfions. Camus reprocha à Necker fa feintife, fon refus de rendre des comptes, de déclarer le véritable état des recettes & des dépenſes. Le lendemain de cette converſation , Camus ſe plaignit à l'aſſemblée des délais qu'apportoit Necker au travail du comité, en refuſant les éclairciſſemens qui lui étoient néceſſaires. L'aſſemblée ordonna à Necker de fournir un état exaét des fonds en caiſſes, des impoſitions en retard, du déficit de ſes cauſes & des dépenſes qui exigeoient des ſecours extraor-dinaires. La publication du livre rouge fut ſuivie d'un décret qu'atteignoit encore plus direétement le monarque & la monarchie. Les révolutionnaires éta-blirent en principe que tous les domaines de la couronne appartenoient à la nation; qu'en conſé-quence ils étoient aliénables à titre perpétuel & in-commutable ; que les propriétés foncieres du prince qui parviendroit à la couronne & celles qu'il acquer-roit pendant ſon regne, à quelque titre que ce fût, feroient de plein droit réunies & incorporées au domaine de la couronne; que les acquiſitions faites par le roi à titre ſingulier, & non en vertu des droits de la couronne, feroient à ſa diſpoſition pen-dant la durée de ſon regne, & ledit temps paſſé, ſe réuniroient à la couronne.

Ce ne fut point l'eſpoir d'un gain médiocre qui détermina les révolutionnaires ; ils calculerent ſeule-ment la dépendance dans laquelle ils alloient mettre Louis XVI. En effet le nom humiliant de ſalarié, ravaloit l'image impoſante de dignité attachée par une habitude de quatorze ſiecles au nom de roi. La

monarque devenoit un impôt de l'état, une excroissance
inutile, dont l'amputation diminuoit une charge pe-
sante : car le peuple ne savoit pas que les domaines
immenses nommés de la couronne, n'étoient réellement que les biens patrimoniaux appartenant, à
titre singulier & héréditaire, à la famille des Bourbons.
Loin de croire avoir fait un échange avantageux, le
peuple croyoit être magnifique, lorsqu'il n'étoit pas
même juste, & que toute la lésion de cet inique
marché retomboit sur le roi.

On ne sauroit concevoir l'influance qu'ont eu
quelques mots nouveaux dans l'application qu'on en
a faite, ni combien ils ont contribué à la perte du
roi & à la ruine de la monarchie. Le titre de premier citoyen François, de premier fonctionnaire
public, que les révolutionnaires affecterent de donner
à Louis XVI, dénatura dans l'esprit du peuple l'essence
même de la monarchie. Au lieu d'un prince revêtu,
par droit de naissance, d'une autorité qui prend sa
source dans l'existence même de dieu, le peuple ne
vit qu'un délégué obligé d'agir, non d'après sa propre
volonté, mais d'après la volonté du peuple; fort,
non de sa propre force, mais de la force du peuple;
riche, non de ses propres richesses, mais des richesses
du peuple; tirant son éclat de l'éclat du peuple,
tout ce qu'il possédoit de la libéralité du peuple; par
conséquent son mandataire, son comptable, & ressor-
tissant pour toutes ses actions au tribunal du peuple.

S'il n'y eût jamais eu de roi en France, & que l'assemblée, en établissant la prérogative royale d'après les bases de la constitution, eût choisi parmi les François l'homme qu'elle en vouloit revêtir, cet homme, par ce choix honorable, croissant tout-à-coup aux yeux de ses concitoyens, son nouveau titre & sa nouvelle puissance se seroient identifiés avec sa personne & auroient commandé l'obéissance & le respect; mais il n'étoit pas possible que Louis XVI tombé du faîte de la grandeur au simple rang de premier citoyen François, & du pouvoir le plus illimité à la simple qualité de premier fonctionnaire public, conservât intact le dépôt de l'autorité qu'on lui confioit, ni qu'il obtînt des François ce sentiment imposant qu'exige l'exécution suprême de la loi : la chûte étoit trop grande. Ajoutez que tant & de si coûteux sacrifices ne pouvoient être supposés volontaires, & ouvroient un vaste champ aux défiances & aux craintes.

Il ne restoit plus pour compléter la ruine de la monarchie qu'à renverser l'ancienne magistrature & à créer un nouveau pouvoir judiciaire, qui, substituant aux parlemens des tribunaux composés de juges temporaires élus par le peuple, enlevât au roi cette partie de l'administration si dépendante par sa nature du pouvoir exécutif, & la remît, ainsi que toutes les autres, entre les mains de l'assemblée & du peuple. Un obstacle très-puissant sembloit devoir arrêter les révolutionnaires. C'étoit le remboursement des charges de l'ancienne magistrature ; remboursement qui accroissoit la dette nationale de huit cent millions & augmentoit de quarante millions la dépense annuelle: car pour gagner le peuple, & lui faire accepter avec joie l'anéantissement des parlemens, on lui avoit promis la justice gratuite. Or, dans la crise embarrassante où se trouvoient les finances, cet inutile remboursement & cette augmentation de dépense paroissoient une entreprise folle : mais les révolutionnaires regardoient les finances comme un objet presque étranger à la constitution.

Adrien Duport, chargé de présenter le projet du comité sur l'organisation du nouveau pouvoir judiciaire, proposa des jurés en matiere civile, des juges ambulans, tenant des assises dans les différens cantons; de grands juges, parcourant le royaume & prononçant sur les causes d'appel; une partie publique, & un officier de la couronne.

On étoit généralement convenu d'établir des jurés en matiere criminelle. L'effet salutaire de cet établissement en Angleterre, devenoit pour tous les François un sûr garant de son avantage. Les révolutionnaires étoient divisés sur l'établissement des jurés en matiere civile. Ceux qui tenoient aux grands principes de la pure démocratie, soutenoient qu'il falloit arracher jusqu'à la derniere racine de l'ancienne magistrature; que, sans cette précaution, on la verroit bientôt pouffer de nouvelles tiges, & redevenir ce qu'elle étoit autrefois : un pouvoir dans l'état. Ceux qui confervoient quelque attachement aux formes monarchiques, en convenant de la vérité des principes, repréfentoient les inconvéniens de l'établiffement d'un jury en matiere civile, dans un moment où, les lois anciennes en partie détruites, en partie confervées, il n'exiftoit plus aucune bafe de légiflation propre à guider les jurés dans la décifion des affaires qui leur feroient foumifes ; & puis, en rejetant de la conftitution toutes efpeces de tribunaux, ne craignoit-on pas de mécontenter cette foule d'hommes attachés à l'ancienne jurifprudence? L'affemblée ne devoit pas s'y tromper ; c'étoit moins la haine de la tyrannie & l'amour de la liberté qui les avoient conduits, que la haine cachée que reffent prefque malgré lui l'inférieur contre fon fupérieur, & le defir fi naturel d'occuper des places honorables & lucratives. Que diroient ces hommes lorfque, par l'établiffement d'un jury en matiere civile, ils fe verroient fruftrés de leurs efpérances?

L'orgueil des membres du comité de légiflation répugnoit fortement à fe deffaifir d'un plan tout philofophique, conçu par l'abbé Siyès lui-même, revu par Adrien Duport, & qui devoit les couvrir d'une gloire immortelle : mais à la feule annonce d'un jury en matiere civile, tous les avocats & tous les procureurs de l'affemblée jeterent les hauts cris. Vai-

nement Barnave, Duport, Roberſpierre, s'efforcerent
d'en prouver la néceſſité ; vainement les deux Lameth pronoſtiquerent de nouveaux malheurs, annoncerent de nouveaux complots, de nouvelles entrepriſes
contre-révolutionnaires, de nouveaux ennemis de la
conſtitution. Charles Lameth alla juſqu'à détailler,
d'un ton ſiniſtre, les malheurs affreux qui réſulteroient
de l'exiſtence des tribunaux ; il y voyoit la réſur-
rection du deſpotiſme. Les avocats & les procureurs
l'emportêrent. Le jury fut rejeté. Duport ſe vit contraint d'abandonner cette métaphyſique, conception
de l'abbé Siyès.

Les mêmes motifs empêcherent les aſſiſes & les
grands juges, & conſacrerent des tribunaux ſéden-
taires. Chaque ville eſpéroit bien avoir ſon tribunal.
L'aſſemblée, pour les tenir toutes dans ſa dépendance,
leur laiſſoit croire que celles qui lui ſeroient les plus
dévouées obtiendroient la préférence.

Vint enſuite la queſtion de ſavoir s'il y auroit des
tribunaux d'appel. Le bon duc de la Rochefoucault
ne vouloit point de tribunal d'appel. Péthion ſecondoit
de toute la force de ſes poumons le duc de la Rochefoucault ; & aſſuroit, avec ſa ſagacité ordinaire, que
l'on ſeroit toujours bien jugé ; mais les procureurs
& les avocats voulurent abſolument des tribunaux
d'appel : les révolutionnaires furent obligé d'en paſſer
par-là. Duport, Barnave & les Lameth, ſe retran-
cherent dans l'ambulance des tribunaux d'appel. Ils

apporterent les mêmes raisons qu'ils avoient appor-
tées pour préférer les affises aux tribunaux sédentaires.
L'avocat Garat l'ainé, homme de mérite & vraiment
bon François, réfuta solidement ces raisons. Les
intérêts secrets des villes & des individus parlant à
chaque député des communes un langage encore
plus pressant que la logique de Garat, les procureurs
& les avocats détacherent encore cette pierre de
l'édifice du nouvel ordre judiciaire.

Jufques-là les évêques & les nobles, laissant les
avocats & les procureurs se débattre entr'eux, n'a-
voient pris aucune part à la délibération. Deux
questions plus importantes, & qui tenoient plus immédiatement à leurs principes politiques, vinrent les
fortir de cet état de nonchalance.

Les juges feront-ils élus par le peuple, feront-ils
inftitués par le roi? — L'élection des juges par le
peuple étoit trop dans les principes de l'affemblée
pour fouffrir de longues difficultés : elle fut décrétée.
Le comité vouloit que les juges fuffent inftitués par
le roi, d'après la préfentation qui lui feroit faite de
trois candidats. Cette opinion étoit opposée aux vues
des révolutionnaires : auffi entraîna-t-elle une longue
difcuffion. C'étoit, difoient les révolutionnaires, donner une grande influance aux miniftres fur le choix
du monarque dont les candidats ne feroient pas
même connus; c'étoit écarter les plus dignes, qui
font toujours les moins intrigans. Le peuple devoit

conferver tous les droits qu'il pouvoit exercer par
lui - même. On lui avoit confié l'élection & l'inftitution de fes adminiftrateurs. Il ne lui importoit pas
moins que fon honneur, fa vie & fa fortune ne
fuffent pas compromis, qu'il ne lui importoit que
la chofe publique fût bien adminiftrée. Le peuple ne
vouloit plus ni régime féodal ni monarchie abfolue.
L'inftitution des juges par le roi dérivoit de l'un &
de l'autre. Le juge que choifiroit le peuple auroit
toutes les qualités néceffaires au peuple. Si le roi
pouvoit refufer le fujet du peuple, le peuple feroit
réellement entre les mains du roi : car alors il exer-
ceroit indirectement le pouvoir judiciaire ; ce qui eft
contre les mœurs & contre la liberté. Le pouvoir
légiflatif a toujours été contrarié par le pouvoir
exécutif. Le premier eft indivifible ; mais le fecond
deviendroit dangereux s'il n'étoit pas divifé : la liberté
ne fe foutient que par une furveillance continuelle.

Les partifans de la monarchie demandoient fi,
l'affemblée nationale ayant affocié le roi à la légiflation par le droit d'oppofer fon *veto* aux délibérations
du corps légiflatif, on pouvoit le rendre abfolument
étranger aux tribunaux. C'eft au nom du roi que fe
rend la juftice : il ne peut & ne doit pas être fans
influance. Quel intérêt a le gouvernement à féduire
un juge qui ne concoure point à l'établiffement de
l'impôt ni à l'adminiftration publique ? Les feules
féductions à craindre, font celles qu'emploieront les

plaideurs & les juges; les uns pour acheter la juſtice, les autres pour acheter dans les élections le droit de la vendre. D'ailleurs, eſt-ce le peuple qui élit les juges? Non; ce ſont des électeurs qui les nomment. N'eſt-il pas poſſible que les électeurs trompent le peuple? & ne ſeroit-ce pas réellement un malheur, ſi la nation ne trouvoit pas, dans la volonté du roi, la reſſource d'écarter un mauvais juge? L'enſemble de tous les décrets, prouve que l'ordre judiciaire fait partie du pouvoir exécutif : or le pouvoir exécutif ſuprême eſt accordé au roi. Veut-on lui reprendre d'une main ce qu'on lui accorde de l'autre?

Telles étoient les raiſons dont s'appuyoient les différens partis. L'opinion flottoit incertaine, lorſque le comte de Mirabeau parut à la tribune. Mirabeau cherchoit à réparer le tort qu'avoit fait à ſa popularité le décret du droit de paix & de guerre; car le peuple de Paris à qui l'on répétoit ſans ceſſe qu'il étoit le véritable ſouverain, & que tous les pouvoirs réſidoient eſſentiellement en lui, auroit voulu tous les exercer : il regardoit comme une uſurpation du monarque, ceux même que l'aſſemblée dépoſoit entre ſes mains.

Mirabeau s'attacha ſur-tout à repouſſer le reproche que les nobles & les évêques faiſoient à l'aſſemblée de donner au gouvernement une forte tendance vers la république. Les évêques & les nobles, n'ayant rien de ſenſé à répondre, eurent recours aux injures.

— Vous êtes un bavard, cria le comte Faucigny, Lucinge, & voilà tout. — Monfieur le préfident, répond Mirabeau, réprimez l'infolence de ces gens qui ofent m'infulter à cette tribune. Le tumulte devient extrême. Les évêques & les nobles adreffent à Mirabeau les injures les plus groffieres : ils les accompagnent de geftes menaçans. — Un défi public n'eft pas affez noble pour que j'y réponde, réplique froidement Mirabeau. Le préfident s'efforce de ramener le calme. La difcuffion fe change en perfonnalités. Les évêques & les nobles fe livrent à tous les emportemens d'hommes qui n'ont plus rien à ménager, & qui efperent que de l'extrême défordre réfultera à la fin une fciffion devenue leur unique efpoir. L'affemblée fatiguée demande d'aller aux voix. L'évêque d'Ufez & Foucauld proteftent contre tout ce que va faire l'affemblée. Dufraiffe Duchey, député des communes, mais lieutenant général de Riom, invite les amis de la monarchie à quitter la falle. La plupart des membres du côté droit fe levent, déclarent qu'ils ne prendront aucune part à la délibération, & fortent au bruit des applaudiffemens peu flatteurs des révolutionnaires & du peuple répandu dans les tribunes. Le préfident met le décret aux voix : l'inftitution des juges par le roi eft rejetée.

Il falloit décider fi les officiers du miniftere public feroient nommés par le roi ou feroient élus par le peuple. Quelques révolutionnaires demandoient que

la

la nomination de ſes officiers fût réſervée au peuple,
& qu'on les prît parmi les magiſtrats du tribunal.
Chabroud repréſenta que le monarque étant ſpé-
cialement obligé de veiller à l'exécution de la loi,
perſonne n'étoit plus intéreſsé que lui à ce qu'il fût
choiſi de bons ſurveillans à cette exécution; que le
peuple, ne pouvant exercer par lui-même cette
action de ſurveillance, devoit déléguer au roi le pouvoir de l'exercer; que c'étoit une fonction paternelle;
que le monarque concouroit à toutes les parties de
la conſtitution; qu'il en étoit le lien; qu'il ſur-
veilloit l'armée, les adminiſtrations, les tribunaux;
qu'il étoit eſſentiel de l'établir entre la loi & les
violateurs de la loi.

Ces raiſons, aiſément ſenties, déciderent la queſtion:
mais le même eſprit de défiance, toujours exiſtant
contre le monarque & contre les miniſtres, fit borner
les fonctions des commiſſaires, chargés d'exercer le
miniſtere public, à être de ſimples témoins de l'exécution de la loi. On ajouta qu'ils ne ſeroient éligibles
à aucune place adminiſtrative ni municipale; &,
pour les rendre plus indépendans, il fut réglé
qu'ils ſeroient à vie, & ne pourroient être deſtitué
que pour cauſe de forfaiture jugée.

L'aſſemblée s'occupa de la formation d'un tribunal
de caſſation, auquel ſeroit porté l'appel des cauſes
jugées par les tribunaux civils & criminels, que des
fautes de formes dans la procédure autoriſeroient les

citoyens d'y évoquer. Tout le monde étoit d'accord
fur la néceffité de ce tribunal. La feule différence
des opinions confiftoit en ce que les uns vouloient
que les juges qui le compoferoient fuffent ambulans
& les autres qu'ils fuffent fédentaires. L'intérêt de la
ville de Paris l'emporta : le tribunal de caffation fut
déclaré fédentaire & fixé à Paris. Les révolutionnaires
tranquilles fur toutes les parties de l'adminiftration
qui, par les décrets de l'affemblée, fe trouvoient
entiérement dans leurs mains, revinrent au clergé.

Les décrets précédens avoient diffous ce corps &
exproprié les titulaires. Il s'agiffoit, maintenant de
déterminer les rapports qu'auroit le clergé avec la
conftitution, & de fixer, d'après des bafes invariables, le traitement qu'on accorderoit aux titulaires
actuels & aux miniftres du culte qui demeureroient
attachés au fervice des autels. C'étoit là que les évêques,
les parlementaires & les ennemis de la conftitution,
attendoient l'affemblée. La démarcation étoit délicate ; non que les changemens que propofoit le comité eccléfiaftique touchaffent réellement à la religion
ni à la véritable difcipline de l'églife. Ces changemens
confiftoient à réduire à quatre - vingt - trois les cent
dix - fept évêchés exiftant en France, à faire nommer
les évêques & les curés par les électeurs qui devoient
nommer les adminiftrateurs de département & les
députés à la légiflature, à fupprimer les chapitres
des cathédrales, à les remplacer par feize prêtres

qui rempliroient les fonctions de vicaires, tandis que les évêques rempliroient celles de curés.

Le comité ecclésiastique, auteur du projet, étoit conduit par Camus, Fréteau, Treillard, Martineau, janséniftes outrés, qui vouloient réalifer, dans la nouvelle conftitution ecclésiastique, le régime démocrate & populaire que les janséniftes appelloient la difcipline de la primitive églife. Les perfécutions qu'ils avoient éprouvées, fous Louis XIV & fous Louis XV, leur faifoient regarder cette mefure comme l'unique garant de la liberté de leur fecte.

Les évêques étoient bien décidés à foutenir leurs droits. — « Jefus - chrift, dit l'archevêque d'Aix, a
» tranfmis à fes apôtres, & ceux - ci ont tranfmis aux
» évêques leurs fucceffeurs, le pouvoir d'enfeigner fes
» dogmes. Il ne l'a confié ni aux magiftrats, ni aux
» rois, ni aux adminiftrateurs civils. Vous êtes tous
» foumis à l'autorité de l'églife; parce que nous tenons cette autorité de jefus - chrift. Les évêques ne
» peuvent être deftitués que par ceux qui les ont
» inftitués. Il ne vous appartient pas davantage
» de limiter la jurifdiction des évêques. Ce n'eft
» qu'en leur nom que les pafteurs qu'ils délé-
» guent peuvent adminiftrer les facremens : nul ne
» fauroit y fuppléer. Ce font les principes purs de la
» difcipline & non fes abus que nous réclamons.
» Nous ne faurions confentir à ce que vous demandez.
» Nous dépofons même dans vos mains, au nom

» du clergé de France, la déclaration de ne point
» accéder à tout ce que défavoueroit l'églife. Nous
» vous propofons de la confulter dans un concile
» national ».

Treillard répondit qu'il exiſtoit des évêchés qui
embraſſoient quinze cents lieues carrées; d'autres qui
n'en embraſſoient que vingt. Des cures qui avoient
dix lieues de circonférence; d'autres qui contenoient
à peine quinze feux. Que parmi les curés il y en
avoit dont la portion congrue s'élevoit à peine à fept
cents livres; tandis que dans leur enceinte il exiſtoit
des bénéfices de dix & de douze mille livres de rente,
poſſédés par des eccléſiaſtiques qui n'exerçoient aucune fonction du culte, & qui, ne réſidant pas même
fur les lieux, emportoient le revenu de ces bénéfices
au loin; le diſſipoient dans le luxe, la débauche &
la profuſion. Une nouvelle circonfcription devenoit
donc néceſſaire. La nullité des chapitres & des col-
légiales étoit reconnue. Les chapitres des cathédrales
n'étoient plus ce qu'ils étoient dans leur origine. Les
chanoines alors vivoient en commun, fervoient de
conſeil à l'évêque. C'étoit à cet efprit de leur inſtitution que l'on vouloit ramener les chanoines, en les
obligeant de remplir les places de vicaires épifcopaux,
& en en formant le conſeil de l'évêque.... La
voie de l'élection aſſuroit plus conſtamment à une
églife le paſteur qui lui convenoit. Le peuple dans

les beaux siecles du christianisme choisisoit lui-même
ses pasteurs. Tant que la nomination des évêques a
été concentrée dans les mains du roi, ou plutôt dans
les mains des ministres, on a trop souvent choisi,
non celui qui possédoit le plus de vertus apostoliques,
mais celui dont la famille jouissoit d'un plus grand
crédit. Quels maux n'ont pas résultés de ces choix!
La plupart des évêques incapables de remplir leurs
devoirs les prenoient dans un dégoût invincible. Ce
dégoût s'étendoit jusqu'aux lieux où ils devoient
exercer leurs fonctions. Il étoit devenu si général,
que l'on citoit comme des models le petit nombre
de prélats qui résidoient. Les mêmes abus regnoient
dans le choix des grands vicaires. Tous songeoient
plus à solliciter des graces qu'à les mériter. Au milieu
de cet abandon total, de ceux qui devoient les conduire, les dioceses demeuroient livrés à quelques
secrétaires obscurs.... Que l'on cesse donc de crier
que la religion est perdue, parce que l'on attaque
des abus, qui, s'ils avoient de la bonne foi, pa-
roitroient monstrueux à ceux mêmes qui en profitent.

C'étoit moins le bien de tous que ses intérêts que
consultoit chaque parti. Aussi, au moment que l'on
se disposoit à mettre aux voix le premier article du
décret, portant qu'il seroit fait une nouvelle circonscrip-
tion des dioceses conforme à celle des départemens,
l'évêque de Clermont s'écria qu'il se devoit à lui-
même, qu'il devoit à son ministere & à son caractere,

au concile de trente : il déclare, pour la troisieme
fois, qu'il ne participera point aux délibérations de
l'affemblée fur un point qui touche aux plus grands
intérêts de la religion. Tous les eccléfiaftiques attachés
aux évêques & plufieurs nobles quittent la falle. Les
révolutionnaires, devenus les plus forts par cette impolitique retraite, demandent que l'on mette le décret
aux voix : il paffe fans difficulté.

Les révolutionnaires, fatigués des continuelles har-
celeries des évêques & du haut clergé, s'en vengerent
en réduifant le traitement des titulaires actuels des
bénéfices à un taux fort au deffous de ce que la juftice
exigeoit pour tous, & de ce que l'humanité fembloit folliciter pour plufieurs. Les évêques dont le
revenu n'excédoit pas douze mille livres de rente,
furent maintenus dans la jouiffance de cette fomme;
ils obtinrent de plus la moitié de l'excédant; fans
toutefois que la totalité de leur traitement, quel que
fût cet excédant, pût s'élever au deffus de trente
mille livres de rente. Tous en avoient cent mille,
quelques-uns deux cent, trois cent & jufqu'à huit
cent mille. Les abbés, prieurs, dignitaires, chanoines,
prébendiers, sémi-prébendiers, chapelains & autres
bénéficiers, dont le revenu eccléfiaftique n'excedoit pas
mille livres, n'éprouverent aucune réduction. Ceux
dont le revenu excédoit mille livres, obtinrent, ainfi
que les évêques, la moitié de l'excédant; fans que
la totalité de leur traitement, quel que fût cet excédant, pût s'élever au deffus de fix mille livres.

Les révolutionnaires joignirent la raillerie & l'insulte à cette violation manifeste du droit de propriété. — Les réductions que nous faisons, dirent-ils, sont fondées sur l'éternelle considération de l'humilité, & du détachement de l'église primitive ; sur l'opulence orgueilleuse des ministres du culte des autels ; sur le droit imprescriptible qu'a la nation de disposer de l'usufruit des biens du clergé, & de retirer le salaire à celui qui cesse de le mériter ; sur l'avantage qui résulte pour le bien général de diminuer le traitement des riches ecclésiastiques, & d'augmenter celui des pauvres. Robespierre, comparant les ministres du culte aux ministres du roi, assura que c'étoient de simples fonctionnaires publics soumis, ainsi que les ministres du roi, à toutes les réductions que voudroit ordonner le corps législatif. — On objecte que les évêques ont des dettes. Eh bien ! qu'ils économisent, ils les payeront : un homme à qui l'on donne trente mille livres de rente ne doit pas laisser l'assemblée inquiète sur son sort. La loi canonique a proscrit la pluralité des bénéfices. Eh ! quels sont donc les titres des évêques ? Pourquoi des sacrifices en leur faveur ? Où est leur patriotisme ? Où sont leurs mandemens favorables à la plus sublime des révolutions ? On les paye aussi-bien qu'un général d'armée.

Le traitement des ministres du culte réglé, les révolutionnaires songerent à effectuer la vente des biens du clergé. L'évêque d'Autun lut un long projet

de décret. L'abbé Maury s'élance à la tribune, &
ne se possédant plus à la vue de la dispersion de
propriété sacerdotale, il s'écrie : — « L'opéra
» qu'on vous propose, messieurs, est le chef-d'œu
» de l'agiotage. Les agioteurs de Paris gouver
» la France & les finances. Les effets sont-il
» pair, ils sont ruinés. La hausse ou la baisse
» effets, voilà l'objet de leurs spéculations. Le
» de l'évêque d'Autun mérite l'hommage de
» Vivienne. Sans être son confident je vais
» révéler ». Ici l'abbé Maury est vivement
rompu par les révolutionnaires, & rappelé
modération dont il étoit incapable dans le m
présent. Le duc de la Rochefoucault réclame
rôle pour répondre, dit-il, aux injures de
Maury. Il se présente à la tribune. L'abbé Ma
ferme dans son poste, saisit le duc par les épa
lui fait faire une ou deux pirouettes & l'oblig
lui céder la place. Des éclats de rire partent du
droit ; des cris de fureur s'élèvent du côté gau
L'abbé Maury, inaccessible aux hurlemens qui re
tissent autour de lui, continue : — « Tel est, n
» sieurs, le calcul des agioteurs ; si les biens
» clergé sont mis en vente, les assignats, qui
» perdent que trois pour cent, tomberont aux p
» des autres effets, ou bien les autres effets atte
» dront le prix des assignats. Quelle curée pour
» hommes qui ont ces effets dans leur porte-feuill

» Mais n'eft-il pas indifpenfable, avant de mettre
» en vente les biens du clergé, de connoître la dette
» publique? Son rapport vous prouvera qu'elle monte
» à fept milliarts. Je tiens ce fait d'un membre
» même du comité de liquidation ». Cette annonce
artificieufe, fi propre à alarmer les créanciers de
l'état, excite les plus violentes clameurs. Tandis que
les évêques & les nobles fourient malignement, vingt
députés révolutionnaires fe précipitent à la tribune
& demandent à repouffer l'affertion calomnieufe de
l'abbé Maury. — Elle eft incendiaire, s'écrie le député Lucas. — La tribune ne doit pas être fouillée
par d'auffi dangereufes impoftures, ajoute l'avocat
Bouche. Le curé Gouttes, préfident du comité de
liquidation, fe fait jour au milieu des députés répandus dans la falle, & affure que le comité ne
fauroit avoir fait un pareil aveu; puifque fon travail
fur la dette publique n'eft point achevé. Il fomme
l'abbé Maury de nommer le député qui lui a fait
cette déclaration. — C'eft un membre du comité,
reprend l'abbé Maury. — Vous avez dit que vous
parliez au nom du comité même, replique Dupont
de Nemours. — Monfieur Dupont avance une im-
pofture, repart l'abbé Maury; « j'ai feulement de-
» mandé que l'univerfalité de la dette fût reconnue:
» car fi fur deux milliarts de biens nationaux il y
» avoit trois milliarts de dette, les créanciers de ce
» troifieme milliart fe trouveroient dans une fituation

» très - défagréable. Voici le raifonnement hypothé
» tique que je préfente : Monfieur le baron de Ba
» rapporteur du comité, m'a dit qu'il entrevoy
» que la dette pourroit monter à fept milliarts.
Ici des huées couvrent la voix de l'abbé Ma
— Il ne s'agit pas de huer, replique l'abbé
faut gémir. « J'argumente donc de l'obfcurité
» de l'immenfité de la dette, pour comba
» le projet de laiffer fans hypotheque une pa
» des créanciers de l'état, & favorifer les agioteu
» en dépouillant les premiers d'un gage qui app
» tient à tous. Outre cet hypotheque, les frais
» culte font fondés fur les biens nationaux ».

Il étoit facile de s'appercevoir par les divagation
de l'abbé Maury qu'il avoit parlé au hafard ; qu'
ne cherchoit qu'à inquiéter Paris & les provin
fur la fituation des finances ; qu'à empêcher la co
fiance que les révolutionnaires s'efforçoient d'infp
pour les affignats. Mais le peuple avoit une f
aveugle dans les chefs de la révolution, que l'abb
Maury eût - il raifonné plus fenfément, eût - il mê
apporté des preuves démonftratives de fon affert
le peuple n'eût rien voulu croire. Auffi le dép
Anfon, grand calculateur en finance, calma bien
ce petit mouvement d'inquiétude. Il protefta que
dette conftituée ne montoit qu'à un milliart, &
dette non conftituée, à deux milliarts ; qu'il n'éto
pas queftion de celle-ci dans le moment. L'affemblé

après cette explication ne voulut rien entendre, & déclara que tous les domaines nationaux, à l'exception des domaines dont la jouissance étoit réservée au roi, seroient aliénés d'après les formes qu'elle avoit décrétées.

Les évêques & les nobles, peu convaincus de la justesse des calculs du receveur général des finances Anson, continuerent à soutenir, dans leurs sociétés, que la dette nationale s'élevoit à sept milliarts; que le crédit public étoit perdu; que les assignats tomberoient; que personne n'en voudroit; que la banqueroute étoit certaine. Mais le peuple, méprisant les vains efforts des ennemis de la constitution, s'obstina à regarder la vente des biens du clergé comme une ressource qui rendoit cette même banqueroute impossible; il n'en détesta que plus fortement les nobles & les évêques qui refusoient de lui donner ce gage nécessaire à sa sûreté.

La noblesse avoit pris une part trop active à cette querelle, pour que les révolutionnaires ne cherchassent pas à l'entraîner dans la ruine générale. La noblesse étoit liée étroitement, par son origine & par son existence politique, à l'ancienne constitution de l'empire. Les révolutionnaires sentirent qu'ils ne pouvoient renverser l'une sans anéantir l'autre. Un incident hâta l'exécution. Les deux Lameth n'avoient pas recueilli le fruit qu'ils attendoient de la différence d'opinions, éclatées lors de la question du droit de guerre entre

eux, Lafayette & Mirabeau. Les temps de l'él
des membres du département & des autres a
niſtrations approchoit. Charles Lameth ambitio
la place de commandant général de la gard
Paris ; Alexandre Lameth aſpiroit à dominer le
des jacobins ; & , par le club des jacobins, à dom
l'aſſemblée. Il leur falloit une grande popula
crurent avoir trouvé un moyen ſûr de l'acquérir
faiſant décréter l'extinction de la nobleſſe héred
A ce motif ſe joignit un motif de vengean
deux Lameth étoient l'objet de la haine de la no
Cette haine s'étendoit, preſque dans un égal d
aux nobles paſſés aux communes le vingt-ſix j
mil ſept cent quatre-vingt-neuf, & à ceux qu
puis la réunion des ordres, ſiégeoient avec les
des communes dans la partie de la ſalle appe
côté gauche de l'aſſemblée. Quoique députe
même ordre, & ne devant avoir qu'un même int
& les uns & les autres n'avoient conſervé de le
timens communs, que la même haine & le
déſir de ſe nuire.

Les nobles de la majorité de la nobleſſe,
d'avoir toujours marché, comme ils le diſoient, dan
ſentier de l'honneur, repouſſoient avec mépri
avances des nobles de la minorité. Ceux-ci, i
noiſſant trop tard qu'ils étoient la dupe d'ambitio
particulieres, haſarderent quelques démarches pour
rapprocher du corps de la nobleſſe. — Il ne nou

reſte plus qu'à nous jeter entre vos bras, dit un jour le marquis de Gouy d'Arcy à quelques nobles en préſence de l'abbé Maury. — Dites à nos pieds, répondit durement l'abbé Maury. Ces diſpoſitions de la majorité de la nobleſſe de l'aſſemblée, partagées par le corps même de la nobleſſe de France, for-rent les Lameth de chercher un appui dans le ſeuple. Voyant que leur ſalut étoit attaché à la ſerté de la nobleſſe, ils ne balancerent plus que ſur ſes moyens : mais, voulant s'approprier l'honneur de ce grand événement, ils ſe cacherent de Lafayette, & ne s'ouvrirent qu'à quelques nobles & à quelques ſutés des communes dont ils étoient ſûrs.

Le dix-neuf juin, jour définitivement arrêté pour ſommer cette grande entrepriſe, on arrange un ſpectacle inattendu, propre à frapper les yeux de la multitude; on raſſemble ſoixante étrangers vivant à Paris d'eſcroqueries & d'intrigues, gens ſans patrie; on les décore du nom pompeux d'envoyés de tous ſes peuples de l'univers; on les affuble d'habits d'em-ſnt, &, moyennant douze francs qu'on leur promet, ils conſentent à jouer le rôle qu'on leur deſtiné. Un Cloots Pruſſien, eſpece de fou, intrigant ſubalterne, l'un de ces hommes toujours prêts à ſuſciter des troubles, parce qu'ils n'ont d'exiſtence que dans le déſordre, ſe met à leur tête, demande au nom du genre humain à préſenter une pétition à l'aſſemblée nationale. Menou, deſtiné par les Lameth

Juin
1790.

à remplir ce jour là le fauteuil de préfident, ordon
à l'huiffier d'introduire les pétitionnaires. Cloots en
fuivi d'une troupe de gens que l'on annonce
Pruffiens, Hollandois, Anglois, Efpagnols, Allem
Turcs, Arabes, Indiens, Tartares, Perfans, Chi
Mogols, Tripolitains, Suiffes, Italiens, Amériquai
Grifons. Ils portoient le coftume de fes différens peuple
Le magafin de l'opéra s'étoit épuifé.

A l'afpect de cette grotefque mafcarade, ch
ouvre de grands yeux & attend en filence une
cation. Les initiés rempliffent la falle d'acclamation
bruyantes. Les tribunes, ivres de joie de voir l'un
au milieu de l'affemblée nationale, battent des m
trépignent des pieds. Le préfident Menou, affis dan
fon large fauteuil, s'efforce de donner un air de di
gnité à fa très-commune figure. Les huiffiers crient
filence; & Cloots prononce d'un ton emphatiqu
le difcours fuivant:

« Le faifceau impofant de tous les drapeaux d
» l'empire François qui vont fe déployer le quatorz
» juillet dans le Champ-de-Mars, dans ces mêm
» lieux où Julien foula tous les préjugés, où Cha
» lemagne s'environna de toutes les vertus; cet
» cérémonie civique ne fera pas feulement la fê
» des François, mais encore la fête du genre h
» main. La trompette qui fonne la réfurrection d
» grand peuple a retenti aux quatre coins du mond
» & les chants d'allégreffe d'un chœur de ving-cin
millions

» millions d'hommes libres, ont réveillé des peuples
» ensevelis dans un long efclavage. La fageffe de vos
» décrets, meffieurs, l'union des enfans de la France,
» ce tableau raviffant donne des foucis amers aux
» defpotes & de juftes efpérances aux nations.

» A nous auffi il eft venu une grande pensée.
» Oferons-nous dire qu'elle fera le complément de
» la grande journée nationale? Un nombre d'étran-
» gers, de toutes les contrées de l'univers, demandent
» à fe ranger au milieu du Champ-de-Mars; &
» le bonnet de la liberté, qu'ils élevront avec tranfport,
» fera le gage de la délivrance prochaine de leurs
» malheureux concitoyens. Les triomphateurs Ro-
» mains fe plaifoient à traîner les peuples vaincus
» liés à leur char; & vous, meffieurs, par le plus
» honorable des contraftes, vous verrez dans votre
» cortege des hommes libres dont la patrie eft dans
» les fers, & dont la patrie fera libre un jour par
» l'influance de votre courage inébranlable & de vos
» lois philofophiques : nos vœux & nos hommages
» feront des liens qui nous attacheront à vos chars
» de triomphe.

» Jamais ambaffade ne fut plus facrée. Nos lettres
» de créance ne font pas tracées fur des parchemins :
» mais notre miffion eft gravée en fignes ineffaçables
» dans le cœur de tous les hommes; &, grace aux
» auteurs de la déclaration des droits, ces chiffres
» ne feront plus inintelligibles aux tyrans. Vous avez

Tome II.   K

» reconnu authentiquement, meffieurs, que la fou-
» veraineté réfide dans le peuple : or le peuple eft
» par-tout fous le joug de dictateurs qui fe difent
» fouverains. En dépit de vos principes on a ufurpé
» la dictature, mais la fouveraineté eft inviolable,
» & les ambaffadeurs des tyrans ne pourront hono-
» rer votre fête augufte comme la plupart d'entre
» nous, dont la miffion eft avouée tacitement par
» nos compatriotes fouverains opprimés.

» Quelle leçon pour les defpotes ! quelle confo-
» lation pour les peuples opprimés, quand nous
» leur apprendrons que la premiere nation de l'eu-
» rope, en raffemblant fes bannieres, nous a donné
» le fignal du bonheur de la France & des deux
» mondes ! Nous attendrons, meffieurs, dans un
» refpectueux filence, le réfultat de vos délibérations
» fur la pétition que nous a dictée l'enthoufiafme
» de la liberté univerfelle ».

Je ne peindrai point les cris de joie, les bruyantes
acclamations, qu'excita le difcours du Pruffien Cloot.
Les tribunes s'imaginoient déja voir Paris la capitale
du genre humain ; & tous les peuples de l'univers
accourir admirer les vainqueurs de la Baftille, &
écouter, dans le filence muet de l'étonnement, les
fublimes motionnaires du Palais-Royal. Menou parvient à calmer cette bruyante effervefcence. Il répond
à l'orateur du genre humain avec une gravité digne
de cette fcene falote : — « Meffieurs, l'affemblée

» nationale va prendre en confidération votre de-
» mande; mais c'eft à condition, qu'après cette
» fête augufte, vous retournerez dans votre patrie;
» que là vous raconterez à vos concitoyens ce que
» vous avez vu; que vous direz à vos rois, à vos
» adminiftrateurs, qu'il eft temps que les peuples
» foient libres, & qu'ils n'ont qu'un parti à prendre;
» c'eft d'imiter le grand exemple que leur donne
» Louis XVI, reftaurateur de la liberté ». Cette
miffion civique terminée, les ambaffadeurs de l'univers
& Cloots, l'orateur du genre humain, font admis
aux honneurs de la séance. Alexandre Lameth pro-
fite de l'ébranlement que cette farce populaire vient
de donner aux têtes Parifiennes : — « Le jour où
» les députés de toutes les provinces fe raffemblent
» pour jurer une conftitution qui promet aux François
» la liberté & l'égalité, ne doit pas rappeller, à
» quelques - uns de nos freres, des pensées d'hu-
» miliation & de fervitude. Les figures repréfentant
» quatre provinces, dont les députés ont toujours
» été comptés parmi les plus fermes appuis des droits
» de la nation, font enchaînées, comme les images
» de peuples tributaires, aux pieds de la ftatue de
» Louis XIV. Souffrirons - nous que des citoyens qui
» viennent jurer la conftitution pour ces généreufes
» provinces, aient les yeux frappés d'un fpectacle
» que des hommes libres ne fauroient fupporter?
» Non; les monumens de l'orgueil ne doivent pas

» fubfifter fous le regne de l'égalité : détruifons des
» emblêmes qui dégradent la dignité de l'homme ».

— C'eft aujourd'hui le tombeau de la vanité,
s'écrie le député Lambel; je demande que l'on abolifſe
la nobleſſe héréditaire, & qu'il ſoit défendu à toute
perſonne de prendre les qualités de comte, de marquis,
de baron. — J'appuie la motion de Lambel, reprend Charles Lameth; les titres qu'il vous invite à
profcrire bleffent l'égalité, baſe de notre conſtitution;
la nobleſſe héréditaire choque la raiſon, & contrarie
la véritable liberté.

On conçoit la ſurpriſe du peu de nobles qui ſe
trouvoient à la ſéance. On ne s'attendoit point qu'un
objet ſi important, pour une claſſe entiere de citoyens,
fût ſoumis à la diſcuſſion, ſans avoir été fixé par l'ordre
du jour. Un article du réglement portoit qu'aucune
loi conſtitutionnelle ne feroit propoſée dans une ſéance
du ſoir : or rien n'étoit plus conſtitutionnel que de
favoir s'il y auroit ou s'il n'y auroit pas en France
une nobleſſe héréditaire. Les révolutionnaires montrerent par leurs applaudiſſemens, auxquels fe joignirent ceux des habitués des tribunes, que la motion
de Lambel étoit concertée, & qu'on étoit réſolu
d'emporter la délibération.

Cependant quelques amis de Lafayette courent l'a-
vertir de ce qui fe paffe. Lafayette, furieux que les
deux Lameth, ſes ennemis perſonnels, aient feuls
aux yeux de la populace, le mérite de l'abolition

de la nobleffe, fe rend à l'affemblée ; il monte à la tribune : — La motion de monfieur Lambel eft tellement néceffaire, que je ne penfe pas qu'elle ait befoin d'être appuyée ; mais, fi elle en a befoin, j'annonce que je m'y joins de tout mon cœur. . . . Le vieux Goupil de Préfeln veut que le titre de monfeigneur ne foit donné qu'aux feuls princes du fang royal. Lafayette répond que, dans un pays libre, il n'exifte que des citoyens & des officiers publics. . . Il faut à la vérité une grande énergie à la magiftrature héréditaire du roi. Mais pourquoi accorder le titre de prince à des hommes qui ne font à mes yeux que des citoyens actifs lorfqu'ils ont les conditions prefcrites? Les marques d'approbation que reçoit Lafayette, le confolent un peu d'avoir été dévancé par les Lameth, & lui laiffent efpérer que leur aftucieufe politique n'obtiendra pas le fuccès dont ils s'étoient flattés.

Les nobles réclament l'ajournement, & le renvoi de la difcuffion à la féance du lendemain. Des cris, des huées, repouffent leurs réclamations. — Pauvreté, reprend froidement le comte de Faucigny-Lucinge! vous détruifez les diftinctions de la nobleffe, & vous confervez celles des banquiers, des ufuriers, des gens à cent mille écus de rente! — Point de délai ; replique le vicomte de Noailles, plus de diftinctions que celles des vertus; qu'on fupprime les livrées. A ces mots chacun s'évertue & préfente un

K 3

amendement. — Que tous les citoyens portent leur vrai nom, s'écrie le préfident de Saint-Fargeau, & ne portent point le nom d'une terre : je m'appelle Louis-Michel le Pelletier. — Effacez de fur les canons, reprend Sillery, *l'ultima ratio regum* ; les rois n'ont plus de guerre. Au milieu de ces propofitions, & des mouvemens qu'elles excitent, le jeune Mathieu de Montmorency entre effouflé, s'approche de la tribune, attend impatiemment que la foule qui l'affiege foit écoulée & lui permette d'avoir la parole. Il l'obtient après de longs efforts, & parle de l'ardeur avec laquelle il s'affociera toujours à ces grands & éternels principes que l'affemblée nationale ne ceffe de confacrer & de propager : il gémit du malheur d'être arrivé quelques minutes trop tard : il montre fes craintes de voir le champ entiérement moiffonné; il ne doute point que la nouvelle propofition qu'il va faire n'ait échappé à la juftice de l'affemblée; mais, en le fuppofant, il efpere que, dans ce jour d'anéantiffement général des diftinctions antifociales, on n'épargnera pas une des marques qui rappellent le plus le fyftême féodal & l'efprit chevalerefque; qu'on abolira les armes & les armoiries, & que les François ne porteront plus dorénavant que les mêmes enfeignes : celles de la liberté. Le jeune Mathieu de Montmorency obtint, pour ce généreux facrifice, quelques légers battemens de main.

L'abbé Maury paroît enfin; la difcuffion prend

an caractere fensé : — « Meffieurs, dans la multi-
» tude de queftions qui font foumifes à votre déli-
» bération, je ne fais fur quel objet particulier je
» dois fixer mes regards. Les uns propofent d'ôter
» de la ftatue de Louis XIV les emblêmes de l'efcla-
» vage ; d'autres demandent l'anéantiffement des
» dignités fociales, & le retour à l'égalité la plus
» abfolue. Chacun de ces objets mérite un examen
» particulier. Je ne refuferai d'en difcuter aucun. La
» nobleffe en France eft conftitutionnelle. S'il n'y a
» plus de nobles, il n'y a plus de monarchie. Cette
» queftion eft donc affez importante pour être traitée
» dans une féance du matin. Ce n'eft pas toujours
» au milieu de l'enthoufiafme que l'on prend les
» plus fages délibérations. Ne pourroit-on pas dire,
» à ceux qui pourfuivent avec tant d'acharnement
» ces innovations, ce que quelqu'un difoit à un
» philofophe orgueilleux : Tu foules aux pieds le
» fafte, mais c'eft par un fafte plus grand? Si l'on
» veut traiter cette queftion, qu'elle foit ajournée ».
— Et moi, répond Barnave, je demande qu'elle
foit jugée fans défemparer. — Il ne s'agit point,
joute Lafayette, d'un nouvel article conftitutionnel ;
l s'agit d'un décret réglementaire. Nous ne voulons
point perdre, à ces objets, les féances du matin
deftinées à la conftitution. Nous ne faifons, en ce
moment-ci, qu'en déduire une conféquence néceffaire.

K 4

Le tumulte & les cris succedent de part & d'autre;
Chapelier lit un projet de décret. Les nobles réclament de nouveau l'ajournement. Les débats recommencent. L'ajournement est rejeté. On met le décret
de Chapelier aux voix. —— Ce décret, répond l'abbé
Maury, a besoin d'être amendé. On prétend que
la noblesse est née en France de la féodalité; c'est
une extrême ignorance : la noblesse existoit deux cents
ans avant les fiefs. —— Lisez Mably, interrompent
les révolutionnaires. L'abbé Maury continue : ——
Avant la conquête des Gaules, la noblesse héréditaire
existoit chez les Gaulois. Lisez les commentaires de
César, vous y trouverez les noms des premiers Gaulois, célebres dans la nation par leur noblesse. Alors,
à défaut de raisons, l'on crie aux voix; on interrompt
l'abbé Maury; on soutient que la discussion est fermée. Monsieur le comte de Lansberg Wasseimbourg,
député de la noblesse d'Alsace, obtient un moment
de silence : —— « Messieurs, c'est en mil sept cent
» quatre - vingt - neuf que la noblesse d'Alsace a eu
» l'avantage & l'honneur de s'unir à la noblesse
» Françoise. Mes commettans m'ont dit : Rendez-vous
» à cette auguste assemblée; mais, par votre pré-
» sence, n'autorisez rien de contraire à notre honneur
» & à nos droits. Je les connois, messieurs; sujets
» fideles & soumis, ils verseront leur sang pour leur
» roi; ils me défavoueroient, ils me trouveroient
» indigne de paroître devant eux, si j'autorisois par

» ma préfence une délibération fi injurieufe à leur
» honneur. Je me retire donc la douleur dans le
» cœur. Je dirai à mes commettans : Soumettez-vous
» aux lois de l'affemblée nationale, ils fe foumettront ;
» mais ils fauront qu'ils font nés gentilshommes, &
» que rien ne fauroit les empêcher de vivre & de
» mourir gentilshommes ».

Ce difcours, noble & touchant, loin de ramener
les révolutionnaires à des fentimens de juftice, ne fit
que les animer davantage. En vain les membres de
la nobleffe effayerent de fe faire entendre; les révolutionnaires & les habitués des tribunes couvroient
leurs voix par des cris, je pourrois dire par d'horribles hurlemens : ils vouloient emporter la délibération.
Peut-être que fi l'on eût laiffé refroidir les efprits,
les gens fages euffent fenti l'impolitique d'aliéner de
la conftitution, &, par une puérile vanité bourgeoife,
une foule d'hommes puiffans, aguerris, qui poffé-
doient une grande partie des richeffes de la France,
& dont on alloit oppofer l'honneur à l'intérêt national. Les Lameth, qui ne doutoient pas que ce
décret ne leur acquît une grande popularité, infifterent
avec force pour qu'il fût rendu fur-le-champ. Lafayette & Mirabeau craignant de perdre eux-mêmes,
en s'y oppofant, cette popularité qui faifoit leur
force, & que les Lameth cherchoient à leur enlever,
non-feulement n'oferent le combattre, mais crurent
devoir enchérir fur les Lameth. Le décret fut rendu.

Jusques-là les nobles avoient souffert, avec assez de patience, tout ce que l'assemblée nationale avoit fait contre eux. La plupart même des gentilshommes de province voyoient sans chagrin la nouvelle constitution s'établir. Dès ce moment une orgueilleuse chimere les en rendit les irréconciliables ennemis. Il se forma une ligue entre la noblesse, le clergé, les parlemens; ces trois corps, qui se détestoient avant la révolution, se réunirent dans un même esprit, & travaillerent avec une égale activité à renverser un ordre de choses dans lequel on ne leur laissoit plus de place.

Les principaux révolutionnaires ne tarderent pas à s'appercevoir qu'ils avoient commis une lourde faute; ils sentirent les funestes conséquences qu'entraînoit ce décret rendu avec tant de précipitation : l'opinion publique eût fait sans effort, au bout de quelques années, ce que l'on hasardoit de ne jamais obtenir par cet acte violent. Les décrets du quatre août avoient réellement anéanti la noblesse héréditaire. Ce n'étoit plus qu'un préjugé qui s'affoiblissoit chaque jour. Les révolutionnaires auroient desiré que le roi refusât sa sanction. Le peuple leur eût su gré de leur zele pour l'égalité; & l'odieux du *veto* eût retombé sur le monarque. On agita la question dans le conseil. Necker opina pour que le roi opposât son *veto* : il ne voyoit en cela que l'avantage de la constitution. Les autres ministres, enchantés des nombreux ennemis que venoit de s'attirer l'assemblée, conseillerent à Louis XVI de tout fanctionner. Les révolutionnaires infinuerent alors qu'on admettroit des amendemens. — Point d'amendemens, répondit François de Beauharnois; on ne tranfige point avec l'honneur.

LIVRE VII.

Arrivée du Duc d'Orleans à Paris. — Fédération du quatorze Juillet. — Troubles dans l'Intérieur. — Procédure du Châtelet sur les événemens du six Octobre. — Retraite de Necker. — Affaire de Nanci. — Les Miniftres donnent leur démiffion.

Juillet. 1790.

LES révolutionnaires ne fe diffimuloient pas que l'affemblée nationale avoit outre-paffé fes pouvoirs, & établi une conftitution contraire, en plufieurs points, aux mandats qu'avoient reçus les députés. Voulant répondre aux reproches qu'on ne ceffoit de leur faire, ils imaginerent une fédération de tous les François. On décréta qu'il feroit nommé dans chaque canton fix députés, auxquels fe joindroient des députés des armées de terre & de mer. Ces députés, munis de pouvoirs fpéciaux, viendroient accepter & jurer la nouvelle conftitution. Les révolutionnaires avoient un autre motif qu'ils n'avouoient pas; la nouvelle conftitution posée, pour ainfi dire, en équilibre entre le gouvernement républicain & le gouvernement monarchique abfolu, menaçoit de tomber dans l'un ou dans l'autre de ces deux extrêmes. En effet, le roi

& les départemens, le gouvernement marchoit, &
l'on n'avoit pas befoin de l'affemblée ; l'affemblée &
les départemens, le gouvernement marchoit encore,
& l'on pouvoit fe paffer de roi. Il étoit donc néceffaire de rallier tant de parties difcordantes à un
centre commun (l'affemblée), & d'en faire le véritable fouverain.

Au milieu de ces agitations, le bruit fe répandit
que le duc d'Orleans quittoit l'Angleterre & revenoit
à Paris : mais, pour développer cette intrigue, je
dois reprendre quelques faits que l'ordre des événemens m'a forcé de renvoyer jufqu'à ce moment.

La commune de Paris avoit dénoncé au Châtelet la
malheureufe & coupable journée des cinq & fix octobre. Cette dénonciation, concertée avec la cour &
Lafayette, tendoit à tenir le duc d'Orleans éloigné de
Paris, à en impofer à fes partifans, à leur montrer
qu'on avoit entre les mains une arme dont il étoit facile
de fe fervir s'ils tentoient la moindre entreprife ;
mais, afin de raffurer ceux qui auroient pu craindre
de fe voir compromis dans une procédure qui em-
braffoit des événemens auxquels tant de perfonnes
avoient été forcées de prendre part, la commune
de Paris borna fa dénonciation au maffacre des gardes-
du-corps, & à l'irruption faite au château le matin
du fix octobre. La reine, entrant dans les vues de
la commune, affecta de fe regarder comme étrangere
à l'inftruction de ce procès : *Je ne ferai jamais la*

délatrice des sujets du roi (répondit - elle au comité
des recherches qui lui demandoit des renseignemens);
j'ai tout vu, tout entendu, tout oublié.

Tant que la procédure du Châtelet, ensevelie dans
le greffe, ne parut s'instruire que pour la forme, sans
qu'il en résultât aucune action, elle n'alarma point
les révolutionnaires. La cour s'étant apperçue, par
les dépositions des témoins, qu'il seroit aisé d'envelopper dans cette procédure Lafayette, Bailli &
plusieurs députés des communes, étendit peu à peu
ses vues, & crut avoir trouvé un moyen assuré de
perdre ses ennemis; ou du moins de les attacher à
ses intérêts par la crainte des suites que pouvoit entraîner cette affaire.

Le décret qui défendoit aux membres de l'assemblée
d'accepter aucune place à la disposition du gouvernement, pendant la durée de la session, avoit rompu le
traité de la cour avec le comte de Mirabeau. Mirabeau
flatté & payé lorsque les circonstances urgentes rendoient son secours nécessaire, abandonné & poursuivi
lorsque l'on croyoit pouvoir se passer de lui & l'entraîner avec les autres dans la proscription générale,
reconnut le peu de fond qu'il y avoit à faire sur
un roi indécis, sur une reine capable de sacrifier ses
intérêts les plus chers à une vengeance impolitique,
sur un ministere trompeur qui le haïssoit & le craignoit.
En effet, à travers les avances que la cour & les
ministres ne cessoient de faire à Mirabeau, tout

annonçoit le deſſein de le perdre ; rien n'annonçoit
le deſſein de traiter avec lui de bonne foi. On lâchoit
contre lui les écrivains vendus au parti ; on le décrioit
dans une multitude de libelles ; on le harceloit par les
Lameth ; on travailloit à lui enlever ſa popularité ;
on employoit la même duplicité avec les autres chefs
du parti révolutionnaire. La cour étoit ſi habituée
aux petites intrigues, qu'elle ne ſut jamais les dépaſſer
& s'élever à de grandes conceptions.

Les révolutionnaires combattirent la cour avec ſes
propres armes : c'étoient tous les jours nouveaux complots découverts, à l'aide deſquels ils tenoient le
peuple dans un mouvement continuel, & dirigeoient
ſa haine & ſes ſoupçons contre la reine, contre les
nobles, contre le clergé.

Le comte de Saint - Prieſt étoit, de tous les miniſtres du roi, celui que les révolutionnaires redoutoient le plus ; par conséquent celui ſur lequel ils
portoient avec le plus d'acharnement la défaveur
populaire. Le comte de Saint - Prieſt dévoué au roi,
ennemi déclaré de l'aſſemblée, avoit de la fermeté
& des connoiſſances : mais il n'avoit pas la capacité
néceſſaire pour conduire les affaires dans les circonſtances difficiles où ſe trouvoient le roi & le royaume.
Le comte de Saint - Prieſt écoutoit tous les faiſeurs
de projets, tous les charlatans politiques ; (& jamais
il n'y en eut tant!) ces hommes lui propoſoient des
plans ridicules. Saint - Prieſt ſans examiner les temps,

les lieux, l'influance de l'opinion publique, donnoit
son affentiment, encourageoit les auteurs, fe jetoit
dans des entreprifes mal combinées : il évitoit pourtant de fe compromettre, & n'agiffoit que par des
intermédiaires multipliés. La fin tragique de Favras
épouvantoit ces petits confpirateurs.

Le comité des recherches découvrit qu'un nommé
Bonne - Savaradin alloit & venoit de Turin à Paris;
on réfolut de l'arrêter, ne doutant point qu'on ne
trouvât des indices d'une miffion fecrete. Lafayette
envoya deux de fes émiffaires au pont de Beauvoifin.
Bonne fut arrêté au moment même qu'il cherchoit
à franchir la barriere qui fépare la France de la
Savoie. On le ramena fous une forte efcorte à Paris.
La correfpondance de Bonne offrit des preuves que
le comte de Saint - Prieft dirigeoit l'entreprife. Les
révolutionnaires faifirent une occafion fi favorable
d'embarraffer le miniftre. Bonne fubit plufieurs interrogatoires. Les preuves contre Saint - Prieft devinrent plus acquifes. Le comité des recherches le
dénonça au procureur du roi du Châtelet. La cour
& Saint - Prieft crurent arrêter les fuites de cette
dénonciation, en donnant une grande activité à la
procédure commencée fur les événemens du 6
octobre. On reprit tout - à - coup l'inftruction d'un
procès enfeveli depuis trois mois dans le plus profond
filence. Le Châtelet fit entendre une foule de témoins;
l'alarme fe répandit parmi les révolutionnaires; Lafayette

fayette & Bailli plus intéressés que les autres à cette
procédure, quoiqu'on affectât de les y regarder
comme étrangers, s'occuperent des moyens d'empêcher qu'elle ne les atteignît. Dès ce moment les
renseignemens manquerent, des pieces essentielles
furent supprimées, on se plaignit que le Châtelet
outre-passoit le requisitoire de la commune de Paris;
la commune, disoit-on, avoit borné sa demande
à la poursuite des assassinats commis le matin du six
octobre : tout ce qui étoit relatif à l'insurrection de
Paris & au mouvement de l'armée Parisienne, tenant
essentiellement à la révolution, ne pouvoit être l'objet
d'une procédure criminelle. Le Châtelet répondit
qu'il étoit impossible de connoître les auteurs, fauteurs
d'un complot, sans remonter à la source de ce
complot; que les événemens de Paris & de Versailles se trouvoient liés au massacre des gardes-du-
corps & aux excès commis dans le château.

Les deux partis s'examinoient avec une sorte d'inquiétude. Les révolutionnaires ne se dissimuloient
point que c'étoit à eux seuls qu'on en vouloit. Ils
se réunirent plus étroitement que jamais. Les deux
Lameth & Mirabeau abjurerent leur secrete jalousie :
mais se défiant de Lafayette, auquel ils supposoient
des engagemens avec la cour, ils songerent à rappeller
le duc d'Orleans, encore plus intéressé qu'eux aux
événemens qui se préparoient. Ce prince cher à la
populace, quoique nul par lui-même, pouvoit

beaucoup par fon argent : c'étoit d'ailleurs un fuppléant au trône, prêt, en cas d'événemens, à fervir
de montre au parti.

Le duc d'Orleans n'ignoroit pas que fon féjour en
Angleterre étoit moins une miffion qu'il n'étoit un
exil. Il jugea prudent, avant de quitter Londres, de
communiquer fon deffein à l'affemblée, & d'en
extorquer un confentement au moins tacite.

La Touche, député de Montargis, demanda permiffion de lire une lettre qu'il venoit de recevoir de
ce prince. Le duc y difoit que, décidé à fe rendre
inceffamment à Paris, il avoit pris congé du roi
d'Angleterre & fixé fon départ : mais que monfieur
l'ambaffadeur de France étoit venu chez lui, accompagné d'un monfieur de Boinville, aide-de-camp
de monfieur de Lafayette ; que ce monfieur de
Boinville l'avoit conjuré, en préfence de monfieur
l'ambaffadeur, de ne point quitter en ce moment
l'Angleterre ; & parmi fes motifs, il en avoit préfenté
un très-important : celui des troubles qu'exciteroient de
gens qui ne manqueroient pas de fe fervir de fon nom
qu'alors, dans la crainte de compromettre la tranquillité publique, il avoit pris le parti de fufpendre
fon voyage, fous l'efpoir de s'expliquer avec l'affemblée. —— « A l'époque de mon départ pour l'An-
» gleterre, ajoutoit le duc d'Orleans, monfieur de
» Lafayette me propofa, de la part du roi, de me
» charger d'une miffion à la cour de Londres. L

» récit de la converfation que monfieur de Lafayette
» eut avec moi, eft configné dans un expofé de
» ma conduite; on y voit que le principal motif
» qui m'engagea d'accepter cette miffion, fut que
» mon éloignement, à ce que m'affura monfieur
» de Lafayette, ôteroit tout prétexte aux mal-inten-
» tionnés de fe fervir de mon nom pour exciter des
» mouvemens tumultueux dans Paris, & qu'il en
» auroit plus de facilité pour maintenir la tranquillité
» publique. Cette confidération me détermina. Ce-
» pendant depuis mon départ la capitale n'a pas
» été plus tranquille. Si les fauteurs du tumulte n'ont
» pu fe fervir de mon nom, ils n'ont pas craint
» d'en abufer dans vingt libelles pour tâcher d'en
» fixer les foupçons fur moi.

» Il eft temps de favoir quels font les gens mal-
» intentionnés, dont toujours on connoît les projets,
» fans cependant pouvoir acquérir aucune indice qui
» mette fur leurs traces, foit pour les punir, foit
» pour les réprimer. Il eft temps de favoir pourquoi
» mon nom fert plutôt que tout autre de prétexte à des
» mouvemens populaires. Il eft temps qu'on ne me
» préfente plus le fantôme, fans me donner des
» preuves de la réalité. En attendant je déclare que,
» depuis le vingt-cinq du mois dernier, mon opi-
» nion eft que mon féjour en Angleterre n'eft plus
» utile aux intérêts de la nation & au fervice du
» roi; que je regarde comme un devoir de reprendre

» mes fonctions de député ; que mon vœu personnel
» m'y porte ; que l'époque du quatorze juillet,
» d'après les décrets de l'assemblée, semble m'y
» rappeller plus impérieusement ; & qu'à moins que
» l'assemblée ne décide d'une façon contraire, &
» ne me fasse connoître sa décision, je persisterai
» dans ma résolution premiere ».

Monsieur de Lafayette répondit d'un air d'embarras,
& cherchant à pallier sa conduite souveraine envers
le duc d'Orleans, que d'après ce qui s'étoit passé au
mois d'octobre entre monsieur d'Orleans & lui (ce
qu'il ne se permettroit pas de rappeller si monsieur
d'Orleans n'en entretenoit lui-même l'assemblée),
il avoit cru devoir l'informer que les mêmes raisons
qui l'avoient déterminé à accepter sa mission en
Angleterre subsistoient ; que peut-être on abuseroit
de son nom, pour répandre, sur la tranquillité publique, quelques-unes de ces alarmes qu'il ne parta-
geoit point ; mais que tout bon citoyen souhaitoit
d'écarter d'un jour destiné à la confiance & à la
félicité commune. Quant à monsieur de Boinville,
il habitoit l'Angleterre depuis six mois ; il étoit venu
passer quelques jours à Paris, &, à son retour à
Londres, il s'étoit chargé de dire à monsieur d'Orleans les craintes que causoit l'annonce de son retour.
— « Permettez-moi messieurs, ajouta monsieur de
» Lafayette, de saisir cette occasion, comme chargé
» par l'assemblée de veiller dans cette grande époque

» à la tranquillité publique, & de vous exprimer à
» ce fujet mon opinion perfonnelle : plus je vois
» approcher la journée du quatorze juillet, plus je
» me confirme dans la pensée qu'elle doit infpirer
» autant de sécurité que de fatisfaction. Ce fentiment
» eft fondé fur les difpofitions patriotiques des ci-
» toyens, fur le zele de la garde-nationale Pari-
» fienne, & de nos freres d'armes qui arrivent de
» toutes les parties du royaume; &, comme les
» amis de la conftitution & de l'ordre public n'au-
» ront jamais été réunis en fi grand nombre, nous
» ferons les plus forts ».

Cette efpece d'apologie ne contenta perfonne:
auffi le duc de Biron, pour qui le titre d'ami
du duc d'Orleans eût été une honte fi l'on n'eût
pas fu que c'étoit une générofité, repliqua que, fous
un régime tyrannique & arbitraire, le foupçon fuffifoit pour éloigner un citoyen de fes foyers; que
la liberté ne permettoit plus de tels excès; que monfieur d'Orleans avoit beaucoup fait pour la liberté;
qu'il étoit accufé depuis huit mois; & que depuis
huit mois aucun des hommes qui l'accufoient ne
s'étoit fait connoître; & que depuis huit mois aucun
fait à fa charge n'avoit juftifié ces vagues accufations;
que monfieur d'Orleans ne pouvoit être privé plus
long-temps de la faculté de revenir dans fa patrie,
& de fe juftifier des imputations dont on le chargeoit.

Cette légere difcuffion fe borna aux intéreffés. Le

duc étoit trop méprisé pour que la plupart des députés, qui ignoroient les motifs fecrets de fon retour, y attachaſſent une grande importance. Sans donc entrer dans le détail de cette petite querelle entre Lafayette & le duc d'Orleans, on paſſa à l'ordre du jour, & on laiſſa au duc la liberté de venir ourdir à Paris de nouveaux complots.

L'aſſemblée s'occupa de la grande cérémonie de la fédération. Il falloit fixer les rapports que le roi auroit avec le peuple dans cette folemnité nationale. La défiance préfidoit à toutes les difcuſſions où il s'agiſſoit du roi. Les uns prétendirent que c'étoit entre les mains du roi que les fédérés devoient prononcer le ferment civique ; les autres répondirent que le roi n'étant que le premier fonctionnaire public, & en cette qualité aſſujetti lui - même au ferment, c'étoit entre les mains du peuple, feul & véritable fouverain, que le ferment du roi & celui des fédérés devoit être prêté. Les royaliſtes s'appuyoient des droits reconnus de la royauté ; les révolutionnaires, du danger de mettre le premier fonctionnaire public au deſſus des lois. Le peuple, témoin de ces débats tendant toujours à reſtreindre la prérogative royale, s'accoutumoit à voir dans le monarque l'ennemi naturel de la conftitution ; puifque chaque nouveau rapport qu'on étoit forcé de lui donner avec elle infpiroit des craintes aux plus ardens défenfeurs de la liberté.

Les évêques profiterent, avec beaucoup d'adreſſe, de cette diſcuſſion, pour annoncer à l'aſſemblée qu'ils perſiſtoient dans leurs refus de reconnoître ſa juriſdiction en matiere eccléſiaſtique, & qu'ils ne ceſſeroient de proteſter contre ce qu'ils appelloient la conſtitution civile du clergé. L'évêque de Clermont ajouta : — Nous allons, meſſieurs, promettre, mais dans des circonſtances bien différentes de celles où nous nous trouvions le quatre février, & promettre ſous le ſceau de la religion, de maintenir de tout notre pouvoir la conſtitution décrétée par l'aſſemblée nationale & ſanctionnée par le roi. Ici, meſſieurs, en me rappellant ce que je dois à Céſar, je ne puis diſſimuler ce que je dois à dieu. . . . Oui dans tout ce qui concerne les objets civils, politiques & temporels, je me crois fondé à maintenir la conſtitution décrétée par l'aſſemblée nationale; mais une loi, ſupérieure à toutes les lois humaines, me dit de profeſſer hautement que je ne ſaurois comprendre dans mon ſerment civique les objets qui dépendent eſſentiellement de la puiſſance ſpirituelle : toute feinte à cet égard ſeroit un crime, toute apparence qui la laiſſeroit préſumer un ſcandale.

Les évêques, les abbés, la plupart des curés & des nobles ſe leverent & donnerent leur adhéſion aux ſentimens que l'évêque de Clermont venoit d'exprimer. Une querelle dans ces conjonctures eût pu devenir dangereuſe. Les révolutionnaires ſe turent, & aban-

L 4

donnerent à elle-même la proteftation de l'évêque de Clermont ; fûrs qu'il leur feroit facile d'en prévenir les fuites, & que les événemens ameneroient une occafion prochaine de punir la nobleffe & le clergé de leur continuelle réfiftance. Le duc d'Orléans arriva fur ces entrefaites, & vint prendre à l'affemblée fa place de député. Il parla de l'objet de fon voyage & des motifs de fon retour : — « Lorfque l'affem-
» blée décréta le quatre février que chacun des
» repréfentans prêteroit le ferment civique, il s'em-
» preffa d'envoyer fon adhéfion à ce ferment ; il le
» renouvelloit au milieu de l'affemblée elle-même.
» Le jour approchoit où la France alloit fe réunir,
» où toutes les voix ne feroient entendre que des
» fentimens d'amour pour la patrie & pour le roi ;
» pour la patrie, fi chere à des citoyens qui avoient
» recouvré la liberté ; pour le roi, fi digne par fes
» vertus de régner fur un peuple libre, & d'attacher
» fon nom à la plus grande comme à la plus glorieufe
» époque de la monarchie Françoife. Ce jour au moins,
» il l'efpéroit, verroit difparoître à jamais les diffé-
» rences d'opinions, d'intérêts ; quant à lui, qui
» n'avoit des vœux que pour la liberté, il defiroit,
» il follicitoit le plus fcrupuleux examen de fa con-
» duite & de fes principes ». Ce peu de mots, pro-
noncés d'un air timide & avec un ton d'embarras,
furent couverts des applaudiffemens des révolutionnaires
& des orleaniftes répandus dans les tribunes.

Le duc alla le foir chez le roi; fa vue infpira un fentiment d'horreur à tous ceux qui fe trouverent au château. Les femmes lui tournerent le dos; les hommes le regarderent avec un mépris provoquant : le roi & la reine le reçurent très-froidement. Cette arrivée inattendue jeta l'alarme parmi un grand nombre de citoyens. Chacun crut que le duc venoit prêter fon nom à quelque nouveau crime. Les circonftances fembloient confirmer ces craintes. Les bruits les plus finiftres fe propageoient; on exagéroit toutes les folies auxquelles fe livrent des imaginations exaltées par la terreur; on devoit, affuroit-on, exciter un grand mouvement à Paris & dans les provinces, égorger les nobles, maffacrer au Champ-de-Mars les députés ariftocrates, ôter la couronne à Louis XVI, mettre le duc d'Orleans fur le trône.

Les révolutionnaires avoient ou affectoient auffi d'avoir des craintes, &, prêtant à la cour les mêmes vues & les mêmes intentions que les ariftocrates donnoient aux révolutionnaires, ils parloient d'une grande confpiration : — On avoit, difoient-ils, préparé d'avance des moyens d'indifpofer les députés de l'armée contre les députés des gardes-nationales, & les députés des départemens contre l'armée Parifienne : tandis que tous les citoyens feroient occupés au Champ-de-Mars, des fcélérats appoftés mettroient le feu à différens quartiers de Paris; une troupe de bandits fecrétement foudoyés, profitant du défordre, pilleroient les maisons, égorgeroient les meilleurs patriotes, les mécontens s'armeroient & se rendroient maîtres des principaux postes ; on fusilleroit les membres populaires de l'assemblée nationale, & l'on rameneroit Louis XVI aux Tuileries triomphant, maître absolu & législateur unique de l'état. C'est ainsi que l'un & l'autre parti cherchoient à s'effrayer. Une foule d'hommes timides, de femmes de la classe de celles qu'on nommoit des aristocrates, quittèrent Paris avec précipitation & coururent se réfugier à la campagne.

Cependant les fédérés arrivoient de toutes les parties de l'empire. On les logeoit chez des particuliers qui s'empressoient de fournir lits, draps, bois, & tout ce qui pouvoit contribuer à rendre le séjour de la capitale agréable & commode. La municipalité prit des précautions pour qu'une si grande affluence d'étrangers ne troublât pas la tranquillité publique. Douze mille ouvriers travailloient sans relâche à préparer le Champ-de-Mars. Quelque activité que l'on mit à ce travail, il avançoit lentement. On craignit qu'il ne pût être achevé le quatorze juillet, jour irrévocablement fixé pour la cérémonie ; parce que c'étoit l'époque fameuse de l'insurrection de Paris & de la prise de la Bastille. Dans cet embarras, les districts invitent, au nom de la patrie, les bons citoyens à se joindre aux ouvriers. Cette invitation civique électrise toutes les têtes ; les femmes partagent l'enthousiasme

& le propagent : on voit des séminariftes, des écoliers,
des fœurs du Pot, des chartreux vieillis dans la fo-
litude, quitter leurs cloîtres, courir au Champ-de-Mars
une pelle fur le dos, portant des bannieres ornées
d'emblêmes patriotiques. Là, tous les citoyens mêlés,
confondus, forment un attelier immenfe & mobile
dont chaque point préfente un groupe varié ; la
courtifanne échevelée fe trouve à côté de la citoyenne
padibonde ; le capucin traîne le haquet avec le chevalier
de faint-louis, le porte-faix avec le petit-maître
du Palais-Royal ; la robufte harengere porte la
brouette remplie par la femme élégante & à vapeurs ;
le peuple aifé, le peuple indigent, le peuple vêtu,
le peuple en haillons, vieillards, enfans, comédiens,
cent Suiffes, commis, travaillant & fe repofant ;
acteurs & fpectateurs, offrent à l'œil étonné une
fcene pleine de vie & de mouvement ; des tavernes
ambulantes, des boutiques portatives, augmentent
le charme & la gaieté de ce vafte & raviffant tableau ;
les chants, les cris de joie, le bruit des tambours,
des inftrumens militaires, celui des beches, des
brouettes, les voix des travailleurs qui s'appellent,
qui s'encouragent. . . . l'ame fe fentoit affaifée fous
le poids d'une délicieufe ivreffe à la vue de tout un
peuple redefcendu aux doux fentimens d'une fraternité
primitive. . . . Neuf heures fonnées les groupes fe
démêlent. Chaque citoyen regagne l'endroit où s'eft
placée fa fection, fe rejoint à fa famille, à fes con-

noiffances. Les bandes fe mettent en marche au fon
des tambours, reviennent à Paris précédées de flam-
beaux, lâchant de temps en temps des farcafmes
contre les ariftocrates, & chantant le fameux air,
Ça ira.

Enfin le quatorze juillet, jour de la fédération,
arrive parmi les efpérances des uns, les alarmes &
les terreurs des autres. Si cette grande cérémonie
n'eut pas le caractere férieux & augufte d'une fête
à-la-fois nationale & religieufe, caractere prefque
inaliénable avec l'efprit François, elle offrit cette
douce & vive image de la joie & de l'enthoufiafme
mille fois plus touchante. Les fédérés, rangés par
département fous quatre-vingt-trois bannieres, partirent de l'emplacement de la Baftille ; les députés
des troupes de ligne, des troupes de mer, la garde
nationale Parifienne, des tambours, des chœurs de
mufique, les drapeaux des fections, ouvroient &
fermoient la marche.

Les fédérés traverferent les rues Saint-Martin,
Saint-Denis, Saint-Honoré, & fe rendirent par
le Cours-la-Reine à un pont de bateaux conftruit
fur la riviere. Ils reçurent à leur paffage les acclamations d'un peuple immenfe répandu dans les rues,
aux fenêtres des maifons, fur les quais. La pluie qui
tomboit à flots ne dérangea ni ne ralentit la marche.
Les fédérés, dégoutant d'eau & de fueur, danfoient
des farandoles, crioient : vivent nos freres les Parifiens!

On leur defcendoit par les fenêtres du vin, des
jambons, des fruits, des cervelas; on les combloit
de bénédictions. L'affemblée nationale joignit le cortege à la place Louis XV, & marcha entre le
bataillon des vétérans & celui des jeunes éleves de
la patrie; image expreffive qui fembloit réunir à elle
feule tous les âges & tous les intérêts.

Le chemin qui conduit au Champ-de-Mars étoit
couvert de peuple qui battoit des mains, qui chantoit:
Ça ira. Le quai de Chaillot & les hauteurs de Paffy
préfentoient un long amphithéatre, où l'élégance de
l'ajuftement, les charmes, les graces des femmes,
enchantoient l'œil, & ne lui laiffoient pas même la
faculté d'affeoir une préférence. La pluie continuoit
de tomber; perfonne ne paroiffoit s'en appercevoir:
la gaieté Françoife triomphoit & du mauvais temps,
& des mauvais chemins, & de la longueur de la
marche.

Monfieur de Lafayette, montant un fuperbe cheval
& entouré de fes aides-de-camp, donnoit fes ordres
& recevoit les hommages du peuple & des fédérés.
La fueur lui couloit fur le vifage. Un homme, que
perfonne ne connoît, perce la foule, s'avance tenant
une bouteille d'une main un verre de l'autre: — Mon
général vous avez chaud, buvez un coup. Cet homme
leve fa bouteille, emplit un grand verre, le préfente
à monfieur de Lafayette. Monfieur de Lafayette
reçoit le verre, regarde un moment l'inconnu, avale

le vin d'un feul trait. Le peuple applaudit. Lafayette
promene un fourire de complaifance & un regard
bénévole & confiant fur la multitude; & ce regard
femble dire : Je ne concevrai jamais aucun foupçon,
je n'aurai jamais aucune inquiétude, tant que je
ferai au milieu de vous.

Cependant plus de trois cent mille hommes &
femmes de Paris & des environs, raffemblés dès
fix heures du matin au Champ - de - Mars, affis
fur des gradins de gazon qui formoient un cirque
immenfe, mouillés, crottés, s'armant de parafols
contre les torrens d'eau qui les inondoient, s'effuyant
le vifage au moindre rayon de foleil, rajuftant leurs
coëffures, attendoient en riant & en caufant les fédérés & l'affemblée nationale. On avoit élevé un
vafte amphithéatre pour le roi, la famille royale,
les ambaffadeurs & les députés. Les fédérés les premiers arrivés commencent à danfer des farandoles,
ceux qui fuivent fe joignent à eux, & forment une
ronde qui embraffe bientôt une partie du Champ-
de - Mars. C'étoit un fpectacle digne de l'obfervateur
philofophe, que cette foule d'hommes venus des
parties les plus opposées de la France, entraînés par
l'impulfion du caractere national, banniffant tout
fouvenir du pafsé, toute idée du préfent, toute
crainte de l'avenir, fe livrant à une délicieufe infouciance ; & trois cent mille fpectateurs de tout âge,
de tout fexe, fuivant leurs mouvemens, battant la

meſure avec les mains, oubliant la pluie, la faim &
l'ennui d'une longue attente : enfin tout le cortege
étant entré au Champ - de - Mars, la danſe ceſſe,
chaque fédéré va rejoindre ſa banniere. L'évêque
d'Autun ſe prépare à célébrer la meſſe à un autel
à l'antique dreſſé au milieu du Champ - de - Mars.
Trois cents prêtres vêtus d'aubes blanches, coupées
de larges ceintures tricolores, ſe rangent aux quatre
coins de l'autel. L'évêque d'Autun benit l'oriflamme
& les quatre - vingt - trois bannieres : il entonne le
te deum. Douze cents muſiciens exécutent ce cantique.
Lafayette à la tête de l'état - major de la milice Pa-
riſiénne, & des députés des armées de terre & de
mer, monte à l'autel, & jure, au nom des troupes
& des fédérés, d'être fidele à la nation, à la loi,
au roi. Une décharge de quarante pieces de canon
annonce à la France ce ſerment ſolemnel. Les douze
cents muſiciens font retentir l'air de chants militaires;
les drapeaux, les bannieres s'agitent; les ſabres tirés
étincelent. Le préſident de l'aſſemblée nationale répete
le même ſerment. Le peuple & les députés y répondent
par des cris de *je le jure.* Alors le roi ſe leve, & prononce
d'une voix forte : —— *Moi, roi des François, je jure*
d'employer le pouvoir, que m'a délégué l'acte conſti-
tionnel de l'état, à maintenir la conſtitution décrétée
par l'aſſemblée nationale, & acceptée par moi. La
reine prend le dauphin dans ſes bras, le préſente
au peuple, & dit : *Voilà mon fils, il ſe réunit ainſi*

que moi dans ces mêmes sentimens. Ce mouvement
inattendu fut payé par mille cris de vive le roi, vive
la reine, vive monsieur le dauphin! Les canons
continuoient de mêler leurs sons majestueux aux sons
guerriers des instrumens militaires & aux acclamations
du peuple ; le temps s'étoit éclairci, le soleil se
montroit dans tout son éclat : il sembloit que l'éternel
lui-même voulût être témoin de ce mutuel engagement, & le ratifier par sa présence.... Oui,
il le vit, il l'entendit, & les maux affreux qui
depuis ce jour n'ont cessé de désoler la France,
ô providence toujours active & toujours fidelle! sont
le juste châtiment d'un parjure. Tu as frappé & le
monarque & les sujets ; parce que le monarque &
les sujets ont violé leurs sermens.

L'enthousiasme & les fêtes ne se bornerent pas
au jour de la fédération. Ce fut, pendant le séjour
des fédérés à Paris, une suite continuelle de repas, de
danses & de joie. On alla encore au Champ-de-Mars;
on y but, on y chanta, on y dansa. Monsieur de
Lafayette passa en revue une partie de la garde-
nationale des départemens & de l'armée de ligne.
Le roi, la reine & monsieur le dauphin, se trouverent
à cette revue. Ils y furent accueillis avec acclamations.
La reine donna, d'un air gracieux, sa main à baiser
aux fédérés ; leur montra monsieur le dauphin. Les
fédérés, avant de quitter la capitale, allerent rendre
leurs hommages au roi ; tous lui témoignerent le

plus

plus profond refpect, le plus entier dévouement. Le chef
des Bretons mit un genou en terre, & préfentant
fon épée à Louis XVI. : — Sire, je vous remets
pure & facrée l'épée des fideles Bretons : elle ne fe
teindra que du fang de vos ennemis. — Cette épée
ne peut être en de meilleures mains que dans les
les mains de mes chers Bretons, répondit Louis XVI,
en relevant le chef des Bretons & lui rendant fon
épée ; je n'ai jamais douté de leur tendreffe & de
leur fidélité : affurez - les que je fuis le pere, le frere,
l'ami de tous les François. Le roi, vivement ému,
ferre la main du chef des Bretons & l'embraffe. Un
attendriffement mutuel prolonge quelques inftans cette
fcene touchante. Le chef des Bretons reprend le
premier la parole : — Sire, tous les François, fi
j'en juge par nos cœurs, vous chériffent & vous ché-
riront; parce que vous êtes un roi citoyen.

La municipalité de Paris voulut auffi donner une
fête aux fédérés. Il y eut joûte fur la riviere, feu
d'artifice, illumination, bal & rafraîchiffement à la Halle
au bled; bal fur l'emplacement de la Baftille. On
lifoit à l'entrée de l'enceinte ces mots en gros caracteres : *Ici l'on danfe* ; rapprochement heureux,
qui contraftoit d'une maniere frappante avec l'antique
image d'horreur & de défefpoir que retraçoit le
fouvenir de cette odieufe prifon ! Le peuple alloit &
venoit de l'un à l'autre endroit, fans trouble, fans
embarras. La police, en défendant la circulation des

voitures, avoit prévenu les accidens si communs dans
les fêtes, & anéanti le bruit tumultueux des chevaux,
de roues, de cris de gare; bruit qui fatigue, étourdit
les citoyens; leur laisse à chaque instant la crainte
d'être écrasés, & donne à la fête la plus brillante
& la mieux ordonnée l'apparence d'une fuite. Les
fêtes publiques sont essentiellement pour le peuple.
C'est lui seul qu'on doit envisager. Si les riches veulent
en partager les plaisirs, qu'ils se fassent peuple ce
jour là; ils y gagneront des sensations inconnues,
& ne troubleront point la joie de leurs concitoyens.

Ce fut aux Champs - Élysées que les hommes
sensibles jouirent avec plus de satisfaction de cette
charmante fête populaire. Des cordons de lumieres
pendoient à tous les arbres, des guirlandes de lampions les enlaçoient les uns aux autres, des pyramides
de feu, placées de distance en distance, répandoient
un jour pur, que l'énorme masse de ténébres en-
vironnantes rendoit encore plus éclatant par son
contraste. Le peuple remplissoit les allées & les gazons.
Le bourgeois assis avec sa femme au milieu de ses
enfans, mangeoit, causoit, se promenoit & sentoit
doucement son existence. Ici de jeunes filles & de
jeunes garçons dansoient au son de plusieurs orchestres
disposés dans les clarrieres qu'on avoit ménagées.
Plus loin quelques mariniers en gillet & en caleçon,
entourés de groupes nombreux qui les regardoient
avec intérêts, s'efforçoient de grimper le long de

grands mâts frottés de favon, & de gagner un prix réfervé à celui qui parviendroit à enlever un drapeau tricolor attaché à leur fommet. Il falloit voir les ris prodigués à ceux qui fe voyoient contraints d'abandonner l'entreprife, les encouragemens donnés à ceux qui, plus heureux ou plus adroits, paroiffoient devoir atteindre le but. . . . Une joie douce, fentimentale, répandue fur tous les vifages, brillante dans tous les yeux, retraçoit les paifibles jouiffances des ombres heureufes dans les Champs - Elyfées des anciens. Les robes blanches d'une multitude de femmes, errantes fous les arbres de ces belles allées, augmentoient encore l'illufion.

Les fédérés reprirent le chemin de leurs provinces, enchantés de l'accueil qu'ils avoient reçu des Parifiens, & la plupart pénétrés d'amour & de refpect pour le roi & pour la famille royale. La bonté, l'égalité d'humeur de Louis XVI & de fon époufe, les graces de madame royale, la gaieté naïve de monfieur le dauphin, avoient gagné tous les cœurs; fentiment devenu plus puiffant & plus général par le contrafte qu'offroit l'affemblée nationale, où la haine, l'efprit de parti, les cris, les fureurs, préfidoient aux délibérations. Auffi Mirabeau, frappé de cette impreffion inattendue, ne put s'empêcher de dire avec amertume : — *Que voulez-vous faire d'une nation qui ne fait que crier vive le roi.*

Les révolutionnaires commencerent à craindre que

cette grande mesure, jugée si propre à consolider la révolution, n'eût manqué son but & ne contribuât à la renverser. Ils hâterent le départ des fédérés; & reconnoissant que les François, selon leur expression, n'étoient pas mûrs pour la liberté, ils travaillerent à les en rendre dignes en les précipitant dans l'anarchie. Les aristocrates, comptant trop légérement sur les marques d'attachement que les fédérés avoient données au roi, crurent la contre-révolution faite. Ils ne virent pas que ces témoignages flatteurs s'adressoient à la personne de Louis XVI & ne s'adressoient pas à l'ancien ordre des choses; que tous les François, en voulant un roi, vouloient la constitution. Ainsi tandis que les révolutionnaires excitoient des troubles dans l'intérieur, souffloient de toutes parts la licence & l'insurrection, soulevoient les soldats contre leurs officiers, les aristocrates travailloient à augmenter le désordre & achevoient de désorganiser l'armée : ordonnant aux officiers d'user envers les soldats, tantôt d'une indulgence coupable, tantôt d'une sévérité outrée; afin de les dégoûter du service, & d'opérer une désertion générale avant l'établissement du nouveau code militaire. Ce nouveau code étoit avantageux aux soldats qu'il déroboit à l'arbitraire des chefs & qu'il admettoit au grade d'officier : il n'étoit pas moins avantageux à l'officier, lui-même, qui voyoit renverser la barriere, jusqu'à ce jour impénétrable, qu'avoit mise entre lui & les grades supérieurs la

defpotifme des miniftres & la cupidité des gens de
la cour. Mais le décret qui aboliffoit la nobleffe,
interprété, commenté avec une adreffe perfide, avoit
tellement aigri les officiers, prefque tous nobles, qu'ils
ne fongerent point aux avantages réels que leur
procuroit ce nouvel ordre de chofes, & qu'ils ne
s'occuperent que des pertes factices qu'il leur faifoit
effuyer; & puis la cour, les grands, les parlemens,
les financiers, employoient tant d'intrigues! Ils affuroient que cet ordre de chofes étoit impraticable;
qu'il ne pouvoit fubfifter; que le roi reprendroit
bientôt la plénitude de fon autorité; que les princes
émigrés rentreroient en France à la tête d'une puiffante armée groffie de tous les mécontens de l'intérieur;
que l'affemblée nationale feroit diffoute; qu'on livreroit
les factieux à la rigueur des lois; que non-feulement
ceux qui avoient pris des places dans le gouvernement,
mais encore ceux qui avoient approuvé la conftitution, ou qui ne s'y étoient pas opposés, feroient
privés de leurs emplois & punis févérement. On
parloit fans ceffe aux nobles d'honneur, de courage,
de dévouement à la monarchie & au roi. Les évêques
appelloient aux curés & aux religieux le zele des
premiers chrétiens pour le maintien de la religion &
pour les droits facrés de l'églife. Ils traitoient les
décrets d'entreprifes audacieufes, impies, dirigées
contre dieu même. Les journaux entretenoient les
diffentions, ravivoient les haines, alimentoient les

fureurs. On vit s'élever mille proteftations individuelles
contre les décrets des treize avril & dix-neuf juin.
Durofoy & Royou confignoient ces proteftations
dans leurs feuilles. Le curé le plus ignorant, le prêtre
le moins régulier, fe refufoit-il à la conftitution
civile du clergé, devenoit tout-à-coup un Jérôme,
un Ambroife, un Athanafe. Le dernier noble de la
campagne, occupé tout le jour à chaffer un lievre,
s'élevoit-il contre le décret qui aboliffoit la nobleffe,
c'étoit un Bayard, un Gafton, un Latremouille. Auffi
n'y eut-il fi mince fils de tréforier de France, ou
de fecrétaire du roi, qui n'embitionnât le glorieux
honneur de figurer dans la gazette de Durofoy; en
prenant l'univers à témoin de fon dévouement pour
fon roi, de fon zele pour la religion de fes peres,
& des hauts fentimens que lui infpiroit le noble fang
qui couloit dans fes veines.

Ce fut dans le midi de la France que les contre-
révolutionnaires agirent avec le plus d'activité. Ce
pays étoit habité par une foule de proteftans échappés
à la révocation de l'édit de Nantes. Il fut aifé d'a-
larmer les catholiques. On leur dit que l'affemblée
vouloit détruire l'ancienne religion & y fubftituer le
proteftantifme; que l'abolition des ordres religieux,
la démarcation des diocefes, la réduction des paroiffes,
ne tendoient qu'à ce but; que des proteftans dirigeoient le comité eccléfiaftique; que le miniftre Rabaud
préfidoit l'affemblée lors de l'établiffement de la

conftitution civile du clergé & de la loi qui fup-
primoit les vœux monaftiques. Il n'en falloit pas
tant pour exciter des efprits inquiets, fuperftitieux;
les deux partis commencerent par s'aigrir & finirent
par fe battre. La formation des municipalités , des
adminiftrations de diftrict & de département, en
oppofant l'ambition des chefs, leur fournit de nouveaux fujets de haine. Les proteftans, foutenus des
clubs, s'emparerent des places de l'adminiftration.
Les prêtres crierent que la religion étoit perdue. Les
catholiques fe réunirent pour obtenir du moins les
places des municipalités directement nommées par
le peuple, & plus à l'abri de l'influance des clubs.
Une guerre ouverte éclata bientôt entre les catholiques & les proteftans. Nifmes, Beziers, Aix, Mar-
feille, Arles, Ufez, devinrent le théatre des violences
qu'ils exercerent les uns contre les autres. Les affaffinats, les emprifonnemens, les incendies, furent tour-
à-tour les armes des proteftans & des catholiques.
Les proteftans eurent l'avantage; ils triompherent
avec infolence. L'affemblée, plus attentive à ce qu'elle
préfumoit de l'intention des catholiques qu'aux devoirs
rigoureux de la juftice, vit des ennemis de la révolution dans des hommes qui n'étoient qu'égarés
par les prêtres. Elle donna raifon aux proteftans &
tort aux catholiques; elle foutint les premiers de
toute la force de fes décrets, & accabla les derniers
de toute l'autorité de lois très-féveres. Les révolu-

tionnaires, irrités de la continuelle & obſtinée réſiſtance
que leur oppoſoient les prêtres, réſolurent d'employer
les moyens les plus efficaces, fuſſent-ils les plus
violens, pour vaincre cet obſtacle : mais comme la
puiſſance des prêtres tenoit à la religion, dont ils
étoient les miniſtres, les révolutionnaires ſentirent
qu'ils ne les ſoumettroient jamais qu'en anéantiſſant,
ou du moins en dénaturant, dans ſes rapports politiques, cette même religion qui faiſoit leur force.

Paris étoit dans l'ivreſſe de la fédération, lorſqu'on
apprit que Bonne-Savaradin venoit de ſe ſauver de
l'abbaye. Cette nouvelle excita la fureur des révolutionnaires; ils ordonnerent les plus ſéveres recherches,
envoyerent le ſignalement de Bonne à toutes les
brigades & à toutes les municipalités : Lafayette
mit ſes eſpions en campagne. L'évaſion de Bonne
avoit été conduite avec trop d'adreſſe, pour qu'on
pût ſe diſſimuler qu'elle ne fût l'ouvrage d'un homme
puiſſant, intéreſſé à prévenir les ſuites de la procédure commencée contre Bonne. Deux particuliers ſe
diſant aides-de-camp de Lafayette, revêtus de
l'uniforme national, s'étoient, aſſuroit-on, préſentés
au concierge de l'abbaye avec un faux ordre du
comité des recherches. Le concierge leur avoit remis
Bonne. Ils l'avoient fait monter dans un fiacre, &
étoient diſparus. Bonne ſe réfugia chez l'abbé de
Barmon, conſeiller au parlement de Paris, & député
du clergé à l'aſſemblée nationale. L'abbé de Barmon

le conduifit dans une maifon de campagne, fituée à fept lieues de Paris. Les perfonnes à qui cette maifon appartenoit n'oferent garder Bonne chez eux. L'abbé de Barmon le ramena à Paris, & le logea dans un appartement écarté de fa propre maifon. Bonne y demeura caché plufieurs jours. L'arrivée d'un inconnu excita des foupçons : car, dans ces temps malheureux, chaque citoyen étoit l'efpion & le délateur d'un autre citoyen. L'abbé de Barmon fentit la néceffité de placer Bonne dans une maifon moins expofée aux regards du public. Foucauld, député de la nobleffe de Périgord, confentit à le recevoir. On s'occupa des moyens de le tirer de Paris & de le faire fortir du royaume : on prit un paffe-port pour Strasbourg, fous le nom d'un monfieur Edgs, fédéré d'Alface. Le fignalement de Bonne, envoyé par Lafayette à toutes les municipalités & à toutes les brigades de maréchaufsée du royaume, pouvoit le faire reconnoître. On le déguifa le mieux que l'on put ; on lui teignit les cheveux, les fourcils, le vifage, la poitrine, &, le jour du départ étant fixé, la belle-fœur de l'abbé de Barmon vint le prendre dans fon carroffe & le ramena chez l'abbé de Barmon.

Tant d'allées & de venues confirmerent les foupçons des domeftiques de l'abbé de Barmon. L'un d'eux alla trouver Maieftré & Julien, aides-de-camp de Lafayette, & leur dit que fon maître tenoit un homme caché chez lui; que cet homme étoit Bonne-Savaradin. Les deux aides-de-camp coururent rendre compte de leur découverte à Lafayette : mais, pendant qu'ils se muniſſoient de pouvoirs néceſſaires, l'abbé de Barmon, ayant tout diſposé pour un voyage aux eaux de Spa, partit dans ſa voiture avec Bonne & le fédéré Edgs. Maieſtré & Julien, conſternés d'avoir manqué leur proie, vont prendre des chevaux de poſte, ſe mettent à la pourſuite de l'abbé de Barmon, le rencontrent ſur la route de Châlons avec ſes deux compagnons de voyage. Julien charge Maieſtré de ne pas perdre l'abbé de Barmon de vue. Il prend les devans, arrive à Châlons, défend au maître de poſte de donner des chevaux, ſe rend à la municipalité, communique ſes ordres, & requiert un détachement de gardes-nationales.

Cependant l'abbé de Barmon & Bonne arrivent à la poſte de Châlons. Le maître de poſte refuſe des chevaux. L'abbé de Barmon ſe fâche, dit qu'il eſt député, deſcend de voiture, & aſſure qu'il va ſe plaindre à la municipalité de l'obſtacle que l'on apporte à ſon voyage. Il s'achemine vers l'hôtel de Ville; au moment même un détachement de gardes-nationales enveloppe l'abbé, Bonne & le fédéré Edgs: on les conduit à la chambre commune. Bonne eſt bientôt reconnu. L'abbé de Barmon ſe réclame de l'aſſemblée. On le remet avec Bonne & le fédéré Edgs dans la même voiture qui les a amenés. Maieſtré

& Julien, fiers du brillant succès de cette glorieuse expédition, s'assurent d'une forte escorte sous prétexte de veiller à la sûreté des trois prisonniers, & reprennent le chemin de Paris.

Si la nouvelle de l'évasion de Bonne avoit indigné les révolutionnaires, la nouvelle de son arrestation & de son retour à Paris causa de vives inquiétudes à la cour & au ministre Saint-Priest. On craignit que Bonne, épouvanté ou séduit, ne fît des aveux capables de compromettre des personnes augustes. La foiblesse qu'il avoit montrée dans ses premiers interrogatoires, ne laissoit aucune espérance qu'il se sacrifiât ainsi que s'étoit sacrifié Favras pour ceux qui l'avoient fait agir.

La cour & Saint-Priest crurent qu'ils devoient opposer procédure à procédure; dans l'espoir, par la réciprocité des craintes, de forcer les révolutionnaires à les ménager. Le Châtelet étoit prêt & n'attendoit que des ordres. On les lui donna. Une députation vint se présenter à la barre de l'assemblée. — « Nous allons,
» dit Boucher-d'Argis, déchirer le voile qui couvroit
» une procédure malheureusement trop célèbre. Ils
» vont être connus ces secrets pleins d'horreur; ils
» vont être révélés ces forfaits qui ont souillé le
» palais de nos rois. Devions-nous le prévoir, lors-
» que vous nous avez confié la fonction de pour-
» suivre les crimes qui attaqueroient la liberté nais-
» sante, que nous serions l'objet des plus atroces

» calomnies ? Nous les braverons ; nous ne cefferons
» de remplir nos devoirs. Tant d'efforts annoncent
» affez ce que les ennemis du bien public ont craint
» d'une procédure qui doit tout éclairer. Ont-ils pu
» penfer qu'ils intimideroient, par tant de menaces
» violentes & répétées, des magiftrats qui ont fu
» réfifter au defpotifme minifteriel ? Plus forts au-
» jourd'hui de toute l'énergie que donne aux citoyens
» la liberté que nous avons recouvrée, ils ne craindront
» aucun danger pour l'affermir & la féparer de la
» licence. Nous devons diftinguer dans cette procé-
» dure les citoyens qui ont été guidés par l'enthou-
» fiafme de la liberté, des hommes coupables qui,
» fous le mafque du civifme, ont égaré la multitude
» pour la rendre complice de leurs crimes. Mais
» quelle a été nôtre douleur, lorfque nous avons
» reconnu, parmi les accufés, deux membres de
» cette augufte affemblée. Ah! fans doute, ils s'em-
» prefferont de defcendre dans l'arene, & de fol-
» liciter la pourfuite d'une procédure, dont le com-
» plément, nous devons l'efpérer, mettra au jour
» leur innocence.

» Nous dépofons fur le bureau toute cette pro-
» cédure ; nous fommes redevables d'une grande
» partie des pieces à votre comité des recherches,
» qui, d'après votre décret, à dû nous en donner
» communication. C'eft à regret que nous nous
» plaignons du comité des recherches de la ville de

» Paris, qui nous a conftamment refufé celles qu'il a
» entre les mains. Ainfi, meffieurs, après avoir tout
» fait, & n'avoir rien négligé pour parvenir à con-
» noître la vérité, nous voyons s'avancer avec joie
» le moment où le nouvel ordre judiciaire va mettre
» fin à nos travaux. Trop heureux fi nos efforts
» conftans pour la juftice, ont pu nous mériter les
» fuffrages de nos concitoyens. Nous nous démettons
» donc, meffieurs, entre vos mains, de la fuite de
» cette grande affaire, & vous prions de nommer
» un tribunal chargé de la fuivre & de la terminer ».

La vue de cette énorme procédure excita deux
mouvemens bien opposés dans l'affemblée. Les ariftocrates triompherent; les gens fages, qui ignoroient
les intrigues diverfes que l'on faifoit jouer, parurent
étonnés; les orleaniftes & les jacobins ne purent cacher leur rage. Le nom des deux députés défignés
n'étoit point un myftere; on nommoit le comte de
Mirabeau & le duc d'Orleans. Le comte de Mirabeau
monte à la tribune, & étouffant avec peine la fureur
qui l'agite fous un fang-froid apparent : — Notre
marche, meffieurs, eft tracée, les principes font
confacrés, l'affemblée nationale n'eft ni accufateur
ni juge. Une feule chofe la concerne; c'eft de connoître les charges qui, après dix mois, conduifent
à inculper deux de fes membres. Tel eft l'efprit de
la loi de notre inviolabilité. L'affemblée nationale a
voulu qu'aucun de fes membres ne fût mis en caufe,

fans qu'elle eût elle-même jugé s'il y avoit lieu à action & accufation. Je ne fais fous quel rapport on parle de décrets de prife de corps qu'il faudroit tenir fecrets, ni pourquoi on infinue la propofition d'un renvoi à un autre tribunal. Ici Mirabeau abandonnant le calme pénible qu'il s'étoit impofé, & animant fon gefte & fa voix : — Certes, il feroit commode qu'après dix mois d'une procédure fecrete, qu'après avoir employé dix mois à multiplier, à répandre les foupçons, les inquiétudes, les alarmes, les terreurs contre de bons & de mauvais citoyens, le tribunal du Châtelet, dont l'hiftoire fera peut-être néceffaire à la parfaite inftruction de cette affaire, cefsât d'être en caufe & rentrât dans une modefte obfcurité. Je propofe, continue Mirabeau en reprenant un accent plus doux, de décréter que le comité des recherches de l'affemblée nationale, lui fera le rapport des charges qui concernent quelques-uns des repréfentans de la nation, s'il en exifte dans la procédure remife par le Châtelet de Paris fur les événemens des cinq & fix octobre; à l'effet qu'il foit décrété s'il y a lieu à accufation. Voilà le feul décret qui foit réellement dans vos principes.

Il eût été plus fage de laiffer paffer la propofition de Mirabeau; elle étoit conforme au décret d'inviolabilité rendu lors de l'arreftation de monfieur de Lautrect : décret habilement calculé fur les événemens qui devoient fuivre.

C'eſt ici le moment de montrer comment ce décret fut amené, afin de mieux faire ſentir ſa liaiſon
avec l'accuſation dirigée contre Mirabeau & contre
le duc d'Orleans.

Monſieur Lautrect, député de la nobleſſe de Bigorre,
ſe trouvant dans le château d'un de ſes amis, ſitué
à quelques lieues de Touloufe, reçut la viſite de
deux ſoldats de ſon régiment.

La municipalité de Touloufe inquiete de voir ſi
près d'elle un officier général qui avoit de la réputation, & qui de plus étoit membre du côté droit
de l'aſſemblée, leur avoit ordonné de ſonder ce qu'il
étoit venu faire, & quelles pouvoient être ſes intentions. Les deux ſoldats affecterent d'être très-mécontens
du nouvel ordre des choſes, montrerent beaucoup
de zele pour le roi, aſſurerent monſieur de Lautrect
de leur entier dévouement, & ils firent même des
offres perſonnelles de ſervice... Monſieur de Lautrect
les loua de leur zele pour le roi, de leur bonne volonté pour lui, leur donna quelque argent, & les
renvoya. On engagea ces deux ſoldats à accuſer
monſieur de Lautrect d'avoir voulu les ſéduire par
des promeſſes & des offres d'argent... cela dans
le deſſein d'exciter un ſoulévement à Touloufe, d'en
profiter pour faire déclarer cette ville contre l'aſſemblée, &, à l'aide de la nobleſſe du pays, opérer la
contre - révolution dans le midi.

La municipalité de Touloufe envoya un détache-

ment de gardes-nationales arrêter monfieur de Lautrect. On le conduifit dans les prifons de Touloufe,
& on l'interrogea. Lautrect déclara qu'il étoit député.
Cette déclaration n'empêcha point la municipalité
de renvoyer Lautrect en prifon, & de commencer
contre lui une procédure criminelle.

Cette affaire fut portée à l'affemblée. Les révolutionnaires fongerent à en tirer tout le parti que
fembloient indiquer les conjonctures ; foit qu'ils euffent
eux-mêmes fait agir la municipalité de Touloufe,
foit que des propos imprudens de Lautrect euffent
motivé la conduite qu'elle avoit tenue. Ils écouterent,
avec une feinte bonté, les députés nobles qui parlerent
en faveur de Lautrect, & parurent ne pas attacher
une grande importance à la dénonciation des deux
foldats. Ils applaudirent à ce beau mouvement du
vieux d'Ambly, ami & frere d'armes de Lautrect :
— Si l'on me difoit : Lautrect eft à la tête de douze
cents gentilshommes, il fe bat en brave & loyal
chevalier, je le croirois ; c'eft lui. Mais que Lautrect
emploie des fubterfuges, de baffes féductions, fe
cache derriere deux foldats gagnés à prix d'argent,
& machine une trahifon, je n'en crois rien ; ce
n'eft pas lui.

Les révolutionnaires feignirent donc d'être fenfibles
à l'injuftice qu'avoit éprouvée de Lautrect, blâmerent
la municipalité de Touloufe, & ajouterent que, pour
prévenir de pareilles entreprifes, il étoit néceffaire
qu'une

qu'une loi conftitutionnelle protégeât à la venir l'inviolabilité des députés. Les nobles & les évêques ne
fongeoient guere alors à la procédure du Châtelet.
Ils ne voyoient que Lautrect détenu dans les prifons de Touloufe, & s'y ennuyant beaucoup. Ils
embrafferent avec chaleur la propofition des révolutionnaires. Un décret ftatua que nul député accufé
par les tribunaux ne pourroit être arrêté, ni mis
en jugement, avant que l'affemblée, fur le vu des
pieces, eût prononcé s'il y avoit ou s'il n'y avoit
pas lieu à accufation. La municipalité de Touloufe
eut ordre de mettre Lautrect en liberté, & d'envoyer au comité des rapports la procédure qu'elle avoit
commencée. C'étoit ce même décret d'inviolabilité
qu'invoquoit Mirabeau. Ses ennemis auroient dû voir
que les circonftances étoient les mêmes ; que leurs efforts
pour y fuftituer un décret qui remplit mieux leurs
projets de vengeance, ne serviroient qu'à découvrir
leur haine & leur injufte partialité. Mais les chefs
de ce parti raifonnoient rarement ; & plus rarement
encore favoient prendre les mefures propres aux
circonftances.

L'abbé Maury prétendit que l'affemblée, dans les
deux décrets qu'elle avoit rendus fur l'inviolabilité,
s'étoit écartée des vrais principes de l'ordre public ;
que c'étoit en matiere civile, & non lorfqu'il s'a-
giffoit de délits, que les députés, pendant la durée
de leur miffion, ne devoient être foumis à aucune

action capable de porter atteinte à leur liberté; mais
qu'en prononçant dans l'affaire de monfieur Lautrec,
que les membres du corps légiflatif ne pouvoient être
décrétés en matiere criminelle, avant que le corps
légiflatif eût lui - même décidé s'il y avoit ou s'il n'y
avoit pas lieu à accufation, s'étoit s'écarter des véritables principes de l'ordre focial. — Car jamais
l'honorable miffion que le peuple a confié à fes repréfentans, n'a pu les mettre à l'abri des pourfuites
légitimes. Pourquoi voudroient - ils être hors de l'atteinte des lois, dont le glaive eft fufpendu fur la
rête de tous les citoyens ? Quelle face préfenteroit la
France fi, au milieu d'elle, douze cents perfonnes
refufoient de répondre à la loi! D'ailleurs le décret
relatif à monfieur de Lautrec ne pouvoit être regardé comme un décret conftitutionnel; c'étoit un
décret rendu dans une circonftance donnée. Tout
le monde favoit qu'en ce moment il s'agiffoit du
crime de lèfe - nation & de haute trahifon; ce feroit compromettre l'honneur de l'affemblée que de
lui faire prendre, pour deux de fes membres, des
précautions refusées aux autres citoyens.

Péthion s'étonna de l'éclat que l'on donnoit à une
affaire que le public croyoit affoupie, & fur-tout
du moment dans lequel on la réveilloit. Le décret
fur monfieur de Lautrec étoit un décret conftitutionnel, un décret général. — Il n'eft pas un membre
de cette affemblée, reprit Cafalès, qui, gémiffant

fur le fort d'un de fes collegues victime d'une accufation évidemment injufte, ait pensé s'autorifer
d'un décret auquel il a concouru avec empreffe-
ment, pour fouftraire à une loi, les auteurs & les
complices d'un attentat déplorable qui a souillé la
révolution; attentat qui pefe fur la nation Françoife
& qui fera fon éternel deshonneur. Ces derniers
mots exciterent de violens murmures. Oui, continua Cafalès; fi les auteurs d'un forfait abominable,
dont il n'eft pas au pouvoir des hommes d'accorder le pardon, ne font découverts & punis, que
dira la France? que dira l'Europe? L'afyle de nos
rois a été violé, les marches du trône ont été en-
fanglantées, fes défenfeurs égorgés, d'infames affaffins ont mis en péril les jours de la fille de Marie-
Thérefe, de la reine des François... Les François
n'ont point de reine crient avec fureur plufieurs
voix... Oui, reprend Cafalès, de la fille de Ma-
rie-Thérefe, de cette femme dont le nom furvi-
vra à ceux des infames confpirateurs du fix octobre...
Ils étoient députés, ils étoient François, ils étoient
hommes, & ils fe font fouillés de cet attentat! Meffieurs, fi vous adoptez la motion de monfieur de
Mirabeau, fi vous déballez publiquement la procédure, vous verrez difparoître les coupables ou les
preuves; le crime feul reftera... Quel étrange privilege s'arrogeroient les repréfentans de la nation!
La loi frapperoit fur toutes les têtes, & ils s'éleve-

roient au deffus de la loi. C'eft donc au nom de
la juftice votre premier devoir, de l'honneur votre
premier intérêt, de la liberté qui ne fauroit exifter,
fi un feul citoyen n'eft pas foumis à la loi, que je
vous preffe, que je vous conjure de renvoyer cette
procédure au Châtelet, de lui enjoindre de la pourfuivre, & d'y mettre le courage qui doit l'hon-
norer, & le rendre célebre à jamais dans l'hiftoire.

Cafalès ne répondoit point à l'argument tiré de la
parité du décret rendu en faveur de monfieur de
Lautrect, avec celui que réclamoit Mirabeau. Auffi
Chapelier s'attacha-t-il à démontrer l'identité de
ces deux décrets, foutenant avec raifon que les circonftances étoient les mêmes; que monfieur de Lautrect étoit également accufé par la dépofition de
témoins; que la parité des deux affaires, quant à la
forme & à la marche de la procédure, ne pouvoit
fe contefter. Après de longs & violens débats, où
la haine des deux partis éclata d'une maniere fcandaleufe, un décret prononça que le comité des rapports rendroit compte des charges qui concernoient
les repréfentans de la nation impliqués dans la procédure du Châtelet; qu'alors l'affemblée déclareroit
s'il y avoit lieu à accufation.

Tout le monde prévit l'iffue de cet imprudent
procès. La cour reconnut avec quelle légéreté on
l'avoit engagée à le pourfuivre : les miniftres qui à
l'aide de ce moyen avoient cru parer les coups que le

jacobins & les orleaniftes s'apprêtoient à Isur porter, s'apperçurent qu'ils n'avoient fait que hâter l'inftant de leur propre chûte. Cependant pour affoiblir l'impréffion défavorable que pouvoit produire dans le peuple la procédure du Châtelet, & fur - tout le refus des pieces néceffaires à fon complément, une députation du comité des recherches de la ville de Paris, vint exprimer à l'affemblée fes fentimens fur les journées des cinq & fix octobre. — Le feul coupable, dans cette affaire, dit Briffot, c'eft le Châtelet. L'hiftorique de la procédure le prouve. . . , Quelques mois après la dénonciation du procureur de la commune, le Châtelet follicita le comité des recherches de lui préfenter une férie de faits additionnels.

Le comité regardoit ces faits plutôt comme dignes d'éloges que dignes d'une pourfuite criminelle. Bientôt le bruit fe répandit que le Châtelet n'étoit qu'un inftrument de parti ; qu'il faifoit le procès à la révolution & au peuple de Paris. La majorité des diftricts s'éleva contre le Châtelet. Alors lé comité des recherches déclara qu'il n'avoit jamais dénoncé ni entendu dénoncer d'autres faits que ceux qui s'étoient paffés le matin du fix octobre au château de Verfailles. Nous n'avons , ajouta Briffot, aucune piece qui y foit relative , il ne nous refte que des déclarations infignifiantes que nous aurions livrées au Châtelet s'il nous les avoit fpécifiées.

Cet éclairciffement, quoique très - inexact , acheva

N 3

de perdre le Châtelet dans l'opinion publique. Les
révolutionnaires crierent que ce tribunal étoit vendu
à la cour ; qu'il étoit l'agent des ennemis de la révolution. Le peuple qui ne lui pardonnoit pas
d'avoir abfous Befinval, Augeard, Barentin ; le nomma, par mépris, la grande buanderie de la reine.

Il exiftoit une fciffion fourde dans la majorité de
l'affemblée ; fciffion qu'entretenoit les jaloufies & les
prétentions des deux clubs qui préparoient les décrets, le club des jacobins & le club de 1789. Le
club des jacobins devoit fon origine à quelques députés Bretons qui, lorfque les états - généraux étoient
à Verfailles, fe raffembloient tous les jours afin de
prendre une délibération uniforme, & d'agir felon
les circonftances. Cette affociation devint bientôt plus
nombreufe. Tous ceux qui tenoient au parti démocratique fe joignirent aux députés Bretons. Là, on
décidoit la nomination des préfidens & des fecré-
taires, on donnoit l'exclufion aux députés qui n'é-
toient pas dans les principes, on préparoit les décrets, on convenoit des intrigues à fuivre, des correfpondances à entretenir. L'affemblée s'étant rendue
à Paris ; le club Breton loua une falle aux jacobins
de la rue Saint-Honoré, & continua de s'affembler fous
le nom de club des amis de la conftitution. Le club
Breton jufqu'alors n'avoit été compofé que de députés, on y admit des membres de la commune
& des diftricts. Les révolutionnaires fentant le grand

avantage qu'ils pouvoient tirer de cet établissement
pour dominer à-la-fois Paris, l'assemblée, & pour
étendre leur influance sur les provinces, ne se bornerent pas à quelques membres des autorités constituées ; ils reçurent tous ceux qui se présenterent ,
n'exigeant d'autre titre qu'une soumission aveugle à
la volonté des chefs , & un entier dévouement aux
principes révolutionnaires. Le nouveau club compta
bientôt plus de douze cents membres, parmi lesquels plusieurs journalistes, tous les agens de la faction
d'orléans , & une foule d'étrangers chassés de leur
patrie , gens sans moralité , pour qui les révolutions
sont un patrimoine.

Le club des jacobins, imitant les nations trop po-
puleuses de l'antiquité, envoya des colonies dans les
principales villes du royaume & forma à Paris des
affiliations. . . Les deux Lameth & Barnave gou-
vernoient le club des jacobins. Robespierre, Péthion ,
Antoine, Salle, Dumets, tous chefs de bande, mais
réunis aux mêmes intérêts, & agissant de concert ,
souffroient impatiemment le joug impérieux des Lameth, jalousoient la popularité de Barnave, épioient
l'occasion de la lui enlever.

Le club de quatre-vingt-neuf, ainsi nommé
de l'année de sa fondation, étoit composé des députés qui vouloient une constitution monarchique
mixte, telle à-peu-près que celle que proposoit le
comité de constitution de l'assemblée. Leurs efforts

N 4

ne tendoient qu'à l'établissement de cette constitution; qu'à la garantir des entreprises de la cour, des attaques des nobles & des prêtres. Ils espéroient que Louis XVI né sans ambition, content des avantages que lui réservoit le nouveau gouvernement, habitué à n'avoir que l'ombre de la royauté, à être mené par la reine & par ses ministres, se réuniroit à eux & adopteroit, de bonne foi, la constitution. Cet espoir étoit fondé sur le caractere connu de Louis XVI : aussi les clubistes de quatre - vingt - neuf n'atribuoient - ils point à ce prince, les obstacles qu'ils éprouvoient; & ils avoient raison. Louis XVI abandonné à lui - même se feroit soumis aux circonstances. Ce sentiment quoique commun à la plus grande partie des membres du club de quatre - vingt - neuf, n'étoit pas toutefois général. Quelques - uns auroient préféré la république; mais la crainte que la chûte de Louis XVI, au lieu d'une république, n'amenât l'anarchie ou le duc d'Orleans, les tenoit attachés à la monarchie constitutionnelle.

Lafayette, Bailli, Rhœderer, Dupont de Nemours, Chapelier, le duc de la Rochefoucault, Siyès, chefs du club de quatre - vingt - neuf, étoient originairement membres du club des jacobins. Fatigués du bruyant des séances, de la déraison des orateurs, de la nécessité d'obtenir & de captiver la faveur populaire, nécessité qui force l'honnête homme de dissimuler sa pensée & s'il veut commander, d'obéir d'abord

à tous les caprices d'une multitude ignorante & groffiere, ils cefferent peu à peu d'affifter aux séances
des jacobins, & vinrent s'étaler pompeufement au
Palais - Royal dans un appartement fuperbe, & avec
tout le fracas propre à attirer & à frapper la multitude.

Le club de quatre - vingt - neuf eut auffi lui un
grand nombre d'auxiliaires, des philofophes des aca-
démiciens, des financiers, des capitaliftes, des hommes
de lettres, Condorcet, Marmontel, Chamfort, Cla-
vieres, Durovray ; il comptoit parmis fes membres
les principaux meneurs des comités & les hommes les
plus marquans de la majorité de l'affemblée. . . On y
difcutoit, ainfi qu'aux jacobins, des matieres politiques ;
mais on les difcutoit avec décence : de plus on y donnoit d'excellens dîners ; on y lifoit les papiers publics. . .
Au refte on y ambitionnoit tout comme aux jacobins la
faveur populaire, & l'on y employoit, pour l'obtenir,
tout comme aux jacobins, les adreffes & les députations :
car on cherchoit auffi à tromper le peuple, à lui perfuader que l'on étoit uniquement occupé de l'amour
du bien public ; lorfque l'on n'étoit animé réellement
que d'un efprit d'intérêt & de dénomination. Les vainqueurs de la Baftille venoient - ils féliciter les jacobins de
leur énergie ? Les dames de la Halle arrivoient au même
moment au club de quatre - vingt - neuf, adreffoient
un beau compliment au génie de monfieur Bailli ;
elles n'oublioient pas le bon général Lafayette, le

grand Mirabeau qui difoit de fi belles chofes à l'affemblée, ni monfieur Chapelier qui fans ceffer d'être
bon Breton étoit devenu bon Parifien.

Le comte de Mirabeau haï, mais craint & re-
cherché des chefs des deux clubs, faifoit pencher
la balance pour l'un ou pour l'autre felon qu'il fe
réuniffoit aux jacobins ou aux quatre-vingt-neuf.
Il ne poffédoit la confiance d'aucun des chefs; mais
ils l'employoient à faire paffer leurs délibérations
fecretes : car les jacobins & les quatre-vingt-neuf
avoient un comité dans lequel fe difcutoient & s'arrêtoient les différens projets relatifs à la révolution,
avant qu'on les portât à l'affemblée générale du club,
& qu'on les fournît ainfi à l'opinion publique.

Les jacobins & les quatre-vingt-neuf, quoique ennemis irréconciliables, fe réuniffoient cependant dès
qu'il s'agiffoit d'attaquer la nobleffe, le clergé ou
l'autorité royale. Ils fe réuniffoient encore lorfqu'il
falloit obtenir quelque décret populaire. Ils avoient
un égal befoin d'une grande popularité. Il arrivoit
fouvent que les jacobins propofoient une loi bien
folle, bien contraire à l'utilité générale; mais dont
les avantages, prônés d'avance par les journaliftes
de leur parti, étoient devenus parmi le peuple opinion
dominante; & cela dans l'efpoir que les clubiftes de
quatre-vingt-neuf combattroient la loi propofée, &
que la réfiftance qu'ils y oppoferoient leur feroit perdre leur popularité. Il en arrivoit tout autrement. Les

chefs du club de quatre-vingt-neuf, inftruits des vues fecretes des jacobins, auffi indifférens qu'eux au bien public, facrifiant ainfi qu'eux fans remords à leur ambition
particuliere, quoiqu'entiérement perfuadés que la loi
proposée étoit nuifible, loin de la combattre, en-
chériffoient encore de popularité fur les jacobins par
des amendemens plus accommodés aux defirs de la
multitude. Lafayette qui fentoit le tort que lui faifoit cette divifion en partageant entre lui & les Lameth la faveur populaire, tenta quelques moyens de
rapprochemens entre les deux clubs : mais il exigeoit,
pour prix de fa médiation, que les jacobins fe réuniffent à lui dans toutes les motions qu'il préfenteroit à l'affemblée, & s'engageaffent à les faire
paffer. Les Lameth & Barnave n'eurent garde de
confentir à un arrangement qui leur eût ôté toute
leur prépondérance au club & à l'affemblée, & les
eût mis dans la dépendance de Lafayette.

Il n'y avoit donc à l'affemblée nationale qu'à-
peu-près trois cents membres véritablement hommes
probes, exempts d'efprit de parti, étrangers à l'un & à
l'autre club, voulant le bien, le voulant pour lui-même,
indépendamment d'intérêt d'ordres, de corps, toujours prêts à embraffer la propofition la plus jufte
& la plus utile, n'importe de qui elle vînt & par
qui elle fût appuyée. Ce font ces hommes dignes
de l'honorable fonction à laquelle ils avoient été
appellés, qui ont fait le peu de bonnes lois forties

de l'assemblée constituante; ce sont eux qui ont empêché tout le mal qu'elle n'a pas fait. Adoptant toujours ce qui étoit bon, éloignant toujours ce qui étoit mauvais, ils ont souvent donné la majorité à des délibérations qui, sans eux, eussent été rejetées par un esprit de faction : ils ont souvent repoussé des motions qui, sans eux, eussent été adoptées par un esprit d'intérêt.

Je ne saurois m'empêcher à ce sujet de remarquer la conduite impolitique des nobles & des évêques. Comme ils ne tendoient qu'à dissoudre l'assemblée, qu'à jeter la défaveur sur ses opérations, loin de s'opposer aux mauvais décrets, ils étoient d'une indifférence à cet égard que l'on ne sauroit concevoir. Ils sortoient de la salle lorsque le président posoit la question, invitant les députés de leur parti à les suivre; ou bien s'ils demeuroient, ils leur crioient de ne point délibérer. Les clubistes, par cet abandon, devenus la majorité de l'assemblée, décrétoient tout ce qu'ils vouloient. Les évêques & les nobles, croyant fermement que le nouvel ordre de choses ne subsisteroit pas, hâtoient avec une sorte d'impatience dans l'espoir d'en avancer la chûte, & la ruine de la monarchie, & leur propre ruine. A cette conduite insensée, ils joignoient une insouciance insultante, & pour l'assemblée, & pour le peuple qui assistoit aux séances. Ils n'écoutoient point, rioient, parloient haut, confirmant ainsi le peuple dans l'opinion peu favorable qu'il avoit conçue d'eux ; & au lieu de travailler à regagner fa confiance & fon eftime, ils ne travailloient qu'à acquérir fa haine & fon mépris. Toutes ces fottifes venoient de ce que les évêques & les nobles ne pouvoient fe perfuader que la révolution étoit faite depuis long-temps dans l'opinion & dans le cœur de tous les François. Ils s'imaginoient, à l'aide de ces foibles digues, contenir un torrent qui grof-fiffoit chaque jour. Ils ne faifoient qu'amonceler fes eaux, qu'occafionner plus de ravages s'entêtant avec opiniâtreté à l'ancien régime, bafe de toutes leurs actions, de toutes leurs oppofitions ; mais dont per-fonne ne vouloit. Ils forçoient, par cette obftination mal-adroite, les révolutionnaires à étendre leur fyftême de révolution au delà même du but qu'ils s'étoient propofé. Les nobles & les évêques crioient alors à l'injuftice, à la tyrannie. Ils parloient de l'ancienneté & de la légimité de leurs droits à des hommes qui avoient fapé la bafe de tous les droits. — *Vos décrets fur les titulaires actuels des bénéfices font injuftes*, difoit dans l'amertume de fon cœur un ecclé-fiaftique à Dionis du Séjour, confeiller au parlement de Paris & député révolutionnaire. — *Eh ! qui vous dit qu'ils foient juftes*, répondit froidement Dionis du Séjour ?

Les conftitutionnels (c'eft ainfi que je nommerai dorénavant les clubiftes de quatre-vingt-neuf) croyant avoir rallié par le ferment fédératif, Louis XVI &

les François à la constitution, voulurent arrêter le
mouvement du peuple & mettre le frein de la loi
à cette prétendue liberté qui n'étoit qu'une odieuse
licence. Les désordres & l'anarchie des provinces,
l'insurrection & l'indiscipline des troupes, avertis-
soient les constitutionnels que l'ordre social étoit menacé d'une entiere dissolution, qu'il seroient bientôt
eux - mêmes entraînés dans l'abyme avec leurs projets
ambitieux & leurs espérances coupables. Mais les jacobins avoient aussi eux, un but qu'ils vouloient atteindre,
& continuoient d'agiter le peuple, assurant qu'il étoit
nécessaire de raviver l'esprit public, de soutenir l'o-
pinion presqu'entiérement changée par les intrigues
des malveillans. Les journalistes jacobins inondoient
Paris & la France d'écrits incendiaires. Ils parloient
sans cesse de complots, d'aristocrates, de ligues des
puissances étrangeres, d'invasions sur le territoire
François. Ils semoient dans l'esprit du peuple des
défiances sur le roi, sur la reine, sur les ministres.
Malouet, Clermont - Tonnerre, Virieu & quelques
constitutionnels, tenterent d'arrêter ce débordement
de calomnies & d'atrocités : leurs efforts furent
inutiles. Alors, ne pouvant opposer la loi à la licence,
on opposa libelles à libelles. Les journalistes se partagerent. Jacobins, aristocrates, constitutionnels, eurent leurs écrivains. On vit un tas d'hommes sans
merite, sans connoissances, couverts d'opprobres,
vendus à des factions désorganisatrices, prôneurs

effrontés des fcélérats qui les payoient, fe créet
une dictature à laquelle ils foumirent le roi, l'affemblée, chaque député, chaque citoyen. Il ne
refta plus à l'homme probe qu'à s'envelopper la
tête de fon manteau, & à recevoir, en filence,
les coups empoifonnés de ces plumes vénales. Ca-
mille-des-Moulins, Briffot, Gorfas, Carra, Marat
& d'autres, s'il eft poffible, plus vils encore, étoient
les agens d'un comité d'infurrection que dirigeoient
les chefs des jacobins & des orleaniftes. Vouloient-ils
une émeute, on repandoit des motions vagues d'affaffinat, & à l'aide de cinq ou fix affidés qui fe dif-
perfoient fans affectation parmi le peuple, on formoit des raffemblemens d'une foule d'hommes oi-
fifs & crédules, auxquels venoient fe joindre les
fatellites du parti... Là, par des calomnies, par des
récits infideles, par l'intervention de quelque per-
fonnage illuftre que l'on nommoit, on féduifoit aifément une populace ignorante que les écrits meur-
triers des journaliftes avoient rendue féroce. On lui
confeilloit le pillage & l'affaffinat, comme le moyen
d'arrêter les complots de fes ennemis... Tandis que
les uns échauffoient les efprits; les diftributeurs d'argent fe promenoient au milieu des groupes. Ren-
controient-ils un vifage frappé d'une empreinte de
fcéléreteffe, ils fondoient l'homme en lui demandant: êtes-vous fûr. S'il répondoit: *un homme fûr*,
le diftributeur donnoit douze francs; c'étoit un en-

gagement de fuivre l'impulfion des chefs de l'émeute.
S'agiffoit-il de raffembler les bandes éparfes ; on
annonçoit quelque temps d'avance, qu'un tel jour
il y auroit à Paris, ou dans une autre ville qu'on
nommoit, un grand défordre, des affaffinats un
pillage important précédé d'une diftribution ma-
nuelle aux gens fûrs & aux chefs fubalternes. Les vagabonds, les braconniers, les échappés des galères,
accouroient de trente à quarante lieues, à la ville
défignée. C'eft ainfi que les jacobins & les orleaniftes étoient parvenus à lever une armée nombreufe
& redoutable de malfaiteurs, fans autre paye qu'un
peu d'argent diftribué de loin en loin, l'efpoir du
pillage & l'impunité du crime.

Les révolutionnaires ennuyés de Necker, lui donnoient tous les jours de ces défagrémens qui invitent
un miniftre fage à prévenir un renvoi honteux
& à faire une retraite prudente. Necker, entretenu
dans l'agréable penfée que le falut de la France & la
tranquillité de l'europe repofoient fur fon exiftence
minifterielle, batailloit contre le comité des finances.
Peut-être qu'effrayé de l'abyme dans laquelle il
avoit plongé le monarque, il fe flattoit encore de
diriger les événemens : mais Necker femblable à
tous les charlatans dont la réputation eft le fruit
de l'intrigue, connu & apprécié, n'avoit recueilli de fes travaux que la haine des uns, le
mépris des autres & l'indifférence de la multitude...

On

On vouloit s'en débarraffer. Le vindicatif Camus l'accufa de faire paffer de l'argent à monfieur le comte d'Artois. Necker répondit à cette accufation par une longue lettre. —— Il s'y plaignoit des affer-tions calomnieufes répandues dans d'infames libelles, dont, jufqu'à ces derniers temps, il avoit ignoré l'horrible puiffance. Il affuroit qu'il étoit le plus ancien & le plus fidele ami du peuple; que chaque jour davantage péniblement attrifté, voyant par le cours des délibérations qu'il étoit inutile à la chofe publique, que fes forces s'affoibliffoient fous le travail, les in-quiétudes, les épreuves de tout genre, il afpiroit à trouver le repos, & à s'éloigner pour toujours du monde & des affaires; qu'il defiroit connoître promp-tement fi d'aucune part on avoit des reproches à lui faire, certain qu'il étoit de ne s'être jamais diftrait un moment du bien public & de la rigide obfervation de fes devoirs; qu'il ne craignoit point d'être appellé à toutes les preuves que les repréfentans de la nation jugeroient néceffaires.

Les proteftations de Necker ne lui rendirent point fa popularité. Une foi perdue, elle ne fe recouvre plus; & puis, difoit-on, eft-ce à Necker à fe plaindre des libelles & du changement de l'opinion publique? N'eft-ce pas Necker qui le premier en a appellé à cette même opinion publique? qui le premier a employé fes gagiftes à la féduire? Comment ofe-t-il reprocher aux révolutionnaires de fe fervir, pour

Tome II.   O

l'éloigner du miniftere, des mêmes moyens dont il s'eft fervi pour éloigner Calonne, Brienne, Lamoignon; pour faire admettre la double repréfentation du tiers, pour forcer Louis XVI à le rappeller le quatorze juillet.

L'état des finances devenoit de jour en jour plus alarmant; les impôts ne fe payoient point; le déficit augmentoit dans une progreffion effrayante; il falloit de grands & de prompts moyens de fubvenir aux dépenfes & de ramener le crédit public. Le comité des finances propofa de rembourfer la dette publique en créant dix-neuf cent millions d'affignats-monnoie. Necker faifit cette occafion de fe venger de Camus & du comité des finances. Il adreffa un long mémoire à l'affemblée. — Il croyoit, difoit-il, remplir un devoir envers l'état, envers l'affemblée elle-même, en fe preffant de déclarer qu'il n'avoit donné aucun affentiment au plan du comité; qu'il le regardoit comme infiniment dangereux; qu'ignorant les différentes propofitions que l'on avoit faites, il n'avoit d'autre but, en ce moment, que d'oppofer une premiere réfiftance à celle de ces propofitions qui le frappoit le plus & lui paroiffoit la plus défaftreufe; mais qu'il n'en connoiffoit aucune qui ne fût préférable à un genre de reffource qui féduiroit peut-être par fa fimplicité, fi cette fimplicité n'étoit pas le renverfement violent de tous les obftacles.

L'Assemblée écouta le mémoire de Necker avec une impatience marquée. Elle ne daigna pas même le renvoyer à son comité des finances. Cependant Necker avoit raison : ce n'étoit pas tant d'après l'effet salutaire du moment que l'on devoit juger les assignats, que d'après l'effet qu'ils auroient nécessairement dans la suite de la révolution. Le système des emprunts inventé par Necker, en donnant au roi & aux ministres la facilité de fournir aux folles dépenses de la cour, avoit causé un déficit considérable. Quelle conséquence plus desastreuse n'auroit pas un papier-monnoie que l'on pouvoit augmenter à volonté, surtout lorsqu'il falloit, pour réussir dans ses projets, contenter toutes les ambitions, assouvir toutes les cupidités ; qu'au lieu d'un petit nombre d'hommes de la cour qui se partageoient les reliefs des revenus publics, on appelloit tous les escrocs, tous les agioteurs, tous les hommes perdus de dettes, à un pillage systématique de la France. Mais les révolutionnaires se regardoient en état de guerre avec l'ancien gouvernement, & s'occupoient moins des inconvéniens de la chose que de l'immensité des ressources qu'elles leur fournissoit ; s'appercevant que ni les humiliations, ni l'ennui le moins déguisé, ne pouvoient déterminer Necker à quitter sa place, ils eurent recours à une émeute. Quelques jacobins, renforcés d'hommes de la populace, se portèrent autour de l'assemblée & demandèrent à grands cris le renvoi des miniſtres... Une autre troupe courut inveſtir les hôtels du vicomte de Latour-du-Pin & du comte de Saint-Prieſt. Lafayette qui ſuivoit de l'œil ce mouvement, envoya en hâte, à huit heures du ſoir, avertir Necker du danger qui le menaçoit, & l'exhorta à quitter ſon hôtel. Necker partit ſur-le-champ & ſe rendit à ſa maiſon de Stouen. Cette arrivée nocturne & inattendue excita quelque émotion dans le village. Necker ne ſe croyant pas en ſûreté jugea prudent de s'éloigner davantage. Il ſortit à pied, erra juſqu'au matin dans la vallée de Montmorency. Cet événement le décida. N'ayant point la fermeté de faire tête à l'orage, il écrivit au préſident de l'aſſemblée —— que ſa ſanté étoit depuis long-temps affoiblie par une ſuite continuelle de travaux, de peines & d'inquiétudes; qu'il différoit pourtant, d'un jour à l'autre, d'exécuter le plan qu'il avoit formé de profiter des reſtes de la belle ſaiſon & de ſe rendre aux eaux dont on lui avoit donné le conſeil abſolu; que n'écoutant que ſon zele & ſon dévouement, empreſſé de déférer au vœu que lui avoit témoigné l'aſſemblée, il commençoit à ſe livrer à un travail extraordinaire ſur l'état des finances; qu'un nouveau retour qu'il venoit d'éprouver des maux qui l'avoient mis en grand danger cet hiver, & les inquiétudes mortelles d'une femme auſſi vertueuſe que chere à ſon cœur, le décidoient à ne point tarder de ſuivre ſon plan de retraite en allant retrouver l'afyle qu'il avoit quitté pour fe rendre aux ordres de l'affemblée ; qu'elle approcheroit, à cette époque, du terme de fa feffion, & qu'il feroit hors d'état d'entreprendre une nouvelle carriere. Necker, après cet hommage à fon éternel orgueil & au befoin, toujours nouveau, de parler de lui, —— ajoutoit qu'il avoit remis, le vingt-un juillet, le compte de recette & de la dépenfe du tréfor public depuis le premier mai 1789 jufqu'au premier mai 1790 ; que l'affemblée avoit chargé fon comité des finances d'examiner ce compte ; qu'à la vérité cet examen n'étoit pas fini, mais qu'il laiffoit en garantie de fon adminiftration, fa maifon de Paris & fes fonds au tréfor public confiftant en deux millions quatre cent mille livres ; qu'il demandoit à retirer de cette fomme, quatre cent mille livres dont l'état de fes affaires lui rendoit la difpofition néceffaire ; que les inimitiés, les injuftices qu'il avoit éprouvées, lui donnoient l'idée de la garantie qu'il venoit d'offrir : mais quand il rapprochoit cette penfée de fa conduite dans l'adminiftration des finances, il lui étoit permis de la réunir aux fingularités qui avoient accompagné fa vie ; qu'au refte, fon état de fouffrance, en ce moment, l'empêchoit de mêler à cette lettre les fentimens divers qu'en cette circonftance il eût eu le defir & le befoin de répandre.

L'affemblée reçut l'annonce du départ de Necker avec la plus humiliante indifférence. Il put juger,

O 3

dans son voyage, du peu de fonds que l'on doit faire
sur le peuple. Cet homme qui, quelques mois auparavant, avoit traversé la France en triomphateur,
fut par-tout traité en fugitif qui se dérobe à une
responsabilité qu'il appréhende. La municipalité d'Arcis-sur-Aube le fit arrêter à son passage dans
cette ville, & manda ensuite à l'assemblée que le
peuple, pénétré du grand principe de la responsabilité des ministres, attendoit ses ordres sur la conduite qu'il devoit tenir à l'égard de Necker. Plusieurs députés proposerent de remercier la municipalité d'Arcis-sur-Aube de sa vigilance. Un nommé
Montpassan demanda que l'on défendît au ministre
Necker de sortir du royaume. Enfin des hommes plus charitables obtinrent que l'on ordonneroit
à la municipalité d'Arcis-sur-Aube, de remettre
Necker en liberté ; que l'on accompagneroit cet ordre d'une lettre propre à lui servir de passe-port
& à assurer son voyage. —— Je consens à la lettre,
reprit, d'un ton d'humeur, le rancunier Camus ;
mais que l'on se garde bien de complimenter l'ancien ministre sur son administration. Ainsi disparut
à jamais cet homme né pour le malheur de la
France ; s'il ne fut pas un traître, il fut la dupe
de la faction orleanique. Rongé d'ambition, bouffi
d'orgueil, enivré du fade encens de ses gagistes,
il se crut un vaste génie. Il voulut tout conduire,
tout gouverner ; mais n'ayant aucun véritable ta-

lent , il fut toujours hors de temps , des lieux, des circonftances ; &, pour me fervir de l'expreffion d'un homme d'efprit, *portant un moulin à eau fur fes épaules, il s'occupoit fans ceffe à regarder d'où venoit le vent.* Heureux fi , capable de remords , il expie dans un long & fructueux repentir, les maux affreux qu'il a accumulés fur un peuple qui lui avoit confié fes plus chers intérêts, & fur un monarque aimant le bien, qu'il a égaré & féduit par fes menfongeres promeffes.

Le comte de Saint - Prieft & les autres miniftres, malgré la défaveur que leur montroient les révolutionnaires , perfifterent à garder leurs places. Le départ de Necker étoit, pour le garde - des - fceaux Champion & pour le miniftre Saint-Prieft, un nouveau motif de refter. Ils efpéroient fe rendre les maîtres du confeil ; comptant toujours fur une prompte contre-révolution , ils vouloient fe trouver là tout établis afin d'en recueillir les premiers fruits: un événement, que chaque parti attribua au parti adverfe , vint augmenter la haine du peuple contre les miniftres.

La même fciffion & la même diverfité d'intérêt qui exiftoient entre les claffes privilégiées & les communes, exiftoient dans l'armée entre les foldats & les officiers. Les officiers, prefque tous nobles, profeffoient hautement les principes les plus contraires à la révolution. Les foldats, tous membres des

communes, avoient fuivi l'impulfion générale. Ils
demandoient, auffi eux, qu'on établît une égalité
de droits ; que l'on écoutât leurs réclamations, la plû-
part fondées. Ils reprochoient aux états - majors de
s'approprier, par des marchés frauduleux, une
partie de leur foible folde, de ne rendre aucun
compte des maffes, de chaffer, avec des carthou-
ches infamantes, les foldats les plus patriotes ; c'eft
ainfi que l'on appelloit les plus turbulens & les plus
infubordonnés. Ils ajoutoient que le miniftre fachant
que la future organifation de l'armée alloit lui enlever la nomination des places, s'empreffoit de les
remplir, & en fermoit ainfi l'entrée à ceux que les
nouvelles lois y appelloient.

Ces murmures hafardés d'abord fourdement, bientôt publics par la protection ouverte des clubs, ame-
nerent une infurrection générale. Il s'établit dans
chaque régiment un comité composé des foldats les plus
révolutionnaires. Ces comités devinrent un foyer très-
actif d'indifcipline & de révolte. On y délibéroit
des pétitions ; le cabinet du miniftre de la guerre
étoit rempli de foldats qui venoient lui intimer
fiérement la volonté de leurs commettans. Les foldats,
fous prétexte de fe faire rendre compte des maffes,
s'emparerent des caiffes militaires, fe les partagerent,
&, lorfqu'ils n'y trouverent pas l'argent qu'ils prétendirent leur être dû, ils forcerent leurs officiers de
foufcrire des engagemens de fommes qu'ils fixerent

d'une maniere arbitraire. L'affemblée inftruite de ces défordres, rendit les décrets qu'elle jugea propres à les appaifer : mais les clubiftes qui craignoient l'armée, & qui ne voyoient de sûreté que dans fon entiere déforganifation, empêcherent l'exécution de ces décrets. L'efprit d'indifcipline & de révolte s'accrut de plus en plus. Un décret de l'affemblée prefcrivoit un mode de compte des maffes. Le régiment du roi, l'un des plus travaillés, parce qu'il étoit un de ceux que les jacobins redoutoient le plus, prétendit que les difpofitions de ce décret ne pouvoient lui être appliquées. Il députa huit membres de fon comité, qu'il chargea d'accufer le miniftre de la guerre & de fe concerter avec les jacobins. Le miniftre fit arrêter les huit députés à leur arrivée à Paris. Les jacobins crierent à la lettre de cachet, à la violation des droits de l'homme : ils exciterent la populace contre le miniftre. L'affemblée fans paroître défapprouver fa conduite, craignant que la nouvelle de cette arreftation n'occafionât un mouvement dangereux, fit transférer aux Invalides les huit foldats du régiment du roi. Elle envoya à Nanci un aide-de-camp de Lafayette, afin de prévenir les faux bruits que les jacobins ne manqueroient pas de répandre fur la maniere dont les chofes s'étoient paffées. Un nouvel incident rendit cette précaution néceffaire. Le roi avoit chargé Malfeigne, ancien commandant des carabiniers, de régler les comptes des trois régimens

qui compofoient la garnifon de Nanci. Soit que
Malfeigne, dur & impérieux, n'apportât pas à cette
opération la douceur & la modération qu'exigeoient
les circonftances, foit que des émiffaires fecrets agiffent
fur les foldats, il s'éleva des difficultés dans les comptes
du régiment fuiffe de Château - Vieux. Malfeigne refufa d'accorder une demande qui lui parut injufte.
Ce refus irrita les foldats de Château-Vieux. Malfeigne
leur reprocha, en termes très - forts, leur infubordi-
nation. Ils répondirent qu'il leur falloit de l'argent,
& qu'ils vouloient de l'argent. Quelques - uns des
plus mutins propoferent de retenir Malfeigne en otage
jufqu'à ce qu'on leur eût rendu juftice. Malfeigne,
voulant prévenir le réfultat d'une délibération qui
alloit dégénérer dans une révolte ouverte, s'avança
vers la grille qui fermoit le quartier. Quatre grenadiers fuiffes la gardoient : ils lui préfenterent leurs
baïonnettes, & refuferent de le laiffer fortir. Malfeigne
mit l'épée à la main, & ordonna aux quatre grenadiers de fe retirer. Loin d'obéir, ils menacerent
Malfeigne, &, joignant l'effet aux menaces, l'attaquerent tous les quatre à - la - fois. Malfeigne para
les coups qu'on lui portoit, bleffa deux grenadiers.
Son épée s'étant brifée dans fes mains, il faifit celle
du prévôt général, &, fe faifant jour à travers cette
foldatefque, il fe rendit chez monfieur de Noue,
commandant de Nanci.

La fermentation fut extrême dans toute la ville. Le

régiment du roi & celui de Meftre-de-Camp prirent les armes. La populace fe joignit à eux; tous fe préparerent à marcher au gouvernement. Les difpofitions des révoltés n'étoient pas douteufes. Ils s'emportoient avec fureur contre Malfeigne. On l'avertit que fa vie étoit menacée; qu'il falloit, fans perdre de temps, quitter Nanci. Malfeigne fortit fous l'efcorte de quelques officiers & prit le chemin de Luneville. Dès que l'on eût appris l'évafion de Malfeigne, cent cavaliers de Meftre-de-Camp monterent à cheval & coururent à fa pourfuite. Malfeigne l'avoit prévu. Arrivé à Luneville, il fit monter à cheval un fort détachement de carabiniers, l'envoya fur la route de Nanci avec ordre d'empêcher le détachement de Meftre-de-Camp de venir jufqu'à Luneville... Il s'engagea un léger combat entre les deux détachemens. Neuf cavaliers de Meftre-de-Camp furent tués; le refte fut fait prifonnier. Cependant quelques fuyards vinrent annoncer la défaite du détachement envoyé à la pourfuite de Malfeigne. La garnifon courut aux armes. Elle s'affura d'abord de monfieur de Noue, commandant de la place, & de tous les officiers, & marcha à Luneville réfolue d'attaquer les carabiniers & d'avoir Malfeigne mort ou vif. La garnifon de Nanci trouva les carabiniers rangés en bataille fur la place d'armes de Luneville; on s'envoya des députés de part & d'autre. Les officiers n'étoient pour rien dans ces pourparlers; tout fe traitoit immédia-

tement entre les soldats de la garnison de Nanci &
les carabiniers. Le résultat de ces conférences fut
que les carabiniers consentirent à livrer Malseigne
& se chargerent même de le conduire à Nanci.

L'état de révolte où étoient les trois régimens
exigeoit de prompts remedes. L'assemblée arrêta que
le roi prendroit les mesures les plus efficaces pour
rétablir l'ordre à Nanci, & pour assurer l'entiere
exécution de ses décrets. Le roi nomma Bouillé
général de la petite armée que l'on destinoit à soumettre les trois régimens rebelles. Bouillé commandoit
à Metz : il assembla les troupes nécessaires à son
expédition & se mit en marche. L'approche de Bouillé
à la tête d'un corps de troupes considérable alarma
les trois régimens. Ils lui députerent quelques soldats
qu'ils chargerent de faire des propositions de paix.
Bouillé répondit qu'il ne traitoit point avec des rebelles aux décrets de l'assemblée & aux ordres du
roi ; que si dans deux heures monsieur de Malseigne
& monsieur de Noue ne leur étoient pas rendus, &
que les trois régimens ne fussent pas hors de la
ville reposés sur les armes, il exécuteroit le décret de
l'assemblée. Cette réponse consterna les corps administra-
tifs de Nanci : ils appréhendoient, avec raison, les suites
fâcheuses qu'entraîneroit la résistance des trois régimens : ils leur firent les plus vives instances pour les
engager à se soumettre. Mais les trois régimens répondirent qu'ils étoient décidés à se défendre. Ils

comptoient fur l'effet de plufieurs lettres circulaires adreffées aux foldats de Bouillé; lettres très-propres, par les maximes anarchiques qu'elles contenoient, à infurger fon armée. Auffi fe ventoient-ils hautement qu'une heure de temps fuffiroit pour la diffoudre. Cette manœuvre n'eut pas le fuccès qu'en attendoit la garnifon de Nanci. Les foldats de Bouillé, fourds aux infinuations perfides des émiffaires chargés de les corrompre, reprocherent aux foldats de la garnifon qu'ils étoient des traîtres, des rebelles, & demanderent à grands cris qu'on les menât au combat. L'armée continua fa marche. Bouillé reçut de nouveaux députés; il leur fit la même réponfe qu'il avoit faite aux premiers : il exigea de plus qu'on lui livrât quatre foldats de chaque régiment, qu'il enverroit, difoit-il, à l'affemblée nationale, & qu'elle jugeroit elle-même.

Les foldats de la garnifon étoient divifés : les uns vouloient obéir aux ordres de Bouillé, les autres perfiftoient dans le deffein de fe défendre. Ceux qui vouloient obéir mirent en liberté meffieurs de Noue & de Malfeigne & fe difpoferent à fe rendre au lieu que leur avoit marqué monfieur de Bouillé, tandis que les autres allerent fe porter à la porte Staniflas avec une piece de canon chargée à mitraille. Monfieur de Bouillé fit avancer fon avant-garde compofée en partie de gardes-nationales de la ville de Metz. De nouveaux députés vinrent alors an-

noncer que les trois régimens partoient. Bouillé changea fon ordre de bataille, & marcha vers la prai-
rie où il avoit donné ordre aux trois régimens de
fe rendre. Deux de fes officiers l'avertirent que l'on
appercevoit quelques mouvemens à la porte de Stain-
ville.

Les Suiffes de Château - Vieux, plus coupables que
les autres, n'avoient point renoncé au projet de fe
défendre; la troupe ordinaire des brigands d'émeute
s'étoit réunie à eux : ils étoient poftés à la porte Staniflas. Les émiffaires voyant l'avant - garde de Bouillé
qui s'avançoit fans défiance, crurent l'occafion favorable d'engager le combat ; ils tirerent fur elle un
coup de canon à mitraille. Cette attaque inattendue
jeta d'abord quelque confufion dans les rangs de la
garde-nationale de Metz. Les volontaires fe rallierent
bientôt & répondirent par un feu très-vif; s'avan-
çant enfuite au pas de charge, ils enfoncerent les
portes de la ville, tuerent indiftinctement tout ce
qu'ils rencontrerent dans les rues. Les rebelles chaffés
de pofte en pofte, de maifon en maifon, ne préfenterent bientôt plus qu'une foible réfiftance. Le
régiment du roi demanda le premier à capituler.
On lui dit de fe retirer dans fon quartier. Bouillé
s'y rendit, reprocha aux foldats leur défobéiffance
& leur ordonna de prendre le chemin de Verdun.
On envoya Château - Vieux à Marfal, Meftre - de -
Camp à Moyenvic.

La victoire de Bouillé consterna les jacobins. Ils n'eurent qu'un cri contre le général, contre Lafayette, contre les ministres. Cet exemple d'une insurrection réprimée par la force, &, ce qui les inquiétoit le plus, avec un accord auquel ils ne s'attendoient pas entre les troupes de ligne & les gardes-nationales, alloit donner de l'action au gouvernement. Le peuple reconnoîtroit la nécessité de se soumettre à la loi & d'obéir aux autorités qu'avoit créées la constitution. Cependant pour rassurer leurs partisans, & montrer à leurs adversaires que malgré cet échec il ne se tenoient pas vaincus, ils agiterent avec tant de succès dans les fauxbourgs que, le soir même que l'on reçut à Paris la nouvelle de la prise de Nanci, ils trouverent le moyen d'exciter un mouvement.

Quarante mille hommes & femmes se porterent aux Tuileries, hurlerent autour de l'assemblée le renvoi des ministres. Ce n'étoit que le prétexte de ce rassemblement. —— Bientôt des motions plus incendiaires se firent entendre. On parloit d'arrêter le ministre de la guerre, de mettre Bouillé en état d'accusation. Quelques orleanistes, profitant de la fermentation des esprits, crierent : —— Allons à Saint-Cloud. Le roi & la famille royale y étoient depuis quelques jours. Il est probable que cette nouvelle journée du six octobre, eût été plus décisive que celle de l'année précédente. Lafayette & la garde-

,nationale accoururent & diffiperent aisément cet attroupement. Les jacobins étoient intérieurement atterrés de
leur défaite de Nanci. Ils fe retirerent donc fans
ofer rien entreprendre, remettant à une occafion
plus favorable à fe venger des miniftres. Elle ne tarda
pas à s'offrir. Les jacobins de Breft venoient d'exciter de nouveaux troubles dans cette ville; la municipalité les rejeta, felon l'ufage, fur la malveillance
des miniftres. Menou ne manqua pas d'adopter ce
fentiment dans le rapport qu'il fit de cette affaire:
il demanda que le préfident allât, au nom de l'affemblée, repréfenter au roi que la méfiance des
peuples contre les miniftres actuels, portoit les plus
grands obftacles au rétabliffement de l'ordre public,
à l'exécution des lois & à l'achevement de la conftitution. « Ce n'eft point, répondit Cafalès, dans
» l'intention de défendre les miniftres que je monte
» à cette tribune; je ne connois pas leur perfonne,
» je n'eftime pas leur conduite. Si j'euffe pu vain-
» cre l'extrême répugnance qu'éprouve un galant-
» homme à attaquer des miniftres fans confidéra-
» tion & fans autorité, je me ferois porté leur accu-
» fateur.

» Je les aurois accufé d'avoir trahi l'autorité royale
» dont ils font dépofitaires; c'eft un crime de léfe-
» nation : car cette autorité défend les peuples du
» defpotifme des affemblées nationales, comme les
» affemblées nationales défendent les peuples du defpotifme

» potifme des rois ; j'aurois accusé votre fugitif Necker
» de s'être conftamment tenu derriere la toile , quand
» fon devoir l'appelloit à jouer un rôle honorable &
» périlleux ; je l'aurois accusé de ne pas vous avoir
» fervi de guide dans les finances , cette importante
» partie de l'adminiftration publique ; parce que ,
» dans la crife dangereufe où elles étoient , il craignoit de fe compromettre , qu'il n'ofoit rien pren-
» dre fur lui , & qu'au lieu des périls de la chofe
» publique , il calculoit baffement les intérêts de fon
» ambition & de fa sûreté ; je l'aurois accusé d'avoir
» provoqué la révolution & de n'avoir pas osé la
» diriger , de n'avoir pris aucune des mefures né-
» ceffaires pour prévenir ou atténuer les malheurs
» inséparables de toute révolution , d'avoir toujours
» diffimulé fes principes & déguisé fa conduite.
» J'aurois accusé le miniftre de la guerre d'avoir
» donné des congés à tous les officiers qui en ont
» demandé ; d'avoir fouffert qu'ils quittaffent leurs
» régimens; de n'avoir pas fait juger & noter d'in-
» famie , ceux qui abandonneroient leur pofte parce
» qu'il étoit difficile & dangereux , & d'être , par
» là , la caufe principale des infurrections qui ont
» éclaté dans l'armée.
» J'aurois accusé le miniftre des provinces d'a-
» voir fouffert que les ordres du roi fuffent défo-
» béis , de n'avoir pas déployé toute la fo... pu-
» blique pour en procurer l'exécution , fau... répon-

P

» dre, fur fa tête, de la légitimité de fes ordres,
» je les aurois accusé tous d'avoir donné au roi
» les plus lâches confeils, de cette coupable nullité
» à laquelle ils fe font réduits ; nullité qui,
» lorfqu'il s'agit de la perte ou du falut de
» l'empire, eft le plus grand des crimes : tout
» peut être excusé hormis la lâche indifférence pour
» la chofe publique. Les mefures les plus violentes,
» les principes les plus exagérés, font des fuites de
» la faillibilité de l'efprit humain : les actions peu-
» vent être atroces & les intentions pures. Mais com-
» ment excufer ces ames froides & viles que n'é-
» chauffa jamais le faint amour de la patrie ; ce
» ames concentrées dans l'abjection du moi per-
» fonnel, s'ifolant de la chofe publique, parce
» que la chofe publique eft en danger ; gardant
» une honteufe neutralité quand les plus grands in-
» téréts fe balancent ; qui fe cachent lâchement lorfque
» les méchans s'agitent, & que des factieux hardis
» fe faififfent du timon de l'état. Comment excufer
» des miniftres, lorfqu'ayant la confcience de leur
» lâcheté & de leur ineptie, ils s'obftinent à gar-
» der des places qu'ils n'ofent plus faire, & qu'il
» ne fe condamnent pas au mépris & à l'obfcurité
» qui fuit tout homme qui, ayant brigué & étant
» arrivé, par le charlatanifme d'une fauffe vertu
» au pofte le plus important de l'adminiftration
» rentre dans la vie privée au moment même qu'il

» tout bon citoyen doit en fortir, & faire à fa pa-
» trie le facrifice de tout fon être.

» Pendant les longues convulfions dont l'Angle-
» terre fut agitée fous le regne de l'infortuné Charles
» Ier., Strasfort, miniftre dont les talens égaloient
» les vertus, périt fur un échafaud ; mais l'An-
» gleterre pleura fur fa tombe ; mais l'Europe en-
» tiere honore fa mémoire ; mais fon nom eft un
» objet de culte pour tous les fujets de l'empire
» britannique. Tel eft le modele que doit fe pro-
» pofer celui que, dans les tems difficiles, la con-
» fiance de fon roi appelle au maniement des af-
» faires. Strasfort mourut. N'eft - il pas mort auffi
» ce Necker qui n'a guere a déferté lâchement la
» chofe publique l'abandonnant aux dangers que lui-
» même avoit fufcités ? fon nom n'eft - il pas effacé
» de la lifte des vivans ? n'éprouve - t - il pas l'affreux
» fupplice de fe furvivre à lui - même, de fe voir
» dévoué d'avance au mépris des générations futu-
» res ? Quant aux ferviles compagnons de fon mi-
» niftere, à ces hommes qui font l'objet de nos
» délibérations, on peut leur appliquer le vers de
» Lariofte : . . *Ils marchent encore, mais ils font*
» *morts* ».

Cafalès foutint enfuite que la propofition de
déclarer au roi que les miniftres avoient perdu la confiance du peuple François, attaquoit fes
principes conftitutionnels ; que la liberté étoit fon-

dée fur le partage des pouvoirs & fur leur entiere indépendance ; que c'étoit l'affemblée elle - même qui avoit défigné au roi les miniftres actuels ; que l'on n'accufoit ces miniftres d'aucun délit capable de motiver l'exclufion qu'on vouloit leur donner ; que toute accufation vague étoit une invention de tyran ; que par - tout où l'on pouvoit en faire de femblable, il n'exiftoit plus, fuivant l'expreffion de Montefquieu , qu'une république non libre ; qu'une pareille entreprife contre la prérogative royale, au-roit les conféquences les plus funeftes ; que déja l'on répandoit parmi le peuple que le projet de l'affem-blée étoit d'enlever à l'autorité royale le peu de force qui lui reftoit ; qu'un tel projet étoit loin , fans doute, du vœu de l'affemblée, mais que le deffein de forcer le roi d'éloigner fes miniftres , s'em-bloit l'annoncer & y conduire ; que fi l'affemblée l'adoptoit , il ne reftoit plus aux vrais amis de la mo-narchie qu'à fe ranger autour du trône, & à s'en-févelir fous fes ruines. La plupart des députés fen-tirent la jufteffe & la vérité des obfervations de Cafalès , &, malgré les vociférations des jacobins, la motion de Menou fut rejetée. Mais les révolu-tionnaires haïffoient trop monfieur de Saint - Prieft ; ils étoient loin de regarder la queftion comme dé-cidée. Dès le lendemain Menou effaya de revenir fur le décret qu'on avoit rendu ; il fe plaignit que le fouffle empoifonné de l'influance minifterielle, fe

fût fait fentir jufques dans le fanctuaire des fondateurs de la liberté. Les tribunes applaudirent : les
évêques & les nobles murmurerent. — Ne vous fâ-
chez pas, meffieurs, répondit plaifamment Gou-
pillau; quand on parle des fondateurs de la liberté,
ce n'eft pas à vous qu'on s'adreffe. Cette nouvelle
tentative n'ayant pas réuffi, les révolutionnaires eurent recours aux pétitions. La commune de Paris
vint à la barre demander le renvoi des miniftres.
Danton les accufa tous, & finit en difant : — On
objecte que nous ne vous apportons pas les preuves
légales des imputations que nous faifons aux miniftres ; la nation n'a-t-elle pas le droit qu'a tout
invidu de dire aux mandataires qu'elle soupçonne
d'infidélité : Vous êtes indignes de toute confiance,
par cela feul que vous vous obftinez à refter dé-
pofitaire de mes intérêts pendant l'inftruction d'un
procès que je vous intente... Nous vous en con-
jurons, meffieurs, écartez du roi fes plus dange-
rèux ennemis, puifqu'ils font ceux de la nation ; il
applaudira lui-même à l'éloignement d'hommes qui
ont vu fes partifans les plus acharnés, n'entreprendre leur défenfe qu'en commençant par profeffer la
méfeftime que leur infpirent leurs perfonnes. C'étoit
moins pour conferver les miniftres actuels, que pour
conferver au roi la prérogative effentielle à la monarchie, de prendre & de renvoyer à fon gré fes
miniftres, que tous les députés attachés aux prin-

cipes avoient rejeté la motion de Menou. Auffi les
miniftres voyant qu'ils lutteroient vainement contre
les jacobins ; que leur opiniâtreté à garder leurs places, deviendroit une occafion, fans ceffe renaiffante,
d'émeute, & compromettroit la tranquillité du roi,
donnerent fucceffivement leur démiffion, contens
du petit avantage qu'ils venoient de remporter, &
qu'on ne pût pas dire que l'affemblée les eût chafsés.

LIVRE VIII.

Rapport de Chabroud sur l'affaire du six Octobre. —
Défense de Mirabeau. — Négociations à la Cour
de Rome pour la Constitution Civile du Clergé.
— Intrigues. — Décret qui ordonne aux Ecclé-
siastiques de prêter le Serment Constitutionnel. —
Manœuvres des deux Partis. — Fermeture des
Clubs Monarchiques.

L A grande affaire des cinq & six octobre étoit
à l'ordre du jour. L'impression & la publication de
la procédure avoient levé un coin du voile qui couvroit cet odieux mystere. Chabroud chargé du rapport s'en acquitta avec beaucoup d'adresse; il présenta
les faits dans le jour le plus propre à les atténuer,
s'étendit sur les vues coupables des ennemis de la
révolution, sur les deux repas donnés par les gardes-
du-corps, sur le projet de conduire le roi à Metz;
il analysa toutes les dépositions, feignant d'y chercher les preuves d'un complot contre les jours du
roi & de la reine : mais voyant s'évanouir à chaque
pas cette chimérique accusation, alors, semblable à
l'homme qui est parvenu à résoudre un problême

Octobre
1790.

P 4

difficile, il s'écrie avec un sentiment factice de joie:
— « Les inquiétudes de mon imagination sont cal-
» mées. Il n'y a point de complot. Nos collegues
» ne sont point coupables. Tout s'applanit. Je vois
» le peuple, manquant de pain, accourir à Versailles,
» &, dans ses alarmes, regarder la présence du roi
» à Paris comme le terme de tous ses maux.....
» Messieurs, deux témoins affirmatifs, clairs, unifor-
» mes, avoient chargé monsieur de Toulouse-Lautrec;
» les juges du Châtelet l'auroient décrété sans doute,
» mais la calomnie ne soutint pas vos regards; mon-
» sieur de Toulouse fut absous : ce que vous avez
» fait alors vous le ferez aujourd'hui. Je vais
» plus loin, messieurs; non-seulement il n'existe
» pas de complot, mais au milieu de cette foule
» de faits obscurs, contradictoires, qui forment
» le fond de cette étonnante procédure, je crois
» avoir apperçu le moyen d'arriver à la vérité.

» La grande révolution que vous avez entreprise
» promet des heureux, mais elle fait des mécontens.
» Des attaques ouvertes ont échoué, mille mesures
» sourdes ont été employées, la constitution s'éleve
» au milieu de la rage impuissante d'une faction
» toujours vaincue & toujours révoltée; cette pro-
» cédure n'en seroit-elle pas une production nouvelle?
» cette faction n'y a-t-elle pas laissé des traits
» marqués du ressentiment qui l'anime? Si j'avois
» appartenu à une faction anti-patriotique, si j'avois

» été appellé à concerter l'enlévement du roi & la
» guerre civile, j'aurois provoqué des diftributions
» de cocardes odieufes, j'aurois fufcité des inquiétudes
» fur les fubfiftances, j'aurois femé des bruits alar-
» mans, & je me ferois dit : C'eft au milieu du
» trouble qu'il fera aifé de tromper le roi, de l'en-
» lever, d'étouffer la liberté dans des flots de fang. . . .
» Meffieurs, j'articule des conjectures, je les oppofe
» à d'autres conjectures. Mais l'information elle-même
» n'eft - elle pas un complot? Voyez comme les
» atrocités qu'on dépofe font vagues, comme la
» calomnie fe replie, change de face; voyez les
» noms attaqués & choifis fur la lifte des amis de
» la liberté & des citoyens chers au peuple. Ici la
» querelle de la conftitution ne fe déguife pas, elle
» eft ouverte, déclarée; on veut que l'acceptation
» du roi foit imputée à l'empire des circonftances.
» Nos détracteurs infenfés ont - ils penfé que cette
» déclaration des droits, évangile immortel de la
» raifon & de la nature, devoit, comme les
» tranfactions de l'intérêt, dépendre de quelques
» formes & de quelques volontés? Meffieurs, je
» n'ajoute rien, mon irréfolution eft fixée. Je fuis
» ramené à ces termes fimples où un feul point
» éclairci donne l'explication de tous. Il me femble
» qu'enlacement par enlacement j'ai défait le nœud
» gordien. Je ne vois plus qu'une confpiration; celle
» qui a été ourdie contre la conftitution. Oui, une

» ligue s'eſt formée ſur les débris de l'ancien régime
» pour tenter le renverſement du régime nouveau ; elle
» a dit : La force eſt unie contre nous à la juſtice ; nous
» avons développé d'inutiles efforts, ployons pour nous
» relever, oppoſons l'intrigue à la force & l'artifice à
» la juſtice. Agiſſant enſuite dans l'ombre, elle a mar-
» qué un but dont elle ne s'écarte pas ; elle a ſubſtitué à
» une meſure une meſure nouvelle, & ſon art eſt de
» ſe reproduire ſous toutes ſes formes ; elle avoit appellé
» cette armée qui, au mois de juillet, devoit enva-
» hir Paris & la liberté naiſſante ; elle a ſuſcité,
» commenté, elle a nourri cette procédure mon-
» ſtrueuſe, cette guerre de greffe, (paſſez-moi
» l'expreſſion) dont le prétexte n'a pu dérober à
» nos yeux la prétention ſecrete. Meſſieurs, je m'a-
» buſe peut-être, mais par-tout je vois ſon in-
» fluance ; je l'accuſe de la tiédeur dans laquelle le
» patriotiſme ſemble s'engourdir, de cette ſécurité
» dangereuſe qui a pris la place d'une ſage & né-
» ceſſaire réſerve ; je l'accuſe des nuages qui ont
» obſcurſi les jours purs où les bons citoyens n'avoient
» qu'une ame & ne formoient qu'un vœu ; je l'accuſe
» des vains démêlés de cette milice généreuſe qui,
» de la capitale, donna à tout l'empire un ſi noble
» exemple ; démêlés qui expoſent le fruit de ſes
» travaux ; je l'accuſe de l'inconcevable illuſion dont
» nous ſommes frappés, & d'où germe entre les
» vrais ſerviteurs de la liberté cette défiance qu'ils

» devroient garder pour fes ennemis; je l'accufe de
» la divifion cruelle qui fe propage entre nous &
» dans le fein de l'affemblée nationale alors même
» que la liberté eft l'objet commun de notre culte,
» comme fi les dogmes de cette religion étoient à
» la merci des triftes difputes qu'enfantent les fectes.
» Ainfi, on nous égare pour nous furprendre, on
» nous divife pour nous vaincre; & lorfque nous
» avons échappé à une embûche, d'autres embûches
» plus dangereufes font dreffées où nous fommes
» attendus où nous femblons courir nous - mêmes :
» & quant aux malheurs du fix octobre, (car il
» faut enfin ne plus voir qu'horribles malheurs dans
» cette journée fatale) nous les livrerons à l'hiftoire
» éclairée pour l'inftruction des races futures : le
» tableau fidele qu'elle en confervera, fournira une
» utile leçon aux rois, aux courtifans & aux peuples ».

Les ariftocrates avoient écouté, avec beaucoup
d'impatience, le rapport de Chabroud. L'abbé Maury
repréfenta que l'affemblée n'étoit point appellée à
juger le fond d'un procès; que fans exercer le plus
exécrable defpotifme, fans violer les principes communs à toutes les nations policées, fans ufurper tous
les pouvoirs, elle ne pouvoit fouftraire par un décret
du corps légiflatif, les repréfentans de la nation aux
décrets des tribunaux, & confacrer ainfi un privilege
en matiere criminelle. — « Monfieur le rapporteur
» nous a dit que la procédure du Châtelet étoit di-

» rigée contre la révolution; je fais combien ces
» mots parafites de révolution, de conftitution, de
» liberté, de patriote, d'ami du peuple, ont de fa-
» veur dans cette affemblée. Pour moi qui n'afpire
» point à l'honneur d'exciter les tranfports des ha-
» bitués qui viennent ici diftribuer la gloire, je
» demande qu'on me définiffe enfin le mot révolution ;
» je demande s'il eft dans le fens de la révolution
» de fouiller, par des crimes dignes des cannibales, le
» palais de nos rois, de maffacrer la perfonne fa-
» crée du monarque, d'affaffiner fon augufte com-
» pagne, d'armer contre cette princeffe une légion
» de tigres; je demande fi la révolution a pu être
» un titre d'impunité pour les plus grands crimes;
» fi elle a pu autorifer un vil amas de brigands, à
» méditer, à concerter les plus noirs forfaits contre
» l'affemblée nationale & contre le trône; je demande
» enfin fi l'on regarde comme ennemis de la révo-
» lution, tous ceux qui font profondément révoltés
» des attentats de Verfailles. Dans cette fuppofition,
» meffieurs, je déclare que je me mets à leur tête.
» Non, ce n'eft plus d'une révolution, c'eft d'une
» révolte qu'il s'agit, d'une révolte contre la conftitu-
» tion elle-même, d'un véritable régicide : c'eft
» déshonorer la chaîne de nos décrets que d'en
» fufpendre honteufement le premier anneau au poi-
» gnard des affaffins.

» J'ai lu attentivement la procédure du Châtelet,

» & je déclare qu'il m'eſt démontré, comme à
» tous les eſprits qui ne ſont pas prévenus, que les
» forfaits de Verſailles ont été le réſultat d'une vé-
« ritable conſpiration. Un ſeul fait ſuffit pour don-
» ner à mon aſſertion, la plus inconteſtable évi-
» dence. Il eſt prouvé, par les dépoſitions unanimes
» d'une foule de témoins, que parmi cette multi-
» tude de brigands, dont le ſeul ſouvenir nous fait en-
» core friſſonner d'horreur, il y avoit un très-grand
» nombre d'hommes déguiſés en femmes. Or,
» quand le peuple vient ſeulement demander du pain
» à ſon roi, il n'eſt pas en inſurrection, il ne ſe
» maſque pas de peur d'être reconnu : tout traveſ-
» tiſſement ſuppoſe un projet, le beſoin de ſe ca-
» cher, & par conſéquent c'eſt le caractere d'un
» complot deſtiné à commettre tous les crimes.

» Je pourrois m'en tenir à cette ſeule obſerva-
» tion pour convaincre les bons eſprits ; mais à
» qui perſuadera-t-on ſérieuſement que l'unité du
» départ à la même heure, l'enſemble de dix mille
» perſonnes qui ſe rendent au même lieu, qui tien-
» nent le même langage, qui portent les mêmes
» armes, qui annoncent ſur la route, la veille de
» cette journée à jamais déplorable, qu'ils ne ſont
» pas preſſés d'arriver à Verſailles, parce que le
» rendez-vous n'eſt fixé qu'au lendemain ſix heu-
» res du matin ; qui en arrivant font entendre les
» mêmes menaces ; qui ſe mêlent avec des ſoldats

» subornés le même jour ; qui attendent avec la
» patience du crime , pendant une nuit entiere, le
» signal des maſſacres ; qui , à l'heure annoncée d'a-
» vance , ſe réuniſſent au même point & forcent
» les barrieres environnant le palais du roi ; qui font
» retentir les cris d'imprécations & de blaſphêmes
» contre la majeſté royale ; qui égorgent la garde
» fidele de nos rois ; qui entrent juſque dans l'ap-
» partement de la reine , & qui , en ſouillant par
» l'effuſion du ſang cette enceinte ſacrée, ne regar-
» dent ces premiers crimes que comme le prélude
» d'un crime plus grand encore deſtiné à desho-
» norer à jamais la nation. A qui perſuadera-t-on
» qu'un pareil accord ne ſuppoſe pas un complot?
» Ah ! le haſard n'accumule pas des forfaits ſi atro-
» ces & ſur-tout ſi méthodiques. Il faut fermer les
» yeux à la lumiere du ſoleil , pour ne pas voir,
» dans ces excès de ſcélérateſſe , préparés, annoncés,
» combinés , tous les caracteres de la plus infâme
» conſpiration ; & lorſque nous fûmes témoins de
» ces ſcenes d'horreurs , nul de nous ne douta qu'il
» n'y eût un plan , des chefs, des inſtrumens, au mi-
» lieu d'une multitude qui obéiſſoit, ſans le ſavoir,
» à des impulſions étrangeres. Oui, il y avoit une
» conſpiration manifeſte contre le roi ; on vouloit
» l'intimider , on vouloit l'éloigner, on vouloit le
» remplacer par un régent , on vouloit même pro-
» bablement l'aſſaſſiner , & l'on conſentit par capi-

tul ation à attenter à la liberté du chef suprême
» de l'empire, en le traînant à main armée dans
» la capitale. La confpiration contre la reine eft
» encore plus évidente. Le fang a coulé dans fes
» appartemens; fes gardes ont été maffacrés à fa porte.
» L'augufte fille des Céfars, la digne fille de Marie-
» Thérefe, cette princeffe que l'Europe entiere admire,
» & qui doit tant de gloire à fes malheurs, n'échappa
» au fer des affaffins, qu'en s'évadant en chemife, à fix
» heures du matin, pour aller attendre la mort
» au côté du roi. Que l'on ofe contefter les faits,
» ou que l'on reconnoiffe enfin les horribles com-
» binaifons d'un complot digne d'être tramé dans
» le fond des enfers. Si l'on méconnoît encore les
» dangers, dont ces têtes précieufes n'ont été fau-
» vées que par une protection particuliere de la
» providence qui veille fur la deftinée de cet em-
» pire, il faut méconnoître le fervice immortel que
» rendirent à la nation, dans ce moment de deuil
» & de carnage, les braves grenadiers de la garde-
» nationale de Paris. Ces citoyens foldats vinrent
» s'emparer de l'antichambre du roi pour en dé-
» fendre l'accès aux affaffins des gardes - du - corps.
» Je crois entendre, dans ce moment, la voix pu-
» blique de tous les bons François qui les bénif-
» foit comme les fauveurs du royaume. — Nous
» difions tous, en verfant des larmes, que fi la gar-
» de - nationale avoit défendu la liberté contre la

» tyrannie, elle avoit fu défendre le trône contre les
» brigands. Meffieurs, donnez aujourd'hui un démenti
» formel à notre reconnoiffance ; impofez filence à
» notre admiration patriotique, fi vous refufez de
» reconnoître un fi mémorable fervice, fi vous pré-
» tendez qu'une fi glorieufe défenfe n'eft pas une
» preuve invincible de la conjuration.

» Mais en venant de démontrer, felon moi, qu'il
» a exifté un complot, j'avoue avec franchife que
» l'information ne préfente aucun fait grave contre
» monfieur de Mirabeau ; que je n'y vois rien qui
» ait pu faire naître aux juges du Châtelet, l'idée
» de le décréter. Je confens volontiers qu'il forte
» de la procédure, puifque les lecteurs l'ont abfous
» avant les juges. Mes conclufions ne peuvent pas
» être fi favorables à monfieur le duc d'Orleans.
» Je ne prétends ni préjuger ni entacher ce
» prince ; mais il eft trop gravement accufé pour
» ne pas lui - même ambitionner un prompt juge-
» ment. S'il étoit coupable, il ne pourroit nous inf-
» pirer aucun intérêt, s'il eft innocent, il doit ob-
» tenir juftice contre fes calomniateurs. Sans rap-
» peller les indices & les griefs qui ont précédé la
» journée du fix octobre, je vois, dans la procé-
» dure, que monfieur d'Orleans eft accufé de s'être
» promené en habit peu décent au milieu de cette
» bande d'affaffins ; de leur avoir fourit dans un
» moment où fes regards auroient dû les renverfer, de

leur

» leur avoir défigné l'appartement de la reine comme
» le point d'attaque où ils devoient fe rendre , de
» n'avoir donné aucun figne de douleur ni d'inté-
» rêt dans une circonftance où les auguftes chefs
» de fa famille recevoient tant d'outrages , étoient
» exposés à de fi affreux dangers , étoient entourés
» d'une confternation univerfelle , & où il étoit du
» devoir du premier prince du fang de verfer juf-
» qu'à la derniere goutte du fien pour défendre le
» trône. Je ne fatiguerai point votre douleur du
» récit lamentable des dépofitions qui chargent mon-
» fieur le duc d'Orleans : ma langue fe refufe à ar-
» ticuler tant d'horreurs que j'ai devant les yeux
» & que je veux éloigner de ma vue. Mais je dirai
» que l'opinion publique entrainée par des bruits
» injurieux , étonnée du départ de monfieur le duc
» d'Orleans pour l'Angleterre , à cette même épo-
» que où il ne devoit penfer qu'à venger fon hon-
» neur , attend aujourd'hui que ce prince oublie les
» prérogatives de fon rang & de fa miffion pour
» fubir le joug honorable de la loi. Je fers mieux
» fes véritables intérêts en lui donnant un confeil
» févere , que fi je l'accufois par des lâches adula-
» tions. Il s'agit ici de la gloire du petit fils de
» Henri IV. Les égards qu'il doit à fes ancêtres ,
» ne lui permettent aucune capitulation indigne de
» fon grand nom. Le corps légiflatif, dont il ne
» peut attendre ni grace ni juftice , doit donc l'in-

» viter à faire triompher fon innocence dans les
» tribunaux : ce n'eft que là qu'il peut être jugé,
» honorablement déchargé & vengé de la calom-
» nie dont les cicatrices ne fauroient être effacées
» que par la main du miniftre des lois ».

Ce n'étoit pas tant la conviction de l'innocence
de Mirabeau qui engageoit l'abbé Maury à demander
qu'il fortît de la procédure, que l'efpoir de lui montrer
qu'on avoit aucune vue hoftile contre lui ; qu'il pouvoit
fans danger, non - feulement abandonner le duc
d'Orleans, mais encore fe faire auprès de la cour
un mérite de cet abandon. La cour ne s'engageoit
à rien en faifant fortir pour le moment le comte de
Mirabeau de la procédure. Elle étoit bien sûre, fi
l'inftruction continuoit, de l'y faire rentrer au moyen
de nouveaux témoins ou du récolement de ceux qui
qui avoient déja dépofés. Auffi Mirabeau, qui apperçut le piege, n'eut garde de féparer fes intérêts
de ceux du duc d'Orleans. Prenant donc la parole
avec cet air de calme & de dignité qui femble être
le témoignage d'une bonne confcience, il dit:

— « Ce n'eft pas pour me défendre que je monte
» à cette tribune : objet d'inculpations ridicules dont
» aucune ne m'eft prouvée, & qui n'établiroient
» rien contre moi lorfque chacune d'elle le feroit,
» je ne me regarde point comme accufé ; car fi je
» croyois qu'un feul homme de fens (j'excepte le
» le petit nombre de mes ennemis dont je tiens à

» honneur les outrages) pût me croire accufable;
» je ne me défendrois pas dans cette affemblée, je
» voudrois être jugé; & votre jurifdiction fe bor-
» nant à décider fi je dois ou fi je ne dois pas être
» foumis à un jugement, il ne me refteroit qu'une
» demande à faire à votre juftice & qu'une grace
» à folliciter de votre bienveillance : ce feroit un tri-
» bunal; mais je ne faurois douter de votre opinion,
» & fi je me préfente ici, c'eft pour ne pas man-
» quer l'occafion folemnelle d'éclaircir des faits que
» mon profond mépris pour les libelles, & mon
» infouciance trop grande peut - être pour des bruits
» calomnieux, ne m'ont jamais permis d'attaquer
» hors de cette affemblée, qui cependant peut-
» être, accrédités par la malveillance, pourroient faire
» rejaillir fur ceux qui croiront devoir m'abfoudre
» je ne fais quels foupçons de partialité.... Ce que
» j'ai dédaigné quand il ne s'agiffoit que de moi, je
» dois le fcruter de près quand on m'attaque au fein
» de l'affemblée nationale & comme en faifant partie.
» Les éclairciffemens que je vais donner tout fim-
» ples qu'ils vous paroîtront fans doute, puifque mes
» témoins font dans cette affemblée & mes argu-
» mens dans la série des combinaifons les plus com-
» munes, offrent pourtant à mon efprit une affez
» grande difficulté.

» Ce n'eft pas de réprimer le jufte reffentiment
» qui oppreffe mon cœur depuis une année & que

» l'on force enfin à s'exhaler : le mépris, dans cette
» affaire, eſt à côté de la haine; il l'émouſſe, il
» l'amortit; & quelle eſt l'ame aſſez abjecte pour
» que l'occaſion de pardonner ne lui ſemble pas
» une jouiſſance? Ce n'eſt pas même la difficulté
» de parler des tempêtes d'une juſte révolution, ſans
» rappeller que ſi le trône a des torts à excuſer, la
» clémence nationale a eu des complots à mettre en
» oubli : car, puiſqu'au ſein de l'aſſemblée, le roi
» eſt venu adopter notre orageuſe révolution, cette
» volonté magnanime, en faiſant diſparoître à ja-
» mais les apparences déplorables que des conſeil-
» lers pervers avoient données juſqu'alors au pre-
» mier citoyen de l'empire, n'a-t-elle pas éga-
» lement effacé les apparences plus fauſſes que les
» ennemis du bien public vouloient trouver dans
» les mouvemens populaires, & que la procédure
» du Châtelet ſemble avoir eu pour premier objet
» de raviver.

» Non, meſſieurs, non, la difficulté toute entière
» eſt dans l'hiſtoire même de la procédure. Elle eſt
» profondément odieuſe cette hiſtoire. Les faſtes
» mêmes du crime offrent peu d'exemple d'une
» ſcélérateſſe tout à-la-fois & ſi déhontée & ſi
» mal habile. Le temps le ſaura : mais ce ſecret hi-
» deux ne peut être révélé aujourd'hui ſans pro-
» duire de grands troubles. Ceux qui ont ſuſcité la
» procédure du Châtelet, ont fait cette horrible com-

» binaifon que, fi le fuccès leur échappoit, ils trou-
» veroient, dans le patriotifme même de celui quils
» vouloient immoler, le garant de leur impunité.
» Ils ont fenti que l'efprit public de l'offenfé tour-
» neroit à fa ruine ou fauveroit l'offenfeur. Il eft bien
» dur, fans doute, de laiffer ainfi aux machinateurs
» une partie du falaire qui eft le prix de leurs cri-
» mes. Mais la patrie commande le facrifice, & cer-
» tes elle a droit encore à de plus grands. Je ne
» parlerai donc que des faits qui me font per-
» fonnels; je les ifolerai de tout ce qui les envi-
» ronne. Je renonce à les éclaircir autrement qu'en
» eux-mêmes & par eux-mêmes. Je renonce au-
» jourd'hui du moins à examiner les contradictions
» de la procédure & fes variantes, fes épifodes &
» fes obfcurités, fes fuperfluités & fes réticences;
» les craintes qu'elle a données aux amis de la li-
» berté, & les efpérances qu'elle a prodiguées à
» fes ennemis, fes fuccès d'un moment & fes fuc-
» cès dans l'avenir, les frayeurs qu'on a voulu inf-
» pirer au trône; peut-être la reconnoiffance qu'on a
» voulu en obtenir. Je n'examinerai la conduite, les
» difcours, le filence, le mouvement, le repos d'au-
» cun acteur de cette grande & tragique fcene. Je
» me contenterai de difcuter les trois principales im-
» putations qui me font faites, & de donner le mot
» d'une énigme dont un comité a cru devoir garder le
» fecret, mais qu'il eft de mon honneur de divulguer.

» Si j'étois forcé de faifir l'enfemble de la pro-
» cédure lorfqu'il me fuffit d'en déchirer quelques
» lambaux, s'il me falloit organifer un grand travail
» pour une facile défenfe, j'établirois d'abord que
» s'agiffant contre moi d'une accufation de compli-
» cité & cette prétendue complicité n'étant point
» relative aux excès individuels qu'on a pu com-
» mettre, mais à la caufe de fes excès, on doit
» prouver contre moi qu'il exifte un premier moteur
» dans cette affaire; que ce moteur eft celui contre
» lequel la procédure eft principalement dirigée &
» que je fuis fon complice. Mais comme on n'a
» point employé cette marche dans l'accufation, je
» ne fuis point obligé de l'employer pour me dé-
» fendre; il me fuffira d'examiner les témoins tels
» qu'ils font, les charges telles qu'on me les oppofe :
» j'aurai tout dit lorfque j'aurai difcuté trois faits
» principaux, parce que la triple malignité des ac-
» cufateurs, des témoins & des juges, n'a pu rien
» fournir ni recueillir davantage.

„ On m'accufe d'avoir parcouru les rangs du
„ régiment de Flandres le fabre à la main; c'eft
„ à-d're qu'on m'accufe d'un grand ridicule :
„ les témoins auroient pu le rendre d'autant plus
„ piquant que né parmi les patriciens, & cependant
„ député par ceux qu'on appelloit alors le tiers-état, je
„ m'étois toujours fait un devoir religieux de porter
„ le coftume qui me rappelloit l'honneur d'un tel

» choix. Or, certainement l'allure d'un député en
» chapeau rond, en cravate & en manteau, fe
» promenant à cinq heures du foir un fabre nu à
» la main dans un régiment, méritoit de trouver
» une place parmi les caricatures d'une telle procédure.
» J'obferve néanmoins qu'on peut être ridicule fans cef-
» fer d'être innocent ; que l'action de porter un fabre
» à la main ne feroit ni un crime de lèfe-majefté ni un
» crime de lèfe-nation. Ainfi tout pefé, tout examiné,
» la dépofition de monfieur de Valfond n'a rien
» de vraiment fâcheux que pour monfieur de
» Gamache, qui fe trouve légalement, véhémente-
» ment foupçonné d'être fort laid puifqu'il me
» reffemble.

» Mais voici une preuve plus pofitive que mon-
» fieur de Valfond a au moins la vue baffe. J'ai
» dans cette affemblée un ami intime, & que,
» malgré cette amité connue, perfonne n'ofera taxer
» de déloyauté ni de menfonge ; monfieur de la Marck.
» J'ai pafsé l'après midi toute entiere du cinq octo-
» bre chez lui en tête à tête avec lui, les yeux fixés
» fur des cartes géografiques à reconnoître des po-
» fitions alors très-intéreffantes pour les provinces Bel-
» giques. Ce travail qui abforboit toute fon attention
» & qui attiroit toute la mienne, nous occupa
» jufqu'au moment que monfieur de la Marck me
» conduifît à l'affemblée nationale, d'où il me ramena
» chez moi ; mais, dans cette foirée, il eft un fait

Q 4

» remarquable fur lequel j'attefte monfieur de la
» Marck : c'eft qu'ayant à peine employé trois mi-
» nutes à dire quelques mots fur les circonftances
» du moment, fur le fiege de Verfailles qui devoit
» être fait par ces amazones fi redoutables dont
» parle le Châtelet, & confidérant la funefte pro-
» babilité que des confeillers pervers contraindroient
» le roi à fe rendre à Metz, je lui dis : La dynaftie
» eft perdue fi monfieur ne refte pas & ne prend
» pas les rênes du gouvernement. Nous convînmes
» des moyens d'avoir fur - le - champ une audiance
» du prince fi le départ du roi s'exécutoit. C'eft
» ainfi que je commençois mon rôle de complice,
» & que je me préparois à faire monfieur d'Orleans
» lieutenant général du royaume.

» On me reproche d'avoir tenu à Mounier le pro-
» pos : — Eh! qui vous a dit que nous ne voulons
» pas un roi? mais qu'importe que ce foit Louis XVI
» ou Louis XVII? Ici j'obferverai que le rapporteur,
» dont on vous a dénoncé la partialité pour les ac-
» cufés, eft pourtant loin, je ne dis pas de m'être
» favorable, mais d'être exact, mais d'être jufte.
» C'eft uniquement parce que monfieur Mounier ne
» confirme pas ce propos, que monfieur le rap-
» porteur ne s'y arrête pas. J'ai frémi, dit-il, en
» lifant, & je me fuis dit : Si le propos a été tenu,
» il y a un complot, il y a un coupable; heureufement
» monfieur Mounier n'en parle pas dans fa dépofition.

» Eh bien, messieurs! avec toute la mesure que
» me commande mon estime pour monsieur Cha-
» broud & pour son rapport, je soutiens qu'il a
» mal raisonné. Ce propos, que je déclare ne pas
» me rappeller, est tel que tout citoyen pourroit
» s'en honorer ; & non - seulement il est justifiable à
» l'époque où on le place, mais il est bon en soi,
» mais il est louable : & si monsieur le rapporteur
» l'eût analysé avec sa sagacité ordinaire, il n'auroit
» pas eu besoin pour faire disparoître ce prétendu
» délit de se convaincre qu'il étoit imaginaire.

» Supposez un royaliste exalté tel que monsieur
» Mounier conversant avec un royaliste tempéré, &
» repoussant toute idée que le monarque pût courir
» un danger chez une nation qui professe en quel-
» que sorte le culte du gouvernement monarchique,
» trouverez - vous étrange que l'ami du trône &
» de la liberté voyant l'horizon se rembrunir, ju-
» geant mieux que l'enthousiaste la tendance de
» l'opinion, l'accélération des circonstances, les dan-
» gers d'une insurrection, & voulant arracher son
» concitoyen trop confiant à une périlleuse sécurité,
» lui dît : — Eh! qui vous nie que le François
» ne soit monarchique? qui vous conteste que la
» France n'ait besoin d'un roi & ne veuille un roi?
» Mais Louis XVII sera roi comme Louis XVI ; & si
» l'on parvient à persuader à la nation que Louis XVI
» est fauteur & complice des excès qui ont lassé

„ fa patience, elle invoquera un Louis XVII : le
„ zélateur de la liberté auroit prononcé ces paroles
„ avec d'autant plus d'énergie, qu'il eût mieux
„ connu fon interlocuteur & fes relations qui pouvoient
„ rendre fon difcours plus efficace. Verriez-vous
„ en lui un confpirateur, un mauvais citoyen ou
„ même un mauvais raifonneur ? Cette fuppofition
„ feroit bien fimple, elle feroit adaptée aux perfon-
„ nages & aux circonftances; déduifez-en du moins
„ cette conféquence : qu'un difcours ne prouve
„ jamais rien par lui-même; qu'il tire tout fon ca-
„ ractere, toute fa force de l'appropos, de l'avant-
„ fcene, de la nature du moment, de l'efpece des
„ interlocuteurs; en un mot d'une foule de nuances
„ fugitives qu'il faut déterminer avant de l'apprécier
„ & d'en conclure.

„ Puifque j'en fuis à monfieur Mounier, j'expli-
„ querai un autre fait que, dans le compte qu'il
„ a rendu lui-même, il a gâté à fon défavantage.
„ Il préfidoit l'affemblée nationale le cinq octobre.
„ L'on difcutoit l'acceptation pure & fimple ou mo-
„ difiée de la déclaration des droits de l'homme.
„ J'allai vers lui, dit-on, je l'engageai à feindre
„ une indifpofition & à lever la féance fous ce frivole
„ prétexte. J'ignorois fans doute alors que l'indifpofition
„ d'un préfident appelle fon prédéceffeur; j'igno-
„ rois qu'il n'eft au pouvoir d'aucun homme d'arrêter
„ à fon gré le cours de vos plus férieufes délibérations.

» Voici le fait dans fon exactitude & fa fimplicité:
» La matinée du cinq octobre je fus averti que
» la fermentation de Paris redoubloit. Je n'avois pas
» befoin d'en connoître les détails pour y croire;
» une augure, qui ne trompe jamais la nature des
» chofes, me l'indiquoit affez. Je m'approchai de
» monfieur Mounier, & je lui dis : — Mounier,
» Paris marche fur nous. — Je n'en fais rien. —
» Croyez - moi ou ne me croyez pas, n'importe,
» Paris, vous dis - je, marche fur nous; trouvez-
» vous mal, montez au château, donnez - leur cet
» avis, dites, fi vous voulez, que vous le tenez de
» moi. J'y confens; mais faites ceffer cette controverfe
» fcandaleufe: le tems preffe, il n'y a pas une mi-
» nute à perdre. — Paris marche fur nous, répon-
» dit Mounier ; eh bien! tant mieux nous en ferons
» plutôt république !.. Si l'on fe rappelle les pré-
» ventions & la bile noire qui agitoient Mounier,
» fi l'on fe rappelle qu'il voyoit en moi le boute-
» feu de Paris, on trouvera que ce mot, qui a plus
» de caractere que le pauvre fugitif n'en a mon-
» tré depuis, lui fait honneur. Je ne l'ai revu que
» dans l'affemblée nationale qu'il a défertée ainfi que
» le royaume peu de jours après. Je ne lui ai jamais
» reparlé, & je ne fais où il a prit que je lui ai écris,
» le fix à trois heures du matin, un billet pour lever
» la féance. Il ne m'en refte pas l'idée la plus légere :
» rien, au refte, n'eft plus oifeux ni plus indifférent

„ Je viens à la troisieme inculpation dont je suis
„ l'objet, & c'est ici que j'ai promis le mot de
„ l'énigme. J'ai conseillé, dit-on, à monsieur d'Or-
„ leans de ne point partir pour l'Angleterre. Eh
„ bien ! qu'en veut-on conclure ? Je tiens à honneur
„ de lui avoir non pas donné (car je ne lui ai point
„ parlé) , mais fait donner ce conseil. J'apprends
„ par la notoriété publique, qu'après une conver-
„ sation entre monsieur d'Orleans & monsieur de
„ Lafayette, très-impérieuse d'une part, très-ré-
„ signée de l'autre, le premier vient d'accepter la
„ mission ou plutôt de recevoir l'ordre de partir
„ pour l'Angleterre. Au même instant les suites d'une
„ telle démarche se présentent à mon esprit. In-
„ quiéter les amis de la liberté, répandre des nua-
„ ges sur les causes de la révolution, fournir un
„ nouveau prétexte aux mécontens, isoler de plus
„ en plus le roi, semer au dedans & au dehors de
„ nouveaux germes de défiance; voilà les effets que
„ ce départ précipité, que cette condamnation
„ sans accusation, devoit produire. Elle laissoit
„ sur-tout sans rival (*) l'homme à qui le
„ hasard des événemens venoit de donner une nou-
„ velle dictature; l'homme qui, dans ce moment,
„ disposoit, au sein de la liberté, d'une police plus
„ active que celle de l'ancien régime; l'homme qui,

_____

(*) Lafayette.

„ par cette police, venoit de recueillir un corps
„ d'accufation fans accufer; l'homme & qui en im-
„ pofant à monfieur d'Orleans la loi de partir, au lieu
„ de le faire juger & condamner s'il étoit coupa-
„ ble, éludoit ouvertement, par cela feul, l'invio-
„ labilité des membres de l'affemblée. Mon parti
„ fut pris : à l'inftant je dis à monfieur de Biron
„ avec qui je n'ai jamais eu de relation politique,
„ mais qui a toujours eu mon eftime, & dont j'ai
„ reçu plufieurs fois des fervices d'amitié : ——
„ Monfieur d'Orleans va quitter, fans jugement,
„ le pofte que fes commettans lui ont confié; s'il
„ obéit, je dénonce fon départ & m'y oppofe; s'il refte
„ & s'il fait connoître la main invifible qui l'éloigne,
„ je dénonce l'autorité qui prend la place de celle
„ des lois : qu'il choififfe entre cette alternative.
„ Monfieur de Biron me répondit par des fenti-
„ mens chevalerefque, & je m'y étois attendu.
„ Monfieur d'Orleans inftruit de ma réfolution, pro-
„ met de fuivre mes confeils. Mais dès le lende-
„ main je reçois, dans l'affemblée, un billet de
„ monfieur de Biron & non de monfieur d'Or-
„ leans comme le fuppofe la procédure. Ce billet
„ portoit le crêpe de fa douleur, & m'annonçoit
„ le départ du prince; mais lorfque l'amitié fe bor-
„ noit à fouffrir, il étoit permis à l'homme public
„ de s'indigner. Une fecouffe d'humeur, ou plutôt
„ de colere civique, me fit tenir fur-le-champ

» un propos que monfieur le rapporteur, pour avoir
» le droit de le taxer d'indifcret, auroit dû faire
» connoître. Qu'on le trouve, fi l'on veut, infolent,
» mais qu'on avoue, du moins, puifqu'il ne fup-
» pofe même aucune relation, qu'il exclut toute
» idée de complicité ; je le tins fur celui dont la
» conduite, jufqu'alors, m'avoit paru exempte de
» reproches, mais dont le départ étoit à mes yeux
» plus qu'une faute. Voilà le fait éclairci : à préfent
» que celui qui ofera, je ne dis pas m'en faire un
» crime, mais me refufer fon approbation ; que
» celui qui ofera foutenir que le confeil que je don-
» nois n'étoit pas conforme à mes devoirs, utile à
» la chofe publique, fait pour m'honorer ; que celui-
» là, dis-je, fe leve & m'accufe : mon opinion,
» fans doute, lui eft indifférente ; mais je déclare
» que je ne puis me défendre pour lui du plus pro-
» fond mépris.

» Ainfi difparoiffent les inculpations atroces, ces
» calomnies effrénées qui plaçoient au nombre des
» confpirateurs les plus dangereux, au nombre des
» criminels les plus exécrables, un homme qui a
» la confcience d'avoir toujours voulu être utile à
» fon pays, & de ne lui avoir pas toujours été
» inutile ; ainfi s'évanouit ce fecret fi tard décou-
» couvert, qu'un tribunal, au moment de terminer
» fa carriere, eft venu vous dévoiler avec tant de
» certitude & de complaifance. Qu'importe, à pré-

» fent que je difcute ou que je dédaigne cette foule
» de oui-dire contradictoires, de fables abfurdes,
» de rapprochemens infidieux que renferme encore
» la procédure. Qu'importe, par exemple, que j'ex-
» plique cette série de confidences que monfieur
» de Virieu fuppofe avoir reçues de moi, & qu'il
» révele avec tant de loyauté. Il eft étrange à mon-
» fieur de Virieu ; . . . mais eft-il donc un zéla-
» teur fi ferme de la révolution actuelle ? s'eft-il,
» en aucun temps, montré l'ami fi fincere de la
» conftitution, qu'un homme dont on a tout dit,
» excepté qu'il foit une bête, l'ait prit ainfi pour fon
» confident ? . . . Meffieurs, je ne parle point ici
» pour amufer la malignité publique, pour attifer
» des haines, pour faire naître de nouvelles divi-
» fions ; perfonne ne fait mieux que moi que le
» falut de tous eft dans l'harmonie fociale & dans
» l'anéantiffement de l'efprit de parti. Mais je ne
» puis m'empêcher d'ajouter que c'eft un trifte
» moyen d'obtenir cette réunion des efprits, qui
» feule manque à l'achevement de notre ouvrage,
» que de fufciter d'infames procédures, de chan-
» ger l'art judiciaire en arme défenfive, & de jufti-
» fier ce genre de combat par des principes qui
» feroient horreur à des efclaves.

» Je ne veux pas examiner fi les événemens fur lef-
» quels on a informé, font des malheurs ou des crimes,
» fi ces crimes font l'effet d'un complot, ou de l'impru-

» dence ou du hafard, & fi la fuppofition d'un prin-
» cipal moteur ne les rendroit pas cent fois plus inexpli-
» quables. Il me fuffit de vous rappeller que parmi
» les faits qui font à ma charge, les uns anté-
» rieurs ou poftérieurs de plufieurs mois aux évé-
» nemens, ne peuvent leur être liés que par la lo-
» gique des tyrans ou de leurs fuppôts; & que les
» autres qui ont concouru avec l'époque même de
» la procédure, ne font évidemment ni caufe ni
» effet, n'ont eu & n'ont pu avoir aucune influ-
» ance, font exclufifs du rôle d'agent, de moteur
» ou de complice; qu'à moins de fuppofer que
» j'étois du nombre des coupables par la feule vo-
» lonté que je n'étois chargé d'aucune action au
» dehors, d'aucune impulfion, d'aucun mouvement,
» ma prétendue complicité eft une chimere. Il me
» fuffit de vous faire encore obferver que les char-
» ges que l'on m'impofe, bien loin de me donner
» des relations avec le principal moteur défigné,
» me donneroient des rapports entiérement oppofés;
» que dans la dénonciation du repas fraternel, que
» je n'ai pas eu feul la prétendue imprudence d'ap-
» peller une orgie, je ne fus que l'auxiliaire de
» deux de mes collegues qui avoient pris la parole
» avant moi; que fi j'avois parcouru les rangs du
» régiment de Flandre, je n'aurois fait, fuivant la
» procédure elle-même, que fuivre l'exemple d'une
» foule de membres de cette affemblée; que fi le

propos

» propos, qu'importe que ce foit Louis XVII, étoit
» vrai, outre que je ne fuppofois pas un change-
» ment de dynaftie, mes idées conftatées par un
» billet à un membre de cette affemblée, ne fe
» portoient que fur un frere du roi. Quelle eft donc
» cette grande part que l'on fuppofe que j'ai prife
» aux événemens dont la procédure eft l'objet ? Où
» font les preuves de la complicité que l'on me
» reproche ? Quel eft le crime dont on puiffe dire
» de moi : il en eft l'auteur ou la caufe ?

» Mais j'oublie que je viens d'emprunter le lan-
» gage d'un accufé lorfque je ne devrois prendre
» que celui d'un accufateur. Quelle eft cette procé-
» dure dont l'information n'a pu être achevée, dont
» tous les refforts n'ont pu être combinés que dans
» une année entiere ; qui, prife en apparence fur
» un crime de lèfe - majefté , fe trouve entre les
» mains d'un tribunal incompétent qui n'eft fouve-
» rain que pour les crimes de lèfe - nation. Quelle
» eft cette procédure, qui menaçant vingt perfonnes
» différentes , tantôt abandonnée, tantôt reprife, felon
» les vues, les craintes ou les efpérances de fes ma-
» chinateurs , n'a été pendant long - temps qu'une
» arme de l'intrigue , qu'un glaive fufpendu fur la
» tête de ceux que l'on vouloit ou perdre ou effrayer,
» ou défunir ou rapprocher ; qui enfin n'a vu le jour
» qu'après avoir parcouru les mers , qu'au moment
» où l'un des accufés n'a pas cru à la dictature

» qui le tenoit en exil ou qu'il l'a dédaignée
  » Quelle eft cette procédure prife fur des délit
» individuels dont on n'informe pas & dont on veu
» cependant chercher les caufes éloignées, fans ré
» pandre aucune lumiere fur leurs caufes prochaines
» Quelle eft cette procédure dont tous les événemer
» s'expliquent fans complots, & qui n'a cependa
» pour bafe qu'un complot, dont le premier but a é
» de cacher des fautes & de les remplacer par des c
» mes imaginaires, que l'amour-propre feul a d'abo
» dirigée; que la haine a depuis acérée, dont l'efpr
» de parti s'eft emparé, dont le pouvoir minifteri
» s'eft enfuite faifi, recevant ainfi tour-à-tour pl
» fieurs fortes d'influances, a fini par prendre
» forme d'une proteftation infidieufe, & contre v
» décrets, & contre la liberté de l'acceptation
» roi, & contre fon voyage à Paris, & contre
» fageffe de vos délibérations, & contre l'amour
» la nation pour le monarque. Qelle eft cette pr
» cédure que les ennemis les plus acharnés de
» révolution n'auroient pas mieux dirigée, s'ils
» avoient été les feuls auteurs, comme ils en o
» été prefque les feuls inftrumens; qui tendoit
» attifer le plus redoutable efprit de parti dans l'a
» femblée en oppofant les témoins aux juges,
» dans tout le royaume en calomniant les intentio
» de la capitale auprès des provinces, & dans tou
» l'Europe en y peignant la fituation d'un roi lib

» fous les fauffes couleurs d'un roi captif, perfécuté;
» & cette augufte affemblée cómme une affemblée
» de factieux. Oui, le fecret de cette infernale pro-
» cédure eft enfin découvert; il eft là tout entier
» (en montrant le côté droit); il eft dans l'intérêt
» de ceux dont le témoignage & les calomnies en
» ont formé le tiffu; il eft dans les reffources qu'elle
» a fournies aux ennemis de la révolution; il eft...
» il eft dans le cœur des juges tel qu'il fera bien-
» tôt buriné dans l'hiftoire par la plus jufte &
» la plus implacable vengeance ». A ces mots,
Mirabeau defcend de la tribune au bruit des plus
vifs & des plus nombreux applaudiffemens qui l'accompagnent jufqu'à fa place, & fe prolongent
long-temps après qu'il s'y eft affis. Les nobles, les
évêques, les témoins, honteux, embarrafés, fembloient avoir tout-à-coup changé de rôle & d'ac-
cufateurs fe trouver accufés : tous demeurerent dans
un morne filence. Montlofier fe préfenta cependant
à la tribune; mais il fe borna à demander l'impreffion du rapport de Chabroud & l'ajournement
de la difcuffion. Les révolutionnaires calculoient trop
bien l'avantage de ce moment décifif; ils n'eurent
garde de confentir à un renvoi. —— Dès l'inftant,
reprit Barnave, que la procédure du Châtelet a paru,
elle a été jugée. Perfonne n'a vû d'autre conjuration
que la procédure elle-même. J'invoque, meffieurs,
de votre juftice & de votre bonté, le plus profond

mépris pour cette procédure, pour le Châtelet, pour les témoins. Monfieur d'Orleans imprimera ce qu'il voudra; il ne fera que confirmer l'eftime univerfelle de la nation pour fon patriotifme. Tous les députés du côté gauche crierent aux voix. Les gens fages blâmerent cette précipitation. C'étoit enlever une abfolution; ce n'étoit pas obtenir une décharge légale. Mais les révolutionnaires favoient que l'impuiffance de leurs ennemis pouvoit feule les fauver, & que dans des débats où il s'agit de grands intérêts, c'eft moins la juftice que la force qui décide le crime ou l'innocence.

Ceux de mes lecteurs qui ont lu le récit véridique des événemens des cinq & fix octobre, ne douteront point qu'il ait exifté un complot, & que Mirabeau, le duc d'Orleans & la plupart des députés révolutionnaires, ne foient entré dans ce complot: mais il eft également certain qu'il avoit exifté des projets de contre-révolution & un plan formé pour entraîner le roi à Metz. Il eût donc été plus fage aux deux partis, voyant leurs projets échoués, de ne point rappeller des événemens malheureux où fe trouvoient de part & d'autre tant de coupables... Les torts de la cour étoient fi évidens, qu'il étoit naturel de penfer que les orleaniftes & les révolutionnaires en profiteroient pour fe difculper dans l'opinion publique, & pour rejeter l'odieux de ces deux journées fur la cour & fur les ennemis de la révolution. . . Quelques nobles , imbus d'antiques principes de refpect, d'amour, d'obéiffance fervile, pouvoient, nonobftant toute confidération perfonnelle de haine & de vengeance, traiter d'attentats impardonnables la violation du palais du roi & le maffacre de fes gardes. . . Mais le peuple devoit néceffairement voir cette violation & ce maffacre comme une fuite fortuite des entreprifes formées contre fa liberté : c'eft ce que le peuple vit. En vain les ariftocrates crierent contre le rapport de Chabroud, en vain le marquis de Bonnay dit à la tribune que ce rapport étoit un modele de plaidoyer pour les grands criminels; le peuple adopta toutes les vues qu'avoit préfentées Chabroud, & s'obftina à ne trouver, dans cette malheureufe affaire, d'autres coupables que la reine, les nobles, les prêtres & les parlemens.

Les évêques & les nobles crurent qu'une proteftation annulleroit le jugement que venoit de rendre la majorité de l'affemblée, & leur fourniroit, lorfque des circonftances plus favorables le permettroient, un moyen affuré de remettre en caufe le duc d'Orléans & Mirabeau. Ils protefterent donc, ils affurerent que le décret de l'affemblée étoit contraire à toutes les regles de la juftice & rendu contradictoirement à toutes les formes; que pendant la difcution les tribunes, & même les membres de l'affemblée, leur avoient prodigué les infultes & les menaces; qu'ils n'avoient joui d'aucune liberté d'émettre leur opinion. Ils fi-

gnerent, & d'Eſprémenil comptant ſur la prochaine
rentrée du parlement, ne doutant point que ce grand
procès ne s'inſtruisît un jour devant lui , fit ſes réſerves.

Cette conduite des nobles & des évêques ſeroit
inexplicable ſi l'on ne remontoit pas à la ſource de
toutes les erreurs. On leur parloit ſans ceſſe des forces des puiſſances étrangeres, d'une invaſion prochaine en France. Les gardes-nationales, ajoutoit-
on , fuiroient au premier choc ; les troupes de ligne,
ſans chefs, ſe débanderoient ; le peu qui demeureroit ſous ſes drapeaux ne ſoutiendroit pas l'approche des Allemans & des Pruſſiens. Selon eux, tout
ce qui n'étoit pas né noble ne pouvoit avoir du
courage. Ils ne voyoient pas que le courage des
nobles tenoit lui - même à un ſentiment factice nommé
l'honneur ; que la nouvelle conſtitution venoit de
créer un honneur pour le peuple, comme l'ancien
gouvernement en avoit créé un pour les nobles ;
qu'alors l'homme du peuple devoit l'emporter ſur
le noble, parce que n'étant pas, ainſi que le noble,
élevé dans la moleſſe, que plus accoutumé à la peine,
à la fatigue, aux privations , ayant plus de forces
phyſiques ; tous les avantages ſont de ſon côté.

Cependant on négocioit avec la cour de Rome.
Le roi avoit adreſſé au pape la conſtitution civile
du clergé, en lui mandant qu'il n'oublieroit jamais
qu'il étoit le protecteur de la religion ; mais que ſa
ſainteté comprendroit , ſans doute, que le premier in-

térêt de cette même religion, étoit de prévenir des difficultés & des divisions qui ne pouvoient troubler le repos de l'église de France, sans déchirer le sein de l'église universelle. Le pape répondit qu'il ne doutoit nullement de l'attachement du roi à la religion catholique & romaine ; que vicaire de jesus-christ, chargé du dépôt de la foi, il devoit l'eclairer, non sur ses devoirs envers dieu & envers ses peuples, il le croyoit incapable de trahir sa conscience & de la sacrifier aux spéculations d'une fausse politique, mais il devoit lui dire avec fermeté & amour paternel, que si sa majesté approuvoit les décrets concernant le clergé, elle induisoit en erreur une nation entiere ; elle précipitoit son royaume dans le schisme & peut-être dans un guerre cruelle de religion ; qu'il avoit eu l'attention scrupuleuse de ne pas exciter cette guerre, en n'employant, jusqu'ici, que les armes innocentes de la priere ; que si la religion continuoit d'être en danger, il seroit obligé, comme chef de l'église, de faire entendre sa voix, sans jamais toutefois s'écarter des regles de la charité ; que sa majesté ne crût pas qu'un corps purement politique, pût changer la doctrine & la discipline universelle de l'église ni statuer sur l'élection des évêques, sur la suppression des sieges épiscopaux ; qu'elle ne hasardât point son salut éternel, ni celui de ses peuples, en donnant une approbation précipitée qui scandaliseroit toute la catholicité ; que si sa majesté avoit pu renoncer aux droits de

fa couronne, elle ne pouvoit facrifier pour aucune confidération ce qu'elle devoit à dieu & à l'églife dont elle
étoit le fils ainé : qu'au refte, avant que de prononcer
dans une affaire fi importante pour la religion, il vouloit connoître les fentimens du clergé de France.

Cette réponfe du pape donna lieu à de nouvelles
négociations. L'archevêque d'Aix, fous le nom d'expofé des principes des évêques de l'affemblée nationale, rédigea un long mémoire dans lequel, en
proteftant que les évêques étoient difpofés & foumis à tous les facrifices temporels, il lia avec tant
d'art ces mêmes facrifices aux intérêts fpirituels de
la religion, que non-feulement la nouvelle circonfcription des diocefes, mais encore la fuppreffion des
chapitres, des communautés religieufes & la vente
des biens du clergé, devinrent l'arche fainte à laquelle
il n'étoit pas permis de toucher. Tous les évêques
de France adopterent cet expofé des principes des
évêques de l'affemblée. On décida, dans une inftruction fecrete envoyée aux diocefes, que les évêques
& les curés, en prêtant le ferment civique, excep-
teroient, par une difpofition expreffe, les objets qui
dépendoient de la puiffance fpirituelle ; que les évêques ne concourroient en rien à la fuppreffion des
chapitres ; que dans tout ce qui tenoit à la nouvelle conftitution du clergé, ils attendroient les fom-
mations & notifications des corps adminiftratifs ;
qu'alors ils annonceroient l'intention où ils étoient de

s'en rapporter à la décifion du pape, & déclaroient qu'il eft néceffaire que l'églife confacre par fon autorité, & par l'application des formes canoniques, les changemens qui concernent la hiérarchie & la difcipline eccléfiaftique ; que les évêques fupprimés repondroient qu'ils ne peuvent être privés de la ju-rifdiction épifcopale, & déchargés des obligations de leur miniftere par la feule puiffance temporelle ; qu'ils entretiendroient le cours des études & des exercices de piété dans leurs féminaires jufqu'à ce que ces féminaires fuffent fermés par des actes d'au-torité ; que s'ils étoient forcés de quitter leurs pa-lais épifcopaux, ils loueroient une maifon dans la principale ville de leur diocefe pour y continuer leur réfidence, & y feroient élection de domicile. On ajouta que fi des circonftances impérieufes détermi-noient les évêques fupprimés à donner à d'autres évêques leurs délégations (ce qu'ils ne devoient faire qu'après avoir épuisé tous les autres moyens), il faudroit que ces délégations fuffent publiques, mo-tivées, provifoires & à terme d'une année ; à la charge en outre, par les évêques défignés, de faire mention dans tous les actes concernant les paroiffes dé-pendantes des évêchés fupprimés, qu'ils n'exerçoient que comme délégués & vicaires des évêques dont ils avoient les pouvoirs ; qu'on obfervoit aux évêques fup-primés, qui feroient tentés de donner leur démiffion, que cette démarche ne rendoit pas le fiege vacant,

à moins que ces démiffions ne fuffent acceptées canoniquement du pape & du métropolitain ; que dans
le cas d'un fiege vacant, foit par mort, foit par démiffion acceptée canoniquement, l'adminiftration du
diocefe appartient au chapitre, & au défaut du chapitre, au métropolitain ; qu'ainfi l'on ne reconnoîtroit
point comme canonique toute éreçtion d'évêché qui
feroit faite fans le concours du pape; que les métropolitains ne donneroient point l'inftitution aux
évêques nommés felon les formes qu'établiffoient les
décrets.

Ces inftruçtions devinrent la bafe de la conduite
des évêques & des eccléfiaftiques attachés à leur
parti. Bientôt des plaintes arriverent chaque jour contre les manœuvres des prêtres pour égarer le peuple & pour entraver la marche de la conftitution,
Les révolutionnaires, fatigués de ces réfiftances, réfolurent de prendre ce qu'ils appelloient une grande
mefure.

—— Une ligue, dit Verdel, s'eft formée contre
l'état & contre la religion entre quelques évêques
& quelques curés. La religion en eft le prétexte;
l'intérêt & l'ambition en font les motifs. Montrer
au peuple, par une réfiftance combinée, qu'on peut
impunément braver les lois, lui apprendre à les mé-
prifér, le façonner à la révolte, diffoudre tous les
liens du contrat focial, exciter la guerre civile;
voilà les moyens.

Ce plan fe trouve tracé dans une lettre de l'évêque de Tréguier aux curés de fon diocefe. L'évêque de Tréguier, après avoir déclaré qu'il regardera perfonnellement comme intrus les évêques & les curés nommés d'après les nouvelles formes, protefte qu'il ne communiquera pas avec eux, *in divinis*, & ajoute: .... Dans tous les temps, mais fur-tout dans celui-ci, il eft néceffaire que nous n'ayions qu'une même façon de penfer, un même langage, & que notre conduite foit uniforme. L'évêque de Tréguier joint à fa lettre un modele de proteftation, dans lequel il eft dit que c'eft à l'autorité eccléfiaftique feule qu'il appartient de fixer les bornes du territoire de chaque pafteur, de lui donner la fucceffion apoftolique, la miffion légitime & l'autorité fpirituelle...

Les autres évêques réfractaires ne s'expliquent pas, à la vérité, en des termes auffi abfolus; cependant uniformes quant à la réfiftance à vos lois, ils en varient les effets au gré de leurs diverfes paffions, de leurs craintes ou de leurs efpérances. Les chapitres vont encore plus loin, ils s'oppofent formellement à toute vente, échange, aliénation des droits, biens, revenus de l'églife, & difent hautement que, jufqu'à ce qu'ils en foient empêchés par la force phyfique, ils continueront leurs fonctions canoniales. Un grand nombre de curés fe réuniffent par des déclarations, foit générales, foit particulieres, aux évêques & aux chapitres. Les uns proteftent publiquement en chaire contre vos décrets, prêchent contre l'émiſſion des aſſignats, contre l'aliénation des ci-devant biens eccléſiaſtiques ; les autres damnent impitoyablement ceux qui acquerront des biens nationaux, ceux même qui ſe prêteront aux opérations préliminaires de cette vente ; déclarent que ni eux, ni les évêques, ni le pape même, au moment de la mort, ne peuvent leur donner l'abſolution. Ils exhortent les peuples à refuſer le paiement des impôts & à maſſacrer les commis.

Voidel lut un long projet de décret ſur les moyens de prévenir les ſuites funeſtes qu'entraîneroit infailliblement cette révolte des évêques, des chapitres & de quelques curés. Montloſier demanda l'ajournement. Barnave répondit que le moindre retard étoit dangereux. — « Sans doute, meſſieurs, ré-
» pliqua Mirabeau, vous appercevez le but & l'attente
» coupable de cette cabale. Elle eſpere, à force
» de vous fatiguer, que vous ceſſerez d'être ſages ;
» qu'après avoir reſpecté & maintenu la religion,
» vous en attaquerez tout-à-coup les principes ;
» afin que votre chûte dans l'impiété invite le peu-
» ple à la diſperſion des légiſlateurs dont la France
» attend ſon bonheur & ſa gloire. On veut faire
» haïr en vous les perſécuteurs du chriſtianiſme.
» Un tel deſſein demande des hommes revêtus du
» plus auguſte caractere, dont le titre inſpire la con-
» fiance à ceux qui reſpectent la religion & les lois.

» C'eſt du fond du ſanctuaire de la loi qu'on s'éleve
» contre la loi même, qu'on feint d'attendre une ré-
» ponſe du pape. On tient un langage de paix, on
» affecte une pieuſe réſignation, on ſe revêt d'un
» caractere faux, perfide. . . . , on dit qu'on attend
» la réponſe du pape ; & l'on travaille cependant
» à armer la France catholique contre la France
» libre. Avec quel artifice ils appellent la piété
» crédule ! déja dans leurs écrits & dans leurs
» diſcours, ils lui préſentent la religion ramenée à
» ces jours orageux où elle gémiſſoit ſous des em-
» péreurs païens. Alors, ajoutent - ils, du ſein des
» cavernes où la religion étoit forcée de ſe retirer,
» elle ſe tramoit un culte & une hiérarchie qui
» n'embraſſoient en rien la diſtribution des pro-
» vinces Romaines.

» Eſt - il donc étonnant que, dans le temps
» d'enfance du chriſtianiſme, quelques empéreurs
» aient laiſsé ſe régir dans ſon inviſibilité le ſacer-
» doce chrétien ? Les pontifes ne demandoient à
» l'autorité que le repos du glaive qui avoit égorgé
» tant de fideles. . . . . Vous les perſécuteurs de la
» religion ! vous qui lui avez proclamé un ſi noble
» & ſi touchant hommage dans le plus beau de vos
» décrets ! vous qui conſacrez à ſon culte une dé-
» penſe publique dont votre prudence & votre juſtice
» vous euſſent rendus ſi économes ! vous qui avez
» fait intervenir la religion dans la diviſion du royau₄

» me, & qui avez planté le figne de la croix fur
» toutes les limites des départemens! vous, enfin,
» qui favez que dieu eft auffi néceffaire aux hommes
» que la liberté! Ah! loin de nous tout fyflême
» qui ôteroit au vice un frein que les lois ne don-
» nent pas toujours, & éteindroit le dernier efpoir
» de la vertu malheureufe ».

L'abbé de Montefquiou défendit le clergé avec ce
ton de douceur & de fentiment plus propre à
réuffir auprès d'une nombreufe affemblée, par l'intérêt que l'orateur infpire, qu'un amas de citations,
d'autorités, de paffages de conciles, inconnus aux
uns, rejetés avec mépris par les autres, & qui ne
font qu'irriter l'orgueil en lui préfentant des obftacles.
On écouta l'abbé de Montefquiou avec indulgence;
mais tout ce qu'il put dire ne changea point les
difpofitions des révolutionnaires.

L'abbé Maury fuccéda dans la tribune à l'abbé
de Montefquiou. C'étoit fur lui que le clergé fondoit
fes plus fermes efpérances, non pour empêcher le
décret, le clergé favoit que l'expofition des principes
des évêques le rendoit néceffaire, mais pour lui donner
un air de violence, pour le faire regarder comme
l'effet de la cabale proteftante, & du projet fecret
d'anéantir le catholicifme.

L'abbé Maury impatient, colere, s'animant par
la contradiction, étoit très-propre à remplir le rôle
dont on le chargeoit. Les révolutionnaires étoient

décidés à ne pas laiſſer au clergé cette foible reſſource. Alexandre Lameth occupoit le fauteuil; il maintint, pendant la diſcuſſion, le plus grand calme & le plus profond ſilence. En vain l'abbé Maury cherchea-t-il à ſe faire interrompre, s'interrompit-il lui-même, ſe plaignit-il qu'on ne vouloit pas l'entendre; en vain, abandonnant & reprenant le ſujet principal de ſon diſcours, ſe perdit-il dans les diſgreſſions les plus étrangeres, interpella-t-il perſonnellement Mirabeau, & lui jeta-t-il vingt fois le gant de la parole; au moindre mouvement d'impatience qui s'élevoit dans l'aſſemblée : — Attendez, monſieur l'abbé, diſoit Alexandre Lameth avec un ſang-froid déſeſpérant, je vous ai promis la parole, je vous la maintiendrai; & ſe tournant vers les interrupteurs : Meſſieurs, écoutez monſieur l'abbé Maury, il a la parole; je ne ſouffrirai pas qu'on l'interrompe. S'adreſſant en-ſuite avec un ris malin aux députés qui étoient au-près de lui : — Vous le voyez, l'abbé Maury voudroit bien qu'on l'interrompît, qu'on le forçât de quitter la tribune; il fait tout ce qu'il peut pour qu'on lui impoſe ſilence, afin d'avoir un prétexte de dire qu'on refuſe de l'entendre & de crier à l'oppreſſion. Il n'aura pas même ce petit plaiſir; je lui maintiendrai la parole malgré lui-même. . , En effet, les révolu-tionnaires, entrant dans les ſentimens d'Alexandre Lameth, ſembloient muets, impaſſibles; après deux grandes heures de divagations, tantôt éloquentes, tantôt ennuyeufes, l'abbé Maury defcendit de la tribune, furieux de ce qu'on ne l'en avoit pas chafé, & fi hors de lui, qu'il ne fongea pas même à prendre de conclufions.

Ces faits minutieux, que quelques lecteurs me reprocheront peut-être de rappeller, peignent l'efprit général des grandes affemblées, & fur-tout le caractere françois. L'homme qui lit pour s'inftruire, femblable au voyageur philofophe, veut tout connoître. Il fait que les hommes fout petits; que ce font les petites chofes qui décident, prefque toujours, les grands événemens.

On décréta que les évêques, ci-devant archevêques, curés, vicaires, fonctionnaires publics, feroient tenus de jurer de veiller avec foin fur les fideles du diocefe ou de la paroiffe qui leur feroit confiée; d'être fideles à la nation, à la loi, au roi; de maintenir de tout leur pouvoir la conftitution décrétée par l'affemblée nationale & acceptée par le roi; que ceux defdits évêques, ci-devant archevêques & autres, qui n'auroient pas prêté, dans les délais, le ferment qui leur étoit refpectivement prefcrit, feroient réputés avoir renoncé à leurs offices, & qu'on pourvoiroit à leur remplacement comme en cas de vacance par démiffion; que dans le cas où lefdits évêques, curés, après avoir prêté leur ferment refpectif, viendroient à y manquer, foit en refufant d'obéir aux décrets de l'affemblée, foit en formant ou en exécutant des

oppofitions

oppofitions à leur exécution, ils feroient pourfuivis comme rebelles à la loi, punis par la privation de leur traitement, déclarés déchus des droits de citoyen actif, incapables d'aucune fonction publique ; que ceux des évêques, ci - devant archevêques & curés, refufant de prêter le ferment prefcrit ainfi que ceux fupprimés, qui s'immifceroient dans aucune fonction publique, ou dans celles qu'ils exercent encore, feroient pourfuivis comme perturbateurs du repos public & punis fuivant la rigueur des lois ; que toutes perfonnes eccléfiaftiques ou laïques qui fe coaliferoient pour combiner un refus d'obéir aux décrets de l'affemblée nationale, ou pour exciter des oppofitions à leur exécution, feroient également traités comme perturbateurs du repos public : on ajouta que les évêques, archevêques, curés & autres fonctionnaires eccléfiaftiques membres de l'affemblée nationale, prêteroient le ferment qui les concernoit refpectivement dans la huitaine du jour auquel la fanction du préfent décret auroit été annoncée.

Ce décret que la fauffe politique & l'orgueil des évêques fembla folliciter, que la haine & une impatiente cupidité des propriétés eccléfiaftiques fit rendre inconfidérément, eut des fuites que n'avoient prévues ni l'un ni l'autre parti. Ils fe tromperent également dans les motifs qui les déterminerent. Le clergé, la cour & les nobles, crurent que les peuples, dévoués aux miniftres du culte, fe rallieroient à l'étendard de la religion. Les révolutionnaires penferent que les évêques, intéreſſés ſeuls dans la réforme que faiſoit l'aſſemblée, feroient abandonnés du bas clergé; qu'en offrant aux curés la proie de quatre - vingt - trois évêchés vacans, & plus de douze cents places de vicaires épiſcopaux à cent louis de gage, ils les attacheroient au ſuccès de la révolution.

Cependant quelques évêques plus fages, & prévoyant mieux la marche des événemens, defiroient que la cour de Rome ſe prêtât aux circonſtances. L'archevêque d'Aix rédigea au nom du roi un nouveau mémoire. Louis XVI en communiquant au pape le décret qui obligeoit tous les évêques à prononcer un ferment, lui fit ſentir la néceſſité d'éviter un ſchiſme que rien ne pouvoit empêcher, fi ſa faínteté refuſoit de conſentir à des changemens que l'état actuel des choſes ne permettoit plus de rejeter. Il demanda que le pape autoriſât & confirmât la diviſion des évêchés & des métropoles, telle qu'elle étoit établie par les décrets de l'aſſemblée nationale; l'érection des nouveaux évêchés, l'établiſſement d'un nombre de vicaires épiſcopaux, chargés de remplir les fonctions paroiſſiales dans les égliſes cathédrales, & de former le conſeil de l'évêque; qu'il exhortât les métropolitains & les évêques, dont les dioceſes étoient ſupprimés ou démembrés, à donner leur conſentement à cette nouvelle diviſion des dioceſes, & à ne point refuſer l'inſtitution canonique aux évêques & aux curés qui feroient nommés par la voie de l'élection.

On ne fauroit, ajoutoit le roi, fe diffimuler à quel point il importe que l'églife faffe tout ce qu'elle peut faire. Le filence ou le refus de votre fainteté décidera le fchifme. C'eft pour le plus grand intérêt de la religion que je vous conjure de me donner une réponfe prompte & conforme aux articles que je crois devoir vous propofer. L'archevêque d'Aix, pour feconder les intentions pacifiques du roi, écrivit au cardinal de Bernis, ambaffadeur à Rome, que c'étoit au pape à préferver la religion par des décifions fages & mefurées; que ces décifions feroient acceptées; qu'il s'engageoit à donner un mandement dès qu'elles feroient arrivées; qu'il avoit parlé le même langage à quelques évêques qui avoient approuvé fes difpofitions. L'archevêque d'Aix, non content de ces démarches qui l'honorent, offrit d'aller à Rome, affurant le roi qu'il parviendroit plus facilement à lever toutes les difficultés.

Mais la majorité des évêques ne penfoient point comme l'archevêque d'Aix. Ils refuferent de fe prêter à aucun arrangement, &, par leurs intrigues coupables, fermerent toute voie de conciliation, facrifiant la religion catholique à un fol entêtement & à un attachement condamnable à leurs richeffes. De leur côté les princes françois retirés à Turin, regardant ces querelles religieufes comme une femence féconde de guerres civiles , agirent auprès de la cour de Rome. Le pape trompé fur le véritable état des chofes & fur les difpofitions générales des efprits , efpérant un changement avantageux , différa ; fous divers prétextes , l'autorifation qu'on lui demandoit. Il reftoit une reffource au clergé, c'étoit que le roi refusât de fanctionner le décret : mais foit fuite du parti qu'avoit adopté le miniftere de tout fanctionner , afin de prouver de plus en plus le peu de liberté dont jouiffoit le roi , foit que la cour & les évêques efpéraffent que l'exécution éprouveroit une forte réfiftance de la part des prêtres & du peuple , le confeil décida que le roi fanctionneroit. On voulut pourtant paroître avoir été forcé : on apporta des lenteurs. Ces lenteurs alarmerent les janséniftes qui efpéroient voir enfin fe réalifer cette églife objet de leurs plus tendres affections ; églife projetée, dès le regne de Louis XIV , par les Arnauds & les Quefnels. L'impatient Camus demanda , avec une furprife mêlée d'indignation , fi le décret fur l'oppofition du clergé à fa conftitution civile , étoit fanctionné. Le préfident répondit qu'il ne l'étoit pas. Camus repliqua qu'il falloit que le préfident allât , dans la matinée même , chez le roi s'informer de la caufe de ce retard. Le préfident fe rendit chez le roi : il rapporta que le roi avoit promis de prendre en confidération le décret dont on lui parloit. En effet le roi écrivit le lendemain à l'affemblée , qu'en acceptant la conſtitution civile du clergé , il avoit annoncé qu'il prendroit les meſures convenables pour en aſſurer l'entiere exécution ; que depuis cet inſtant il n'avoit ceſsé de s'en occuper ; que le dernier décret n'étant qu'une ſuite de celui du mois de juillet, il ne pouvoit reſter aucun doute ſur ſes diſpoſitions ; que ce décret lui paroiſſoit exiger la plus grande prudence dans ſon exécution ; que ſon reſpect pour la religion ; ſon deſir de voir établir la conſtitution ſans agitation & ſans trouble, lui avoient fait redoubler d'activité dans les meſures qu'il prenoit ; qu'il en attendoit l'effet d'un moment à l'autre ; qu'il eſpéroit que l'aſſemblée nationale s'en rapporteroit à lui avec d'autant plus de confiance, qu'il étoit chargé de l'exécution des lois ; & qu'en cherchant les moyens les plus doux & les plus ſûrs pour éviter ce qui pourroit altérer la tranquillité publique, il penſoit conſolider les baſes de la conſtitution du royaume.

— Le roi, repartit le bouillant Camus, doit accepter purement & ſimplement les décrets conſtitutionnels ; quant aux autres, il eſt obligé de dire dans huit jours s'il les accepte ou s'il les rejete. Voilà les principes ; vous ne ſauriez ſouffrir un plus long délai ſans compromettre la conſtitution. Elle eſt achevée pour les bons citoyens ; elle eſt dans toute ſa vigueur : mais le retard des décrets qui tendent à y ſoumettre lui donneroit une atteinte

mortelle. Rappellez-vous ces séances où vous por-
tâtes les derniers coups au defpotifme royal.... Il
faut encore déployer votre fermeté. Le ferment décrété de fe foumettre à la conftitution civile du
clergé a été prêté dans plus d'une églife; mais quelques prêtres s'y refufent. L'archevêque de Rheims
déclare qu'il ne peut y adhérer. Ne fentez-vous pas
les conféquences pour le roi lui-même fi vos décrets
font exécutés avant fa fanction : puifque le clergé
n'a pas le bon efprit d'adopter les décrets qui le
concernent, j'en propofe un pour le maintien de
la religion catholique, & pour faciliter la vente des
biens nationaux, qui ne fe vendent que dans certains
départemens : c'eft de prier le roi d'envoyer demain
fa réponfe définitive.

—— Vous préfentez au roi, répondit l'abbé Maury,
une conftitution civile du clergé que nous jugeons
nous un objet purement fpirituel; le roi accepte
cette conftitution & l'adreffe au pape. Vous en demandez l'exécution immédiate; le roi vous fait une
réponfe dont vous concevez parfaitement l'efprit;
mais vous, vous êtes impatiens de renverfer l'obftacle
qu'on vous oppofe. Je vous obferve que le terme
de la fanction des décrets conftitutionnels n'eft pas
limité avec une grande précifion; que la liberté, non
des membres de cette affemblée, mais du chef de
l'état, exige de grandes précautions; parce que tout
acte de violence deviendroit un acte confervatoire.

Quant aux recours au faint fiege, dont vous vous plaignez, nous fommes citoyens, nous reconnoiffons l'unité du pouvoir temporel; mais quand la religion a été reçue dans l'état, elle avoit des lois, des droits & un chef. Tant qu'elle fera la dominante en France, cette religion ne fera pas votre efclave. Elle n'a aucune autorité fur le temporel; mais elle ne reconnoît pas la puiffance des hommes.

Ce difcours, très - clair, annonçoit les vues & les dernieres reffources du clergé. Auffi fut - il fouvent interrompu par les plus violens murmures. Cafalès remplaça l'abbé Maury dans la tribune; à peine eut-il prononcé quelques mots, que les révolutionnaires pouflerent de toutes parts les cris ordinaires de aux voix. Cafales infifta. Les révolutionnaires refuferent avec obftination de l'entendre. Ils craignoient que le peuple ne s'apperçût des moyens violens qu'ils employoient pour arracher du roi la fanction de leur décret. Ce refus excita les plus vives réclamations du côté droit. —— Je prie l'oppofition, dit Cafalès, de ne point me défendre : une injuftice de plus ne fervira qu'à faire reffortir l'oppreffion fous laquelle nous n'avons cefsé de gémir. Que l'affemblée déclare qu'elle ne veut entendre aucun des membres du côté droit : ordonnez, on vous obéira; mais ordonnez ou écoutez.

C'eft ce que vouloient la cour & les évêques. Il falloit, pour l'exécution de leurs deffeins, que l'af—

S. 4

semblée rejetât toute voie d'accommodement, commandât impérieusement la sanction, & que le roi parût forcé de la donner. Les révolutionnaires, accoutumés à tout emporter par la violence, ne songerent pas assez au refus de la médiation du roi, & combien il étoit essentiel à l'affermissement de cette même constitution civile du clergé qu'ils se prêtassent à ce qui pouvoit en faciliter l'exécution. Ils auroient dévoilé les véritables intentions de la cour; ils auroient montré au peuple les motifs de sa résistance & de l'obstination des évêques; mais il est rare qu'une grande assemblée raisonne : tout y est l'effet du choc des plus violentes passions.

Le soir quatre à cinq cents hommes de la populace se porterent sous les fenêtres du roi & demanderent à grands cris la sanction du décret. La cour attendoit ce mouvement. Dès le lendemain le roi fit annoncer à l'assemblée qu'il venoit d'accepter le décret; mais qu'il étoit bien aise d'expliquer les motifs qui l'avoient déterminé à retarder l'acceptation, & ceux qui le déterminoient à la donner en ce moment, qu'il alloit le faire avec franchise & comme il convenoit à son caractere; que ce genre de communication entre l'assemblée nationale & lui, devoit resserrer les liens de cette confiance mutuelle nécessaire au bonheur de la France; qu'il avoit fait plusieurs fois connoître à l'assemblée nationale les dispositions invariables où il étoit d'appuyer, par tous les moyens qui étoient en lui, la constitution qu'il avoit acceptée & jurée de maintenir ; que s'il avoit tardé à prononcer l'acceptation sur le dernier décret, c'est qu'il étoit dans son cœur de desirer que les moyens de sévérité pussent être prévenus par ceux de la douceur, c'est qu'en donnant aux esprits le temps de se calmer, il croyoit que l'exécution s'effectueroit avec un accord qui ne seroit pas moins agréable à l'assemblée qu'à lui ; qu'il espéroit que ces motifs de prudence seroient généralement sentis ; mais puisqu'il s'étoit élevé sur ses intentions des doutes que la droiture de son caractere devoit éloigner, il ne balançoit plus : sa confiance dans l'assemblée nationale l'engageoit d'accepter.

Malgré ces dehors affectés d'union avec l'assemblée, ces protestations de maintenir la constitution, les révolutionnaires se défioient des intentions du roi. Ils travaillerent donc avec beaucoup d'activité à mettre à exécution le décret de la constitution civile du clergé : ils étoient décidés à prévenir la réponse du pape. En effet, si cette réponse étoit favorable, ils la présenteroient au peuple comme une suite de décret qu'ils avoient rendu ; si elle étoit négative, ou même dilatoire, ils accuseroient le clergé de n'avoir pas prévu la rigueur de l'exécution d'une loi que sa résistance avoit rendue nécessaire.

Les ecclésiastiques du parti révolutionnaire, députés à l'assemblée, n'attendirent pas le délai fixé pour la prêtation du ferment. Les évêques d'Autun & de Lida donnerent l'exemple. L'évêque de Lida voulut employer quelques reftrictions. Interpellé s'il entendoit prêter un ferment pur & fimple ; il répondit, d'un ton hypocrite, qu'il avoit motivé fon préambule à l'exemple de l'abbé Grégoire, dans le deffein de perfuader aux eccléfiaftiques de fa province que l'intention de l'affemblée n'étoit pas de bleffer les droits fpirituels de l'églife ; qu'il réparoit une omiffion qu'il fe reprochoit en qualité de fonctionnaire public ; qu'il fe foumettoit fans réferve au décret de l'affemblée ; qu'il juroit de remplir fidellement fes devoirs civiques.

Les évêques & les révolutionnaires s'agiterent & intriguerent , les uns pour faire prêter le ferment , les autres pour empêcher qu'on ne le prêtât. Les deux partis fentoient l'influance qu'auroit dans les provinces la conduite que tiendroient les eccléfiaftiques de l'affemblée. Les évêques fe rapprocherent de leurs curés ; les dévots & les dévotes fe mirent en mouvement. Toutes les converfations ne roulerent plus que fur le ferment du clergé. On eût dit que le deftin de la France & le fort de tous les François dépendoient de fa prêtation ou de fa non - prêtation. Les hommes les plus libres dans leurs opinions religieufes, les femmes les plus décriées par leurs mœurs, devinrent tout - à - coup de féveres théologiens, d'ardens miffionnaires de la pureté & de l'intégrité de la foi Romaine.

Le journal de Fonteney, l'ami du roi, la gazette de Durofois, employerent leurs armes ordinaires, l'exagération, le menfonge, la calomnie. On répandit une foule d'écrits dans lefquels la conftitution civile du clergé étoit traitée de fchifmatique, d'hérétique, de deftructive de la religion. Les dévotes colportoient ces écrits de maifon en maifon. Elles prioient, conjuroient, menaçoient, felon les penchans & les caracteres. On montroit aux uns le clergé triomphant, l'affemblée diffoute, les eccléfiaftiques prévaricateurs dépouillés de leurs bénéfices, enfermés dans des maifons de corrections ; les eccléfiaftiques fideles couverts de gloire, comblés de richeffes. Le pape alloit lancer fes foudres fur une affemblée facrilege & fur des prêtres apoftats. Les peuples dépourvus de facremens fe fouleveroient, les puiffances étrangeres entreroient en France, & cet édifice d'iniquité & de fcélérateffe, s'écrouleroit fur fes propres fondemens.

Les révolutionnaires, fans s'inquiéter autant que les nobles & les évêques du fuccés de la mefure qu'ils avoient décrétée, agiffoient de leur côté ; non qu'ils regardaffent le refus des évêques, des chapitres & du haut clergé comme contraire à leurs projets, il leur offroit un moyen légal de ne point les payer & ils étoient décidés à le faifir, mais les révolutionnaires auroient fouhaité que les curés prêtaffent

le ferment. Ils voyoient déja le parti que les ennemis de la révolution tireroient de leur refus pour
exciter des troubles. Cependant les évêques pense-
rent qu'il falloit, avant d'éclater, témoigner quelque
envie de fe prêter au vœu de l'affemblée.

L'évêque de Clermont propofa une formule de
ferment rédigée avec beaucoup d'art & propre à
féduire les fimples. L'évêque de Clermont y répétoit
que les évêques étoient difposés à tous les facrifices ; qu'ils donneroient toutes les affurances de la
plus, entiere foumiffion aux décrets de l'affemblée ;
qu'ils confentiroient à prêter tout ferment qui pourroit
s'accorder avec la religion ; qu'en conféquence ils n'ex-
ceptoient que ce qui tenoit immédiatement au fpirituel
de l'églife. Les évêques étoient bien sûrs que les révolutionnaires refuferoient un ferment conditionnel qui
n'engageoit à rien ; car dans les principes du clergé,
le revenu temporel des églifes eft auffi fpirituel que
le dogme même. Et puis les efprits s'étoient aigris :
à l'intérêt de la chofe fe joignoit un intérêt d'orgueil ; & quand même le ferment que propofoit l'é-
vêque de Clermont eût été le même pour le fond,
les révolutionnaires fe feroient opiniâtrés à exiger
qu'il eût la même forme & qu'il s'exprima dans
les termes mêmes du décret.

Charles Lameth invita donc les eccléfiaftiques à
ceffer une réfiftance coupable, & leur annonça que
s'ils ne prêtoient pas le ferment ils cefferoient d'être
fonctionnaires publics.

— Vous devez, meſſieurs, ajouta Lameth en s'a-
dreſſant à l'aſſemblée, faire un ſage emploi de vos
forces : les ennemis de la conſtitution, les prêtres ſur-
tout, trouveront aſſez de fanatiques, aſſez de mal-
heureuſes victimes de leurs fureurs, ſans que vous
les favoriſiez par votre foibleſſe.

Les révolutionnaires, juſqu'à ce jour, avoient
compté ſur l'aſſentiment de la preſque totalité
des curés ; mais voyant, par les diſpoſitions manifeſtes
du plus grand nombre, qu'ils ne conſentiroient point
à prêter le ſerment qu'on exigeoit, ils chercherent,
à l'aide de différentes explications, à leur faciliter
ce pas difficile. Ils n'étoient point à ſe repentir de
la mal-adreſſe avec laquelle ils avoient décrété que
les eccléſiaſtiques, membres de l'aſſemblée, prêteroient
leur ſerment au milieu même de l'aſſemblée, ſous
les yeux de leurs évêques, de leurs anciens ſeigneurs,
& d'un peuple témoin de leur courage ou de leur
lâcheté ; mettant ainſi, dans une inégale balance,
leur conſcience, leur honneur & un mince bénéfice.

Le jour fatal arrivé, l'abbé Grégoire monte à la
tribune ; — il prend, dit-il, la parole au nom de
la religion, de l'amour de la patrie, de la paix ; il
proteſte de l'union fraternelle & du reſpect invaria-
ble qui l'attachent aux curés ſes confreres, & à ſes
véritables ſupérieurs les évêques. Il répete que l'aſſemblée n'a jamais entendu toucher au ſpirituel. Les
applaudiſſemens prolongés des révolutionnaires, ſem-

blent ratifier l'affurance que donne l'abbé Grégoire.
Il continue : — Le ferment que demande l'affemblée , ne doit pas effrayer les confciences timorées.
L'affemblée n'exige pas un affentiment intérieur...
Ce fingulier aveu excite les murmures des évêques
& des nobles. — On peut jurer, pourfuit l'abbé Grégoire, d'obéir à une loi , & cependant garder fon
opinion.... Ce nouvel éclairciffement ne contentant
perfonne, Mirabeau s'empreffe de le développer : —
L'affemblée n'a aucun empire fur les confciences,
elle déclare feulement l'incompatibilité de telle
fonction avec tel ferment. ... Le refus de le prêter
n'a que l'effet d'une démiffion volontaire. Je ne ferois pas monté à cette tribune , ajoute Mirabeau, pour
donner cette explication, fi l'on ne lifoit fur les murs des
carrefours de Paris une affiche inconftitutionnelle, inique même. On y déclare perturbateurs du repos public , les eccléfiaftiques qui ne prêteront pas le ferment
décrété: l'affemblée n'a jamais permis une telle affiche ; celui qui dit : je ne puis prêter le ferment & je
donne ma démiffion, n'eft certainement pas coupable.

Cette affiche, prodiguée dans tous les quartiers de
Paris , étoit une manœuvre des révolutionnaires pour
exciter le peuple contre les prêtres qui refuferoient
de prêter le ferment , & pour les intimider par la
crainte des événemens qu'entraîneroit un refus. L'affiche avoit produit l'effet qu'on en attendoit. Elle
avoit fignalé aux yeux du peuple , comme ennemis

de la révolution, les prêtres qui s'opiniâtreroient à ne point jurer. Les révolutionnaires ne voulant pas qu'au moment même qu'on alloit exiger le ferment, il exiftât une preuve fi authentique des moyens violens qu'on prenoit pour l'arracher, feignirent d'être très-courroucés contre les auteurs de cette affiche. L'affemblée ordonna qu'elle feroit enlevée & lacérée fur-le-champ ; mais on ne fit aucune recherche de ceux qui l'avoient publiée & placardée. Le proteftant Barnave obferva que le délai accordé aux eccléfiaftiques, membres de l'affemblée, étoit expiré ; que pour exécuter la loi, & pour donner une impulfion centrale aux corps adminiftratifs, il falloit interpeller les eccléfiaftiques préfens s'ils vouloient, oui ou non, prêter le ferment décrété ; que d'après les éclairciffemens préfentés par l'abbé Grégoire & par Mirabeau, il ne pouvoit plus refter de doute aux hommes dont la contre-révolution n'étoit pas le but, — Il eft impoffible, reprit Mirabeau, de prévoir qu'il y ait des refufans après les explications fimples, les invitations charitables que vous venez d'entendre : vous ne pouvez croire que des miniftres de paix veuillent fécouer, fur leur patrie, les torches de la difcorde. Les révolutionnaires commencerent à efpérer qu'ils remporteroient la victoire. Les difcours de l'abbé Grégoire & de Mirabeau avoient fait une forte impreffion fur les curés qui ne tenoient ni à l'un ni à l'autre parti, & qui ne demandoient qu'à s'affurer contre les reproches de leur conscience. Les évêques s'apperçurent de cette disposition des esprits ; ils eurent recours à leurs moyens ordinaires , & chercherent à jeter le trouble dans l'assemblée. L'abbé Maury se présente à la tribune. Les révolutionnaires , prévoyant l'impression que son discours va faire sur les curés, pouffent des cris de fureur. Ils y joignent des menaces & des gestes indécens. — Frappez mais écoutez , s'écrie l'abbé Maury. Les évêques & les nobles disent que l'assemblée n'est pas libre. Camus demande que l'explication, donnée par l'abbé Grégoire & développée par Mirabeau , soit insérée dans le procès - verbal — L'explication, reprend d'Esprémenil , donnée par Mirabeau , est un monument de mauvaise foi — Je vais le proùver. Ces mots excitent de violens débats : bientôt les injures remplacent la discussion. Point d'explication , disent les uns. — Pourquoi a - t- on admis celle de l'abbé Grégoire , répondent les autres. — Ni préambule ni restriction , répliquent l'abbé Maury & les évêques , que nous sachions franchement ce que l'on exige de nous. — Jurez, jurez, répétent les révolutionnaires.

Mirabeau s'efforce de ramener la question à son véritable objet. — La puissance civile , dit - il , ne peut exiger , de chaque citoyen, que l'obéissance & la soumission à la loi , & de chaque fonctionnaire public , que d'exécuter & de faire exécuter la loi.

loi. L'affemblée nationale n'entend, par fon décret, qu'affurer l'exécution des lois. Elle laiffe l'entiere liberté d'opinion & de confcience qui ne fauroit être ravie à perfonne. Ce nouveau développement ne rapproche point les deux partis ; les efprits étoient trop animés, les intérêts trop contraires. On infifte pour l'appel nominal : il commence.

On entend tout-à-coup, dans le dehors, quelques cris : — *A la lanterne ceux qui refuferont*. . . On a prétendu que ces cris partoient d'hommes apoftés par les évêques. Quoi qu'il en foit, cette manœuvre eut le fuccès qu'on en efpéroit. — Entendez-vous, dit Cafalès, les cris que l'on pouffe autour de cette affemblée ; que monfieur le maire aille faire ceffer ce défordre & taire ces brigands. — Vous voyez, repart Dufraiffe-Duchey, les fcélérats falariés par les factieux ; ils inveftiffent la falle de nos féances toutes les fois qu'il s'agit de porter atteinte à la religion & à la monarchie : l'affemblée n'eft pas libre, je protefte tant en mon nom qu'au nom de mes commettans... François de Bauharnois & plufieurs évêques s'avancent au bureau, affurent qu'il eft impoffible de délibérer dans un pareil défordre : ils demandent que fi l'on refufe d'écouter les miniftres de la religion, l'on fe comporte du moins avec la décence due aux malheurs de ceux qu'on veut intimider. Murinais fomme le préfident de lever la féance. Les révolutionnaires demeurent calmes,

& laiffent leurs adverfaires s'abandonner aux plus folles
clameurs. Le préfident envoie deux huiffiers voir
d'où partent les cris dont on fe plaint. Tout étoit
difparu. L'appel nominal continue. L'évêque d'Agen
répond avec une douceur modefte : — Je fuis fâché,
meffieurs, de ne pouvoir faire ce que vous exigez
de moi. Je ne donne aucun regret à ma place,
aucun regret à ma fortune; j'en donnerois à la perte
de votre eftime que je veux mériter. Les bruyans
applaudiffemens des membres du côté droit cou-
ronnent la réponfe de l'évêque d'Agen... On appelle l'abbé Fournier curé d'Agen. — Je me fais
gloire, replique-t-il, d'adhérer aux fentimens de
mon évêque. Je le fuivrai par-tout, & même au
fupplice, comme le diacre Laurent fuivit le pape
Sixte. De nouveaux applaudiffemens, de nouveaux
bravos retentiffent du côté droit. L'abbé Leclerc,
curé de la Combe, bailliage d'Alençon, vient le
troifieme, & dit : — Je déclare, qu'enfant de l'é-
glife catholique & romaine, je ne prêterai point le
ferment demandé. Les révolutionnaires reconnoiffent
enfin que, dans cette lutte folemnelle, l'honneur, la
religion, la timidité même, fe tournent contre eux; ils
demandent que chaque eccléfiaftique fe borne à dire:
Je jure ou je refufe. — C'eft une tyrannie, reprend
Foucauld ; les empereurs romains laiffoient aux
martyrs la liberté de prononcer le nom de dieu,
& de profeffer le glorieux témoignage de leur fidélité

à la religion... Quelqu'un propose un appel collectif & l'insertion de ceux qui auront juré. Les révolutionnaires appuyent cette proposition. Les évêques & les nobles la combattent. Elle passe à la pluralité des voix Un curé jure en adoptant le sentiment de l'assemblée qui a déclaré n'avoir pas voulu toucher au spirituel. Le président assure que l'assemblée n'a cessé de faire cette déclaration dans toutes les circonstances. — Eh bien, replique Casalès! que l'assemblée le déclare positivement, & qu'elle adopte le serment qu'a proposé monsieur l'évêque de Clermont. Mirabeau soutient que l'assemblée n'a point en effet touché au spirituel. Les esprits paroissoient se disposer à une pacification. Monsieur de Beaupoil, évêque de Poitiers, se leve, marche à la tribune. Il se fait un grand silence. Les révolutionnaires croient que monsieur de Beaupoil va jurer, & ne doutent point que cet exemple, donné par l'un des plus anciens évêques de France, n'entraîne un très-grand nombre de curés. — Messieurs, dit l'évêque de Poitiers, j'ai soixante-dix ans ; j'en ai passé trente-cinq dans l'épiscopat, où j'ai tâché de faire tout le bien que je pouvois faire. Accablé d'années, d'infirmités, je ne veux pas déshonorer ma vieillesse. Ainsi je ne prêterai pas le serment : je saurai prendre mon sort en patience.

Les révolutionnaires ne dissimulent plus leur rage. Les cris, les fureurs recommencent ; on décrete que les ecclésiastiques qui voudront prêter le serment viendront s'inscrire au bureau. Très-peu de curés se présentent. Le président sépare l'assemblée.

Les évêques eurent toute la gloire de cette mémorable journée. Les révolutionnaires commencerent à se repentir d'une mesure violente, impolitique, inutile même à l'établissement de la constitution civile du clergé ; mais la haine atrabilaire du janséniste Camus contre l'épiscopat, le désir d'une vengeance peut-être légitime de la part des protestans, permirent moins aux uns & aux autres de songer au bien réel de la chose, qu'au plaisir d'anéantir un corps qui, dans le dernier siecle, avoit tant abusé de son immense pouvoir.

Les deux partis ne s'occuperent plus que des moyens, l'un de consommer le grand œuvre de la constitution civile du clergé, en dépossédant les évêques & les curés qui avoient refusé de prêter le serment ; l'autre que d'employer toutes les ressources de l'intrigue, afin d'empêcher ce remplacement. Les livres se multiplierent, les journaux devinrent un champ clos où se battirent les champions de l'un & de l'autre parti ; les anciennes querelles sur la nature & sur les bornes des deux puissances se renouvellerent. Aucun des combattans n'étoit de bonne foi. L'intérêt étoit le mobile caché de l'attaque & de la résistance : mais les forces n'étoient point égales. Les révolutionnaires avoient pour eux

le peuple toujours avide de nouveautés, & auquel
on faifoit voir dans le refus du ferment le refus de
l'abandon des dîmes & de l'abolition des droits
féodaux. Ils avoient les capitaliftes, les agioteurs, les
créanciers de l'état; on leur répétoit fans ceffe
que la vente des biens du clergé, gage & efpoir
de leurs créances, ne s'effectueroit jamais tant que
les évêques demeureroient en poffeffion de leurs
évêchés, & que le clergé ne reconnoîtroit pas folemnellement le droit qu'avoit l'affemblée de difpofer de fes propriétés. Il ne reftoit. donc au clergé
que quelques dévotes, le roi, les nobles, les financiers, les parlemens, les gens attachés à l'ancien
régime : mais, fufpects depuis long-temps au peuple, tout ce qu'ils pouvoient dire ou faire étoit
loin d'obtenir fa confiance... & puis le clergé
étoit divisé ; &, quoique la grande majorité fût
demeurée attachée aux évêques, beaucoup d'eccléfiaftiques du fecond ordre avoient prêté le ferment.
Il n'exiftoit donc point de danger de voir ceffer le
culte. Or pourvu que le peuple ait des meffes, des
vêpres, des proceffions, qu'il foit baptisé, enterré,
marié, peu lui importe qui rempliffe les fonctions
facerdotales.

Quatre évêques feulement s'étoient foumis à la
loi : l'archevêque de Sens, les évêques d'Autun,
d'Orleans & de Pamiers. Le remplacement des
autres éprouvoit de grandes difficultés. Il falloit trouver

T. 3

des fujets qui bravaffent l'opinion générale de l'églife;
qui ne rougiffent point de s'affocier à la place des
évêques légitimes, & d'acquérir le nom humiliant
d'intrus. Il falloit trouver des évêques qui ofaffent
conférer un titre à ces intrus, & leur donner une
jurifdiction fur laquelle ils n'avoient aucun droit. On
appréhendoit encore que le caractere individuel des
nouveaux évêques ne dégradât, aux yeux du peuple,
l'épifcopat conftitutionnel; & que, paffant du mépris de l'homme au mépris du miniftere, il ne jetât
fes regards en arriere & ne fe ralliât à fes anciens
pafteurs.

Le clergé ne s'oublia point dans cette lutte fi in-
téreffante pour lui. Les évêques refuferent d'abandonner leurs fonctions, publierent des mandemens,
des lettres paftorales; ils déclarerent que tous les
baptêmes toutes les ordinations que pouvoient faire
les prêtres qui oferoient les remplacer, étoient nuls;
que tous les facremens qu'ils adminiftreroient, n'é-
toient point des facremens; ils leur retirerent les
pouvoirs de confeffer & d'abfoudre; ils défendi-
rent aux fideles de communiquer avec eux fous peine
d'excommunication, & ne négligerent aucun de
ces moyens autrefois fi puiffans fur les peuples, mais
devenus bien foibles depuis que la philofophie &
les lumieres ont éclairé les efprits. On alla jufqu'à
dire aux jeunes filles, qui étoient fur le point de fe
marier, que, fi elles confentoient à recevoir la bé-

nédiction nuptiale des prêtres jureurs, elles ne recevroient point le facrement de l'églife ; qu'elles feroient les concubines & non les femmes légitimes de leurs époux ; que leurs enfans, lors du rétabliffement de l'ordre, feroient déclarés batards.

Les révolutionnaires oppoferent moyens à moyens, intrigues à intrigues : une foule de jeunes écrivains, dévoués au parti, compoferent des ouvrages à la portée du peuple, & propres à balancer l'impreffion que l'on craignoit que fiffent fur lui les mandemens des évêques & les difcours des partifans du clergé. On s'efforçoit, dans ces écrits, d'avilir le facerdoce & même la religion : car les révolutionnaires décidés à vaincre tous les obftacles, du moment qu'ils reconnurent qu'ils ne pouvoient allier le chriftianifme avec la conftitution, abjurerent, dans le fecret de leurs cœurs, une religion qui entravoit leur marche.

On diftribua ces écrits à des hommes doués d'une voix fonore, & d'un talent pour la déclamation proportionné au groffier auditoire qui leur étoit deftiné. La plupart de ces ouvrages étoient en dialogues. Le clergé y étoit peint fous des couleurs odieufes, & capables de lui attirer le mépris du peuple ; fes richeffes, fon luxe, fon ambition, fes vices, y devenoient l'objet des plus virulentes déclamations : tout cela entremêlé de quelques contes, bien orduriers, de moines & de religieufes, de filles & d'évêques, propres à égayer l'auditoire. Les deux interlocuteurs, montés fur des efpeces de treteaux, s'attaquoient réciproquement, animant leurs récits de geftes comiques. On juge que celui qui jouoit le rôle d'avocat du clergé étoit fort bête; que fon adverfaire n'avoit pas de peine à triompher des foibles raifons qu'il alléguoit en faveur des prêtres, & à mettre les rieurs de fon côté. Les révolutionnaires joignirent à ces inftructions publiques des caricatures encore plus appropriées aux hommes pour lefquels elles étoient deftinées. On y voyoit des prélats figurés de la maniere la plus grotefque, revêtus des marques de leur dignité, auxquels des payfans preffoient un ventre monftrueux & faifoient rendre des facs de louis d'or; des moines & des religieufes dans des poftures indécentes, des abbés avec des formes ridicules : ces caricatures expofées avec profufion fur les quais, fur les boulevarts, dans toutes les promenades publiques, alloient chercher les regards du peuple, & lui offroient de tous côtés les prêtres fous un afpect vil, fait pour leur faire perdre fon eftime & fa confiance.

Les évêques voulurent s'autorifer d'un bref du pape, efpérant qu'une décifion de Rome donneroit plus de poids à leurs intrigues. Le pape accorda le bref, & déclara que l'affemblée nationale, en faifant une conftitution civile du clergé, avoit outre-paffé fes pouvoirs; que ceux qui avoient prêté ou qui prêteroient le ferment, étoient fchifmatiques.

Les révolutionnaires tournerent le bref du pape en ridicule. Ils le firent brûler publiquement au Palais-Royal, avec un mannequin repréfentant le pape lui-même revêtu de fes habits pontificaux. Cette parade réjouit beaucoup la populace, qui fe moqua du pape & de fon bref.

Cependant on dénonçoit chaque jour à l'affemblée de nouvelles manœuvres des évêques pour empêcher l'établiffement de la conftitution civile du clergé. Ces dénonciations excitoient de violens débats, & entraînoient les mefures les plus féveres : quelques députés propoferent d'ôter au clergé toute influance fur les actes purement civils des citoyens.

— L'affemblée nationale, répondit Cafalès, a voulu donner au clergé une conftitution accommodée au nouvel ordre de chofes qu'elle a établi ; mais il n'a pu être dans fon intention d'attenter à la jurifdiction fpirituelle de l'églife. Votre conftitution civile du clergé a-t-elle ou n'a-t-elle pas attenté à l'autorité fpirituelle de l'églife? Je n'entreprendrai point de décider cette queftion : toute ma fcience théologique fe borne à favoir, qu'en matiere de dogme, notre devoir eft de nous foumettre à ceux qui ont reçu leur miffion & leur autorité de l'églife ou de dieu même. — Vous êtes hors de la queftion, crie avec fureur l'abbé Gouttes. — Rappellez monfieur de Cafalès à l'ordre, ajoute Dumetz. — On nous fait perdre notre temps, reprend un

troifieme. — Point de catéchifme dit, un quatrieme.
— Vous prêchez la guerre civile, s'écrient à-la-fois
plufieurs membres du côté gauche. — Laiffez-les
faire, répétoit fans ceffe l'abbé Maury; nous aimons
leurs décrets : il nous en faut encore trois ou quatre.
— Monfieur de Cafalès n'ignore pas, répondit
Mirabeau, que les opinions contraires à celles de
fon parti, ont auffi-bien la majorité dans la nation
que dans cette affemblée. — Vous n'avez qu'à raffembler vos commettans par bailliage, reprend
brufquement d'Efprémenil, & vous verrez fi vous
avez parmi eux la majorité. — J'avoue, repart d'un
ton ironique Mirabeau, que je ne penfois pas, dans
ce moment, à mes commettans raffemblés par
bailliage. Quant à monfieur l'abbé Maury, qui dit:
Laiffez rendre le décret, nous en avons befoin. Le
mot eft profond; mais n'eft-il pas peut-être indifcret : les hommes qui préfentent à tout moment,
dans cette affemblée, une fuite de pronoftics affreux,
prennent leurs vœux pour l'avenir. J'invite ces
hommes inquiets d'attendre les malheurs avec autant
de calme que je les attends moi-même. Je compte
fur l'autorité de l'affemblée, fur la fermeté, fur la
fageffe de la nation, fur les adhéfions & fur les
hommages conftans de toutes les parties de l'empire.

En effet, dans la plupart des départemens, les
électeurs s'emprefferent de remplacer les anciens évêques. Il faut avouer que les choix étoient peu pro-

près à faire oublier leurs prédéceffeurs. Mais les révolutionnaires vouloient abfolument que les fieges fuffent
remplis, peu leur importoit par qui ils le feroient.
Reftoit une difficulté, c'étoit de trouver des évêques
canoniques qui confentiffent à inftituer les évêques
conftitutionnels. On s'adreffa à l'archevêque de Sens
& à l'évêque d'Orleans. Ils refuferent. L'évêque d'Autun & l'évêque de Lida, fe montrerent moins difficiles. Ils n'avoient plus rien à ménager avec Rome
ni avec la cour : ils confentirent à donner l'inftitution à deux des nouveaux évêques. La cérémonie
fe fit à l'églife de l'oratoire. Les révolutionnaires ne
négligerent rien pour la rendre pompeufe. Une
foule de peuple y affifta. Envain les ariftocrates,
& dans leurs difcours & dans leurs journaux &
dans leurs fociétés, chercherent à jeter du ridicule,
& fur cette confécration, & fur les nouveaux évêques. Le peuple fatigué de la réfiftance du clergé,
qu'on lui préfentoit comme un obftacle à la conftitution, s'opiniâtra à reconnoître les nouveaux évêques, & à foutenir que les anciens étoient légalement deftitués. Les ariftocrates fe confolerent en nom-
mant les nouveaux évêques des intrus. Les révolutionnaires appellerent les anciens évêques des prêtres réfractaires ; & fous ces noms qui retraçoient d'une part des
idées d'injuftice & d'ufurpation, de l'autre des idées de
révolte & de malveillance, tous les fentimens haineux fe maintinrent dans le cœur des uns & des autres.

Les miniftres voyant la grande influance qu'avoit
le club des jacobins fur toutes les affaires, voulurent
lui oppofer un autre club & élever ainfi opinion
contre opinion. Clermont - Tonnerre, qui regrettoit
le rôle brillant qu'il avoit joué dans la premiere époque de la révolution, avoit déja tenté d'oppofer aux jacobins le club des impartiaux, &, à l'aide de ce
club, de fe refaifir d'une influance qu'il defiroit vivement de recouvrer.

Mais le club des impartiaux que fon nom feul
rendoit fufpect aux ariftocrates, attaqué lui-même
comme ariftocrate mafqué, par les jacobins, quoique compofé des hommes les plus probes & les
plus inftruits de l'affemblée, ne put foutenir la con-
currence. Clermont - Tonnerre fe vit bientôt contraint d'abandonner ce moyen & de rentrer dans
la nullité que fes tergiverfations continuelles & fa
mobilité lui avoient juftement méritée. Fatigué de
cet état fi contraire à fon caractere inquiet, il s'a-
gita de nouveau pour en fortir, organifa un autre
club fous le nom de club monarchique. C'étoit un
tiers - parti entre les ariftocrates & les jacobins, qui,
fans admettre en entier le fyftême des premiers,
vouloit un gouvernement monarchique bafé à peu
de chofe près fur le gouvernement anglois. Clermont - Tonnerre réfolut, non - feulement de combattre les jacobins à Paris, mais encore de les combattre dans les départemens. Il établit, fous diffé-

rens noms, des affiliations de fon club monarchique. On eut l'attention d'y admettre des citoyens
de toutes les claffes & de toutes les profeffions,
afin d'ôter aux jacobins le prétexte de crier que les
clubs monarchiques n'étoient composés que de nobles & de prêtres. On convint que les affociés donneroient, en fe faifant recevoir, une fomme d'argent proportionnée à leurs facultés; fomme qui feroit employée à fournir, aux gens les moins aisés du
peuple, une certaine quantité de pain au deffous du
prix que le vendoient les boulangers. Clermont -
Tonnerre & les miniftres ne douterent point que
ces diftributions ne leur obtinffent une grande popularité. Clermont-Tonnerre ne voulant pas qu'on
pût lui reprocher, dans l'établiffement de fon club,
la plus légere contravention à la loi, alla prendre
une permiffion de la municipalité. On n'ofa pas lui
refufer cette permiffion : en effet, quoique les jacobins viffent avec peine le nouveau club, ils n'a-
voient, pour le moment, aucune raifon légale de
s'y oppofer. Le club monarchique s'ouvrit fous les
plus heureux aufpices. Il eut dès fes premieres féances
fix cents foufcripteurs. Les jacobins frémirent à la
vue de ce grand fuccès : ils fentirent qu'ils étoient
perdus fi le club monarchique parvenoit à s'emparer
de l'opinion. Ils commencerent à le harceler, à lui
fufciter une foule de tracafferies jufqu'à ce qu'ils
euffent féduit cette même opinion, & qu'ils euffent

amené l'occasion de le diffoudre entiérement... :
Le club monarchique avoit loué le wauxhal d'été.
On alarma les créanciers de l'entrepreneur de ce bâ-
timent, fur les fuites qu'entraineroit, pour eux, un
raffemblement d'ariftocrates, dans une maifon l'unique gage de leurs créances ; & , pour leur montrer
que ces craintes n'étoient pas fans fondement, on
ameuta quelques brigands qui menacerent de mettre le feu au wauxhal, fi l'on fouffroit plus long-
temps qu'il s'y formât une réunion d'ennemis du peuple.
L'entrepreneur effrayé pria le comte de Clermont de
tranfporter les féances du club monarchique, dans
un autre local. Il ajouta que la fermentation étoit
fi grande, que la garde de fon quartier ne viendroit pas à fon fecours fi le peuple fe portoit contre
fon établiffement.

Ce premier coup porté, l'opinion du peuple dif-
pofée comme on la vouloit, les jacobins dénoncerent le club monarchique aux fections de Paris. Ils
l'accuferent de faire des diftributions de pain & de
féduire la multitude. Le préfident du club monarchique, averti de cette dénonciation, remit au procureur de la commune de Paris, une fomme de
onze mille cinq cents livres, montant des con-
tributions volontaires des membres, & le pria
de diftribuer cette fomme aux fections de Paris, pour
qu'elles en fiffent elles - mêmes la répartition d'après la
lifte des pauvres que le fecrétaire leur délivreroit.

Le procureur de la commune refufa de recevoir l'argent : les fections refuferent de le diftribuer : les jacobins publierent que ces fecours étoient une sé-duction minifterielle deftinée à égarer le peuple, à opérer une contre - révolution. Les jacobins ne fe bornerent pas à attaquer le club monarchique de Paris ; ils appréhendoient encore plus les affiliations que le club s'étoit ménagée dans les provinces, qu'ils n'appréhendoient le club lui - même. Ils manderent à tous les jacobins des départemens, que Paris étoit menacé de voir naître de grands troubles ; qu'une fociété nouvelle, connue fous le nom des amis de la conftitution monarchique, s'éforçoit de tromper le peuple ; que les jacobins de Paris, toujours fer-mes dans les vrais principes, ne redoutoient point cette fociété ; mais qu'il étoit bon de furveiller les ennemis de la révolution ; qu'en conféquence, les jacobins de Paris avoient décidé qu'ils tiendroient leurs féances tous les jours, & dans un mouvement de patriotifme auffi prompt que celui d'une infur-rection fpontanée, ils avoient prononcé le ferment folemnel de combattre les ennemis de la chofe pu-blique, de les dénoncer aux bons patriotes, & de fe rallier tous au drapeau de la liberté.

Les hoftilités ne tarderent pas à commencer. Les conftitutionnels, ou les clubiftes de quatre-vingt-neuf, fe réunirent aux jacobins dans cette guerre de clubs. Les monarchiens étoient un ennemi commun : d'ail-

leurs, les conftitutionnels prétendoient que le peuple
les crût auffi zélés pour la liberté que l'étoient les
jacobins.

Cependant le club monarchique chaffé du wauxhal,
loua une autre maifon, & continua, fous la fauve-
garde de la loi, d'y tenir fes séances. Les jacobins
entreprirent de le chaffer de ce nouveau local. Ils
manderent leurs affidés. On fe porta au club monarchique, on en forma le fiege. Les monarchiens
étoient prévenus, ils fortirent en armes & repouf-
ferent, fans peine, une troupe de bandits qui, voyant qu'on étoit difposé à fe défendre, fe difper-
ferent d'eux-mêmes en un inftant.

A cette nouvelle, les jacobins indiquerent une
séance extraordinaire. Là, comme fi la chofe publique étoit en danger, ils arrêterent que tous les membres promettroient, fous la foi du ferment, de
défendre de leur fang & de leur fortune, tout
citoyen qui auroit le courage de fe dévouer à la
dénonciation des traîtres à la patrie & des confpirateurs contre la liberté; mais, avant que d'employer
leurs grands moyens, ils voulurent s'autorifer du
confentement au moins tacite de l'affemblée nationale : la difcuffion étant tombée fur les troubles qui
agitoient le Languedoc. — Ce qu'il importe de remarquer dans toutes ces manœuvres, dit Barnave,
c'eft un petit nombre de factieux qui regrettent
leurs privileges & leurs droits oppreffeurs. Ces querelles

relles ont toujours pour objet la temporalité des biens eccléfiaftiques. Jamais vous n'avez rendu un décret fans qu'on abusât des chofes les plus facrées parmi les hommes. Ce mot monarchie, fi cher à tous les François, n'a - t - il pas été invoqué quand vous avez combattu la tyrannie ? ce mot propriété, n'a - t - il pas été invoqué quand vous avez arrêté les ufurpations de quelques hommes qui avoient réduit au néant la fortune publique, pour créer, de fes débris, des fortunes privées ? . . . En ce moment une nouvelle fecte s'éleve : elle invoque la conftitution monarchique; & , fous cette aftucieufe égide, quelques factieux cherchent à nous entourer de divifions, & à attirer les citoyens dans des pieges en donnant au peuple un pain empoifonné. Le moment n'eft pas arrivé de vous entretenir de cette perfide affociation ; fans doute les magiftrats chargés de véiller à la tranquillité publique, fans doute le comité des recherches inftruira l'affemblée de ces manœuvres factieufes, de ces diftributions de pain à moitié prix : il vous dénoncera les chefs. J'ai cru devoir vous parler de ces faits, parce qu'il eft évident que tant d'audace, que des manœuvres fi hardies, ne fauroient avoir d'efpérances que dans les mouvemens qu'on fe propofe d'effectuer au moyen du refus du ferment eccléfiaftique.

On vit, dès le lendemain, l'effet de la dénonciation de Barnave, & de l'arrêté des jacobins. Une

troupe d'hommes payés, parmi lesquels se glissent
quelques jacobins, entourent la maison de Clermont-
Tonnerre, disant qu'il faut y mettre le feu. Clermont se présente; les jacobins crient: *A la lanterne!*
Clermont harangue le peuple; les cris redoublent :
il propose de s'expliquer à sa section, & se met
en marche. Le peuple le suit : l'attroupement grof-
fissoit & devenoit dangereux. Quelques députés, amis
de Clermont, accoururent & le dégagerent. Les
jacobins se retirerent en lâchant des injures & des
menaces, se réservant de pousser plus loin la vengeance, si leurs ennemis osoient hasarder une nouvelle entreprise.

Le club monarchique essaya de se justifier. Il dé
nonça, aussi lui, les jacobins à l'opinion publique
& aux autorités constituées. Ce fut inutilement. L'o
pinion publique demeura toujours en faveur des jacobins. Le peuple ne vit dans le club monarchique, qu'un complot ministeriel & aristocratique contre la constitution, & dans les membres qui le com-
posoient, que des intrigans & des factieux vendus
à la cour. Les nobles, les évêques & la reine, qui
ne pardonnoient point à Clermont la réunion des
ordres & la révolution du quatorze juillet, persuadés
qu'il combattoit moins pour eux qu'il ne combattoit
pour lui-même, applaudirent à cette querelle; &
loin de se réunir à lui & de le fortifier de leur
parti, l'abandonnerent aux jacobins : car, toujours

bercés d'un fol espoir de contre-révolution, ils ne furent jamais transiger avec les circonstances.

Clermont ne s'abandonna point lui-même. Il alla chez le maire Bailli, lui représenta que la loi autorisoit tous les citoyens à s'assembler, lui peignit les menées des jacobins opprimant ceux qui refusoient de s'unir & de se confondre avec eux. Bailli qui craignoit les jacobins, & qui ne vouloit pas qu'ils le soupçonnassent de recevoir une dénonciation contre eux, interrompit brusquement Clermont-Tonnerre : — Sachez, monsieur, que je suis moi-même du club des jacobins. — Tant pis, monsieur; le chef de la municipalité de Paris ne doit être d'aucun club... Après quelques altercations, Clermont finit par déclarer que le club monarchique s'assembleroit le jeudi suivant.

Les jacobins, décidés d'empêcher à tout prix ce rassemblement, eurent recours à un moyen qui leur avoit souvent réussi : c'étoit d'exciter une émeute, d'en rejeter ensuite le blâme sur ceux qui en avoient été l'objet & la victime. Les jacobins envoyerent cinq à six cents de leurs affidés, armés de bâtons, dans la rue des écuries du roi, où devoit se tenir l'assemblée du club monarchique : ils les firent soutenir d'une centaine de gardes-nationales, auxquels ils joignirent quelques coureuses du Palais-Royal. Cette troupe se grossit bientôt jusqu'au nombre de quatre mille personnes. Les jacobins, mêlés parmi

la foule, affurerent que les monarchiens étoient des
nobles, des contre-révolutionnaires, des agens de
la cour; qu'ils arboroient la cocarde blanche; &,
pour donner plus de certitude à cette accufation
très-grave dans l'efprit du peuple, cinq ou fix jacobins tirent de leurs poches des cocardes blanches,
qu'ils avoient eu l'attention d'y mettre, les levent
en l'air, les montrent au peuple avec une feinte
indignation, & jurent qu'ils viennent de les faifir
fur des monarchiens. Jufques-là le peuple s'étoit
contenté d'infulter & de huer les membres du club
monarchique. La vue des cocardes blanches allume
fa fureur. Les jacobins fecondent ce mouvement, fe
précipitent dans la falle où les monarchiens font
affemblés, frappent les uns, jettent les autres par
terre, les traînent par les cheveux, bleffent ceux
qui tentent de fe défendre. Les monarchiens prennent la fuite. Le maire Bailli arrive au milieu de
cette expédition civique. Il blâme les monarchiens
de leur obftination à foutenir un club que le peuple
a profcrit, remonte froidement dans fa voiture; &
s'adreffant à la populace : — Soyez contens, mes
amis, foyez tranquilles, nous ne voulons point d'a-
riftocrates ; nous ne les fouffrirons pas... vive le
peuple & point d'ariftocrates! Les cris de vive la
nation, vive monfieur Bailli retentiffent de tous côtés
& accompagnent long-temps le carroffe du maire.
Le lendemain les journaux jacobites célébrerent

cette importante victoire. La municipalité de Paris prend un arrêté, dans lequel elle affure que le club monarchique a occafionné la veille une émeute & des fcenes fanglantes; qu'en conféquence elle défend aux membres qui le compofent de s'affembler. Les jacobins des départemens répetent les mêmes fcenes dans toutes les villes où il exifte des clubs monarchiques; on les dénonce, on ameute contre eux la populace, on les difperfe, on en pourfuivit avec acharnement les membres. Les municipalités tiennent la même conduite qu'avoit tenue la municipalité de Paris : bientôt, à l'aide de ces puiffans moyens, le grand club jacobite de la capitale regne feul & fans concurrent fur toute la France.

L'affemblée offroit quelquefois l'image de l'enfer des chrétiens, où la rage impuiffante des démons eft un foulagement à la haine qui les tourmente. Un feul exemple fuffira, & juftifiera ce mot profond de l'Anglois Williams au fortir d'une féance : — Comment voulez-vous que des gens qui ne favent pas écouter, puiffent délibérer. L'abbé Peretti député du clergé de l'Ifle de Corfe, entretenoit une correfpondance avec un prêtre de fes amis, âgé de quatre-vingts ans. L'abbé Perreti, dans une lettre où il rendoit compte de la fameufe féance du treize avril, après avoir gémi fur le refus qu'avoit fait l'affemblée de reconnoître la religion chrétienne religion de l'état, ajoutoit qu'on avoit dreffé ce jour là des potences,

afin d'effrayer les députés qui tenteroient de s'oppofer à la volonté de la majorité. C'étoit un menfonge ; mais la baffeffe avec laquelle on venoit dénoncer cette lettre à la tribune, dans le deffein de
rendre, s'il étoit poffible, le clergé plus odieux au
peuple, la lâche trahifon par laquelle on étoit parvenu à fe la procurer, étoient une véritable infamie. La plus grande partie de l'affemblée fut indi-
gnée de cet acharnement. Les nobles & les évêques, au lieu de s'en tenir au mépris que devoit
leur infpirer une pareille conduite, perdirent tout
le fruit qu'ils auroient pu retirer du lâche efpionnage
de leurs ennemis. Ils infulterent Mirabeau d'une maniere outrageante. — Il me feroit facile, répondit
Mirabeau, d'obtenir une vengeance éclatante des
injures qui me font adreffées, mais je les méprife.
— Faites avancer vos phalanges, lui crient à-la-fois
Faucigny & Foucauld ; allons, monfieur de Mirabeau des affaffins. — Si nous avons des phalanges,
repliqua Mirabeau, vous n'avez que des libelles. Il
faut avouer que notre patience eft grande. Voulez-
vous changer une affemblée délibérante en une arene
de gladiateurs ? ou vous efforcez - vous de nous faire
perdre notre temps ? ce qui arriveroit fi nous fui-
vions les rites d'un certain nombre de confpirateurs.
A ces mots, les évêques & les nobles s'abandonnerent à toute la fougue de leur caractere violent.
Les termes d'infolent, de gueux, de fcélérat, de

brigand , fe fuccéderent avec rapidité. L'un dit à Mirabeau que fon regne eft pafsé ; que fon triomphe aboutira à l'échafaud. Le vieux d'Ambly porte l'oubli des bienséances jufqu'à le menacer de fa canne. Tous les députés fe mêlent ; jacobins , conftitutionnels , fe précipitent à la tribune. — La volonté de la nation , s'écrie avec fureur Alexandre Lameth , eft la volonté de la majorité de l'affemblée. Que les membres de la minorité frémiffent de laffer la patience du peuple : elle eft prête à s'altérer. . . . Ce violent appel au peuple ne fit qu'augmenter le tumulte. Le préfident fut contraint de lever la séance.

Le même efprit de haine regnoit dans Paris & dans les provinces. Les falles de fpectacles étoient devenues des champs clos, où les deux partis fe livroient d'éternels combats. Les ariftocrates, toujours confians , croyoient bonnement dominer l'opinion publique, & c'étoit aux fpectacles qu'ils alloient l'étudier. Là, lorfqu'une allufion favorable leur permettoit de faire éclater leurs fentimens pour le roi ou pour la reine, ils eftimoient un grand triomphe de couvrir la voix de l'acteur par de bruyans battemens de main , & de montrer ainfi aux jacobins que leur parti étoit le plus fort. Ils alloient enfuite triompher dans les cafés , tandis que les plus emprefsés couroient au château affurer que le parti révolutionnaire étoit écrasé, que l'opinion publique changeoit vifiblement. Mais ils ne jouiffoient pas long - temps de ce foible avantage : les jacobins fe rendoient en maffe au fpectacle fuivant, infultoient, maltraitoient les ariftocrates, affectoient d'applaudir à tous les vers qui avoient quelque rapport à la liberté & de fiffler tous ceux qui pouvoient rappeller l'amour du peuple pour les rois. Ainfi ce gant jeté fi imprudemment par les ariftocrates, ne fervoit qu'à raviver les haines, les jaloufies, qu'à compromettre les perfonnes auguftes que ces étourdis mettoient en jeu. L'expérience auroit dû les corriger ; mais ils étoient incorrigibles : rien ne pouvoit les défabufer de leurs chimeres.

LIVRE IX.

Départ de Mesdames pour Rome. — Journée du vingt-huit Février. — Loi sur la Régence. — Décret qui défend au Roi de quitter le Royaume. — Intrigues Religieuses. — Loi sur la non-réélection des Membres de l'Assemblée Constituante. — Mort de Mirabeau. — Décret qui assujettit les Officiers à un engagement d'honneur.

PARIS & les départemens étoient partagés entre les prêtres jureurs & les prêtres non-jureurs. Quelques évêques & quelques femmes de la cour, comptant sans doute porter un grand coup à la révolution, inspirerent à mesdames, tantes du roi, le dessein d'aller à Rome; afin, disoient-ils, que ces princesses pussent jouir, dans ce centre de la catholicité, de la liberté de remplir les devoirs qu'impose la religion à tous les fideles : devoirs dont mesdames ne pouvoient plus s'acquitter à Paris, depuis que le siege de la capitale & toutes les paroisses étoient remplis par des prêtres jureurs ou par des intrus. Ce voyage, très-indifférent en lui-même, devint une affaire sérieuse. Tout Paris s'agita. Les uns louerent cette résolution comme digne de princeſſes pieuſes, attachées à la religion de leurs peres; les autres y apperçurent des intentions hoſtiles, une émigration contre - révolutionnaire, & l'annonce d'un départ plus important.

Les ſections de Paris ſe tranſporterent à la municipalité, dénoncerent le voyage de meſdames. Le maire Bailli, à la tête d'une nombreuſe députation de la commune, ſe rendit au château, & témoigna les inquiétudes que ce départ répandoit parmi le peuple : il pria Louis XVI de s'y oppoſer. — Ce que vous demandez, répondit le roi, eſt inconſtitutionnel; quand vous me montrerez un décret de l'aſſemblée qui interdiſe les voyages, je défendrai à mes tantes de partir : juſqu'alors, elles ſont libres de ſortir du royaume ainſi que tous les autres citoyens. La réponſe du roi aigrit les eſprits. Les jacobins dirent hautement qu'il falloit empêcher le départ de meſdames : les conſtitutionnels réſolurent en conséquence de paroître s'y oppoſer; non qu'ils conçuſſent aucune inquiétude de ce voyage, mais il alarmoit le peuple qui, au moindre événement contraire, paſſe d'une audace licencieuſe à une crainte puérile. On fit agir les femmes de la Halle; on leur inſinua d'aller à Belle - Vue, de forcer meſdames de ſe rendre à Paris. Quelqu'un les avertit. Elles prévinrent cette ſcene déſagréable, & revinrent le ſoir même coucher aux Tuileries. Ce retour ne calma point les inquiétudes du peuple; mefdames, affuroit-on, perfiftoient à entreprendre leur voyage. Tous les clubs retournerent à la municipalité, & annoncerent formellement qu'ils ne vouloient pas que mefdames fortiffent de Paris. La municipalité n'avoit aucun moyen de les retenir. Elle leur avoit refufé des paffe-ports. C'étoit à quoi fe bornoit fon pouvoir. On prit un autre voie. L'abbé Mulot fe préfenta à la barre de l'affemblée au nom des fections de Paris: il fe plaignit du deffein que mefdames avoient formé de quitter le royaume, & demanda que l'affemblée portât une loi fur le mode particulier de l'exiftence de la famille royale. — Le roi, ajoura l'abbé Mulot, ne croit pas qu'il lui foit permis de retenir fa famille: fouffrirez-vous que fon cœur ait des craintes à concevoir dans l'attente de votre loi?

Cette démarche avança le départ de mefdames. Elles fortirent fecrétement de Paris, fe rendirent à Belle-Vue & prirent la route de Lyon. Le roi écrivit le lendemain que fachant que l'affemblée nationale avoit donné à examiner au comité de conftitution une queftion élevée à l'occafion du voyage de fes tantes, il l'informoit qu'il venoit d'apprendre qu'elles étoient parties hier au foir à dix heures; que, perfuadé qu'elles ne pouvoient être privées de la liberté qui appartient à chacun d'aller où il veut, il n'avoit pas cru devoir ni pouvoir mettre obftacle à leur départ. Le jan-

séniste Camus , le visage enflammé , le regard furieux , demande que l'on diminue de la liste civile
le traitement que l'on fait à mesdames. — Cette demande, répond Martineau , n'est conforme, ni à l'hon-
nêteté , ni à la dignité de l'assemblée , ni même à la
justice : la liste civile est fixée pour tout le regne de
Louis XVI ; s'il existe le moindre doute , qu'on aille
quérir le décret.

Le départ de mesdames excita dans Paris une
grande fermentation. On répandit , parmi le peuple,
que le reste de la famille royale alloit suivre ; que la reine
avoit fait sauver monsieur le dauphin ; qu'elle montroit , à sa place , un enfant de monsieur de Saint-
Sauveur très - ressemblant au jeune prince ; que les
voitures de monsieur & de madame , étoient déja
chargées & qu'ils emportoient des sommes immenses en numéraire. Ces propos répétés au Palais - Royal
& dans les cafés , acquirent encore plus de con-
sistance par la conduite des jacobins de l'assemblée.
— Votre comité de constitution , messieurs , dit Barnave , doit vous présenter une loi sur les obligations
de la famille royale. Cette question ajournée , laissoit
subsister , jusqu'à la loi nouvelle , l'ancien usage suivant lequel les membres de la famille royale ne peuvent sortir du royaume sans la permission du roi ;
mais des conseillers coupables ont égaré l'opinion de
mesdames. Elles se sont soustraites à un devoir po-
sitif & prescrit par les lois. Un bruit déja répandu,

annonce qu'un autre perfonne, dont la fuite entraîneroit les conféquences les plus graves, fe difpofe
à fuivre l'exemple de mefdames. Les citoyens en
font alarmés : il faut que la loi déclare ce qu'elle
autorife & ce qu'elle défend. Certes, il eft permis de
s'étonner que les membres d'une famille que
la nation a comblée de biens, abandonnent la
chofe publique dans un moment de crife. Il eft
temps de prononcer les devoirs de ceux dont nous
n'avons, jufqu'ici, déclaré que les honneurs & les
émolumens ; & de favoir fi notre dénuement intérieur, fi l'expoliation de notre numéraire, fi les inquiétudes fomentées parmi les citoyens, fi l'encou-
ragement des ennemis publics & la prolongation de
leur exiftence, feront à jamais l'ouvrage de cette
famille, & le feul témoignage de reconnoiffance
que nous puiffions en obtenir.

Mon refpect pour la conftitution, répond Foucauld, m'interdit d'appuyer la propofition qui vous
eft faite ; mais fi vous voulez obliger tous les François de refter ou de rentrer en France, & que
vous vous déterminiez à déchirer l'article le plus précieux de la déclaration des droits, prenez du moins
des mefures pour que la tranquillité publique foit
rétablie, que les propriétés foient inviolables, la vie
& la perfonne des citoyens en fûreté. — Je con-
viens qu'il exifte des troubles, replique Péthion ;
mais à qui les attribuer ? fi ce n'eft à la révolte per-

pétuelle de la minorité contre la majorité de l'affemblée, aux proteftations, aux mandemens incendiaires. Le foir une grande multitude de peuple fe
porta au Luxembourg pour empêcher, difoit-elle,
monfieur de quitter Paris. Ce prince dînoit chez
madame de Balby. On l'avertit : il parut, & affura
le peuple qu'il ne fongeoit point à quitter Paris; qu'il
n'abandonneroit jamais le roi fon frere. Le peuple
exigea que monfieur & madame fe rendiffent aux
Tuileries. Ils y confentirent & fe mirent en marche
fous l'efcorte d'un fort détachement de cavalerie que
Lafayette avoit envoyé pour les protéger. Le peuple fuivit, &, les ayant vu entrer au château, fe
retira fans commettre de défordre.

Le voyage de mefdames ne fe fit pas fans obftacle. On voulut les arrêter à Moret. Un détachement de dragons intimida le peuple. Arrivées à Ar-
nay-le-Duc, la municipalité, qu'un courrier de Paris avoit avertie de leur paffage, fe raffembla & prit
ce fingulier arrêté :

« La commune, après l'examen du paffe-port
» donné à mefdames par le roi, & l'examen de la
» délibération de la commune de Paris, confidérant
» que l'affemblée nationale a ordonné à fon comité
» de conftitution de lui préfenter un projet de loi
» fur la réfidence de la famille royale; que le paffe-
» port de mefdames, figné du roi, eft du deux fé-
» vrier, tandis que la délibération de la commune

» de Paris, dans laquelle il est dit que mesdames ne
» sortiront pas du royaume, est du quatorze février,
» en conséquence postérieur au passe-port du roi;
» arrête qu'il sera sursis au voyage de mesdames;
» que le procès-verbal des raisons de ce sursis,
» sera envoyé au département qui prendra telle me-
» sure qu'il jugera convenable, & qu'on donnera une
» garde à mesdames pour veiller à leur sûreté. Quant
» à monsieur Louis de Narbonne, se disant chevalier
» d'honneur de mesdames, il aura la liberté d'aller
» où bon lui semblera avec des chevaux ».

Cette arrestation des tantes du roi par la municipalité d'une petite ville à trente lieues de Paris,
sans obstacles & sans réclamations, malgré un passe-
port signé du roi, auroit dû convaincre les nobles
& les évêques, que dieu avoit transporté la royauté
au peuple, & que la majorité de la nation vouloit
fortement la constitution; mais ni l'expérience ni le
raisonnement ne pouvoient les guérir de cette folle
manie de croire qu'une poignée d'hommes, intéressés
au rétablissement de l'ancien régime, parviendroit
à renverser le nouveau. Les constitutionnels enchantés d'avoir donné à leurs adversaires une preuve si
convaincante du bon esprit du peuple & du dévouement de toutes les autorités constituées, de leur
avoir montré que, lorsqu'ils le voudroient, la France
entiere deviendroit pour eux une vaste prison dont
ils tenteroient vainement de s'échapper, permirent

à mefdames de continuer leur voyage, &, pour me fervir des termes de Merou, ils leur laifferent la liberté d'aller entendre la meffe à Rome de préférence à l'entendre à Paris.

Les jacobins n'approuverent point cette condefcendance. Soit que le départ de mefdames les allarmât réellement, car un rien les plongeoit dans la plus vive terreur, foit qu'ils jugeaffent avantageux de profiter de la conjonecture pour jeter de la défaveur fur les conftitutionnels, le foir même un ramas confus de femmes de la populace, de filles publiques, d'émiffaires jacobins, d'hommes déguisés en femmes, remplit en un inftant les cours & le jardin des Tuileries; demandant, avec d'épouvantables hurlemens, que le roi ordonnât à mefdames de revenir auprès de fa perfonne. La garde-nationale accourut : on ferma les grilles du château. Les premiers pelotons, peu nombreux, n'en impoferent point à la multitude. Le peuple commanda aux foldats d'ôter leurs baïonnettes, & les foldats obéirent. On ne fait jufqu'où cette populace, enhardie par le premier fuccès, eût pouffé l'infolence : mais des compagnies entieres de gardes-nationales étant furvenues, tous reprirent courage. Le peuple ayant commandé de nouveau d'ôter les baïonnettes. Cette fois-ci les foldats refuferent. Trois cents particuliers avertis de ce mouvement, s'étoient rendus au château. Lafayette fit ranger les gardes-nationales en bataille, ayant fix canons meches allumées en tête.

tête. Cet appareil étonna le peuple, fans pourtant l'engager à fe féparer. Les officiers municipaux l'haranguerent, le fommerent au nom de la loi de fe retirer. Quelques jacobins répondirent qu'ils vouloient parler au roi. Le maire Bailli, toujours prêt à céder à la multitude, ordonna d'ouvrir la grille pour admettre, dit-il, une vingtaine de femmes qu'il conduiroit lui-même au roi. Heureufement un chef de divifion & quelques officiers de la garde-nationale, prévoyant les fuites de cet ordre imprudent, s'oppoferent à fon exécution. Le maire Bailli alla donc feul trouver le roi : il l'affura que les moyens de douceur contiendroient le peuple. — La douceur, répondit le roi, a toujours été & eft encore le vœu de mon cœur ; mais il faut favoir l'allier avec la fermeté, & apprendre au peuple qu'il n'eft pas fait pour dicter la loi, qu'il eft fait pour y obéir. Cette réponfe ne fouffrant point de replique, Lafayette eut ordre de diffiper l'attroupement. Au premier mouvement de la garde-nationale, la multitude effrayée prit la fuite ; le jardin, les cours & le carroufel fe trouverent libres en un inftant.

Rien n'étoit donc fi facile que de contenir le peuple & les factieux qui l'agitoient : mais les conftitutionnels, toujours en défiance de la fincérité du roi, craignoient en comprimant trop fortement le peuple, de s'ôter les moyens de s'en fervir lorfqu'ils auroient befoin de le mettre en mouvement. Delà

Tome II.   X

cette fucceffion d'anarchie & d'ordre, dé féditions & de repreffions. Les conftitutionnels balançoient à brifer une arme qu'ils jugeoient leur être encore utile. Oui, s'ils euffent pu compter fur la véracité du roi & de la reine, qu'ils les euffent vu fe réunir à eux de bonne foi, éloigner enfin de leurs perfonnes des hommes ennemis par état de la nouvelle conftitution, & qu'une fecrete jaloufie rendoit ennemis encore plus acharnés des principaux chefs conftitutionnels, ils euffent, j'en fuis sûr, été les premiers à réprimer les défordres & à foumettre le peuple à la loi.

Un événement acheva de convaincre les conftitutionnels qu'il n'y avoit aucune confiance à prendre dans le roi, & que les ennemis de la conftitution tramoient fans ceffe de nouvelles intrigues. Mais il exiftoit tant d'actions contraires, qu'il eft difficile de fuivre, dans leurs divers développemens, une foule de projets favorisés par les partis les plus opposés; parce que chacun d'eux avoit un but particulier qu'il efpéroit atteindre : plus fouvent encore contrariés par l'intérêt des chefs divers, quoique le but fût le même; parce que, uniquement occupés de fe fupplanter les uns & les autres, ils ne cherchoient qu'à fe faire échouer mutuellement.

Les jacobins & les orleaniftes haïffoient Lafayette autant que le haïffoient les ariftocrates. Ils attendoient impatiemment une occafion de le perdre dans l'opinion publique. Les ariſtocrates de leur côté toujours entichés de leur projet d'emmener le roi hors de Paris, épioient le moment de l'exécuter. Les jacobins & les ariſtocrates crurent avoir trouvé une conjončture propre à remplir chacun leur objet. La commune de Paris avoit entrepris quelques réparations au château de Vincennes. Les orleaniſtes & les jacobins, feignant des inquiétudes qu'ils étoient loin de concevoir, affečterent de répandre que les travaux de Vincennes cachoient un grand deſſein ; que l'on rétabliſſoit le donjon ; qu'on en faiſoit une fortereſſe ; qu'on y tranſportoit des boulets & des cartouches dans des matelats ; qu'un ſouterrain communiquoit des Tuileries au château de Vincennes ; que ce ſeroit un chemin ſûr & facile pour conduire le roi & la reine hors de Paris.

Il n'en fallut pas davantage. Le peuple prit l'alarme ; des bandes nombreuſes d'ouvriers, & d'agens d'émeutes, partirent de tous les fauxbourgs avec des armes & des outils, annonçant qu'ils alloient démolir le château de Vincennes. Les jacobins & les orleaniſtes ſavoient que Lafayette s'oppoſeroit à cette entrepriſe. En effet, Lafayette inſtruit du mouvement qui ſe préparoit, raſſembla un détachement de la garde-nationale, & marcha ſur-le-champ à Vincennes. Les ouvriers des fauxbourgs & les agens d'émeutes avoient déja commencé à démolir quelques pierres. Lafayette leur ordonna de ſe retirer. Ils refuferent d'obéir. Les agens d'émeute attaquerent la garde - nationale, l'obligerent de fe mettre en défenfe; il s'engagea un léger combat dans lequel il y eut quelques hommes tués de part & d'autre.

Tandis que ceci fe paffoit à Vincennes, les ariftocrates, inftruits dès la veille que ce mouvement devoit avoir lieu, fe rendirent au nombre de cinq ou fix cents au château; tous armés d'épées, de piftolets, de cannes à fabre. Ils venoient, dirent-ils, défendre le roi; Paris étoit en infurrection; on s'égorgeoit dans le fauxbourg Saint - Antoine; il étoit à craindre que le peuple ne fe portât aux Tuileries. On affure que leur projet étoit de profiter de l'éloignement de monfieur de Lafayette, & de la garde-nationale, pour enlever le roi & le conduire à Metz. Mais l'émeute de Vincennes avoit été beaucoup plutôt terminée que ne le penfoient les ariftocrates. Lafayette venoit de rentrer à Paris, conduifant en triomphe foixante des principaux chefs de la révolte qu'il avoit fait arrêter. On court l'avertir de ce qui fe paffe au château. Il prend un fort détachement de gardes - nationales, fe rend chez le roi. Surpri du nombreux raffemblement qu'il y trouve, il reproche, en termes très - peu ménagés, aux nobles leur coupable entreprife, exige qu'ils lui remettent leurs armes. Les nobles héfitent : ils n'étoient pas les plus forts ; les grenadiers de la garde - nationale s'étoient emparés de tous les poftes

& rempliſſoient les appartemens, Lafayette s'adreſſe au roi lui parle de l'indignation de la garde-nationale, lui montre les inconvéniens d'un refus. Le roi intimidé confirme l'ordre de Lafayette, invite les nobles à dépoſer leurs armes ſur deux grandes tables placées dans l'antichambre. Ils obéiſſent : mais les angoiſſes de cette malheureuſe journée ne ſe bornerent pas à cette humiliante obligation. Les nobles, en ſortant des appartemens du roi, furent forcés de paſſer entre deux haies de gardes-nationales, qui les huerent, les maltraiterent, les fouillerent avec indécence, & ne leurs épargnerent aucun des outrages que la force inſolente prodigue à la foibleſſe qu'elle veut humilier.

Le peuple enchanté de ce triomphe de la garde-nationale, ſi propre à rabattre l'orgueil des nobles & à leur montrer leur dépendance, s'engoua plus que jamais de Lafayette que les intrigues de la cour & des Lameth avoient preſqu'entiérement dépopularisé. Le peuple ne douta plus de ſa bonne foi, de ſon attachement à la cauſe populaire en voyant combien il appréhendoit peu d'outrager, de la maniere la plus ſenſible, les nobles & les courtiſans, & d'attirer ſur lui tout le poids de leur haine & de leur vengeance. Lafayette ſentant qu'il n'exiſtoit plus d'accord poſſible entre la cour & lui, profita de tous ſes avantages. Il fit afficher le lendemain, qu'en ſa qualité de commandant général, il croyoit devoir pré-

venir l'armée qu'il avoit pris les ordres du roi pour
que les appartemens du château ne se rempliffent
plus à l'avenir de ces hommes armés , dont quelques-
uns, par un zele fincere , mais plufieurs par un zele
très - juftement fufpect , avoient ofé fe placer entre
le roi & la garde - nationale; qu'il avoit intimé
aux chefs de la domefticité du château (& remar-
quez que c'étoient les ducs de Duras & de Villequier , premiers gentilshommes de la chambre, qu'il
qualifioit ainfi) , qu'ils euffent à prendre des mefures pour prévenir de pareilles indécences; que le roi
de la conftitution ne devoit & ne vouloit être entouré que de foldats libres ; qu'il prioit les perfonnes qui avoient entre les mains les armes dont on
avoit dépouillé ceux qui , la veille , s'étoient glifsés
au château , de les rapporter au Procureur - fyndic
de la Commune.

Cette proclamation méprifante, irrita plus les nobles que l'infulte qu'ils avoient reçue. Les ducs de
Duras & de Villequier donnerent leur démiffion &
ne tarderent pas à fortir du royaume. Le roi & la
reine, furieux de cette infolente bravade, fe tournerent du côté de Mirabeau , efpérant qu'il feroit moins
exigeant , & qu'il abuferoit moins des circonftances.
Laporte , intendant de la lifte civile , fut chargé de
le fonder. —— Je fuis , lui dit - il , perfuadé que votre
caractere , vos talens , vos principes monarchiques,
vous rendent l'homme le plus propre à fervir avan-

tageufement le roi & la monarchie. Cette perfua-
fion feule, m'a porté à m'écarter de la réfolution que
j'avois prife de me renfermer dans les détails domeftiques pour lefquels le roi m'a appellé auprès de
lui : il m'autorife à vous parler. Je penfe qu'il eft
inutile de vous exciter à employer tous vos moyens ;
mais je vous prie de me faire connoître quels ils peuvent être , & de me tracer la conduite que doit tenir le roi. — Je fuis très - porté , répondit Mirabeau ,
à fervir le roi par attachement à fa perfonne , par
attachement à la royauté , mais également par mon
propre intérêt. Si je ne fers pas utilement la monarchie , je ferai , à la fin de tout ceci , dans le nombre de huit ou dix intrigans qui , ayant boulverfé
le royaume , en deviendront l'exécration & auront
une fin honteufe , quand bien même ils auroient , pendant un moment , fait ou paru faire une grande fortune. J'ai à réparer des erreurs de jeuneffe , une réputation peut - être injufte. Je ne faurois y parvenir
& me faire un nom que par de grands fervices.

Mirabeau , entrant enfuite dans le détail de l'état
actuel de la France , ajoute : ——C'eft l'affemblée qu'il
faut travailler. Les circonftances font favorables par
les excès auxquels fe portent quelques énergumenes.
L'affemblée eft compofée de trois claffes d'hommes.
La premiere , peu nombreufe , renferme au plus trente
perfonnes , gens forcenés qui , fans fe propofer de
but fixe , opinent & opineront toujours contre l'au-

torité royale. La seconde est d'environ quatre-vingts personnes. Ceux-ci conservent des principes plus monarchiques, mais ils sont un peu trop imbus du premier système de la révolution. La troisième classe la plus nombreuse est formée d'hommes qui n'ont point d'opinion à eux, qui suivent l'impulsion que leur donnent ceux qu'ils ont pris pour leurs guides & pour leurs oracles. Le côté droit n'est bon à rien: la manière gauche & insensée dont il se conduit dans les délibérations, empêche qu'on ne puisse le compter. Trois principaux partis divisent en ce moment Paris: celui des aristocrates, celui des cinq ou six chefs jacobins unis à la faction d'Orleans, & celui de Lafayette. Rien à dire sur le premier: le second n'est qu'atroce, & par son atrocité même il se perdra. Il n'en est pas ainsi du troisième: il est marqué par une suite de manœuvres qui prouvent un plan dont on ne s'écarte point. Le dernier événement arrivé au château, & la scene du désarmement des nobles, est d'une très-grande profondeur. Ce parti affiche l'attachement au roi & à la royauté: ces sentimens masquent le républicanisme. Il réunit la fausseté & l'intrigue, aux moyens que lui fournissent les circonstances. La position du roi est d'autant plus critique, que ce prince est trahi par les trois cinquièmes des personnes qui l'approchent. Cette position exige de la dissimulation, non pas de celle à laquelle on accoutume les princes, mais de la dis-

fimulation en grand, qui ôte toute prife aux malveillans, & acquiert au roi & à la reine une grande popularité. Il eft néceffaire de fortir de Paris. Tant que le roi
reftera dans cette ville, il eft impoffible de rétablir l'ordre. La folle entreprife des nobles a reculé de deux mois
les mefures que l'on employoit pour cela. La maladie du roi réparera le mal. Il faut faifir habilement
cette dernière circonftance. Il feroit fâcheux que
l'affemblée fût diffoute. Le moment n'eft point venu ;
mais il eft important de ne pas le manquer. Mirabeau finit en fe plaignant qu'on n'avoit tenu aucune
des promeffes qu'on lui avoit faites ; qu'on n'avoit
point agi avec lui de bonne foi ; que Necker l'avoit
trompé ; qu'il vouloit un revenu affuré, foit en rentes
viageres conftituées fur le tréfor public, foit en im-
meubles.

La cour fuivit le plan de conduite que lui tra-
çoit Mirabeau. Laporte eut des conférences avec
Baumets, Chapelier, Dandré, membres conftitutionnels les plus influans fur les délibérations. Il leur
fit, dit-il, contracter des engagemens auxquels il
prétend, dans un compte rendu au roi, qu'ils répondirent fort mal. D'autres députés n'attendirent
pas que l'on vînt les chercher ; ils offrirent leurs
fervices, & prierent Laporte d'effayer leur zele &
leur crédit, en lui défignant quelque point que le
roi defireroit obtenir foit du département foit de
l'affemblée. Le préfident du comité des domaines

promit de communiquer tous les rapports qu'il feroit. C'eft ainfi que ces hommes ne paroiffoient fe
donner au peuple, que pour fe vendre plus chere-
ment au roi ; qu'ils trompoient fans vergogne & le
peuple & le roi. La malheureufe iffue de la journée
du vingt - huit février n'avoit pas fait abandonner
le deffein de quitter Paris. On préfentoit fans ceffe
au roi une foule de projets la plupart impratiqua-
bles & romanefques. On en adopta un qui parut d'une exécution plus facile que les autres. Le
roi devoit feindre une maladie & fe faire ordonner,
par le peuple que l'on ameneroit à ce point (affuroit - on avec de l'argent), d'aller, pour rétablir
fa fanté, paffer quelque temps à Compiégne ou à
Fontainebleau. Talon & Montmorin fe chargerent,
moyennant deux cent mille francs par mois, de
travailler l'opinion publique. Ils foudoyerent des écrivains, des marchands de chanfons, des journaliftes,
des membres de l'affemblée nationale, des membres
du club des jacobins, des orateurs dans les fections,
des motionnaires dans les groupes. On efpéroit, à
l'aide de ces moyens, décrier & avilir l'affemblée
nationale, lui enlever la confiance du peuple, en
inveftir le roi, & lui acquérir une grande popularité ; mais la popularité fuppofe une liberté de choix,
une égalité de droit, une identité de volonté &
d'intérêt entre celui qui en eft l'objet & ceux qui
la forment : elle ne peut s'attacher à un homme,

qu'autant qu'il eft l'organe du peuple, fon agent, fon mandataire. C'eft un fentiment d'eftime & de confiance ; & comment étendre ce fentiment à un roi dont le pouvoir, les droits, les intérêts n'ont aucun rapport aux droits & aux intérêts du peuple? Auffi l'intendant de la lifte civile, Laporte, fut-il forcé d'avouer à Louis XVI, que tous les millions répandus pour acquérir cette précieufe popularité, n'avoient rien produit. La prétendue maladie du roi n'eut pas un plus heureux fuccès. Les révolutionnaires oppoferent feinte à feinte, fauffeté à fauffeté. Ils parurent prendre un vif intérêt à la fanté du monarque, &, affeétant de conferver un grand refpeét pour le fantôme royal qu'ils avoient créé, ils décrétèrent qu'une députation iroit chaque jour favoir des nouvelles de la fanté du roi; que le bulletin de fa maladie feroit lu à l'affemblée & affiché dans Paris.

Tous les rapports entre le monarque & la nation étoient fixés. Reftoit à régler le droit de la régence. L'ancienne conftitution, fans conférer, par une loi fondamentale, la régence à la mere du roi mineur, ne lui donnant aucun concurrent légal, lui laiffoit, par le fait, la faculté de s'en emparer. Les partifans de la cour auroient bien defiré conferver à la reine cette fuperbe prérogative. Les gens fenfés connoiffoient la légéreté, l'incapacité de cette princeffe; & puis les malheurs qu'avoit éprouvé la France pendant la régence des meres de la plupart de nos

rois , invitoient à profiter de la favorable conjon-
ture où l'on se trouvoit & à les en éloigner à jamais. L'abbé Maury se borna donc à demander l'a-
journement de cette question importante. Il se plaignit de ce que le comité de constitution vouloit
priver la nation du droit de déférer & de fixer à
son gré, la régence, suivant les temps, les circonstances ; qu'en Angleterre , où le roi n'est jamais mineur , il n'existe pas de loi sur la régence ; que le
comité de constitution omettoit plusieurs événemens
qu'il falloit prévoir la captivité , l'absence du roi,
son aliénation d'esprit. Quant à l'exclusion des meres
de nos rois à la régence, on ne pouvoit pas donner cette intention à la loi salique dont l'objet n'est
que la succession à la couronne ; qu'il y avoit eu
vingt-quatre régentes en France ; une belle-mere,
deux aïeules , & vingt-une meres de nos rois ; que
le cœur d'une mere étoit le plus beau sanctuaire de
la nature ; que la régence & la garde du roi ne
pouvoient être séparées sans le plus grand danger.

Mirabeau répondit que l'exclusion des femmes à
la succession de la couronne, entraînoit leur exclusion
à la régence ; mais que l'électivité d'un régent n'a-
voit pas les mêmes dangers que l'électivité d'un roi.
Barnave se récria contre cette proposition, & prétendit qu'un régent élu par le peuple , & devenu
ainsi son enfant politique, auroit trop de moyens
d'anéantir la liberté ; que la régence ne seroit pour

lui qu'un paffage à l'ufurpation. — Rappellez-vous,
meffieurs, les différens orages qui ont éclatés au
commencement de la révolution, les crifes violentes, immorales qui ont environné le berceau de la
liberté. Si à cette époque deux ou trois hommes,
avec l'ame & les talens d'un Cromwel, & comme lui l'objet d'une immenfe faveur publique, avoient
été régens, ne leur eût-il pas été facile, par l'étendue de leurs talens, & celle de leur popularité,
d'établir l'éligibilité du trône? Gardez-vous d'ouvrir
cette route à l'anarchie & à la tyrannie, & de fe-
mer ainfi le germe d'une révolution renaiffante à
chaque regne.

Mirabeau, fur qui portoit cette maligne obfervation, fentit qu'il étoit dévoilé : car jufqu'où ne s'é-
gare pas l'homme ambitieux. Mais affectant de regarder les craintes de Barnave comme une chimere,
& de ne pas appercevoir l'intention qui les lui
avoit fait exagérer : — Si ces deux ou trois petits
hommes dont parle monfieur Barnave, repliqua
Mirabeau du ton indifférent du mépris, euffent
conçu le projet infenfé qu'il leur prête, ils n'en
auroient été que plus fûrement à la potence; &
puifque l'on cite Cromwel, je vais auffi moi
rapporter un mot de lui. Cromwel fe promenoit
un jour avec Lambert : les applaudiffemens du
peuple retentiffoient autour de lui. Lambert, au
comble de la joie, lui faifoit admirer tout fon bon-

heur. *Ah! croyez-moi, répondit le tyran soucieux, ce même peuple nous applaudiroit bien davantage si nous allions à la potence!*

Le droit de régence déterminé en faveur du plus proche parent du roi mineur, à l'exclusion des femmes, le comité de constitution présenta son projet de loi sur la résidence des fonctionnaires publics. La discussion s'entama. L'abbé Maury combattit le projet du comité : à peine avoit-il articulé quelques mots, que d'Esprémenil s'écrie : — L'assemblée n'a dans aucun cas le droit de punir le roi. Toute discussion à cet égard est coupable. Il faut un intérêt aussi majeur que celui qui vous occupe pour me rappeller à la tribune : mais affligé de voir combattre mon illustre & courageux ami, l'abbé Maury, dans cette cause, je le prie de ne pas familiariser son éloquence, & la force de sa logique, avec des projets de loi absolument contraires à la fidélité que nous devons au roi, de qui la personne sacrée, pour me servir d'une ancienne expression françoise, est exempte de toute jurisdiction. Eh! de quel droit votre comité ose-t-il appeller le roi fonctionnaire public, sur-tout lorsque l'on sait le peu de respect que l'on a pour cette dénomination? De quel droit va-t-il confondre l'héritier présomptif de la couronne avec un député suppléant de l'assemblée? De quel droit se permet-il des termes aussi contraires aux usages, aux idées, aux principes, qui, depuis tant de siecles, ont gouverné la France?

Que dirai-je de l'audacieuse extrêmité d'assujettir le roi à une peine; & quelle peine encore? la déchéance du trône; & pour quel délit? pour s'être séparé du corps légilatif. J'interpelle ici tous les vrais François, tous les fideles serviteurs du roi, je les interpelle de répondre à cette question : — Je leur déclare qu'ils ne sauroient plus, à moins d'être infideles à leur premier serment, serment qu'aucun autre n'a pu atténuer ni affoiblir.... Des cris interrompirent d'Esprémenil. — Vous n'avez pas oublié, répond le président, le serment que vous avez vous-même prononcé d'être fidele à la nation & à la loi. Les membres du côté gauche applaudissent. Montlosier saisissant, avec une égale promptitude, l'intention du président, le prévient & acheve la formule par des cris de vive le roi....

Au même moment tous les membres du côté droit se levent, & répetent avec transport: vive le roi! — Ce cri unanime, reprend Casalès, annonce nos sentimens. Se peut-il que monsieur le président de l'assemblée nationale, suppose que le serment que nous avons proclamé, dans cette même assemblée, soit contraire à la fidélité que nous avons jurée au roi! notre langue se seroit séchée avant de prononcer ce serment, si nous eussions pu penser que ce fût l'intention dans laquelle vous le receviez, que

déformais nous verrions avec tranquillité les attein-
tes que l'on porte à la monarchie : c'eft au nom
de ce ferment même que nous les combattons.
Nous le renouvellons tous, s'écrient à - la - fois les
membres du côté droit. — Oui, continue Cafalès,
cette monarchie que nous jurons de maintenir, eft
la pierre angulaire de la conftitution. On interrompt
Cafalès ; le côté gauche s'agite ; un bruit effroyable
regne dans l'affemblée. Mirabeau parvient à obtenir
un moment de filence : — Il feroit, meffieurs, profondément coupable & injurieux à l'affemblée d'altérer le ferment civique , d'en féparer aucune des
parties ; la nation, la loi & le roi. Notre ferment
de fidélité eft dans la conftitution. Celui - là feul eft
criminel ; qui ofe le révoquer, en doute. Après cette
déclaration folemnelle , j'ajoute que moi je fuis
très - décidé à combattre toute efpece de factieux,
dans quelque fyftême & dans quelque partie du
royaume qu'ils portent atteinte aux principes de la
monarchie. — Détruifons le club des jacobins, &
la tranquillité fera rétablie, répond Foucauld, qui
faifit avidement l'ouverture de conciliation que laiffe
entrevoir Mirabeau. — Ne nous livrons pas à tant
d'irafcibilité , reprend froidement Mirabeau : au
refte, continue - t - il avec un fourire fardonique, je
prie l'affemblée de vouloir accepter l'augure d'une
réconciliation univerfelle de tous fes membres ; puifque monfieur d'Efprémenil eft aujourd'hui l'ami de
l'illuftre

l'illuftre & courageux ami de monfieur de Lamoignon (*).

Ce farcafme excite un rire général, & ramene
le calme dans l'affemblée : mais le décret intéreffoit
trop tous les partis, pour être décidé fi promptement; on renvoya la difcuffion à trois jours. Ce
délai expiré, les intrigues tant au dedans qu'au dehors préparées, Thouret parut à la tribune. On
demanda l'impreffion du rapport.... d'Efprémenil
affura que le comité n'avoit pas imprimé fon rapport, dans la crainte de dévoiler une théorie qui
feroit horreur fi elle étoit connue; que des conféquences artificieufement déguisées d'un principe général, il réfulteroit qu'il pouvoit exifter certaines
circonftances où le roi feroit déchu de la royauté;
que cette théorie méritoit l'exécration de tous les
fujets fideles du roi. — Nous ne fommes pas les
fujets mais les amis du roi, répondent plufieurs
membres du côté gauche. — Il faut avouer, replique d'Efprémenil, que nous lui prouvons notre
amitié d'une maniere bien étrange.

— La théorie que vous propofe votre comité,

_____

(*) Monfieur de Lamoignon étoit l'auteur de la cour
pléniere, de la deftruction des parlemens, & de l'empri-
fonnement de d'Efprémenil. L'abbé Maury avoit prêté fa
plume & fes intrigues à ce projet de boulverfement général de la magiftrature.

repart Thouret, eſt toute entiere dans la premiere
phraſe du rapport. La royauté eſt la plus éminente
fonction publique : une fonction publique porte
avec ſoi des obligations à remplir. — Votre comité, interrompt Caſalès, perſiſte dans ſa maniere
irreſpectueuſe de confondre, avec la foule des fonctionnaires publics, le chef héréditaire de la nation. Il ne
devoit pas oublier qu'un peuple libre doit reſpecter ſon
roi & la famille royale. Il revient encore à cette pro-
poſition incroyable qui défend au roi de ſortir du
royaume. Je ne répéterai pas que c'eſt ôter au roi
le commandement des armées, l'empêcher de défendre l'état ; je ne dirai pas que s'il exiſte une hy-
potheſe dans laquelle un peuple puiſſe détrôner ſon
ſouverain légitime (jamais, jamais ! s'écrie d'Eſprémenil), ces cas ſont tellement rares que la loi ne
doit pas même lés ſuppoſer. Meſſieurs, ſi le roi
peut perdre ſa couronne, il eſt juſticiable ; s'il eſt
juſticiable, il eſt dépendant ; s'il eſt dépendant, il
eſt aſſervi : plus de liberté, plus de bonheur pour
le peuple. Vous n'avez point établi l'hérédité du
trône ; elle exiſtoit avant que vous fuſſiez aſſemblés :
vous n'avez pas décrété que la couronne ſeroit héréditaire ; vous l'avez reconnu après en avoir reçu
l'ordre de la nation françoiſe. Ce n'eſt pas de vous
ni de votre conſtitution que la famille royale tient
le droit de ſucceſſion ; c'eſt du vœu du peuple
françois prononcé depuis huit cents ans ; vœu dont

l'authenticité vous impofoit la loi de le reconnoître. Or, fi cette délégation n'eft pas votre ouvrage, vous n'avez pas le droit d'y rien changer. Je ne crains point de le répéter ; délibérer dans quel cas le roi eft jufticiable, c'eft du plus grand danger ; & fi l'affemblée prend une détermination fur cet objet, je déclare que je ne participerai point à fa délibération. Je confens que l'affemblée, dans l'i-vreffe du pouvoir qui l'a fi fouvent égarée, oublie ce qu'elle doit à la nation & au roi : pour moi, je jure de ne jamais oublier le ferment que j'ai prêté ; je jure d'être toujours fidele au fang de Saint-Louis & de Henri IV. Tous les membres du côté droit fe levent & répetent à haute voix : nous le jurons.

Pouvons-nous fouffrir, s'écrie Péthion, qu'on aviliffe la nation françoife ; jamais on ne s'eft at-taché avec plus d'audace & de déraifon à attaquer le principe dont tout le monde convient que la nation eft fouveraine. Vous entendez appeller cette nation entiere les fujets du roi, comme s'il pouvoit y avoir, chez un peuple libre, d'autres fujets que ceux de la loi. Voilà la feule fuggeftion, le feul efclavage qui convient à une nation dont le refpect pour la loi eft le premier devoir & la premiere vertu ; que le roi marche contre fon royaume à la tête d'une armée, ne fera-t-il pas puniffable ? . . .

Alexandre Lameth ajoute qu'il eft fingulier de pré-tendre qu'on ne fauroit délibérer fur cette matiere, fans fe rendre coupable de trahifon envers le roi. Raifonner comme meffieurs Cafalès & d'Efprémenil, c'eft trahir la nation, & nier que le peuple ait le droit de changer à fon gré le gouvernement. De telles propofitions peuvent-elles être avancée dans une affemblée qui a décrété que la nation eft fouveraine? A quel point ofe-t-on fe jouer du peuple françois? Comment fuppofer que le roi ne contracte aucune obligation? Oui, c'eft en rempliffant fes fonctions, que le roi eft inviolable: nous fommes fideles au roi; mais c'eft au roi de la conftitution, à la nation fouveraine, à la loi. — Rappellez monfieur le préfident, reprend vivement d'Efprémenil, rappellez à l'ordre ces blafphémateurs. Il étoit aifé de s'appercevoir qu'aucun des orateurs n'avouoit les motifs fecrets qui les opiniâtroient, les uns à faire paffer cette loi, les autres à la faire rejeter. Les révolutionnaires n'ignoroient pas que les ariftocrates travailloient à emmener le roi hors de Paris, & à le mettre à la tête des mécontens. La plupart indifcrets, bouffis d'orgueil, irrités de la moindre réfiftance, ne parloient que de guerre, que de fang, que de vengeance. Louis XVI étoit le fantôme deftiné à fanctionner de fon nom cette grande entreprife. — Vous voulez engager le roi à fortir de Paris & exciter en France une guerre civile, auroient pu dire les révolutionnaires, & nous, nous cherchons à lui ôter les moyens d'exécuter ce deſſein. Voilà le but de la loi que nous propoſons : elle armera la nation contre le monarque ; & ſi Louis XVI nous abandonne , & ſe déclare nôtre ennemi , nous trouverons , dans cette même loi, un appui contre lui : & ſans changer la forme monarchique du gouvernement , ce qui entraîneroit des ſecouſſes dangereuſes , nous nommerons un autre roi. Les ariſtocrates auroient répondu : C'eſt parce que nous pénétrons vos ſecrets deſſeins , que nous nous oppoſons à votre loi. Mais les révolutionnaites avoient un grand avantage ; ils ſe fondoient ſur une théorie dont les principes ſont évidens aux yeux de tous, quoique leurs conſéquences ne ſoient pas applicables dans la pratique ; au lieu que les ariſtocrates ſe voyoient contraints en défendant leur ſyſtême d'abandonner les principes , & de ne s'attacher qu'aux conſéquences éloignées qui pourroient en découler. Or le peuple ſaiſit facilement la vérité d'un principe , parce que cette vérité eſt toujours ſimple, toujours une ; qu'elle n'exige aucune combinaiſon d'idées acceſſoires ; qu'il ne faut pour la ſentir que l'acte d'un jugement facile à prononcer : mais il ne ſauroit ſaiſir les conſéquences qui découlent d'un principe , parce que ces conſéquences tiennent à une foule de rapports compliqués qu'il n'apperçoit pas ; qu'elles demandent de nombreuſes combinaiſons , & une connoiſſance approfondie des hommes, & des choſes.

La difcuffion acquit un caraƈtere d'aigreur qui acheva d'aliéner les efprits. D'Efprémenil foutenoit que l'affemblée n'avoit pas le droit de délibérer fur cette queftion; Cafalès affuroit que ni lui ni la majeure partie des membres du côté droit ne prendroient aucune part à la délibération. Le côté gauche & les tribunes reçurent cette déclaration avec des applaudiffemens infultans. — Si l'on veut, repartit Thouret, fubftituer la franchife & le calme à un enthoufiafme de commande & à l'efprit de parti, le problême eft facile à réfoudre. Loin de nous la coupable penfée d'avilir le trône & de dénaturer la royauté. Nous favons que c'eft la pierre angulaire de la conftitution & le garant de la liberté nationale. Qui de nous voudroit n'être pas fidele au roi? Cette fidélité n'eft-elle pas commandée par la conftitution? S'eft-il préfenté une feule occafion de l'épancher au dehors, que les voûtes de cette enceinte n'aient retenties de nos acclamations? Les qualifications qu'on nous reproche de donner au roi de premier fonƈtionnaire public, & à l'héritier du trône de premier fuppléant, font-elles vraies? ont-elles des inconvéniens? La royauté eft une fonƈtion publique: celui qui en eft revêtu eft donc un fonƈtionnaire public. En vrais amis du roi, voilà ce que nous devons défendre & confacret: car enfin fi la royauté mérite tous nos refpeƈts, ce n'eft effeƈtivement que parce qu'elle eft la plus

haute fonction publique dont un homme puiſſe être
revêtu. La qualité de premier ſuppléant, eſt la ſeule qui
convienne à celui qui a l'expectative de remplir
cette fonction publique après le roi. Prenons bien
garde au titre d'héritier préſomptif, qui ſuppoſe
une idée de patrimonialité.

La royauté ne ſe tranſmet pas héréditairement,
mais comme fonction publique par continuation de
délégation primitive, tant que cette délégation ſuit
l'ordre héréditaire. Eſt-ce par un véritable amour
de la royauté qu'on voudroit lui conſerver les mêmes fondemens ruineux qui n'ont-pu ſoutenir ce
qu'ils portoient? Voulez-vous aſſurer la ſtabilité des
rois à la tête des nations éclairées, faites que la prérogative royale ne répugne pas aux principes de la
juſtice éternelle; que rien n'éloigne les hommes libres & raiſonnables de s'y ſoumettre. Objecte-on
que la loi de réſidence empêchera le roi de voyager
& de commander ſes armées; je réponds que rien
de tout cela n'eſt dans le décret. Le roi pourra toujours donner les raiſons qui auront déterminé ſon
abſence ou qui la prolongeront.... Préſenter le refus du roi, d'obéir à la proclamation du corps légiſlatif comme une abdication de la royauté, ce n'eſt
qu'un moyen d'exécuter la loi: ſans punition, le
décret ſur la réſidence ne ſeroit pas un décret. Le
roi eſt averti; ſon abdication, par le ſimple fait
de l'abſence, ſera donc libre & volontaire. On crie

à la félonnie, à la haute trahifon, à la violation du trône ! Mais déclarer que le roi peut être jufticié, ce n'eft qu'articuler le cas où le trône fera vacant de l'aveu même du roi ; il aura fanctionné le décret. L'hérédité ne fera point violée fi fon plus proche parent lui fuccede. Sans doute on appellera ces difpofitions hardies ; mais qui ne fent pas que cette hardieffe n'eft point l'audace de l'efprit de parti qui renverfe ? que c'eft le courage du zele qui défend & qui affure ?

Les débats recommencent. Le préfident met aux voix le décret. — Vous n'avez pas le droit de délibérer, répete fans ceffe Foucauld... D'Efprémenil demande à lire un projet. Il monte à la tribune. Le premier article contient que le corps légiflatif reconnoît folemnellement que la perfonne facrée du roi eft exempte de toute jurifdiction ; que toute atteinte portée à ce grand principe eft un crime de la part de ceux qui le propoferont, & de la part de ceux qui le décréteront. ... Les éclats de rire des uns, les cris infultans des autres, ne permettent pas à d'Efprémenil d'achever. — A Charenton, dit un député jacobin. — Rira bien qui rira le dernier, replique d'Efprémenil, en defcendant de la tribune. Chabroud affure qu'il n'eft pas à l'affemblée pour entendre tant d'extravagance. Foucauld répond que le décret que propofe d'Efprémenil eft très-raifonnable. Mais d'Efprémenil & les évêques avoient obtenu ce qu'ils vouloient : ils venoient de jeter le trouble dans l'affemblée, & de donner, à la délibération, le ton indécent d'une cohue tumultueufe agitée par les plus hideufes paffions. Ils fortirent de la falle en criant : à la violence, à la non - liberté; moins occupés d'empêcher que le décret ne pafsât, en joignant leurs voix à celles des gens fages qui ne le vouloient pas, qu'à occafionner un éclat fcandaleux, ils allerent rédiger une puérile proteftation.

Le temps de pâque amena de nouvelles intrigues. Tout ce que l'aftuce, le menfonge, la mauvaife foi peuvent inventer pour troubler les confciences & alarmer les foibles, pour exciter le fanatifme, fut mis en œuvre par les prêtres infermentés; & tout ce que la rage de dominer, la fureur de nuire, l'efprit de perfécution peuvent fournir de moyens violens à des hommes qui ont la force en main, fut employé par les jacobins contre les prêtres qui avoient refufé de prêter le ferment, contre les dévotes qui s'obftinoient à entendre leurs meffes, contre les religieufeufes qui ne vouloient pas reconnoître les nouveaux évêques & les nouveaux curés. Mais ce qui caractérife le véritable efprit qui animoit & les uns & les autres, ce fut de voir un tas de femmes fans mœurs, de grands de la cour athées, d'hommes pour lefquels la religion n'étoit qu'un mot vague fans expreffion & fans devoir, déclamer contre le fchifme, fréquenter les églifes, entendre réguliérement la meffe; tant un même intérêt a le pouvoir d'accorder les paſſions les plus oppoſées.

Les ariſtocrates & les évêques méditoient un coup plus important. Il s'agiſſoit d'empêcher le roi de ſe rendre la ſemaine ſainte à ſa paroiſſe , & ſur - tout d'empêcher qu'il n'y fît ſes pâques. La ſanction donnée au décret de l'aſſemblée ſur le ſerment , n'étoit pas , ſelon les évêques , une reconnoiſſance réelle de la conſtitution civile du clergé : la violence avoit évidemment arraché cette ſanction ; d'ailleurs le roi pouvoit avoir proteſté ſecrétement , au lieu que l'aſſiſtance de Louis XVI à la paroiſſe , eût paru un conſentement volontaire. Cet exemple auroit entraîné les conſéquences les plus funeſtes. En effet, dès que l'on ſe feroit convaincu que le roi adoptoit la conſtitution , que réuni ſincérement à l'aſſemblée , il travailloit de concert avec elle à organiſer le gouvernement & à le faire marcher, tous les obſtacles diſparoiſſoient ; les curés ſéduits, ſe ſoumettoient ; ceux qu'enchaînoient, au parti ariſtocrate , les belles eſpérances dont on les berçoit , l'abandonnoient & cherchoient , dans le nouvel ordre de choſe , un état & des avantages que l'ancien ordre ne pouvoit plus leur procurer. Il falloit donc montrer à tous que la conduite du roi , en apparence ſi conforme à la conſtitution , n'étoit que le réſultat d'une politique adroite qui diſſimule pour agir plus ſûrement. Ce fut dans ce deſſein qu'on décida que le roi iroit paſſer les fêtes à Saint - Cloud.

A ce premier motif s'en joignit un second qu'on n'eut garde d'avouer... En effet si, ce que l'on n'espéroit guere, il arrivoit que le roi obtînt la permission de sortir de Paris, le projet étoit de l'amener à Metz.

L'approche du temps paschal causoit aussi quelques inquiétudes aux révolutionnaires. Les prêtres tirent alors une nouvelle considération de l'importance des mysteres qu'ils célebrent ; le peuple est plus ouvert à tous les genres de séductions. Le directoire du département de Paris, sous prétexte de prévenir un sujet de trouble, ordonna de fermer les églises qui n'étoient pas conservées. Il permit cependant aux religieuses de dire la messe dans l'intérieur de leur couvent ; mais on obligea les prêtres non-assermentés, qui voudroient y célébrer l'office, de prendre une permission du curé de la paroisse, & de faire viser cette permission au nouvel évêque diocésain : ce qui étoit forcer ces prêtres de reconnoître sa jurisdiction, & les précipiter dans le schisme qu'ils vouloient éviter.

L'évêque de Lida nommé à l'archevêché de Paris à la place de monsieur de Juigné, & les curés jureurs, humiliés de voir leurs églises désertes, avoient sollicité cette imprudente & tyrannique mesure. Les prêtres constitutionnels étoient aussi intolérans que les prêtres non-assermentés. La haine des uns étoit égale à la haine des autres. Les prêtres constitution-

nels penferent qu'en empêchant leurs adverfaires d'e-
xercer les fonctions du facerdoce, le peuple, qui ne
tient qu'au matériel de la religion, accourroit en
foule à leurs églifes, qui y voyant pratiquer les mêmes
cérémonies, il croiroit que c'étoit la même religion ;
& jugeroit que cette querelle théologique n'avoit
d'autre bafe que l'intérêt temporel des évêques.

Les départemens des provinces enchérirent encore
fur l'arrêté de Paris. Par - tout on chaffa, on mal-
traita les curés qui avoient refufé le ferment ; on les
empêcha d'exercer leurs fonctions ; on les pourfuivit
de ville en ville ; on contraignit les religieufes de reconnoître les nouveaux évêques, &, dans ce deffein,
on ne leur épargna ni les menaces ni les outrages.
La populace de Bourdeaux s'empara de deux fœurs
de la charité qui refufoient d'aller à la meffe du
curé conftitutionnel. On les plongea à plufieurs re-
prifes dans la riviere d'où on les retira à demi-mor-
tes. L'officier municipal s'étant tranfporté chez l'une
de ces religieufes & lui ayant dit qu'il venoit recevoir fa dépofition. — Monfieur, lui répondit cette
héroïque & fainte fille (en raffemblant toute fes
forces) je ne ferai jamais la délatrice des gens à qui
j'ai voué mon exiftence & mes foins ; je ne cefferai,
pas même dans cette circonftance, d'être fœur de
la charité, comme j'en fuis la martyre.

Les perfécutions rendirent les prêtres jureurs odieux ;
& attacherent encore plus fortement les catho-

liques romains aux prêtres non - afsermentés. Les aristocrates & les évêques l'avoient prévu : mais il étoit essentiel de constater, d'une maniere notoire, que non-seulement on chassoit les catholiques de leurs églises, qu'on poussoit encore l'intolérance jusqu'à ne pas leur permettre l'exercice privé de leur culte, exercice qu'autorisoit la constitution elle-même ; tandis que l'on souffroit que les protestans eussent à Paris un temple publie. Une société de catholiques romains loua de la municipalité de Paris, au terme de la loi & paya d'avance, l'église des théatins. Les évêques & les aristocrates étoient bien sûrs que les jacobins ne souffriroient pas qu'on y fît le service : en effet, dès qu'on sut que des prêtres inasermentés devoient dire la messe dans une église particuliere, il se forma, sur le quai des théatins, un attroupement nombreux. Les émissaires haranguerent le peuple, lui persuaderent qu'on cherchoit à exciter la guerre civile, à diviser les citoyens ; que c'étoit une manœuvre des ennemis de la révolution. Une jeune demoiselle conduite par sa mere, s'étant présentée, on la fouetta sur les marches de l'église. Les jacobins, enhardis par le succès de ce premier acte d'hostilité, attacherent, sur la porte, deux balais en sautoir avec une inscription qui annonçoit le châtiment préparé à tout prêtre ou à toute personne des deux sexes qui oseroit s'introduire dans l'église. Le maire Bailli vint aux théatins ; il fit ôter les balais, l'infcription , mais il ne put diffiper l'attroupement.

Le département fégnit de croire que cette atteinte, portée à la liberté de confcience, étoit une fuite de l'ignorance de la loi qui autorifoit toute fociété religieufe à exercer les fonctions de fon culte : il annonça dans une proclamation , la location de l'églife des théatins, la légitimité de fa deftination , l'infcription de paix & de liberté qui y feroit placée. Le peuple arracha la proclamation , s'emporta en injures contre le département , contre les prêtres, contre les dévots. Une théologienne de la troupe conclut qu'il falloit empêcher le fchifme à tout prix, & pour cela fouetter les femmes & affommer les prêtres. D'après cette énergique décifion, le peuple demeura conftamment, jufqu'à fix heures du foir, à l'églife des théatins, attendant quelque proie : les ariftocrates eurent la prudence de ne point fe montrer.

La même fermentation fe manifefta dans la chapelle du roi. Un grenadier de la garde-nationale déclama, avec fureur, contre les prêtres non-affermentés qui entouroient le monarque. Le foir des motions, des lectures incendiaires agiterent le peuple ; les groupes exécuteurs fe concerterent.

Le roi devoit partir le lendemain pour Saint-Cloud. On affura que ce voyage cachoit des vues de contre-révolution ; que le roi, réfractaire à la loi, logeoit au château des prêtres réfractaires ; qu'il communioit de leurs mains & en fecret, au lieu de fe rendre à Saint - Germain - l'Auxerois sa paroisse. Le lundi, de grand matin, les journaux jacobins sonnerent la charge. Le bois de Boulogne, disoient - ils, étoit rempli d'hommes qui portoient des cocardes blanches : trois mille aristocrates se préparoient à enlever le roi ; il seroit dans quinze jours au milieu des Autrichiens. — Patriotes, s'écrioient les journalistes, levez - vous ; aux armes ! la bouche des rois est l'antre du mensonge... une furie lance ses couleuvres dans le sein de Louis XVI.... Tu parts... tu te mets à la tête d'une armée autrichienne ; mais tu t'y prends trop tard. Nous te connoissons grand restaurateur de la liberté françoise ; si ton masque tombe aujourd'hui, demain ce sera ta couronne.

Ces horreurs & cent mille autres hurlées dans les rues, répétées dans les lieux publics, commentées aux groupes par des émissaires jacobins, ameuterent la populace & exciterent une fermentation universelle. On sonna le tocsin ; on battit la générale. Des petits enfans déguenillés courent de poste en poste, rassemblent la populace, la conduisent aux Tuileries. Une foule immense s'empara du carrousel, de la place Louis XV, de la route de Saint - Cloud. Lafayette accourut avec de nombreux détachemens de garde - nationale : la plupart partageoient les dispositions de la multitude & paroissoient prêts à la seconder ; plusieurs même avoient passé la nuit au bois de Boulogne, dans le dessein d'y

attendre le roi & de le ramener à Paris. Ces difpofitions du peuple, quoique connues du roi, ne
changerent point la détermination du voyage de
Saint-Cloud : au fortir de la meffe, la reine & le roi
montent en voiture, avec madame royale, madame
Elifabeth & monfieur le dauphin. A cette vue on
ferme les portes, on entoure le carroffe, on faifit
la bride des chevaux. Le maire Bailli & Lafayette
ordonnent d'ouvrir le paffage. La garde-nationale
refufe. Lafayette reproche aux foldats leur rebellion.
—— Nous ne voulons pas qu'il parte, répondent
à-la-fois tous les gardes-nationales; nous jurons
qu'il ne partira pas. Des cris plus irrefpectueux, &
plus effrayans, fe mêlent à ce refus, & pénétrent
jufqu'aux oreilles du roi. —— Il eft étonnant, dit
ce prince, qu'après avoir donné la liberté à la nation, je ne fois pas libre moi-même.

Le roi attend dans fa voiture l'iffue de cet étrange
événement. Le maire Bailli & monfieur de Lafayette
fe jettent au milieu des rangs, repréfentent aux foldats, qu'armés pour la défenfe de la liberté & le
maintien des lois, ils violent la liberté & les lois.
On ne les écoute pas. Lafayette & Bailli vont fur
la place du carroufel : ils haranguent le peuple. Le
peuple répond : —— Nous ne voulons pas qu'il parte,
& il ne partira pas. Ils fe rendent à l'affemblée
nationale. On y difcutoit un projet de loi fur la
marine. —— Ce n'eft point au milieu de la confternation

nation générale, s'écrie Malouet, qu'il eſt poſſible d'attacher votre attention à l'organiſation de la marine; les lois fondamentales de l'empire ſont violées, la conſtitution eſt attaquée dans la perſonne du monarque. — A l'ordre du jour, répond tout à-la-fois le côté gauche de l'aſſemblée; à bas Malouet; il jette les torches de la diſcorde. — L'ordre du jour eſt l'ordre public, replique Virieux. De nouveaux cris ſe font entendre, & l'on reprend la diſcuſſion ſur la marine. Bailli & Lafayette ſortent ſans dire un mot de ce qui ſe paſſe au château, ils retournent auprès du roi, l'aſſurent qu'il ne peut ſortir ſans péril. Alors chacun ayant fini de jouer ſon rôle, & comme ſi l'on fût convenu unanimement que cette comédie avoit aſſez duré. Le roi s'écrie à trois fois différentes: — On ne veut donc pas que je ſorte? il eſt donc impoſſible que je ſorte? eh bien ! je vais reſter. Il deſcend de voiture, la reine le ſuit avec monſieur le dauphin & madame royale. L'un & l'autre remontent dans leur appartement.

Le ſoir les lieux publics retentiſſent des propos les plus atroces. Le club des cordeliers affiche ſur tous les murs de Paris un arrêté qui dit que la ſociété, d'après la dénonciation à elle faite que le premier fonctionnaire public de la nation ſouffre & permet que des prêtres réfractaires ſe retirent dans ſa maiſon, & y exercent publiquement au grand ſcandale des François les fonctions publiques qui leur ſont

interdites par la loi; qu'il a même reçu la communion pafchale & entendu la meffe d'un de ces prêtres réfraétaires ; arrête que, la vérité du fait bien
cónftatée, elle dénonce aux repréfentans de la nation le premier fonétionnaire public, le premier
fujet de la loi, comme réfraétaire aux lois conftitutionnelles qu'il a juré de maintenir, & dont les
fonétions lui prefcrivent d'affurer l'exécution ; &
comme autorifant la défobéiffance & la révolte, &
préparant ainfi à la nation françoife les faétions que
les ennemis des droits de l'homme veulent exciter
contre la conftitution.

A ces fcenes d'anarchie & de révolte ouverte, fe
mêloient des fcenes d'une terreur & d'une inquiétude ridicule; mais le peuple y confervoit toujours
fon caraétere féroce. Tandis que les jacobins couvroient de leur bave empoifonnée l'infortuné monarque, quelques hommes & quelques femmes de
ceux qu'on appelloit gens de qualité & bonne compagnie, parmi lefquels fe trouvoient l'ambaffadeur
de Venife, celui de Danemarck & plufieurs feigneurs
& dames de la cour, écoutoient paifiblement dans
une maifon du fauxbourg Saint-Honoré un excellent
concert que donnoit un virtuofe étranger. Arrive
une charrette chargée de paille. C'étoit la provifion
de mois des chevaux de la maîtreffe de la maifon.
La vue de cette charrette trouble un zélé patriote;
il foupçonne qu'elle eft deftinée à favorifer l'évafion

du roi ; qu'on va le faire fortir de Paris caché fous
des bottes de paille : il témoigne fes craintes à fes
voifins. L'alarme fe répand dans le quartier. On court
quérir un commiffaire de fection : il vient efcorté
d'un détachement de gardes - nationales qui inveftit
la maifon. Le peuple refte en dehors, & fe réjouit
d'avance de voir le premier fonctionnaire public
bien attrapé.

Le commiffaire fe préfente dans la falle d'affemblée, parle des foupçons & des inquiétudes du
peuple. Les fymphoniftes fe difperfent, les femmes
s'effraient. . . Le commiffaire les raffure. La maîtreffe
de la maifon conduit le commiffaire dans toutes les
chambres : il ne trouve que des violons, des pupi-
tres & les préparatifs d'un bon fouper. Il fait décharger
la charrette que quatre grenadiers gardoient à vue :
elle contenoit cinquante bottes de paille. Ce commiffaire, honnête - homme, raffure de nouveau les
femmes & va rendre compte de fa miffion. Le
peuple, qui craint qu'on ne le trompe, ne s'en
rapporte pas à ce que dit le commiffaire ; il veut voir
par lui - même. . . Après quelques altercations, on
confent d'introduire une députation de vingt - quatre
hommes du peuple. On recommence les recherches ;
on vifite encore la charrette ; on recompte les bottes
de paille ; on en délie plufieurs. La populace bien
fâchée qu'il n'y ait rien, & à qui cependant il faut un
fpectacle qui la dédommage, exige que tous les

hommes & les femmes qui se trouvent dans la maison en sortent à pied, & aillent regagner leurs voitures au bout de la rue. Le commissaire retourne intimer l'ordre du peuple souverain. Les femmes crient, se désolent. Il faut se soumettre. Les voitures vuides défilent les premieres; suivent les femmes, les yeux baissés, tremblantes de peur, cherchant à se dérober aux regards insultans d'une multitude grossiere : on les force de traverser un assez long espace entre deux haies d'hommes, de femmes & d'enfans qui les accablent d'injures, faute de pouvoir leur faire pire.

Le lendemain le département se présente à la barre de l'assemblée, & donne lecture d'un arrêté, portant que le conseil de la commune sera convoqué pour délibérer sur ces deux propositions; savoir si l'on présentera une adresse au roi pour le prier de continuer son voyage, ou si on le remerciera de ce qu'il a bien voulu ne pas le continuer. Le duc de la Rochefoucault ajoute que la commune a décidé que l'on remerciera le roi de n'avoir pas continué son voyage; qu'on le priera d'éloigner de sa personne les ennemis de la constitution qui l'assiegent par de mauvais conseils. Monsieur de la Rochefoucault cessoit à peine de parler, qu'un messager annonce que le roi va se rendre à l'assemblée; il entre le moment d'après, & dit : — Messieurs, je viens au milieu de vous avec la confiance que je vous ai toujours témoignée,

Vous êtes inftruits de la réfiftance qu'on a apportée hier à mon départ pour Saint-Cloud. Je n'ai pas voulu qu'on la fît ceffer par la force : j'ai craint de provoquer des actes de rigueur contre une multitude trompée, qui croit agir en faveur des lois lorfqu'elle les enfreint ; mais il importe à la nation de prouver que je fuis libre : rien n'eft fi effentiel pour l'autorité des fanctions & des acceptations que j'ai données à vos décrets. Je perfifte donc, par ce puiffant motif, dans mon voyage de Saint-Cloud : l'affemblée nationale en fentira la néceffité. Il femble que pour foulever un peuple fidele, dont j'ai mérité l'amour par tout ce que j'ai fait pour lui, on cherche à lui infpirer des doutes fur mes fentimens. J'ai accepté, j'ai juré de maintenir la conftitution : la conftitution civile du clergé en fait partie, & j'en maintiendrai l'exécution de tout mon pouvoir. Je ne fais que renouveller ici l'expreffion des fentimens que j'ai fouvent manifeftés à l'affemblée : elle fait que mes intentions & mes vœux n'ont d'autre but que le bonheur du peuple : ce bonheur ne peut réfulter que de l'obfervation des lois , & de l'obéiffance à toutes les autorités légitimes & conftitutionnelles.

— « Sire , répond le préfident Chabroud, fi le
» fentiment dont l'affemblée eft pénétrée étoit compatible avec quelque plus douce impreffion, elle
» la recevroit de votre préfence. Puiffe votre majefté
» trouver en elle-même , & dans les témoignages d'a-

Z 3

» mour qui l'environnent, quelque dédommagement
» de ses peines! Une inquiete agitation est insépa-
» rable des progrès de la liberté. Au milieu des soins
» que prennent les bons citoyens pour calmer le
» peuple, on se plait à semer des alarmes... Des
» circonstances menaçantes se réunissent de toutes
» parts, & la défiance du peuple renaît... Sire,
» vous, le peuple, la constitution, la liberté, ce
» n'est qu'un seul & même intérêt. Les lâches en-
» nemis de la constitution & de la liberté sont
» aussi les vôtres. Tous les cœurs sont à vous ; &
» comme vous voulez le bonheur du peuple, le
» peuple demande le bonheur de son roi. Empêchons
» qu'une faction trop connue par ses projets, ses
» efforts, ses complots, ne se mette entre le trône
» & la nation. Tous les vœux sont accomplis,
» sire, quand vous venez dans cette enceinte resserrer
» les nœuds qui vous attachent à la révolution ; vous
» donnez des forces aux amis de la paix & des lois.
» Ils diront au peuple que votre cœur n'est pas chan-
» gé ; toute inquiétude, toute défiance disparoîtra ;
» nos communs ennemis seront encore confondus ;
» vous aurez fait remporter à la patrie une nouvelle
» victoire ». Des cris de vive le roi, des applaudissemens tumultueux retentissent dans toute la salle ;
car plus on forçoit le malheureux prince à des démarches qui le compromettoient, qui l'avilissoient
même, plus on affectoit un enthousiasme factice.

Le roi fortit. Le marquis de Blacons demanda la parole. — C'eft la premiere fois, meffieurs, que je parois dans cette tribune, & je vois avec peine que je n'y ai été dévancé par aucun orateur. Le roi eft venu vous annoncer ce que vous favez parfaitement, qu'il eft d'une importance extrême pour la sûreté de vos propres décrets, qu'il ait l'air d'être libre. Monfieur de Blacons étoit peut-être le feul qui n'apperçut pas le but de cette repréfentation théatrale. Le roi & le préfident avoient obtenu ce qu'ils fe propofoient ; le roi de prouver à toute l'Europe qu'il étoit réellement prifonnier, le préfident de montrer au roi que l'affemblée n'étoit point la dupe de fes proteftations d'attachement à la conftitution ; qu'elle n'ignoroit pas fes fecrets deffeins ; qu'elle favoit que, réuni ainfi que la reine aux ennemis cachés & connus de la conftitution, il travailloit de concert avec eux à la renverfer.

Le roi termina cette finguliere démarche par une démarche plus finguliere encore, & qui dans la fuite a infiniment contribué à lui enlever la confiance du peuple, avec d'autant plus de raifon que cette démarche étoit volontaire, & que rien ne le forçoit de la faire. Monfieur de Montmorin, miniftre des affaires étrangeres, envoya la copie d'une lettre que le roi lui avoit ordonné d'écrire, à tous les ambaffadeurs de France dans les cours étrangeres. — « Le roi, » monfieur, difoit le miniftre, me charge de vous

Z 4

» mander que fon intention la plus formelle eft que
» vous manifeftiez fes fentimens fur la révolution &
» fur la conftitution françoife, à la cour où vous
» réfidez, afin qu'il ne puiffe refter aucun doute ni
» fur les intentions de fa majefté, ni fur l'accepta-
» tion libre qu'elle a donnée à la nouvelle forme
» du gouvernement, ni fur fon ferment irrévocable
» de la maintenir.... Une conftitution propre à
» faire le bonheur de la France & du monarque,
» remplace l'ancien ordre de chofes ; où la force
» apparente de la royauté ne cachoit que la force
» réelle de quelques corps ariftocratiques... Ce qu'on
» appelle la révolution françoife, n'eft que l'anéan-
» tiffement d'une foule d'abus accumulés depuis des
» fiecles par l'erreur du peuple ou le pouvoir des mini-
» ftres qui n'a jamais été le pouvoir des rois. Ces abus,
» que l'autorité, fous des regnes heureux, n'avoit cefsé
» d'attaquer fans pouvoir les détruire, n'exiftent plus.
» La nation fouveraine n'a que des citoyens égaux en
» droits, plus de defpote que la loi, plus d'organes que
» des fonctionnaires publics, le roi eft le premier de ces
» fonctionnaires. Telle eft la révolution françoife. Elle
» devoit avoir pour ennemis ceux qui, dans un premier
» moment d'erreur, ont regretté, pour des avantages
» perfonnels, les abus de l'ancien gouvernement.
» Mais le roi dont la véritable force eft indivifible
» de celle de la nation, qui n'a d'autre ambition que le
» bonheur du peuple, qui n'a d'autre pouvoir que celui

» qui lui eſt délégué, le roi a dû adopter, ſans
» héſiter, une heureuſe conſtitution qui régénéroit
» tout à-la-fois ſon autorité, la nation & la mo-
» narchie. On lui conſerve toute ſa puiſſance hors
» le droit redoutable de faire des lois. La nation
» françoiſe n'a plus d'ennemis intérieurs que ceux
» qui, ſe nourriſſant encore de folles eſpérances, croi-
» roient que la volonté de vingt-quatre millions
» d'hommes rentrés dans leurs droits naturels, n'eſt
» pas un immuable, une irrévocable conſtitution.
» Les plus dangereux de ces ennemis ſont ceux qui
» ont affecté de répandre des doutes ſur les inten-
» tions du monarque... Ces hommes ſont bien cou-
» pables ou bien aveugles ; s'ils ſe croient les amis
» du roi, ce ſont les ſeuls ennemis de la royauté.
» Ils auroient privé le monarque de la confiance
» d'une grande nation, ſi ſes principes, ſa probité
» n'euſſent été auſſi connus.

» Dès le mois de février de l'année derniere, le roi avoit
» promis, dans le ſein de l'aſſemblée nationale, de
» maintenir la conſtitution ; il en a fait le ſerment au mi-
» lieu de la fédération univerſelle du royaume. Honoré
» du titre de reſtaurateur de la liberté françoiſe, il
» tranſmettra plus qu'une couronne à ſon fils, il lui
» tranſmettra une royauté conſtitutionnelle.

» Les ennemis de la conſtitution ne ceſſent de
» répéter que le roi n'eſt pas heureux, comme s'il
» pouvoit exiſter, pour un roi, d'autre bonheur

» que celui du peuple : ils difent que fon autorité eft
» avilie , comme fi l'autorité fondée fur la force
» n'étoit pas moins puiffante, plus incertaine que
» l'autorité de la loi : ils ajoutent, enfin, que le roi
» n'eft pas libre ; calomnie atroce fi l'on fuppofe
» que fa volonté a pu être forcée ; abfurde, fi
» l'on prend pour défaut de liberté le confen-
» tement qu'a plufieurs fois exprimé fa majefté
» de refter au milieu des citoyens de Paris.
» Ces calomnies cependant ont pénétré dans les
» cours étrangeres. Elles y ont été répétées par des
» François qui fe font volontairement exilé de leur
» patrie au lieu d'en partager la gloire , & qui,
» s'ils ne font pas fes ennemis, ont au moins aban-
» donné leur pofte de citoyen... Le roi vous char-
» ge , monfieur , de déjouer toutes leurs intrigues,
» tous leurs projets... Donnez de la conftitution
» françoife l'idée que le roi s'en forme lui-même.
» Ne laiffez aucun doute fur l'intention de fa ma-
» jefté de la maintenir de tout fon pouvoir. Cette
» conftitution en affurant la liberté & l'égalité des
» citoyens, fonde la profpérité nationale fur les bafes
» les plus inébranlables : elle affermit l'autorité royale
» par les loix : elle prévient, par une révolution glo-
» rieufe , la révolution que les abus de l'ancien gou-
» vernement auroient bientôt fait éclater en cau-
» fant peut-être la diffolution de l'empire. Enfin ,
» elle fera le bonheur du roi. Le foin de la jufti-

» fier, de la défendre , de la prendre pour regle de
» votre conduite , doit être votre premier devoir.
» Sa majesté m'ordonne de vous charger de noti-
» fier le contenu de cette lettre à la cour où vous
» résidez , & , pour lui donner plus de publicité , sa
» majesté vient d'en ordonner l'impression ».

Et Louis XVI osoit dire à l'assemblée, à la France, à
l'Europe entiere qu'il étoit libre, dans le moment même
qu'il venoit de constater , de la maniere la plus formelle , sa non-liberté : il disoit qu'il aimoit, qu'il
chérissoit la révolution , qu'elle faisoit son bonheur,
dans le moment même qu'il préparoit cette fatale
déclaration du vingt-un juin envoyée deux mois
après à l'assemblée & adressée à tous les François ;
que, sous prétexte d'un voyage à Saint-Cloud, il se
proposoit de se réfugier à Metz & de s'armer contre la constitution ; & il désignoit à la haine & à
la vengeance du peuple , ses courtisans les plus in-
times qui agissoient de concert avec lui, & pour
lui, les prêtres non-assermentés, les nobles de l'assemblée.

Il trompoit ses ministres... mais je m'arrête.
Louis XVI à été malheureux ; je ne presserai point
les réflexions : plaignons-le d'être né sans caractere,
d'avoir toujours été le jouet de sa propre foiblesse
& d'une foule de passions qui lui étoient étrangeres :
plaignons-le de s'être environné de ministres qui
n'avoient point sa confiance, dont il n'avoit pas lui-

même la confiance ; qui, dans l'incertitude des événemens, s'ifoloient du monarque & de la monarchie, & qui, tremblans au moindre mouvement
populaire pour fe fouftaire à une refponfabilité qu'ils
appréhendoient, fe couvroient du roi comme d'un
bouclier, le facrifioient à leur propre sûreté en lui
confeillant des démarches indignes d'un honnête-
homme, démarches qui le rendoient méprifable,
qui l'avilifoient aux yeux du peuple ; puifque, comme
le difoit le roi Jean, —— fi la vertu & la franchife
étoient bannies de la terre, elles devroient toujours
fe trouver dans la bouche des rois.

Les révolutionnaires répondirent à la lecture de
cette lettre par des tranfports factices de joie, par
des cris calculés de vive le roi. Ils n'avoient garde
de penfer que Louis XVI y eût exprimé fes véritables fentimens. On peut même dire qu'en ou-
trant fon rôle, il manquoit fon but. Mais les révolutionnaires n'étoient pas fâchés que le peuple crût
que le roi parloit de bonne foi. En conféquence,
tournant contre lui-même l'arme qu'il avoit voulu
employer contre eux, ils décréterent que fa déclaration aux puiffances étrangeres, feroit envoyée aux départemens, aux armées, aux colonies ;
que tous les curés feroient tenus de la lire & de la
publier à leurs meffes paroiffiales.

L'affemblée continua donc à s'occuper, avec une
infatigable activité, de l'achevement de la conftitution.

Thouret pofa la queftion fuivante : Y a-t-il quelque fonction publique qui puiffe exclure de l'éligibilité à la légiflature? Une multitude de voix s'éleverent de toutes les parties de la falle & crierent :
Point de réélection ! Roberfpierre demanda, qu'avant
de difcuter cette queftion importante, l'affemblée fe
défintéreffât & qu'on décrétât fur-le-champ que
les membres d'une légiflature ne feroient pas éligibles à la légiflature fuivante. Les ariftocrates & les
jacobins couvrirent d'applaudiffemens la propofition de
Roberfpierre. Tous les membres du côté droit fe leverent & demanderent d'aller aux voix. Pethion prétendit qu'avant de rien décider, il falloit d'abord
favoir fi les membres du corps conftituant pourroient
être réélus à la légiflature fuivante. — Point de diftinction, répondent les ariftocrates & les jacobins ; aux
voix. — On ne fe joue pas ainfi de la liberté
d'une grande nation, s'écrie Dumetz d'un ton d'aigreur : tenez bon monfieur le préfident. — L'affemblée, ajoute Thouret, ne doit rien décréter, dans
une fi grave matiere, qu'avec cette maturité qui
tant de fois a fait honneur à fa fageffe : la queftion
propofée partage les meilleurs efprits. — Tous les
légiflateurs, replique Roberfpierre, qui ont donné
des lois aux nations, font rentrés dans la foule
après avoir confommé leur ouvrage. Plufieurs députés femblent croire à la néceffité de conferver une partie des membres de l'affemblée actuelle, parce que,

pleins de confiance en nous, ils défefperent que
nous puiffions être remplacés par des hommes également dignes de la confiance du peuple; on craint
leur inexpérience : mais nous - mêmes n'étions - nous
pas étrangers au nouvel ordre de chofes que nous
avons créé d'après le vœu de la nation? N'étions -
nous pas étrangers à l'étude des principes du droit
public? Avouons - le; nous étions plus neufs pour
notre ouvrage, que ne le feront nos fuccefleurs déja
éclairés par nos travaux : il eft un moment où la
laffitude affoiblit les refforts de l'ame & de la pensée.
Athletes vigoureux, mais fatigués, laiffons la carriere
à des hommes frais; que tous les François, par la
maniere dont vous avez commencé & terminé votre
carriere, prononcent celle des deux époques où
vous vous ferez montrés plus purs, plus grands,
plus dignes de leur eftime.

Les applaudiffemens recommencerent; ariftocrates
& jacobins fe réunirent dans la demande de la
non - réélection.

Mais pour développer cette intrigue, il eft néceffaire d'entrer dans quelques détails. Les conftitutionnels commençoient à fe laffer de l'anarchie : ils
avoient atteint le but qu'ils s'étoient proposé : ils
auroient voulu mettre un terme aux agitations du
peuple. L'impulfion étoit donnée. Le peuple dont
les intrigans s'étoient fervi pour faire une révolution
qui leur fût utile, s'appercevant enfin qu'il n'avoit

rien gagné à cette révolution, qu'il n'étoit ni plus
riche ni plus heureux, s'abandonnoit à d'autres intrigans qui continuoient de l'agiter, & qui cherchoient à outrer la révolution dans l'espoir de la
tourner à leur profit.

Les jacobins & les constitutionnels se disputoient
donc la popularité, épioient l'opinion publique,
afin de la dévancer, de s'en saisir & de la diriger
en leur faveur. De là cette jalousie qui les tourmentoit également, qui ne leur permettoit de voir, dans
les délibérations, que l'opinion de leur parti, sans
en peser les avantages ou les désavantages. La
question de la réégiblité offrit un effet marqué de
cette haine violente qui divisoit les jacobins, les
aristocrates, & les constitutionnels.

Ni les jacobins ni les aristocrates ne vouloient la
constitution : les premiers tendoient à établir un
gouvernement démocratique républicain ; les seconds
demandoient l'ancien despotisme, sous la protection
duquel ils avoient vécu, jusqu'à ce jour, riches,
heureux, honorés. La constitution, malgré tous ses
vices, fondoit un gouvernement sage également
éloigné de la licence & de l'arbitraire. Ce gouvernement se feroit insensiblement établi par la lassitude
des peuples, & par la lassitude du roi, pour peu
qu'on eût permis aux esprits travaillés de se repo-
ser sur ses bases : le plus sûr moyen de le consolider, étoit donc d'accorder aux membres qui avoient

fait la conftitution la faculté d'être réélus à la légiflature fuivante; car nul doute que le peuple,
plein de confiance en eux, ne les eût nommé de
préférence à des hommes nouveaux dans les affaires,
& qu'alors leur influance fur leurs collegues n'eût
maintenu les chofes dans l'état où ils les avoient placées.
C'eft ce que fentoient parfaitement les jacobins &
les ariftocrates : ils voyoient la conftitution s'affermir fi la réélection avoit lieu : ils redoutoient les
talens & la popularité des conftitutionnels, & jufqu'à l'habitude du refpect qui les environnoit : ils
leur paroiffoient d'autant plus dangereux, que, cor-
rigés par l'expérience, ils reconnoiffoient maintenant
le peu de fond qu'il y a à faire fur le peuple, la
néceffité d'arrêter fa marche, de ne plus voir con-
tinuellement un ennemi dans le monarque, d'y
voir réellement l'appui & le garant de la conftitution. Les ariftocrates favoient que les députés, à
la nouvelle légiflature, feroient nommés par les jacobins & choifis dans la claffe unique des démocrates
les plus fougueux. Ils jugeoient que, privés de la
confidération perfonnelle dont jouiffoient les membres de l'affemblée conftituante, ils n'auroient ni les
mêmes moyens pour faire marcher le gouvernement ni la même force pour déjouer leurs intrigues.
Les jacobins, par des motifs différens, avoient un
égal intérêt à la non-réélection : Ils étoient affurés
des nouvelles nominations. Déja quatre à cinq de
leurs

leurs plus chauds partifans réuniffoient toutes les voix. Ces hommes s'étoient ouvertement déclarés pour la république dans des décrets publics, affichés, colportés : mais le fuccès de cette grande entreprife exigeoit qu'on éloignât les membres de l'affemblée actuelle qui s'y feroient fûrement opposés. Auffi les jacobins travailloient-ils avec beaucoup d'activité à difcréditer, dans l'opinion publique, Thouret, Cha-pelier, Demeuniers, Duport, Dandré, Bailli, La-fayette ; à quoi les ariftocrates les fecondoient avec un grand zele, fe flattant que, débarrafsés des conftitutionnels, ils auroient bon marché des jacobins.

Ils ne connoiffoient pas le peuple ; une fois forti des bornes dans lefquelles un gouvernement fage fait le contenir, il ne retourne jamais fur fes pas, & va jufqu'à ce que, tombant de chûtes en chûtes dans les nouveaux liens que lui tend un ambitieux adroit, il fe trouve au même point d'où il eft parti, & fouvent plus & mieux enchaîné qu'il ne l'étoit auparavant.

Thouret & les conftitutionnels s'apperçurent de cet accord fi peu vraifemblable des ariftocrates & des jacobins. Ils le dénoncerent comme une alliance monftrueufe. Les uns & les autres ne firent que rire de cette dénonciation. Reuvble & Chapelier tenterent vai-nement d'obtenir la parole : toutes les paffions diverfes irritées fe rallierent contre eux. — Je fais, s'écria Baumets, qu'on a formé le projet d'enlever cette délibération par un mouvement. — Ceux qui de-

mandent qu'on aille fi précipitamment aux voix ;
répétoit fans ceffe Chapelier, expofent la conftitution.
Enfin Duport ayant profité d'un moment de filence,
dû plutôt à la laffitude des deux partis, qu'au defir d'écouter les raifons propres à éclairer leur jugement, dit : — Je vais, meffieurs, vous montrer
votre pofition & celle où l'on cherche à vous précipiter. Les dangers font preffans ; vous les connoî-
trez. Ils cefferont de pefer fur ma confcience ; je les
remets fur la vôtre. Nous fommes entraînés vers
une anarchie conftitutionnelle. Il exifte de grands
projets de changer le gouvernement, malgré les
proteftations contraires. Une complete déforganifation
fociale naît de la manie des principes fimples, de
l'exagération des idées publiques, du défaut d'un
centre commun.

Je ne voudrois retrancher de la révolution que les
cruautés qui la défigurent : il falloit abattre ; il faut
reconftruire. On affecte de répandre que la conftitution ne peut pas fubfifter telle qu'elle eft ; que la
prochaine légiflature fera auffi conftituante ; qu'elle
fera des lois plus conformes à la déclaration des
droits. Meffieurs, aux yeux de la multitude, &
même fouvent dans cette tribune, la liberté n'eft
qu'un droit perfonnel & abfolu, qui s'allie à toutes
les paffions & combat toutes les vertus. Quant à
l'égalité, les frippons & les imbécilles la cherchent
dans les fortunes, dans les propriétés ; la fuppofent

dans la capacité & dans les talens : d'autres per-
fuadent à leurs dupes qu'il ne fauroit y avoir de
liberté & d'égalité que fous un gouvernement tout
différent que celui que nous avons décrété. L'effai
feulement de ce fyftême produiroit d'incalculables
malheurs, & le defpotifme s'offriroit alors comme
un point de repos.

Le progrès de la révolution peut donc amener
une diffolution générale & une guerre inteftine.
En effet, lorfque les idées extrêmes auront gagné
davantage, l'opinion populaire fe tournera contre
vos travaux : ils feront attaqués par ceux - mêmes
qui n'ont pu y atteindre & par ceux qui les dé-
paffent. Alors vous verrez vos partifans réduits à
l'attitude où nous avons vu les impartiaux & les
monarchiftes. La prévoyance dévance les malheurs;
la juftice les prévient. Si vous n'appercevéz pas que
vous êtes fur la route de la deftruction, ce ne fera
pas ma faute. Voyez d'une part les hommes qui
repouffoient les principes, lorfqu'il falloit les établir,
les exagérer au moment de les reftreindre; ils ont
pafsé fans intermédiaire de la pufillanimité à l'enthoufiafme : d'autres, dont les idées avoient été
reléguées d'un commun accord parmi les rêves chi-
mériques de l'abbé de Saint - Pierre, font devenus
importans au moment qu'ils font dangereux. De tout
cela, il réfulte que l'affemblée prife en maffe &
l'opinion qui s'établit, font dans une marche inverfe.

C'eſt bien aſſez d'avoir à redouter l'exagération que la premiere aſſemblée mettra probablement dans ces déciſions , & cet amour inſenſé de popularité dont l'inſigne avantage eſt, comme le baptême, d'effacer tous les crimes. Mettons un terme à cette mobilité d'opinion. Depuis qu'on nous raſſaſie de principes, que le mot même comme tant d'autres eſt devenu trivial, comment ne s'eſt-on pas aviſé de penſer que la ſtabilité eſt auſſi un principe de gouvernement ! Veut-on expoſer la France, dont les têtes ſont ſi ardentes, ſi mobiles, à voir arriver tous les deux ans une révolution dans les lois & dans les opinions ?

Ce diſcours loin de changer les diſpoſitions des jacobins & des ariſtocrates, les confirma dans le deſſein d'empêcher par tous les moyens la réélection. Les gens ſages étoient en trop petit nombre, pour s'oppoſer aux cris d'aux voix qui retentiſſoient de tous les coins de la ſalle. Le décret fatal fut emporté comme l'avoit annoncé Baumets. Les conſtitutionnels n'ayant pu empêcher le décret, chercherent à en diminuer les inconvéniens en s'attachant à prévenir les délibérations précipitées. — Je vous ſoumettrai, dit Buzot, quelques réflexions qui exciteront peut-être des murmures, parce que l'on croira ces réflexions analogues à une opinion directement proſcrite par cette aſſemblée. Mais cette analogie n'eſt qu'une chimere : je ſupplie les amis de la liberté de m'entendre avec calme & fans prévention. Ce n'eft pas dans la bouche d'un homme qui a profefsé fon attachement aux principes les plus rigoureux , accusé même quelquefois d'exagération , qu'on doit craindre de retrouver un fyftême qui, en établiffant un autel à l'ariftocratie, rameneroit bientôt le culte du defpotifme. Je redoute & détefte, avec tous les patriotes, l'établiffement de deux chambres ; mais j'aurai auffi le courage de dire à tous les hommes éclairés, que fi l'on veut affurer à jamais la liberté , la préferver de la corruption, il faut, dans les queftions importantes , divifer le corps légiflatif en deux fections.... A ces mots de violens murmures fe font entendre, & l'on voit , dans les deux extrêmités de la falle, des fignes évidens de la défapprobation la plus marquée. Meffieurs , continue Buzot , cette divifion en deux fections, que je propofe, n'a d'autre objet que d'amener les membres du corps légiflatif à s'inftruire par une difcuffion calme & réfléchie. C'eft là que fe borneront les fonctions de chaque fection ; car on ne délibérera que dans l'affemblée générale. Les fections n'auront aucun droit de *veto* , ni de fupériorité l'une fur l'autre. Elles n'ont donc aucun rapport avec les deux chambres qu'on vous a propofées à Verfailles & que vous avez rejetées avec raifon. Un peuple ne fauroit être long-temps libre & heureux là où la légiflature repofe dans une feule affemblée toujours délibérante. Une feule affemblée eft fujette à tous les vices & à toutes les fra-

gilités de la nature humaine... La cenfure étoit trop juftement appliquée ; les jacobins fe fâcherent , mais les
ariftocrates applaudirent. — Une feule affemblée, pourfuit Buzot, fe laiffe entraîner à des excès d'humeur , aux
élans des grandes paffions , à l'enthoufiafme , à la partialité , à la prévention. Elle eft donc fujette à donner des
réfultats qui participent de tous ces défauts. La divifion
d'une chambre unique en deux fections , en néceffi-
tant un examen plus approfondi , calme les paffions ,
refroidit l'enthoufiafme , diffipe la prévention. Ce
que l'on appelle la tactique d'une affemblée qui ne
prouve fouvent que l'impuiffance du talent & de la
raifon ; cette tactique eft impraticable dans le fyftême de deux fections ; car le fort déjoue facilement les difpofitions faites pour diftribuer les orateurs & les inftrumens de parti... C'étoit beaucoup
trop en entendre à des hommes auffi irafcibles que
les jacobins. Buzot fut interrompu avec violence. Les
uns crient que ce projet a été réjeté à Verfailles ;
les autres que c'eft une abomination. Les conftitutionnels répondent que les interruptions mêmes dont
on ne ceffe de fatiguer Buzot, prouvent qu'il a raifon ; qu'on lui dit des injures, mais qu'on ne le réfute pas. Le calme renaît.

Buzot continue. — Une feule affemblée eft fouvent fufceptible d'ambition. Il eft à craindre qu'elle
ne foit tentée de fe rendre perpétuelle. La difcuffion
s'ouvre ou fe ferme fuivant que l'intérêt du parti

dominant l'exige. Les deux fections contraindront les légiflateurs à difcuter plufieurs fois le même projet de loi ; mais ces formes, dit - on, entraîneront des longueurs : eh bien ! c'eft encore un grand avantage. Je pourrois citer Montefquieu & les Américains, qui tous ont préféré deux chambres homogenes. Beaucoup d'hommes font féduits par l'idée que l'unité eft un élément de conftitution plus fimple. La perfection, felon eux, confifte dans la fimplicité. Rien de plus fimple que le principe des méchaniques, rien de plus compliqué que les machines ; rien de plus fimple que le defpotifme ; & Montefquieu dit, avec juftice, qu'un gouvernement eft d'autant plus tyrannique, qu'il eft moins compliqué. L'objet de mon plan n'eft cependant pas de trop compliquer la législature, d'oppofer contre - poids à contre - poids, de créer deux chambres à *veto* refpectifs l'une fur l'autre, comme en Amérique. Non, les membres des deux fections feront choifis parmi les mêmes repréfentans renouvellés au fcrutin tous les trois mois. A l'aide de ce moyen, les difcuffions préparatoires qui auront lieu dans les fections, empêcheront un parti d'emporter d'affaut une délibération.

Les conftitutionnels appuyerent fortement le plan que propofoit Buzot. Il ne faut pas, ajouta Chapelier, fe diffimuler que la maniere dont l'affemblée délibere eft très - imparfaite ; que c'eft fur - tout dans la lenteur & dans la fageffe des délibérations que confifte le maintien de la conftitution & la ftabilité des lois. Les mêmes motifs qui avoient fait rejeter la réélection, firent rejeter les deux chambres de Buzot par la queftion préalable.

La révolution françoife intéreffoit trop les rois de l'Europe pour qu'eux & leurs miniftres n'euffent pas fans ceffe les yeux ouverts fur ce qui fe paffoit en France. Le comte d'Artois & le prince de Condé leur en repréfentoient les conféquences. Mais l'efpece de prifon dans laquelle le roi & la famille royale fe trouvoient retenus au milieu d'un peuple que l'on pouvoit fi aifément rendre furieux, ne permettoit pas à l'empereur, au roi de Pruffe & à la cour de Turin, les plus intéreffés à ces événemens, d'agir avant que Louis XVI eût brifé ce qu'ils appelloient fes chaînes. En attendant on s'occupoit d'attifer la difcorde, d'encourager l'émigration, ne doutant pas qu'en augmentant le nombre des mécontens & des ennemis de la révolution, on ne parvînt bientôt à rétablir l'ancien ordre de chofes. Il fortoit donc chaque jour du royaume un grand nombre de nobles, d'officiers qui abandonnoient leurs corps ; de riches financiers qui emportoient leur fortune ; de femmes de qualité qui entraînoient après elles leurs amans & leurs aumôniers. Les hommes alloient fe joindre aux princes réfugiés, & épier le moment de rentrer en France à la tête d'une armée étrangere, tandis que les femmes entretenoient des intrigues & des correfpondances à Paris.

La plupart de ces émigrés, jeunes, pleins de pré-
fomption de fuffifance, fe livroient à cette gloriole
nationale qui jette fur les François un ridicule fi
mérité. Ils s'ennuyoient, difoient-ils, à la mort,
trouvoient le pays lourd, les mœurs dures : tous
vouloient être colonels, aucun ne vouloit obéir. Cependant comme ils avoient apporté quelque argent,
on les defiroit dans les auberges, où rançonnés,
mal logés, on les dépouilloit ufurairement de ce
qu'ils pofsédoient en leur vendant un prix exceffif les
denrées de premiere néceffité. Leur argent & leurs
bijoux confommés, on les chaffoit honteufement, &
ils alloient ailleurs pleurer leur folie. Le prince de
Condé environné d'une jeuneffe brillante qui l'encourageoit dans fes projets, tenoit fa petite cour à
Worms. Les émigrés exageroient le nombre & les
forces de fon armée ; vantoient les qualités bril-
lantes & la fageffe du comte d'Artois, les bonnes
difpofitions des puiffances étrangeres, leurs nombreux armemens. Tous les journaux du parti, toutes les converfations ramenoient fans ceffe la déclaration du vingt-trois juin mil fept cent quatre-vingt-
neuf. On cherchoit à effrayer les François fur la fituation politique de l'Europe ; on peignoit nos armées, nos reffources, fous les couleurs les plus propres à répandre le découragement... C'étoient des
lamentations perpétuelles fur l'état actuel des chofes,
fur l'anarchie des fections qu'une populace imbécille,

toujours prête à s'enivrer des difcours les plus violens, dominoit, où les paffions s'électrifoient mutuellement, où la colere tenoit le fauteuil en qualité de préfident. On répandoit des alarmes fur les
finances ; on montroit la difparution de l'argent comme une fuite infaillible de la conftitution, & en
même temps on engageoit les ouvriers à demander
une augmentation de prix dans leurs journées, tandis qu'ils exigeoient une diminution de travail. On parloit avec emphafe de la paix qui venoit de fe conclure
dans le nord : elle laiffoit, ajoutoit-on, à la difpofition
de la Czarine, du roi de Pruffe & de l'empereur, des
armées nombreufes, aguerries, commandées par des
chefs expérimentés. L'Efpagne formoit un cordon
fur les frontieres ; la Savoie faifoit marcher quelques
régimens du côté des Alpes.

A ces difcours fi propres à fomenter un efprit d'inquiétude parmi le peuple & à ranimer l'efpoir des
ennemis de la révolution, l'on joignit des manœuvres plus directes & plus actives. L'Alface & la Flandre furent inondées d'écrits féditieux ; une foule de
vagabonds & d'intrigans qui paroiffent foldés par
des mains invifibles, fe rendirent à Paris. C'étoient
les mêmes fuppôts d'intrigues & de fourberies qui
avoient foulevé le pays de Liege & le Brabant. Il
échappoit à ces hommes, des aveux indifcrets fur
leur influance & fur les excès qui plufieurs fois
avoient troublé les travaux de l'affemblée. Ils s'effor-

çoient , dans les groupes , de faire confondre au peuple l'anarchie avec la liberté , le despotisme avec l'empire des lois. Des émissaires parcouroient en même temps les départemens , y excitoient des troubles. — Rappellez - vous , messieurs , disoit à ce sujet Fréteau , l'achat trop certain de plusieurs hommes envoyés dans les régimens pour soulever les soldats , pour les engager à piller les caisses , à chasser leurs officiers ; les désordres excités dans la marine militaire ; le projet de transporter des corps de troupes à Paris sous prétexte de présenter des pétitions ; une foule de demandes ridicules , contradictoires , arrivant de tous côtés à l'assemblée. Oui , messieurs , on exagere tout , on outre tout ; on jette la défiance entre les habitans & les soldats , on travaille la garnison de Strasbourg. Des brefs venus de Rome , dont la hardiesse & le fanatisme font rougir ceux mêmes qui les provoquent , sont distribués avec des mandemens d'excomunication , des menaces , des vaines déclamations ; la discorde , les haines , s'élevent dans tous les cœurs & sont soufflées par les prêtres.

Cette peinture n'étoit point outrée , aussi excitat-elle une inquiétude universelle. Les révolutionnaires recoururent , selon leur usage , à des moyens violens... Une foule de voix demanderent qu'on rendît enfin une loi sévere contre les François traîtres à leur patrie , qui alloient chez l'étranger lui chercher des ennemis. Les nobles & les prêtres réclamerent l'ordre du jour en s'autorifant de la déclaration des droits de l'homme. — Il faut diftinguer, répondit Chapelier, le droit qui appartient à l'homme en fociété d'aller, de venir, de partir, de refter, de fixer fon domicile où bon lui femble, & le délit qu'il commet quand, pour exciter ou pour fuir lâchement les troubles de fa patrie, il en abandonne le fol : l'ordre ordinaire eft alors dérangé, les lois qui conviennent à cet ordre, ne font plus les lois applicables aux circonftances ; c'eft comme dans un moment d'émeute, la force publique prend la place de la loi civile. Ainfi, dans le cas d'émigration, la nation prend des mefures féveres contre les déferteurs coupables qui ne peuvent plus prétendre ni à fes bienfaits pour leurs perfonnes, ni à fa protection pour leurs propriétés. Une loi contre les émigrans eft donc néceffaire, mais la liberté ne s'en alarmera pas.

Le comité de conftitution démentit bientôt cette flatteufe annonce. Chapelier étant monté le lendemain à la tribune avoua, en héfitant, que le décret qu'il alloit préfenter bleffoit les principes de l'affemblée ; qu'il étoit hors de la conftitution ; qu'il établiffoit une véritable dictature. Après ce préambule, Chapelier demanda fi l'affemblée vouloit en entendre la lecture. Les uns crient, oui ; les autres crient, non. Un troifieme veut que l'on définiffe le mot d'émigrans. — Difcutez au moins la loi qu'on vous préfente, reprend Roberſpierre, ne laiſſez pas croire au peuple que vous l'éloignez par caprice, mais par raiſon.

Chapelier lit : — « L'aſſemblée nationale, dans les » momens de trouble, nommera un conſeil de trois » perſonnes qui exerceront ſeulement, ſur le droit de » ſortir du royaume & ſur l'obligation d'y rentrer, » un pouvoir dictatorial : cette commiſſion déſi- » gnera les abſens qui ſeront tenus de revenir en » France, & d'obéir ſous peine de déchéance du » droit de citoyen François & de la confiſcation » de leurs revenus & biens ».

Je dois rendre juſtice à l'aſſemblée : elle ſe ſouleva preſque toute entiere. — Si vous tardez un inſtant à rejeter avec horreur cet infame projet, dit mon- ſieur Dandré, vous ferez fuir la moitié du royaume. — « Cette loi inique, ajouta Mirabeau, eſt plus » digne du code de Dragon que du code conſtitu- » tionnel d'une aſſemblée deſtinée à établir la li- » berté nationale : mais ce que j'entends prouver, » s'il eſt beſoin, c'eſt que ſa barbarie eſt la plus » haute preuve de l'impraticabilité d'une loi contre » les émigrans. Je ſais qu'il eſt des meſures de po- » lice que les circonſtances commandent impérieu- » ſement ; que la ſociété veut tout ce qu'elle peut : » mais entre une meſure de police & une loi la » différence eſt grande. Une loi ſur les émigrans, je » ne ceſſerai de le répéter, eſt hors de votre puiſ-

» fance, même en anarchiſſant toutes les parties
» de l'empire. Cette loi ne peut être miſe à exécu-
» tion, à moins qu'elle ne ſoit concentrée dans les
» mains d'un Buſiris. Je nie que le projet du comité
» ſoit délibérable ; je déclare que je me croirois
» délié de tout ſerment de fidélité envers ceux qui
» auroient eu l'infamie de propoſer une pareille loi...
» Oui, je le jure, je n'obéirois pas! La popularité
» que j'ambitionne, & dont j'ai eu l'honneur de
» jouir, n'eſt pas un foible roſeau ; c'eſt en terre
» que je veux l'enraciner ſur les baſes de la droiture
» & de la juſtice ». Vernier demande que les comités examinent ſi la rédaction d'une loi contre les
émigrans eſt poſſible. Mirabeau aſſure qu'elle ne
ſauroit exiſter. Il inſiſte pour avoir la parole. On la
lui refuſe. Il s'obſtine. — Quel genre de dictature,
s'écrie le vieux Goupil, monſieur de Mirabeau exerce-
t-il donc dans l'aſſemblée ? — Je prie les intérrup-
teurs, replique Mirabeau, de ſe rappeller que j'ai
combattu le deſpotiſme royal & miniſteriel ; que
je ne fléchirai pas ſous le deſpotiſme d'un club...
Je prie monſieur Goupil de ſe rappeller qu'il s'eſt
mépris autrefois ſur un Catilina dont il repouſſe
aujourd'hui la dictature. Ce ton de ſupériorité excita
la rage des jacobins : ils hurlerent l'ajournement...
Alors Mirabeau, oubliant peut-être un peu trop la
gradation néceſſaire au rôle qu'il s'étoit chargé de jouer,
s'écrie avec fureur : — Silence aux trente voix!

Puis fe tournant vers le préfident; — Au refte, monfieur le préfident, fi l'on perfifte à vouloir ajourner cet odieux projet de loi, je demande que l'affemblée décrete qu'il n'y aura point d'attroupement jufqu'au jour fixé pour la difcuffion.

C'étoit déchirer le voile, & montrer au grand jour le hideux fquelette de la faction d'Orleans. Je ne peindrai point la fureur des orleaniftes & des Lameth : ils fe turent; l'ajournement fut rejeté. On voit que Mirabeau tenoit les engagemens qu'il avoit pris avec la cour. L'on devoit efpérer que, réuni aux honnêtes gens, il combattroit les factieux & les orleaniftes. Il étoit puiffamment fecondé par Tallon, Saint - Foix & quelques autres agens fecrets. Mais le comte de Mirabeau avoit trop abusé de fa jeuneffe; il ne pouvoit efpérer de remplir une longue carriere. Son tempérament étoit altéré; toute l'habitude de fon corps étoit devenue lourde, languiffante. Son ame, depuis quelqué temps, fe livroit à la mélancolie; fon efprit au découragement. Il ne jouiffoit plus de toute l'activité de fa tête : fes idées marchoient avec une lenteur pénible qui ne leur étoit point naturelle. Tourmenté d'un levain morbifique, qui fe montroit mafqué fous mille formes différentes, il crut pouvoir le combattre par des bains chargés de fublimé corrofif, efpece de traitement qui s'allioit avec fes fonctions de député, mais qui exigeoit le régime le plus févere. Mirabeau continua de n'en obferver aucun. Une orgie chez la Coulon, danfeufe de l'opéra, orgie dans laquelle il réunit tous les genres d'excès à tous les moyens de les exciter, lui porta le coup fatal. La fuite fut une violente & douloureufe colique inflamatoire. Les parties âcres & rongeantes du fublimé corrofif ne pouvant s'échapper par les couloirs naturels, à raifon de la tenfion générale qu'avoit caufée ce dernier excès, fe porterent fur le diaphragme & fur les inteftins, & y réaliferent un véritable empoifonnement.

La maladie de Mirabeau produifit la plus vive fenfation dans Paris. Sa porte, dès le jour même, fut affiégée d'une foule d'hommes & de femmes de tout état, de tout parti, de toute opinion. Les groupes nombreux qui s'affembloient dans tous les lieux publics, ne s'entretenoient que de Mirabeau, que des efpérances ou des craintes que donnoient les bulletins qu'on envoyoit d'heure en heure. La fociété des jacobins, cédant au torrent de l'opinion publique, députa plufieurs de fes membres. Barnave fe mit à leur tête. Mirabeau fe montra fenfible à cette démarche réconciliatrice d'une fociété qui avoit des reproches à lui faire, & dont l'influance étoit fi puiffante fur la popularité ; mais ayant appris que Charles Lameth avoit refufé d'être de la députation : — Je le croyois, dit-il, bien méchant, bien jaloux, bien ennemi de tout mérite ;

mais

mais je ne le croyois pas bête. Jugez, en se tournant vers son médecin Cabanis; lors de son combat
avec monsieur de Castriès, & de la fameuse égra-
tignure que vous savez, je n'ai pas passé un seul
jour sans envoyer savoir de ses nouvelles ou sans y
aller moi-même.

Mirabeau aimoit la vie : il y tenoit par tant de
liens! mais il sut se soumettre avec courage à la
nécessité. —— Tu es un grand médecin, disoit-il
à Cabanis, mais il est un plus grand médecin que
toi ; celui qui fit le vent qui renverse tout, l'eau qui
pénetre & féconde tout, le feu qui vivifie tout. Mirabeau, malgré ses longues & fréquentes douleurs,
s'informoit avec intérêt de ce qui se faisoit à l'assemblée nationale : sachant qu'on avoit mis à l'ordre
du jour une loi sur les successions, il dit à l'évêque
d'Autun qu'il avoit à ce sujet un travail tout préparé; qu'il le lui remettroit, & le prieroit de le
lire à l'assemblée : —— Il sera très-plaisant d'entendre parler contre la faculté de tester, un homme
qui a fait son testament la veille.

Mirabeau s'occupoit aussi de la situation de l'Europe ; il prévoyoit les grands événemens qui se préparoient, & devinoit les vues cachées de l'Angleterre.
—— Ce Pitt, disoit-il, est le ministre des préparatifs; il gouverne avec ce dont il menace plutôt
qu'avec ce qu'il fait : si j'eusse vécu, je crois que je
lui aurois donné du chagrin. Jugement profond

qu'a confirmé la guerre de l'Angleterre avec la France.

Les amis de Mirabeau avoient envoyé quérir monfieur Petit. Il arriva pendant cette conversation. —— Parlez-moi franchement de mon état, lui dit Mirabeau, je fuis capable d'entendre la vérité. —— J'eftime, reprit monfieur Petit, que nous vous fauverons; mais je n'en répondrois pas. En effet la maladie faifoit des progrès rapides ; l'ignorance du médecin Cabanis avoit laifsé perdre un temps précieux. Monfieur Petit ordonna quelques remedes infignifians. Cette charlatanerie médecinale terminée, ils cauferent. —— Voyez, dit Mirabeau, toutes les perfonnes qui m'entourent; elles me foignent comme des ferviteurs, & fe font mes amis : il eft permis d'aimer & de regretter la vie quand on laiffe après foi de pareilles richeffes... Le médecin Cabanis s'étant approché: —— Le mot de monfieur Petit eft sévere, ajouta Mirabeau après un moment de réflexion. Je l'entends... vous êtes moins décidé; je fuis porté à juger comme lui; mais je me plais à croire comme vous : ma confiance, mon amitié, les projets auxquels elle m'attache, m'en accommodent mieux.

Le lendemain Mirabeau fentit que fa fin approchoit; il fit ouvrir fes fenêtres, & s'adreffant à Cabanis —— : Mon ami je mourrai aujourd'hui : quand on en eft là, il ne refte plus qu'une chofe à faire; c'eft de fe parfumer, de fe couronner de fleurs, de s'en-

vironner de mufique , afin d'entrer agréablement
dans le fommeil dont on ne fe releve plus. Donnez-
moi votre parole que vous ne me laifferez pas fouffrir des douleurs inutiles... je veux pouvoir goûter
fans mélange la préfence de tout ce qui m'eft cher.
Mirabeau envoya quérir le comte de Lamarck &
Frojot avec lefquels il étoit lié d'une ancienne
amitié; il les fit affeoir auprès de lui, les entretint
long-temps de fes affaires particulieres, des amis
qu'il laiffoit : il parla de l'état actuel de la France
& de la marche de la révolution; & déroulant en
efprit les feuillets du grand livre de l'avenir, &
voyant comme préfens tous les événemens qui devoient dans peu fe fuccéder, il s'écria avec un vif
fentiment d'amertume : — J'emporte dans mon
cœur le deuil de la monarchie dont les débris vont
être la proie des factieux! Ce furent prefque fes
dernieres paroles; les douleurs de colique fe renouvellerent & devinrent atroces. Mirabeau, ne pouvant plus réfifter à leur violence, fit figne qu'on
lui donnât une plume & du papier ; il écrivit très-
lifiblement *dormir*. Cabanis feignit de ne pas comprendre... Mirabeau redemanda la plume & le papier, & ajouta : Croyez-vous que la mort foit un
fentiment dangereux ? Mais voyant que cette fe-
conde tentative étoit encore inutile, & interprétant
la pensée de Cabanis, il continua : Tant qu'on a
pu croire que l'opium fixeroit l'humeur, on a bien

fait de ne pas le donner ; maintenant qu'il n'y a plus de reſſource que dans un phénomene inconnu, pourquoi ne pas tenter ce phénomene ? Peut-on laiſſer mourir ſon ami ſur la roue peut-être pendant pluſieurs jours ! ... Cabanis vit combien il étoit important pour la tranquillité du malade de paroître entrer dans ſes vues : il aſſura Mirabeau que dans une minute ſon vœu ſeroit rempli, & ſe mit à écrire la formule d'un calmant. Mais l'impatience de Mirabeau ne lui permettoit ni d'attendre ni de calculer le temps néceſſaire à la préparation du remede : il fit un dernier effort ſur lui-même; & recueillant toutes ſes forces : — On me trompe, s'écrie-t-il douloureuſement ! — Non, mon ami, l'on ne vous trompe pas, répond monſieur de Lamarck ; le remede arrive : nous l'avons tous vu ordonner. — Ah ! les médecins, reprend Mirabeau en jettant ſur Cabanis un regard mêlé de colere & de tendreſſe ; ne m'aviez-vous pas promis de m'épargner les douleurs d'une pareille mort ! Voulez-vous que j'emporte le regret de vous avoir donné ma confiance ? Il ſe tourne, dans un moment convulſif, ſur le côté droit; ſes yeux ſe levent vers le ciel; il expire.

Cette mort ſi prompte, ſi inattendue, excita de violens ſoupçons de poiſon ; tant l'atrocité de mœurs des différens partis, & l'opinion défavorable qu'ils avoient l'un de l'autre, leur rendoit tout poſſible &

même probable. Les démocrates rejeterent le crime
sur la cour ; les ariftocrates le renvoyerent aux jacobins. On a vu , par le détail de la converfation
de Mirabeau avec l'intendant de la lifte civile, Laporte, que la cour , loin d'avoir intérêt à la mort
de Mirabeau , avoit le plus grand intérêt à fa con-
fervation. Les jacobins pouvoient employer tant d'autres moyens , qu'ils n'avoient aucun befoin de recourir au poifon.

L'on demanda & l'on fit l'ouverture du corps de
Mirabeau. Quatre officiers municipaux , les juges du
tribunal , les chirurgiens des fections , plufieurs médecins, renommés & par leurs talens & par leur patriotifme, y affifterent. Les médecins drefferent un
long & verbiagé procès - verbal duquel il refulta qu'il
n'exiftoit aucune trace de poifon ; quand même ils
en auroient trouvé , ils étoient trop fages pour ne
pas fe taire fur un fait prefque toujours incertain
dont les factieux fe feroient fervi pour porter la
populace à quelque nouveau crime.

Le peuple courut fermer les fpectacles & donna
les témoignages les plus vifs de la profonde douleur
que lui caufoit la perte qu'il venoit de faire. L'affemblée nationale , entrant dans les fentimens du peuple, décréta que le corps de Mirabeau feroit tranfporté à la nouvelle églife de Sainte - Génevieve que l'on
décora , à cette occafion , du nom de Panthéon
François.

Ce fut une apothéofe, un triomphe national:
l'aſſemblée en corps, la commune de Paris, les
ſociétés populaires, les tribunaux, les comités des
ſections, les miniſtres du roi, la garde-nationale,
une foule immenſe de citoyens vêtus de noir, un
clergé nombreux, une muſique ſombre, déchiran-
te, des torches, des canons, les fenêtres remplies
de jolies femmes vêtues avec une ſéduiſante coquet-
terie, offrant le contraſte le plus frappant de la
mort & de la vie.

La mort de Mirabeau fut une perte irréparable pour
le roi, pour la monarchie, pour les ariſtocrates eux-
mêmes qui le craignoient & qu'il contenoit. Ni les
uns ni les autres ne la ſentirent dans le moment;
ils furent même tentés de s'en réjouir. La cour
eut quelque inquiétude que l'on ne trouvât, parmi
ſes papiers, des renſeignemens ſur le traité ſecret
qu'elle avoit paſſé avec lui : monſieur de Lamarck
nommé exécuteur teſtamentaire, eut ſoin de tout
ſouſtraire (*).

Perſonne n'oſoit s'emparer du ſceptre que Mirabeau avoit laiſſé vacant. Ceux qui le jalouſoient
le plus paroiſſoient les plus embarraſſés. S'agitoit-

(*) Ce ne fut que deux ans après, lors de l'ouverture
de la fameuſe armoire de fer du château des Tuileries,
que l'on connut tous les détails de cette intrigue.

il une question importante , tous les yeux se tour-
noient machinalement vers la place qu'occupoit Mirabeau ; on sembloit l'inviter à se rendre à la tribune & attendre , pour se former une opinion ,
qu'il eût éclairé l'assemblée. Les partisans de l'ancien régime , profitant de cet état de langueur ,
crurent qu'il leur seroit enfin possible de soulever
l'opinion publique contre l'assemblée ; que , privée
de son plus ferme appui , elle ne soutiendroit pas une
attaque bien dirigée. Une circonstance vint leur fournir l'occasion qu'ils cherchoient. L'abbé Raynal ,
auteur de l'histoire philosophique des deux mondes , ouvrage incohérant , rempli de déclamations
ampoulées , attaquant , à-la-fois , les rois , la religion & dieu même , avoit été banni de Paris par
un arrêt du parlement. Un décret que Malouet sur-
prit dans un de ces bons momens qu'ont quelquefois les corps ainsi que les individus, permit
à l'abbé Raynal de revenir à Paris.

Les nobles, les évêques & Malouet, s'emparerent
de Raynal à son arrivée dans la capitale. Il ne fut
pas difficile de lui faire désapprouver les opérations
de l'assemblée ; il suffisoit de les connoître. Mais il
falloit l'engager à montrer publiquement cette désap-
probation & à la montrer à l'assemblée elle - même.

L'abbé Raynal flatté de l'idée qu'on lui suggéra ,
que c'étoit à lui de ramener l'opinion publique ,
écrivit une grande lettre. Bureau de Puzy étoit

B b 4

préfiden ; mais quoique membre très-conftitutionnel, il n'en appercevoit pas moins avec douleur tous les excès auxquels fe livroient les jacobins. Il fe prêta donc à la petite fupercherie qu'on vouloit faire à l'affemblée.

Bureau de Puzy dit que l'abbé Raynal lui avoit remis lui - même une adreffe , & l'avoit prié de la préfenter à l'affemblée. Tous les membres du côté gauche , au nom de l'abbé Raynal, s'apprêterent à humer un encens d'autant plus odorant & plus flat-teur , qu'il leur étoit offert par un homme plus cé-lebre. Ils furent défagréablement détrompés. L'abbé Raynal , après des lieux communs fur les travaux brillans de l'affemblée , fur le courage qu'elle avoit montré dans la réforme des abus, offrit, tout-à-coup, la peinture effrayante des maux qui affligeoient le royaume ; & affectant de paroître craindre que fes écrits n'euffent contribué à amener cette défaftreufe révolution :

— « Seroit-il donc vrai que je duffe me rappeller
» avec effroi que je fuis un de ceux qui , en éprou-
» vant une indignation généreufe contre le pouvoir
» arbitraire , ont peut - être fourni des armes à la
» licence?.. La religion , les lois , l'autorité royale,
» l'ordre public , redemandent - ils donc à la phi-
» lofophie & à la raifon, les liens qui les uniffoient
» à cette grande fociété de la nation françoife? com-
» me fi , en pourfuivant les abus , en rappellant

» les droits des peuples & les devoirs des princes,
» nos efforts criminels avoient rompu ces liens! Mais
» non; jamais les conceptions hardies de la philo-
» sophie n'ont été présentées par nous comme les me-
» sures rigoureuses de la législation. . . Que vois-je au-
» tour de moi, messieurs? des troubles religieux, des
» dissentions civiles; la consternation des uns, la ty-
» rannie & l'audace des autres; un gouvernement
» esclave de la tyrannie populaire; le sanctuaire des
» lois environné d'hommes effrénés qui veulent al-
» ternativement ou les dicter ou les braver; des
» soldats sans discipline, des chefs sans autorité,
» des ministres sans moyens; un roi ami de son
» peuple, plongé dans l'amertume, outragé, me-
» nacé, dépouillé de toute autorité, & la puissance
» publique n'existant plus que dans des clubs, où des
» hommes ignorans & grossiers osent prononcer sur
» toutes les questions politiques.

» Hélas! j'étois plein d'espérance & de joie lors-
» que je vous ai vu poser les fondemens de la fé-
» licité publique, poursuivre les abus, proclamer
» tous les droits, soumettre aux mêmes lois & à un
» régime universel les diverses parties de l'empire.
» Mes yeux se sont remplis de larmes quand j'ai
» vu les plus méchans des hommes employer les
» plus viles intrigues pour souiller la révolution; quand
» j'ai vu le saint nom du patriotisme prostitué à la
» scélératesse, & la licence marcher en triomphe

» fous l'enfeigne de la liberté. L'effroi s'eft mêlé à
» une jufte douleur quand j'ai vu brifer tous les
» refforts du gouvernement, & fubftituer d'impuiffan-
» tes barrieres à la néceffité d'une force active &
» réprimante. J'ai cherché les principes confervateurs
» de la propriété ; je les ai vu attaqués : j'ai cher-
» ché fous quel abri fe repofe la liberté individuelle,
» & j'ai vu l'audace, toujours croiffante, invoquant
» le fignal de la deftruction que font prêts à donner
» les factieux & les novateurs auffi dangereux que
» les factieux. J'ai frémi, fur - tout, lorfqu'en ob-
» fervant, dans fa nouvelle vie, ce peuple qui veut
» être libre, je l'ai vu méconnoître, non - feulement
» les vertus fociales, l'humanité, la juftice, feules
» bafes d'une liberté véritable, mais encore recevoir,
» avec avidité, de nouveaux germes de corruption,
» & fe laiffer, par là, entourer d'une nouvelle chaîne
» d'efclavage. Ah ! combien je fouffre, lorfqu'au mi-
» lieu de la capitale & dans le fein des lumieres,
» je vois ce même peuple féduit, accueillir, avec
» une joie féroce, les propofitions les plus coupa-
» bles, fourire au récit des affaffinats, chanter fes
» crimes comme des conquêtes... La France eft une
» monarchie ; fon étendue, fes befoins, fes mœurs,
» l'efprit national, s'oppofent à ce que jamais des
» formes républicaines puiffent y être admifes fans
» opérer la diffolution totale de l'empire. Il falloit
» donc épurer les principes de la monarchie en

» affeyant le trône fur fa véritable bafe la fouve-
» raineté de la nation, en organifant les deux pou-
» voirs. La force & le fuccès de la conftitution dé-
» pendent de leur équilibre. Vous devez voir que
» dans l'opinion le pouvoir des rois décline &
» que les droits des peuples s'accroiffent : ainfi
» en affaiffant fans mefure ce qui tend naturelle-
» ment à s'effacer, en fortifiant, dans fa fource,
» ce qui tend naturellement à s'accroître, vous arri-
» vez forcément à ce trifte réfultat ; un roi fans au-
» torité, un peuple fans frein.

» N'auriez-vous pas encore oublié que les éle-
» ctions, fans ceffe renouvellées, & le peu de du-
» rée des pouvoirs, font une fource de relâche-
» ment dans les refforts politiques. Vous avez con-
» fervé le nom de roi ; mais dans votre conftitu-
» tion il n'eft plus utile & il eft encore dangereux :
» vous avez réduis fon influance à celle que la cor-
» ruption peut ufurper : vous l'avez invité à com-
» battre une conftitution qui lui montre fans ceffe
» ce qu'il n'eft pas & ce qu'il pourroit être...
» Comment, après avoir folemnellement déclaré le
» dogme de la liberté des opinions religieufes, fouf-
» frez-vous que des prêtres foient accablés de per-
» fécutions & d'outrages ? Comment, après avoir
» confacré les principes de la liberté individuelle,
» fouffrez-vous qu'il exifte, dans votre fein, une
» inftitution qui ferve de modele & de prétexte à

» toutes les inquifitions fubalternes qu'une inquiétude
» factieufe a femées dans toutes les parties de l'em-
» pire ? Comment n'êtes-vous pas épouvantés de
» l'audace & du fuccès des écrivains qui profanent
» le nom de patriote ? Vous avez un gouvernement
» monarchique, & ils le font détefter ; vous voulez
» la liberté du peuple, & ils font du peuple le ty-
» ran le plus féroce ; vous voulez régénérer les mœurs,
» & ils commandent le triomphe du vice & l'im-
» punité du crime. Quelle forte de gouvernement
» pourroit réfifter à la domination de vos clubs !
» Vous avez détruit les corporations, & la plus co-
» loffale de toutes les agrégations s'éleve fur vos têtes
» & menace de diffoudre tous les pouvoirs. La France
» entiere préfente deux tribus bien prononcées ; celle
» des gens de bien, des efprits modérés, claffe d'hom-
» mes muets & confternés maintenant ; tandis que
» des hommes violens s'éleɛtrifent, fe refferrent & for-
» ment un volcan redoutable qui vomit des torrens
» de laves capables de tout engloutir. Ouvrez les anna-
» les du monde ; appellez, à votre aide, la fageffe
» des fiecles ; voyez combien d'empires ont péri par
» l'anarchie... Jai recueilli mes forces pour vous
» parler le langage auftere de la vérité, pardonnez
» à mon zele & à mon amour pour ma patrie, ce
» que mes remontrances peuvent avoir de trop li-
» bre, & croyez à des vœux ardens pour votre
» gloire, ainfi qu'à mon profond refpeɛt ».

Les révolutionnaires écouterent cette adreſſe avec une tranquillité apparente mais qui cachoit un violent dépit. Les évêques & les nobles avoient peine à cacher leur joie. Ils jouiſſoient des farcaſmes que l'abbé Raynal prodiguoit à la conſtitution. Roberſpierre prit la parole. —— Une réflexion, meſſieurs, m'a frappé en entendant la lecture de la lettre de l'abbé Raynal. Cet homme célebre qui, à côté de tant d'opinions qui furent accusées jadis de pécher par un excès d'exagération, a cependant publié des vérités utiles à la liberté; cet homme depuis le commencement de la révolution n'a pas pris la plume pour éclairer ſes concitoyens ni vous; & dans quel moment rompt - il le ſilence? dans le moment que les ennemis de la révolution réuniſſent leurs efforts pour arrêter ſon cours. Je ſuis bien éloigné de vouloir diriger la sévérité, je ne dis pas de l'aſſemblée, mais de l'opinion publique ſur un homme qui conſerve un grand nom. Une circonſtance qu'il vous a rappellée, ſon âge avancé, lui fournit une excuſe ſuffiſante. Je pardonne même à ceux qui auroient pu contribuer à lui inſpirer cette démarche; du moins à ceux qui ſont tentés d'y applaudir, parce que je ſuis perſuadé qu'elle produira, dans le public, un effet contraire à celui qu'on en attend. Elle eſt donc bien favorable au peuple, dira - t - on; elle eſt donc bien funeſte à la tyrannie, cette conſtitution, puiſqu'on emploie des moyens extraordinaires pour la décrier ; puifque , pour y réuffir , on fe fert d'un homme qui jufqu'à ce moment n'étoit connu dans l'Europe que par fon amour paffionné pour la liberté ; qui étoit même accufé de licence par ceux qui le prennent aujourd'hui pour leur apôtre , & qui , fous fon nom , ont produit les opinions les plus contraires aux fiennes , les abfurdités mêmes que l'on trouve dans la bouche des ennemis les plus déclarés de la révolution.

Tel fut le fuccès de cette nouvelle entreprife conçue fous des efpérances fi flatteufes & à laquelle l'abbé Raynal eut la foibleffe de fe prêter. Il auroit dû favoir , ainfi que ceux qui l'employoient , que l'opinion publique ne retourne jamais en arriere qu'au moment qu'elle a atteint les extrêmes du point dont elle eft partie ; qu'alors elle tombe d'elle-même ; que plus on fait d'efforts pour l'arrêter dans fon cours , plus elle acquiert d'activité ; parce que à l'efprit de nouveauté , qui la favorife , fe joint l'efprit d'orgueil qui la maintient. Mais le blâme général des opérations de l'affemblée fait par un homme auffi célébre que l'abbé Raynal , auffi emporté dans fes idées de liberté & d'indépendance , étoit deftiné à préparer les efprits aux événemens qui fe concertoient , & fur-tout à la fameufe proteftation du vingt-un juin.

En effet les efprits s'aigriffoient de plus en plus; tout fembloit annoncer une crife décifive. Les révolutionnaires, pour foutenir l'opinion du peuple, fai-

foient arriver adreffes fur adreffes, pétitions fur pé-
tions; toutes demandoient ce qu'eux mêmes propofoient à l'affemblée, toutes approuvoient les décrets
qu'ils venoient de rendre.

Les évêques & les nobles fe vengeoient de ces
manœuvres groffieres par des farcafmes. Une députation des enfans trouvés de Paris vint, le jour
même que fes enfans avoient fait leur premiere
communion conftitutionnelle, donner, aux badauts
des tribunes & du côté gauche, le fpectacle ordinaire de leur admiration pour les grands travaux
de l'affemblée, & de leur vive indignation contre
les perfides ennemis d'une conftitution qui régénéroit vingt-cinq millions d'hommes. Le préfident
répondit à ces enfans avec une gravité comique;
— Que ce noble élans patriotique les rendoit
l'efpoir le plus cher de la patrie reconnoiffante : il
ne manqua pas de faifir une fi belle occafion de
tomber fur les nobles & fur les prêtres réfractaires.
On demanda l'impreffion du difcours du préfident :
le côté droit qui eût mieux fait de rire de cette
farce, eut la fottife de s'en fâcher. — Perfonne n'ignore, reprit Folleville, que la cérémonie
enfantine, dont nous venons d'être témoin, a été
répétée hier aux jacobins; ainfi, au lieu de décréter l'impreffion du difcours de notre préfident, dé-
crétez qu'on imprimera le difcours du préfident des
jacobins, ce fera la même chofe. — Je m'oppofe

à la propofition de Folleville, repliqua l'abbé Maury;
il a grand tort de fe fervir d'une expreffion que
je condamne : ce n'eft point une cérémonie enfantine dont nous venons d'être les témoins ; c'eft une
cérémonie puérile. Les ris éclatans & immodérés
des membres du côté droit choquerent vivement les
révolutionnaires. — Je ne fais, s'écrie Chabroud,
fi toute l'affemblée a été frappée comme moi du
ton d'infolence que depuis quelques jours. .... De
violens applaudiffemens, partis du côté gauche, ne
laiffent aucun doute que les révolutionnaires ne partagent cette groffiere infulte. ... Cinquante membres du côté droit s'élancent au milieu de la falle,
font des geftes menaçans. Je fomme monfieur Chabroud de s'expliquer, reprend Foucauld, ou bien je
déclare que je prends perfonnellement l'infulte qu'il
a faite à ceux qui n'ont pas la même opinion que
lui. La fcene dont vous venez d'être témoin eft le
fruit de l'intrigue ; il eft malheureux que des enfans
qui ont été féduits. ... Je fuis très-au fait de ce
qui s'eft paffé ; ils ont été féduits le jour de leur
premiere communion ; ils ont fait un facrilege. ...
A ces derniers mots le tumulte devient effroyable ;
les jacobins pouffent des vociférations, les évêques
& les nobles y répondent par des menaces &
par des injures. — Puifque la guerre eft déclarée, s'écrie le comte de F. . . , entre la majorité & la minorité, il ne nous refte plus qu'à tomber

ber à coups de fabre fur ces gaillards-là. Cet em-
portement faillit à occafionner un événement fâcheux.
Les gens fages s'interpoferent, & parvinrent à ramener le calme. Le comte de F. . . ., fit des excu-
fes : on reprit la difcuffion. Le comte de F. . . .,
étoit l'un des hommes les plus violens de l'affemblée :
il ne laiffoit paffer aucune occafion de montrer fa
haine contre le nouvel ordre de chofes. A un appel
nominal, le fecrétaire ayant nommé monfieur de
F. . . . : — Avez-vous oublié mes proteftations,
répond avec hauteur F. . . . ; je m'appelle le comte de
F. . . . L. . . . : ce font nos vrais noms, & nous
les foutiendrons. Les communes fe vengerent de
cette morgue mal-adroite, en allant fouiller, dans
tous les dépôts hiftoriques, l'origine de la plupart
des maifons nobles, & les anecdotes les plus propres à rabaiffer leur orgueil; le peuple fe vengea
par des injures groffieres & par des voies de fait.
Le vicomte de Mirabeau, attaché en fanatique au
parti de la cour, uniquement parce que le comte
de Mirabeau, fon frere, étoit l'ame du parti populaire, fut plufieurs fois fur le point d'être la victime
de cette haine du peuple contre la nobleffe. Le
vicomte avoit du courage, de l'efprit, de la gaieté,
& quelquefois de ces réparties heureufes, qui lui
faifoient pardonner fes extravagances chevalerefques.
Se trouvant un jour invefti, dans les Tuileries, par
une troupe nombreufe de jacobins & de gens de

la populace, qui faifoient retentir à fes oreilles le cri fraternel & civique de la lanterne; le vicomte fe tourne, &, faluant d'un air ouvert la foule qui le fuit, chante ces deux vers de l'opéra d'Iphigénie: — *Que j'aime à voir les hommages flatteurs, qu'ici l'on s'empreffe à me rendre.* Ce trait de fang-froid & de gaieté françoife défarma tout le monde : les applaudiffemens, les bravos fuccéderent aux injures & aux menaces ; le vicomte fut reconduit avec honneur.

Il eût donc été facile aux nobles de ramener le peuple à des fentimens de juftice, & même de bienveillance, s'ils avoient fu employer des moyens appropriés aux circonftances. Le peuple ne les blâmoit point de défendre avec courage leurs intérêts: il ne leur a jamais reproché leurs opinions dans l'affemblée, quelque contraires qu'elles puffent être au fyftême qu'il avoit adopté ; mais le peuple, en accordant aux nobles toute la latitude poffible au foutien de leurs droits & de leurs prétentions, auroit voulu que, le décret rendu, ils fe foumiffent, & n'employaffent point des manœuvres fouterraines pour s'oppofer à fon exécution. Le peuple eftimoit l'abbé Maury ; il aimoit Cazalès. Un jour qu'on difcutoit le code pénal, & qu'on agitoit la queftion de favoir fi l'on aboliroit la peine de mort, Cazalès, étant forti de la falle, apperçut fur la terraffe des feuillans un groupe nombreux, qui tenoit auffi

les séances & examinoit la même question. Il
s'approche, écoute ce qui se dit. Un des orateurs
le reconnoît, lui frappe sur l'épaule d'un air de
bienveillance : — *Ah ça ! on vient de faire une*
bonne motion pour nous ; tu es un brave homme,
ne vas pas parler contre.

Les constitutionnels ne voyoient qu'avec une sorte
d'inquiétude, l'armée entre les mains d'hommes
qu'ils savoient les ennemis de la révolution. C'étoit
en vain que, par leurs décrets sur l'avancement
dans le service, ils avoient tâché d'intéresser le corps
des officiers au nouvel ordre de chose. Ces décrets
ôtoient au roi la nomination des deux tiers des
emplois militaires, & les donnoient à l'ancienneté ;
mais ils étendoient le régime de l'égalité sociale
jusques dans le militaire, regardé depuis des siecles
comme le patrimoine de la seule noblesse : ils ad-
mettoient indifféremment tous les citoyens à concourir aux places vacantes. Les nobles, plus humiliés
que l'on fit monter jusqu'à eux des hommes qu'ils
regardoient comme très - inférieurs, que satisfaits de
devenir les égaux de ceux qu'ils ne regardoient
auparavant qu'avec respect, ne purent consentir à
ce partage : nous aimons mieux, disoient les officiers,
dépendre d'un roi que de douze cents tyrans. Il arrivoit chaque jour des plaintes nouvelles de l'inci-
visme des officiers, de l'esprit contre-révolutionnaire
qui les animoit, des différens moyens qu'ils mettoient

en œuvre pour séduire les soldats; quoique la plupart des soldats fuffent dans le fens de la révolution, il s'en trouvoit cependant quelques - uns qui adoptoient les fentimens de leurs officiers. Cette diverfité d'opinion pouvoit occafionner de grands maux; il étoit important d'y remédier : on en parla à l'affemblée.

Les uns vouloient qu'on licenciât l'armée, & qu'on la recréât fur de nouvelles bafes; les autres, qu'en confervant l'armée, on licenciât le corps des officiers. C'étoit un moyen fûr de s'affurer de l'armée : mais cette opération la déforganifoit au moment même que l'on parloit d'une guerre étrangere, qui deviendroit infailliblement bientôt en même temps civile & religieufe.

Les conftitutionnels crurent obvier à cet inconvénient, en ouvrant aux officiers, dont les principes étoient contraires à la révolution, une voie honnête de fe retirer, & en s'affurant, par un engagement d'honneur, de ceux qui defireroient conferver leurs places; engagement qui les lieroit à la révolution, de maniere à ce qu'ils ne puffent & qu'ils n'ofaffent jamais s'en féparer. Les conftitutionnels fuivirent avec l'armée la même marche qui leur avoit fi mal réuffi avec le clergé.

On décréta que les officiers de tout grade feroient tenus de figner une déclaration, contenant qu'ils promettoient, fur leur honneur d'être fideles à la nation, à la loi, au roi; de ne prendre part ni di-

rectement ni indirectement; mais au contraire de
s'opposer de toutes leurs forces aux conspirations,
trames, complots, qui parviendroient à leur connoissance, & qui pourroient être dirigés, soit contre la nation & le roi, soit contre la constitution;
qu'ils feroient observer les décrets à ceux qui leur
étoient subordonnés, consentant, s'ils manquoient à
cet engagement d'honneur, d'être regardés comme des
hommes infames, indignes de porter les armes, &
d'être comptés au nombre des citoyens françois; que
faute de la part d'un officier, de quelque grade
que ce fût, de se conformer aux dispositions ci-
dessus, dans le délai que fixeroit le roi, cet officier
seroit censé réformé par l'effet même de son refus;
qu'en conséquence il lui seroit attribué, pour son
traitement de réforme, le quart du traitement dont
il jouissoit; que chaque colonel ou commandant,
après avoir reçu les déclarations des officiers de son
régiment, & avoir fait les remplacemens que né-
cessiteroient la réforme de ceux des officiers qui
refuseroient de se conformer au décret, assembleroit
le régiment, & lui donneroit connoissance de l'engagement d'honneur que venoient de contracter les
officiers présens; après quoi les officiers & soldats
leveroient la main en signe d'adhésion & d'acquiesce-
ment; que les officiers, qui satisferoient au présent
décret recevroient du roi une lettre ainsi conçue:
— Louis, roi des François, sur le compte qui

nous a été rendu que tel officier, de tel grade, dans le régiment de...., a rempli les formalités prescrites par les articles II & III du décret de l'assemblée nationale, du onze juin mil sept cent quatre-vingt-onze, le confirmons au nom de la nation, & au nôtre, comme chef suprême de l'armée, dans son grade & son emploi, conformément aux lois de l'état & aux réglemens militaires.

C'étoit bien réellement licencier l'armée & la recréer ; mais c'étoit la recréer d'une maniere très-adroite, puisque non-seulement on la recréoit au nom de la nation, & qu'on faisoit annuller, par le roi lui-même, l'ancien serment que chaque officier lui avoit prêté personnellement à son entrée au service, mais qu'on évitoit encore le choc dangereux d'un licenciement subit, & qu'on donnoit la facilité de rester à une foule d'officiers, moins ennemis, dans le fond de leur cœur, d'une révolution qui leur étoit avantageuse, qu'entraînés par les intrigues & par les discours de ceux qui ne la vouloient pas.

Les constitutionnels crurent, avec raison, qu'ils pouvoient compter sur les officiers qui se détermineroient à contracter ce nouvel engagement ; car dès ce moment, séparés d'honneur & d'intérêt de ceux qui refuseroient de s'y soumettre, ils n'avoient plus d'autre honneur ni d'autre intérêt que celui de la constitution. Aussi les contre-révolutionnaires fentirent vivement le coup qu'alloit leur porter cette grande mesure ; mais , trop peu assurés que les moyens qu'ils avoient employés jusques-là réussissent à l'empêcher , ils hâterent la démarche décisive de la fuite du roi , afin de prévenir les suites fâcheuses qui seroient résultées, pour l'exécution de leurs projets , de la nouvelle formation constitutionnelle de l'armée.

Fin du deuxieme Volume.

C. E. F. 348

MÉMOIRES
POUR SERVIR
À L'HISTOIRE
DE 1789

TOME
II

PARIS AN VII

www.ingramcontent.com/pod-product-compliance
Lightning Source LLC
Chambersburg PA
CBHW072341030726
47505CB00013B/306